LENA VALENTI

II. O TORNEIO

São Paulo
2016

© 2012, Lena Valenti
© 2012, Editorial Vanir
© 2013, Random House Mondadori, S. A.

© 2015 by Universo dos Livros
Todos os direitos reservados e protegidos pela Lei 9.610 de 19/02/1998.
Nenhuma parte deste livro, sem autorização prévia por escrito da editora, poderá ser
reproduzida ou transmitida sejam quais forem os meios empregados: eletrônicos,
mecânicos, fotográficos, gravação ou quaisquer outros.

Diretor editorial: **Luis Matos**
Editora-chefe: **Marcia Batista**
Assistentes editoriais: **Aline Graça e Letícia Nakamura**
Tradução: **Wallacy Silva**
Preparação: **Monique D'Orazio**
Revisão: **Plínio Zúnica e Francisco Sória**
Arte: **Francine C. Silva e Valdinei Gomes**
Capa: **Rebecca Barboza**

Dados Internacionais de Catalogação na Publicação (CIP)
Angélica Ilacqua CRB-8/7057

V249a

    Valenti, Lena

    Amos e masmorras : II. o torneio / Lena Valenti ; tradução de
Wallacy Silva. – São Paulo : Universo dos Livros, 2016.

    464 p. (Amos e masmorras ; v. 2)

    ISBN: 978-85-7930-965-6
    Título original: *Amos y mazmorras: I. El Torneo*

    1. Literatura espanhola 2. Literatura erótica I. Título
II. Silva, Wallacy III. Série

16-0104   CDD 863

1. Literatura espanhola

Universo dos Livros Editora Ltda.
Rua do Bosque, 1589 – Bloco 2 – Conj. 603/606
CEP 01136-001 – Barra Funda – São Paulo/SP
Telefone/Fax: (11) 3392-3336
www.universodoslivros.com.br
e-mail: editor@universodoslivros.com.br
Siga-nos no Twitter: @univdoslivros

2º TORNEIO

DRAGÕES E MASMORRAS DS
(Dominação/Submissão)

VOCÊ OUSA PARTICIPAR?
Quando as masmorras se abrem,
os dragões estão à solta.

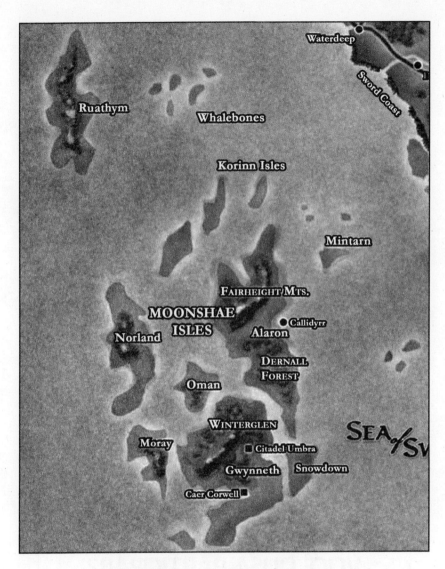

Imagem dos reinos de *Dragões & Masmorras*.
Mapa no qual será baseado o torneio Dragões e Masmorras DS

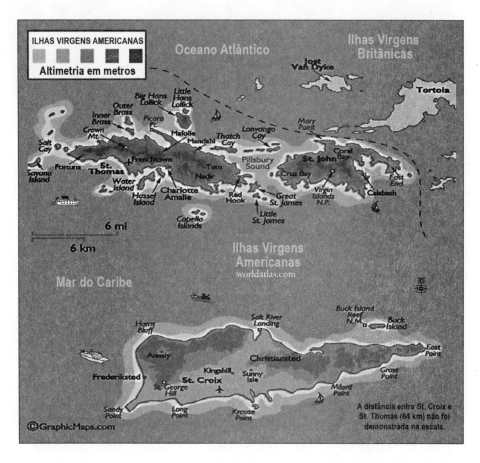

Mapa real das Ilhas Virgens Americanas.

Que comece o jogo

Arrisque-se

Dê o seu melhor

1

Antes, nos diziam que só podia existir amor entre homem e mulher. Hoje, o amor é entre homem e mulher, mulher e mulher, e homem e homem. Antes nos diziam que o verdadeiro e único sexo era o suave e amável. O BDSM demonstra que também existe outro tipo de sexo. Nem melhor e nem pior. Apenas diferente.

Há alguns dias, ela era apenas Cleo Connelly, tenente da polícia de Nova Orleans. Vivia feliz na rua Tchoupitoulas e tinha só um macho em sua vida: seu camaleão, Rango. Nunca tinha experimentado o BDSM, e as únicas palmadas que já tinha levado na bunda tinham sido de seu pai quando ela era criança e aprontava alguma.

Mas, há seis dias, ela recebeu a má notícia de que sua irmã, a agente federal Leslie Connelly, tinha desaparecido em uma missão. O FBI foi até sua porta para pedir ajuda, já que precisavam de alguém com o mesmo perfil de Leslie para entrar naquele complicado e delicado caso no qual estava envolvida. Acreditavam que L. ainda estava viva, por isso queriam resgatá-la. E, para tanto, precisavam da ajuda de Cleo.

Assim, naquele exato momento, ela era Cleo Connelly: agente infiltrada do FBI em um torneio de dominação e submissão chamado Dragões e Masmorras DS, no qual interpretaria o papel de submissa e ajudaria a revelar a identidade dos responsáveis pela droga *popper* e dos traficantes de pessoas, que vinham sendo monitorados há um ano, e usavam o torneio como fachada para cometer seus crimes federais.

Fazia alguns dias que o coração dela estava inteiro e livre.

Naquele momento, tentava juntar os cacos deixados por Lion Romano, o agente encarregado do caso Amos e Masmorras, no qual ela estava trabalhando, seu instrutor em dominação, que havia minado sua confiança, colocado sua capacidade como agente em xeque, e menosprezado sua postura como mulher, agindo em prol dos próprios interesses.

Cleo Connelly nunca havia se sentido tão decepcionada e devastada como se sentia agora por causa de Lion.

Isso não ia ficar assim. Se Lion quis tirá-la do caso, pelo motivo que fosse, ele iria encontrá-la de novo, de igual para igual, e dessa vez iria perder.

Ela estava em um voo da US Airways com destino a Washington D.C.

Ela não gostava de voar. De jeito nenhum. Na verdade, sempre viajava de carro, por mais distante que fosse o destino... Mas o tempo estava acabando e ela precisava comparecer com urgência no torneio, onde tudo seria resolvido; por isso, abriu uma exceção e passeou pelas nuvens para chegar a Washington e encontrar seu novo parceiro: o agente do FBI Nick Summers, submisso dela.

O FBI usou o convite que Cleo tinha recebido da Rainha das Aranhas na noite anterior. A Rainha, ou alguém que respondia por ela, indicou que os convites personalizados tinham um QR *code* escondido na parte de trás. Se fosse escaneado, levaria à escolha de um assento em um avião que ia sair de Washington D.C. em direção às

Ilhas Virgens Americanas, mais especificamente à ilha de Saint Thomas, no aeroporto Cyril E. King.

Todos os trâmites para a inscrição do torneio já estavam em andamento, e Cleo ia se infiltrar no segundo torneio Dragões e Masmorras DS (*domines & mistresses*) como a renegada e maltratada Lady Nala, a ex-submissa de Lion King, agora no papel de ama.

O que levava na mala? Dois corpetes que juntos valiam mais de cinco mil dólares, além de alguns punhados de raiva e desejo de vingança.

Nossa, ela ia virar o alvo favorito da Rainha das Aranhas, não tinha dúvida... Quando a Rainha loira sádica das neves soubesse que Cleo tinha entrado no torneio separada do Lion, iria atrás dela e a provocaria. Cleo não iria facilitar as coisas.

Tentava devorar as lições de BDSM em seu iPad para pelo menos ter alguma chance de se salvar e não ser eliminada logo de cara. Ela esperava que Nick a pegasse pela mão e a ensinasse algumas coisas... Havia sido treinada como submissa de Lion, mas não sabia como devia se comportar como ama. A estante virtual de sua biblioteca eletrônica estava cheia de meias-calças arrastão, sapatos com saltos de dez centímetros, chicotes, açoites... Seria o suficiente fingir por um dia, sem vergonha nenhuma, ser uma dominadora de modo a colocar em prática o plano que ela havia arquitetado?

Primeiro, a jovem teria que se entrosar com Nick, e ela esperava se dar bem com ele.

– Posso te perguntar uma coisa?

Cleo se distraiu de sua leitura instrutiva e fitou com surpresa a sua vizinha de voo, uma mulher de cabelos cacheados castanho-claros e olhos pretos enormes. Estava usando lápis e sombra escuros, e seus lábios brilhavam com uma tonalidade terrosa. Devia ter mais ou menos a mesma idade de Cleo, uns 27 ou 28 anos.

– Sim?

– Não quero parecer indiscreta...

Cleo desligou o iPad e deu uma tossidinha. Talvez a mulher tivesse se assustado ao ver o que ela estava lendo. Coisas como:

Nem sempre o submisso aproveita a experiência, e isso se dá porque, dependendo dos castigos infligidos, podem surgir pensamentos radicais como o de querer abandonar a relação de submissão. Mas é normal. Lembre-se de que o homem, historicamente, sempre pensou estar acima da mulher, e para um macho ser dominado sexualmente por uma fêmea não é nada fácil – dizia uma ama muito popular. Por isso mesmo você deve valorizar, e também saber recompensar, sua dedicação e entrega diante daquelas que eles sempre consideraram (erroneamente, é claro) o sexo frágil. A tortura do pênis, o uso de prendedores e o espancamento genital nunca devem ser realizados para eliminar uma conduta inapropriada que queremos erradicar. Deve haver uma linha que separa as práticas voltadas para o prazer daquelas infligidas como castigo. É preciso deixar claro para seu submisso que, quando você o castigar, será algo de que ele vai se lembrar pelo resto da vida. Você pode castigar fazendo-o dormir no chão, sendo indiferente a ele (isso acaba com o submisso), ou negando-lhe o orgasmo, tudo depende do erro que ele cometeu. Mas se o submisso cometer o mesmo erro várias vezes, é preciso perceber se o castigo não é tão duro assim para ele, se ele por acaso não está gostando e tendo prazer sublime com a situação. Às vezes, os submissos são um pouco fingidos, e você tem que chamar a atenção deles. Não os deixe trapacear.

— Pode falar. — Cleo sorriu, amável e educada.

— Meu marido... — A moça se calou, vermelha até as pontas dos cabelos. — Meu marido gosta dessas coisas.

Cleo fingiu não entender do que ela estava falando, mas também ficou vermelha. Pareciam dois tomates falantes. Fantástico, em breve ela abriria um consultório de conduta sexual BDSM.

Ou isso, ou um sacolão.

— Do que você está falando?

Ela franziu a testa e deu um doce sorriso.

— Achei que você estivesse lendo sobre dominação e submissão. Só queria te fazer uma pergunta. Não importa. — Entrelaçou os dedos e virou-se para a frente, desviando-se da conversa como faria uma senhora.

Cleo observou o perfil dela. Era uma mulher bonita e elegante. Por que não responder? Falar sobre o assunto não ia machucar.

— Pode perguntar. Mas digo logo que não sei muita coisa. Sou uma iniciante.

A moça se virou para Cleo e sorriu de novo, agradecida.

— Bom, eu também não sei — confessou como se fosse um segredo. — Não sei muita coisa... Acha que um homem com essas inclinações pode aceitar de novo a mulher?

— Não entendi...

— A mulher dele — continuou. — A mesma que o denunciou por maus tratos em uma sessão... íntima. — Estava falando como se fosse uma criança pequena. — Um pouco diferente do habitual... do que eu estava acostumada.

Cleo tentou entender.

— Você está dizendo que... — falou da mesma forma. — Você denunciou seu marido porque...

– Ele puxou meus cabelos… me bateu nas nádegas… e…

– E…?

– Me algemou na cama. – Tossiu, incomodada, olhando para Cleo como se ela fosse a resposta para todas as suas dúvidas.

Cleo engasgou. Não tinha nem ideia.

– Ele te avisou que isso ia acontecer?

– Sim… bom… ele me disse que a gente ia experimentar alguma coisa diferente naquela noite. Usei uma fantasia de princesa e ele uma de pirata…

– *Roleplay*.

– Hein?

– O nome disso é *roleplay*. – Ela se viu em um palco recebendo um diploma, com centenas de homens e mulheres com máscaras de couro aplaudindo sua audácia. – É quando você se disfarça e interpreta um personagem.

– Ah sim, agora entendi – replicou com os olhos tristes. – A questão é que eu aceitei, mas não sabia o que viria em seguida. Ele me…

– Te assustou.

– Sim… – lamentou. – Não imaginava que ele ia arrancar minha roupa e fingir que era um pirata que ia violentar uma princesa. Eu… Ele… – Não sabia como explicar. – Ele arrancou minha roupa e me algemou. Eu estava gritando de medo, mas ele achou que fazia parte do meu papel. Depois, me puxou pelos cabelos e começou a me dar palmadas – sussurrou. – Com a mão aberta na minha bunda – esclareceu, como se aquilo fosse um pecado capital. – Com força. Mas…

"Será que o serviço de bordo não inclui pipoca?". Cleo tinha uma imaginação muito fértil.

– Você pediu pra ele parar?

– Pedi. Ele parou quando viu que eu estava chorando. Tirou as algemas de mim e começou a chorar comigo, arrependido, quando me viu tão descontrolada. Fiquei histérica. – Meneou a cabeça, como se quisesse apagar a lembrança. – Ele me explicou que queria praticar dominação e submissão comigo, e que eu também podia fazer com ele... Tirou um chicote da gaveta e me ofereceu para que eu batesse nele. Para que eu espancasse suas partes... – Sorriu com pesar e apoiou a cabeça no assento da frente, como se estivesse cansada. – Achei que ele estivesse doente. – Cada uma das palavras parecia jogar sal em suas feridas. – A questão é que, na mesma noite, eu o denunciei, ainda que ele tenha suplicado para que eu não o fizesse, alegando que me amava e que nunca me machucaria de propósito, que se eu não gostasse daquilo ele não ia fazer nunca mais, mas...

– Mesmo assim você fez. Denunciou.

– Sim. E depois disso não o vi mais, até quatro semanas depois, quando nos reunimos com nossos advogados para que eu pedisse o divórcio.

– Sinto muito. – Era sempre triste saber que um casal estava se separando.

– Eu também sinto – ela respondeu com um olhar perdido. – Naquele momento, quando fiz a denúncia, estava tudo muito claro pra mim; mas depois de sair do tribunal... O tempo passou e, pouco a pouco, eu quis descobrir o que tinha sido aquilo, o que tinha acontecido naquele dia... Errei ao agir por impulso, mas estava com tanto medo, sabe? São tantos casos horríveis os que vemos na televisão... e você acha que pode ser aquilo, que pode estar acontecendo a mesma coisa com você... Nos ensinam que o amor e o sexo só podem ser praticados de um jeito... Mas não nos explicam que existem outros tipos de carinhos e de sexo que podem canalizar o mesmo amor, inclusive de uma forma muito mais divertida. Ele só queria... jogar. E acho que o acusei de uma coisa que ele não era.

Cleo entendia o medo daquela moça. Na noite anterior, ela mesma tinha lidado com um verdadeiro malfeitor. E teve que sentir seus golpes e sua força, maus-tratos e torturas, como só um homem cruel e agressivo poderia impor: sem compaixão e sem clemência. No entanto, Lion não era nada disso. Quando usava um chicote, era para jogar, esquentar, estimular e ajudar a atingir um objetivo: um orgasmo demolidor. Quando Billy Bob usou o açoite foi para machucar, ferir, oprimir e marcar. Teria matado Cleo se Lion não tivesse aparecido para salvá-la.

As pessoas tinham que aprender a diferenciar um perfil do outro; principalmente as mulheres.

– Você falou com ele? Disse pro seu ex-marido o que está me dizendo?

– Ele não quer me ver. Não quer falar comigo já faz seis meses. Ele tentou conversar muitas vezes antes, mas eu ainda estava confusa e assustada. E depois do mandado de afastamento que foi expedido...

– Você solicitou um mandado de afastamento? – Estava surpresa. – Está cada vez pior...

– Meu Deus, sim. Horrível, não é? Não sei o que aconteceu comigo. Acho que estava perdida... Depois do mandado, ele foi até a minha casa, entrou pela varanda e... Falou tudo o que pensava sobre o meu comportamento... Cortou todo o contato comigo. – Ficou inquieta. – Eu me mudei para Luisiana, para a casa dos meus pais. E não soube mais nada sobre ele até há pouco tempo...

Cleo não sabia se a consolava ou não.

– Você não entendeu o que ele te pediu naquela noite e acabou errando, guiada pelo preconceito.

– Claro que não entendi – murmurou, mordendo o polegar, nervosa. – Agora estou há seis meses estudando esses tipos de jogos... Tentando saber como atuar. Porque quero entender o que motivou suas vontades... O que ele viu de divertido em usarmos fantasias e me colocar em posição de submissa. E, depois de estudar tanto, sabe o que aconteceu?

"Ah, não me diga que você gostou."

– O quê?

– Eu gostei. Descobri, inclusive, muitas coisas sobre mim mesma... Coisas que antes eu não sabia. E acho que posso tê-lo de volta e pedir desculpas. Vou pelo menos tentar.

– Você o localizou? Sabe onde ele está?

– Sei. E vou cometer uma loucura... Estou muito louca. Muito... Mas só me resta essa cartada, pedir para que ele aceite me escutar pelo menos uma vez. Só uma vez – repetiu para si mesma, com os olhos escuros cheios de esperança. – Depois de tudo o que eu te contei, você acha que ele seria capaz de me perdoar? – voltou a perguntar, consciente de que era uma tarefa difícil. – Você é uma ama ou dominadora, não é? Acha que ele pode me dar mais uma chance?

Cleo tentou lhe dar forças com um sorriso sincero.

– Não. Não sou... Só estou me informando. Mas acho que se vocês ainda se amam... tudo é possível.

– Sim. – Mexeu na aliança dourada que usava no dedo anular. – Sim... Não deixei de amá-lo. Eu o amo com todo o meu coração. Sinto saudade dele. De tudo. Tudo dele, sabe? E temos uma filha juntos. Olha. – Ela tomou sua bolsa caríssima nas mãos e a abriu para pegar a carteira e mostrar a foto de uma linda menininha muito loira e com os olhos pretos como os dela. – O nome dela é Cindy. Tem só dois aninhos.

– Parabéns, é uma menina linda.

– Sim, e muito boa. Sente muita saudade do pai... Nicholas adora a pequena. A ama muito, sempre a tratou tão bem... Mas depois do que fiz, já faz tempo que ele não a vê... Acho que ele me odeia. – Seus lábios tremeram de pesar.

Cleo colocou sua mão sobre a daquela mulher. A tristeza da outra havia tocado seu coração. Era uma história bastante sórdida, ainda que ela estivesse convencida de que ia conseguir o perdão com suor e lágrimas. Tinha que lutar.

– Nada é impossível. Como é seu nome?

– Sophie. – Ofereceu a mão com os olhos enchendo-se de lágrimas, e sorria envergonhada.

– Sou Cleo, muito prazer.

– Igualmente. Desculpa, nunca faço isso... Não fico contando a minha vida pro primeiro que passa pela minha frente. Mas vi você lendo e sou do tipo de mal-educada que às vezes espia o que a pessoa do lado está lendo... E pensei que você fosse uma dessas mulheres que sabem como pegar um homem pelos... – Levantou a mão e curvou os dedos.

– Princípios?

– Sim. – Sophie começou a rir.

Cleo aproximou o rosto do dela e confessou:

– Não tenho nem ideia, Sophie. Mas vou dar meu melhor pra pegar eles de jeito.

– Os princípios, claro.

– Óbvio. – Ela piscou um olho. – Somos mulheres de princípios.

"Senhores passageiros, solicitamos que afivelem os cintos de segurança. Dentro de instantes pousaremos no Aeroporto Nacional Ronald Reagan, em Washington D.C. São 16h15, e o dia está ensolarado na capital. Esperamos que tenham tido um ótimo voo."

Quando Cleo saiu do avião, depois de se despedir carinhosamente de Sophie e desejar sorte na reconquista do ex-marido, ela pegou sua mala, saiu do terminal e se dirigiu para o lugar combinado para encontrar Nick Summers.

Um senhor de terno estava segurando sobre a cabeça um papel com o nome dela.

Cleo se aproximou dele.

– Senhorita Connelly?

– Sim, sou eu.

– Vou levar a senhorita até a sala de conferências.

O agente Summers aguardava em uma sala de reuniões particular que o FBI tinha alugado no aeroporto. Eles ficariam sozinhos para conversar sobre o que precisassem, como conhecer melhor suas... preferências e seu modo de atuar como casal.

O avião que os levaria rumo à ilha de Saint Thomas partiria às seis da manhã do domingo e chegaria às cinco e meia da tarde. Quase onze horas de voo com duas escalas: uma em Newark e outra em San Juan.

A sala estava vazia, exceto pelo homem robusto e loiro, com os cabelos arrepiados e despenteados, sentado na ponta da mesa de reunião.

Usava uma camiseta lilás-escuro, bem colada no corpo, ressaltando os bíceps. Seus olhos âmbar a avaliaram com amabilidade, e ele se levantou com educação para recebê-la. Era alto.

Cleo estava usando uma saia justa preta curta e apertada, uma blusa de alcinhas larga que não ficava colada no corpo e sapatos de tiras pretas, de plataforma alta de corda. Tinha prendido o cabelo por causa do calor e, no alto dele, estavam seus óculos grandes e vermelhos.

– Você parece a sua irmã – Nick disse com simpatia. – Ainda que vocês sejam... diferentes.

– Sim. Ela é morena e tem os olhos cinzentos. Eu sou ruiva. – Apontou para a própria cabeça enquanto se aproximava dele. – E tenho os olhos verdes. – Colocou a mala no chão e ofereceu a mão. – Cleo Connelly. É um prazer, Nick.

– O prazer é meu. – Apertou a mão dela com convicção e puxou uma cadeira para que ela se sentasse.

Cleo se sentou e esperou que ele fizesse o mesmo, mas ao invés disso Nick se dirigiu ao buffet que havia sido preparado para eles.

– Quer tomar alguma coisa, Cleo?

– Uma Pepsi light e... – Examinou com interesse o que estava em cima da mesa. – E... salada e um sanduíche.

Nick obedeceu e serviu um prato e a bebida.

Cleo observou intrigada. Ou ele era um perfeito cavalheiro, ou estava interpretando muito bem o papel de submisso.

Sentou-se ao lado dela e a observou enquanto comia.

– Lady Nala, hein? – perguntou, intrigado. – O par perfeito do Rei Leão.

– Foi o mesmo que pensei. – Mas ela não era. Não era o par perfeito. Lion desfez o casal.

– O que aconteceu?

Cleo o olhou de soslaio.

– Como?

– O que aconteceu para o Lion decidir te tirar do caso? Você era fundamental pra ele e pra nós. Sua semelhança com a Leslie é incrível, ele te preparou por dias... Me diga o que aconteceu, pra eu entender, por favor. Que eu saiba, Lion não deixou que ninguém mais treinasse você. O vice-diretor Montgomery ia escolher outro amo, mas Lion recusou terminantemente essa opção. Conheço o Lion faz tempo, e uma atitude assim não é própria dele.

– Não tenho certeza se sei a resposta. É... complicado.

– Temos tempo até o avião partir. – Ele fez um gesto indiferente com a boca.

– Incompatibilidade de personalidades? Acho que não nos entendemos.

– Ele é um amo muito duro?

Parecia que Nick estava se divertindo com a situação, como se nada o preocupasse, ou pior, como se ele não se importasse com nada. Estava em uma missão difícil ao interpretar o papel de submisso. Uma semana decisiva para a resolução do caso se aproximava; se no final fosse necessária uma intervenção policial, era provável que ficassem em perigo... E esse homem, estranhamente tranquilo, tinha uma atitude indolente diante de seu papel e de sua responsabilidade.

– Não sei. Nunca tive um amo antes.

– Vocês treinaram juntos?

– Treinamos.

– Você ficou com medo ou... assustada?

Ela detectou uma entonação diferente em sua voz. Havia algo de importante para ele na resposta dessa pergunta. Que estranho.

– Me impressionei um pouco, mas em nenhum momento tive medo. Acho que eu estava bem consciente de tudo. O agente Romano realizou um bom trabalho e se esforçou para me tranquilizar.

– Você se sentiu à vontade? Como é estar na posição de submissa? – Seu olhar âmbar cintilava com faíscas de interesse.

– Não deve ser muito diferente de ter uma ama. Lion… digo, o agente Romano, teve só uma semana para me fornecer o treinamento de submissa… É muito pouco, eu acho.

Nick olhou pelos vidros que mostravam as pistas de decolagem e de pouso do aeroporto.

– Na verdade, há diferenças entre um amo e uma ama.

– Pode falar – ela pediu, atenta. – Quanto mais eu aprender, melhor.

– As mulheres, definitivamente – destacou, observando um avião de mais de mil toneladas levantar voo –, são mais duras e mais cruéis do que os homens.

– Não concordo.

– Não estou falando de forma geral. Mas a dominadora precisa ser assim com seu submisso. Os homens tendem a relaxar com uma mulher e acham que ela é incapaz de causar qualquer dano. Nós acabamos titubeando de vez em quando, entende? – Ele virou o rosto para ela e sorriu.

Cleo estudou a expressão dele. Era um homem de feições clássicas e belas, como as de uma escultura grega ou as de um anjo torturado. Ela teve vontade de abraçá-lo e aliviá-lo de todos os seus demônios. E ele tinha vários.

– Tem noção de que o papel que vai interpretar comigo é o contrário do que você foi treinada para entender nesses últimos dias? Você tem que trocar de chip completamente.

– Li tudo o que pude. Estou em meio a um maldito intensivo sobre dominação e submissão. Me preparei para entrar com o Lion e não esperava essa reviravolta. Vou fazer o melhor que puder, Summers. Conto com a sua ajuda e com a sua colaboração.

– Você terá que ser cruel, Cleo.

Cleo deu quatro garfadas na salada e mordeu o sanduíche com gosto. Sim, disso ela já sabia. Tinha que se comportar como uma dominadora, e até então ela só tinha tentado dar ordens severas ao Rango, e o camaleão nunca dava bola. Este era seu poder de autoridade: quase nenhum.

– Sim. Vou tentar, mas não acho que eu tenha muito de Hitler no meu DNA. Por isso, queria te propor uma coisa, Nick.

Ele sorriu meio de lado e cruzou os braços.

– As dominadoras dão ordens, não sugerem nada. Estamos indo muito mal.

Ela olhou fixamente para ele, e recorreu à bebida para ajudar a engolir a comida que tinha na boca.

– Já assumimos os papéis?

– Entrei no meu papel 24 horas por dia desde que entrei na missão, agente Connelly.

Cleo enxugou os lábios com um guardanapo e descansou as costas no encosto da cadeira.

– Posso ser uma dominadora quando eu quiser, Nick.

– A dominação... – Ele fez menção de querer se inclinar sobre a mesa e falar mais perto dela. Mas algo o impediu, e ele ficou bem reto na cadeira. – Nasce aqui. – Apontou para a própria cabeça. – Uma dominadora é boa, do mesmo modo que um amo é bom, não porque te deixa de quatro, te bate com um açoite ou te dá um tapa nas partes íntimas. Uma boa dominadora te dá um tapa no cérebro, te seduz, te excita e te deixa nervoso a partir disso. Você tem que me dizer algo que me chame a atenção e que me deixe alerta para te obedecer, Cleo. Você tem que mostrar do que é capaz.

A agente entendeu a necessidade de Summers de colocá-la à prova. De tudo o que ela havia lido até então sobre dominação feminina, algumas ideias estavam mais claras e fixas do que outras. Ela deveria usá-las.

....

Uma ama é altiva, mas não prepotente. Tudo se baseia na postura. Ser uma boa ama é contornar as situações e tomar controle sobre elas.

Uma boa ama aplica disciplina, e não tortura. Ela não tem medo de machucar o submisso porque ele busca determinados tipos de estímulo.

O tom de voz da ama deve ser imperativo em todos os sentidos.

....

"Tudo bem, Cleo. Vamos lá. Você consegue."

Cleo inclinou a cabeça para um lado, levantou-se e caminhou devagar até se posicionar atrás de Nick. Com os sapatos plataforma, ela parecia mais alta do que realmente era… e isso lhe inspirou um pouco mais de confiança.

Acariciou a cabeça dele e… plau! Enfiou os dedos em seus cabelos e os puxou para trás, inclinando o pescoço dele para sussurrar em seu ouvido.

– Tudo bem, bebê. Não sei se você é meu tipo de submisso, sabe? Não sei se tenho *feeling* com você. – Prendeu o lóbulo dele entre os dentes e puxou com força enquanto falava. – Mas se continuar falando assim comigo, vou te fazer vestir um avental de faxineira e limpar os meus sapatos com a língua.

– Agora está melhor, Connelly. Você me surpreende.

Ela libertou uma risada sem um pingo de alegria. Riu com frieza, mostrando que ele não iria se dar bem se a incomodasse.

– Achava que eu não surpreenderia?

Uma boa ama sabe o que o

submisso quer quando retruca.

Ele responde; a ama atende.

Ele pede; a ama castiga.

Cleo passou as unhas pelo peito dele, arranhando com força suficiente para que ele sentisse o contato através do tecido da camiseta.

– Quero que me satisfaça. E você vai me satisfazer no torneio. – Agarrou um mamilo dele, puxando e beliscando com força. – Você gosta assim, Nicky?

– Não me chame de Nicky – ele grunhiu, aceitando o trato com prazer.

– Chamo como eu quiser. Não vou te tocar, e sequer jogar com você. O que eu quero, o que me daria prazer de verdade, seria te ver jogando com os monstros.

Nick começou a rir, desfrutando da puxada de cabelo e da dor no mamilo.

– Como é? Não...

– Silêncio.

Nick se calou de imediato.

– Quer me satisfazer? – Voltou a passar a mão pelos cabelos dele.

– Sim.

– Sim, o quê? – "Toma essa! Assim que o Lion me ensinou!"

– Sim, ama.

– Pergunte o que eu quero que você faça.

– O que você quer que eu faça?

– Quero que você faça de tudo pra me ajudar a conseguir o primeiro baú na primeira rodada. Consegui-lo é muito importante. Vai me satisfazer?

Nick engoliu saliva e a olhou de canto.

– Se voltar a olhar pra mim, vou colocar um prendedor na sua língua.

O agente, inteiro no papel, desviou o olhar para baixo.

– Não me faça perguntar a mesma coisa duas vezes... vai me satisfazer?

– Sim, ama. Vou dar o melhor de mim para te entregar o baú.

– Você vai escutar a minha proposta?

– Depende.

– Aqui não tem depende, gato, ou juro que vou deixar suas bolas da cor dessas uvas. Vai escutar a minha proposta? – Apertou mais forte que da outra vez.

– Sim, ama.

Cleo o soltou e deu um passo para trás. A atmosfera imperativa desapareceu aos poucos. Cleo cruzou os braços e, simulando uma confiança que não tinha, voltou para sua cadeira.

– Essa é a atitude – Nick confirmou, desconcertado.

– É? – O rosto de Cleo se iluminou com esperança e, de repente, ela começou a aplaudir a si mesma e a pular na cadeira como uma colegial. – Muito bem, garota! Muito bem!

Nick não sabia como reagir diante da situação. A agente Connelly tinha passado rapidamente de uma dominatrix para uma jovem *groupie*.

– Incrível – Nick murmurou, intrigado. "Essa é a menina de Nova Orleans que conseguiu enlouquecer o Rei Leão? Interessante."

– Me conte o seu plano.

Meia hora depois, Nick tentava assumir o papel atribuído por sua nova ama. O certo era que Cleo e Karen eram totalmente diferentes.

Karen tinha sido inflexível e intolerante com ele. Isso era exatamente o que Nick Summers procurava para conseguir a redenção de seus pecados. A missão Amos e Masmorras caíra como uma luva para que ele exterminasse seus demônios e se recuperasse.

Sem que a agente Robinson soubesse, estava sendo terapêutica. Mas Karen tinha quebrado o braço e não podia acompanhá-lo no torneio, por isso agora ele teria que participar com a ex-submissa do agente Romano. E queria saber o que realmente tinha se passado entre eles.

Lionel estava intratável quando falou com ele, naquela manhã, para repassar as instruções sobre o lugar exato onde ficariam as malas com as munições nas Ilhas Virgens.

Cleo Connelly era como um coelhinho em uma floresta cheia de lobos. Era muito corajosa, o que era uma característica sua, mas não era uma dominadora. Podia fingir muito bem em uma ou outra ocasião, como havia feito há pouco, mas ainda era uma dominatrix que estava nascendo e se desenvolvendo. Cleo tinha muito a aprender.

O certo era que, para que ambos continuassem na missão, o melhor era seguir passo a passo o plano original e bem pensado, traçado por Cleo. Um plano que só poderia ter sucesso se encontrassem um dos baús que seriam escondidos na segunda-feira.

Nenhum dos dois poderia continuar, caso permanecessem juntos.

Ela não ia conseguir representar uma ama. Ele até poderia ensiná-la a espancar ou a realizar algumas técnicas simples, mas não seria possível prosseguir quando chegassem às provas mais complicadas. Cleo não sabia amarrá-lo na Cruz de Santo André, muito menos imobilizá-lo, nem sabia como ele gostava de ser tocado. Dessa maneira, eles seriam eliminados logo no início. E precisavam que chegar à final de qualquer jeito.

Assim, a proposta da parceira era a melhor opção. Com o respeito renovado por ela depois de notar sua perspicácia, ele decidiu instruí-la naquela sala particular. O básico do básico. O nível um da dominação.

Ele mostrou como ela deveria apertar o pênis com o anel peniano; explicou em quais zonas da barriga e das nádegas ela deveria bater.

– Você é uma ama do tipo Shelly – advertiu o agente loiro. – Era o papel da Karen, e você terá que interpretá-lo. Significa que na abertura do torneio você terá que usar um tipo específico de roupa. – Abriu a mala de acessórios de Karen. Um vestido de látex rosa-

-choque bem apertado, com um cinto largo de couro azul e um tipo de capa de seda brilhante da mesma cor. A fantasia se completava com as botas pretas de verniz que iam até o meio das coxas. – Já sabe. Você é carinhosa e controladora, e vai usar o açoite.

Cleo estremeceu ao ouvir a palavra "açoite". Estava com o corpo cheio de marcas porque um maldito agressor psicopata a havia espancado com vontade usando um açoite. O som do instrumento cortando o ar em castigo à sua pele a deixava doente. Mas se tivesse que usá-lo enquanto ama, ela o usaria. Ainda que fosse tentar não usar o maldito açoite porque, com certeza, acabaria machucando alguém sem querer.

Para isso, ela teria que usar muito bem as cartas.

– Vamos chegar a Saint Thomas por volta das cinco e meia – Nick falou. – Seguiremos para o hotel. De noite, vamos como um casal para o jantar de abertura do torneio. E no dia seguinte, vamos começar a colocar nossa lenha pra queimar.

– Acha que podemos obter algum tipo de informação nesse jantar?

– A única informação que poderemos conseguir vai ser a relação entre os casais. Os monstros vão estar no jantar. A Rainha das Aranhas vai nos apresentar casal por casal… Temos que observá-los, e descobrir seus pontos fracos e saber com quem poderemos contar para fazer alianças. Aqui está o seu passaporte falso. Você é do Texas, Lady Nala.

– Sim. Eu sei.

– Certo – murmurou. – As pulseiras, que foram enviadas com todo o material para o torneio, têm um chip de rastreamento via satélite. Lion está com todas as falsificações que foram passadas pra gente pelo pessoal da logística. Ao trocar umas pelas outras, poderemos sair dos complexos sem que ninguém perceba. Nossa equipe auxiliar vai deixar uma mala com armas em uma das quarenta ilhas que compõem o arquipélago. Provavelmente entre domingo à noite e segunda de manhã, alguém vai entrar em contato para nos fornecer o material de áudio e espionagem. Vamos começar a instalar microfones e câmeras em todos os cenários e locais por onde passarmos. A região vai ter que estar completamente grampeada, com imagens em tempo real para a equipe de monitoramento.

– Perfeito.

– Está nervosa, agente Connelly? – ele perguntou, curioso.

"Nervosa? Nervosa, eu, por quê? Hein? Por quê? Porque estou morrendo de vontade de ver a cara do leão quando rever sua ovelhinha?" Cleo riu internamente.

– Estou ansiosa. Minha irmã Leslie vai estar lá. Lionel, que me afastou da missão, vai estar lá. A Rainha das Aranhas vai estar lá. E quem quer que sejam os Vilões, vão aparecer na final… e vão estar lá. Não estou nervosa – garantiu, contemplando o mapa das Ilhas Virgens. – Estou histérica.

Nick começou a rir.

– Acho que, se controlar seus nervos e sua ansiedade tão bem quanto você controla as coisas ao seu redor, tudo vai sair exatamente como planejado.

Claro. Mas na verdade ela não tinha poder para controlar as coisas ao seu redor.

Prova disso era que estava com um parceiro que não era Lion.

2

No BDSM, os casais têm um número enorme de diferenças e de necessidades díspares, tão grande quanto o número de pessoas que há no mundo.

CHARLOTTE AMALIE, SAINT THOMAS,
ILHAS VIRGENS.
JANTAR DE ABERTURA.

A noite em Charlotte Amalie, principal cidade de Saint Thomas, era digna de cartão postal. Todos os participantes do torneio tinham sido levados do aeroporto para o hotel onde seria realizado o jantar de abertura.

Chegaram por volta de seis da tarde. Logo depois de entrarem na recepção e informarem seus nomes, receberam sacolas com mapas da ilha, informações sobre os resorts nos quais se hospedariam, transportes particulares à disposição e os locais que visitariam, além dos horários de cada evento e indicações de quando começaria cada gincana.

A organização do torneio era impressionante.

Lion estava admirando o contraste das luzes portuárias da ilha, o mar azul e calmo, a noite estrelada e os pequenos barcos e iates atracados não muito perto da orla, movendo-se por causa da levíssima maré tropical, observados ao longe pela Ilha de Hassel. O clima era quente; estavam em pleno verão, ainda que nas ilhas caribenhas a umidade, o sol e o calor fossem lei.

Estava usando calças jeans escuras muito elegantes e uma camisa de linho branca com gola mandarim, que ele deixava sutilmente por dentro da calça: uma parte sim e outra não.

Com os olhos anil fixos na lua cheia, apoiado no parapeito da varanda do incrível hotel resort que a organização tinha reservado exclusivamente para os participantes, só conseguia pensar nela. Na bruxinha de cabelo acaju e olhos de fada que ele tinha deixado para trás, para mantê-la a salvo do torneio e dele mesmo.

Cleo não merecia ter um parceiro como ele: capaz de deixá-la pendurada em uma árvore, à mercê de qualquer louco que pudesse machucá-la. Apertou os dentes e coçou a nuca. Cada vez que se lembrava disso, sua pele se arrepiava, e ele suava frio nas mãos e na testa.

O nervosismo. O estresse. O medo.

O açoite nas mãos de Billy Bob, e o corpo cruelmente maltratado de Cleo o perseguiriam por toda a vida.

Mas Lion precisava manter o foco na missão. Tinha que deixar as emoções de lado, e de forma ingênua e ignorante achou que pudesse simplesmente se afastar dela e não a desejar mais, não se tornar dependente dela como um viciado.

Idiota. Sua vontade de dominar tinha nascido dela, sua vontade de proteger tinha sido semeada por ela. Seu almejado amor... Assim era Cleo para ele. E depois de estar dentro dela, de mostrar as vantagens do prazer-dor, dos orgasmos estratosféricos, como ele podia achar que a aquela mulher não passaria a ser uma parte dele?

A menina roubou seu coração para sempre.

A adolescente lhe esquentou o corpo.

A mulher, definitivamente, roubaria sua alma, e Lion não tinha opção além de ceder e fazer o que os amos de coração faziam com suas mulheres escolhidas: ficar de joelhos e entregar a vida para elas.

Sorriu tristemente. Tinha deixado Cleo para trás. Teve medo; medo pelo que acontecera com Billy Bob; medo por não saber mantê-la a seu lado; pânico por pensar que, depois do que passou, ela teria cada vez mais temor de que ele se aproximasse dela; e, principalmente, tinha medo de deixá-la vulnerável no jogo e de não conseguir protegê-la dos monstros.

Dragões e Masmorras DS não era um torneio simples. Eram diversas combinações possíveis de cartas, objetos e personagens; combinações que podiam salvá-los das garras dos Orcs, dos Macacos Voadores, dos Homens Lagarto e da Rainha das Aranhas. Mas, às vezes, as combinações não eram o suficiente. Lion tinha consciência de que Cleo era uma agente infiltrada, e sabia que, se tivesse que jogar com eles, ela jogaria. Mas ele não queria.

Dividir Cleo com outro o destruiria. Ele não era esse tipo de amo.

Por todas essas razões ele a traiu, deixou-a sozinha em casa e a afastou da missão.

Cleo não voltaria a falar com ele nunca mais. Não se aproximaria dele de novo. Estava tudo acabado.

O coração dele doía.

Com o rosto obscuro, ele deu meia-volta para entrar de novo no hotel.

Sharon esperava todos os participantes para fazer as apresentações pertinentes, e eles deveriam se reunir no salão principal.

Claudia, sua parceira, a mesma ama *switch* – atuava como ama ou submissa indistintamente – com quem ele jogava de vez em quando, esperava por ele apoiada na parede.

O olhar que Claudia lhe lançava era muito diferente do olhar de Cleo.

Cleo era capaz de abri-lo de cima a baixo e de entrar de cabeça em sua alma.

Claudia abria sua calça de cima a baixo e pegava no seu pau. Havia aceitado entrar no torneio com ele porque sabia que formavam uma dupla forte e poderosa. Tudo dependia da mulher. Como tinha sido Lion a fazer o convite, e ciente do quanto ambos eram conhecidos no meio do BDSM, aceitou a proposta, porque tinham chances de ganhar.

Com Claudia, ele podia chegar à final sem temer as consequências. A mulher jogava de verdade e não conferia importância ao fato de que podia cair em mãos alheias. Para ela, sexo era sexo. Nada mais.

Com Cleo, ele não chegaria até a final. Ele mesmo desistiria do torneio se sua menina perdesse algum duelo e caísse nas mãos dos monstros. Não, nem pensar. Ele não conseguiria com ela.

– Está pronto, senhor?

A mulher vestia um short preto de látex e um top do mesmo material, que deixava parte dos seios à mostra. Seus cabelos eram longos na frente, iam até o queixo, mas muito curtos atrás, estilo joãozinho. Tinha a pele morena por causa dos raios ultravioleta. Era atraente; tinha os lábios carnudos e os dentes da frente um pouco separados. Seus olhos, contudo, transbordavam fórmulas matemáticas: era uma grande calculista. Por dois milhões de dólares ela seria capaz de fazer um *gang bang* com os mais de cinquenta amos protagonistas que estavam no salão de festas do hotel. Usava uma grossa coleira de submissa e segurava a corrente com as mãos, apontada para ele. Quando Lion chegou até ela, Claudia sorriu com educação e ofereceu a corrente.

– Leve sua cadela para o salão, senhor.

Lion se concentrou no caso. Na morte do Clint, no desaparecimento de Leslie, que devia estar em algum lugar daquelas ilhas, e nos outros homens e mulheres que estiveram no torneio e no jogo sem consentimento, e que eram drogados até o talo por interesse de alguém. Quem seria essa pessoa? E onde estaria?

Era algo tramado por um maldito profissional e o coração dele não deveria importar nada na atual circunstância.

Lion respirou fundo e, pela primeira vez, sentiu que era completamente inadequado estar com Claudia.

Porque, uma vez que um amo prova o mel da mulher destinada a ele, somente ela o satisfará.

Quando entraram no salão, Lion respirou a atmosfera de dominação e submissão. Todos se contemplavam com respeito, conversavam entre si educadamente e com alegria pela oportunidade de estar em um torneio como aquele, com pessoas que detinham as mesmas preferências. Predominavam os tons preto e vermelho. Eram pelo menos setenta casais de amos e amas com seus submissos e submissas.

Ouvia-se o tilintar das correntes de escravos, e as risadas e gargalhadas de alguns deles. E rostos conhecidos.

Lion procurou Nick Summers e Karen Robinson no meio da multidão, mas não os encontrou. Tinham que fingir que não se conheciam e deviam atuar de modo independente, exceto quando a situação permitisse um encontro às escondidas.

Quem ele viu, com certa surpresa, foram Brutus e Prince, que estavam ali na posição de amo; ambos sorriram para ele, admirados por ele não ter levado aquela garota deliciosa da mansão Lalaurie.

– Ela era demais pra você? – Prince, vestido todo de preto, com seu rabo de cavalo escuro, parou do lado dele com o olhar cravado no palco e na passarela de apresentação. Dentro de alguns minutos, Sharon ia aparecer como mestre de cerimônia e ofereceria as boas-vindas a todos, apresentando os casais um por um para a multidão.

Lion olhou para ele de canto de olho.

– Quer mesmo me foder?

– Igual a você. Todos estão aqui para foder – Prince esclareceu com amargura. – O que eu não entendo é como você deixou aquele docinho em casa para trazer com você a Mistress Pain. – Levou aos lábios a taça com o champanhe francês que estava sendo servido. – Você quer o prêmio de qualquer maneira.

– Oi, Prince – Claudia cumprimentou-o, ronronando.

Lion fez uma careta. Prince a cumprimentou com um gesto do queixo.

Prince não fazia nem ideia de que ele era um agente do FBI. Ninguém o sabia. Lion tinha se encarregado de construir uma lenda urbana ao redor de si mesmo, cheia de mistério e obscuridade, e ele era um legítimo enigma para os outros.

Obviamente, ao formar o casal com Claudia, eles se tornaram automaticamente os favoritos para vencer o torneio.

– É uma pena que você não entenda o porquê, Prince – Lion provocou. – Ninguém melhor do que você para entender, ainda que, pelo visto, pra você tudo pareça a mesma coisa.

– Está me dando sermão, King?

– De maneira nenhuma, já tentei uma vez e não deu certo. – Passou a mão na sobrancelha direita, com uma falha por causa de uma cicatriz.

Um músculo saltou da mandíbula. Dor? Rancor? Tanto faz! A amizade estava acabada.

– De qualquer forma... – Prince deu de ombros. – É uma pena que você não a tenha trazido. Eu ia adorar esperá-la em uma de minhas masmorras.

Lion franziu as sobrancelhas e observou ao redor, à procura de alguma corrente, anel de O, ou qualquer outra coisa que revelasse a submissa de Prince. Mas não encontrou.

Prince sorriu.

"Merda", Lion pensou.

– Sim. – Prince se afastou dele, deu uma piscadinha e levantou a taça. – Sou um dos monstros. E fico muito triste por não ver Lady Nala com você. Mas prometo, King, que vou te devolver as punhaladas. Disso eu não esqueço.

Lion permaneceu encarando-o até que o amo das trevas desapareceu no meio da multidão.

Sentiu-se muito feliz de não ter levado Cleo.

Prince queria se vingar por conta de algo do passado. Manifestava a intenção havia anos. Havia uma relação cordial entre eles, embora fria. Se um dia foram amigos, o acontecimento de três anos atrás abalara tal relação.

Prince achou que Lion tinha seduzido sua mulher, o amor de sua vida, quando os encontrou numa situação comprometedora, em uma das boates que frequentavam como casal.

Porém, não tinha sido assim. A realidade era muito mais feia e sórdida.

Prince fugiu com o coração despedaçado e não quis ouvir nenhuma das explicações.

Foi uma pena, porque Prince e sua mulher eram um casal único, seus amigos muito especiais.

Sharon, a Rainha das Aranhas, apareceu com um incrível vestido vermelho transparente. Estava usando sutiã e calcinha da mesma cor.

Um foco de luz iluminou-a por completo, e todos os amos e submissos aplaudiram e ovacionaram-na. Sharon era uma rainha em todos os sentidos. Somava trinta anos, como Leslie, e era muito linda, mesmo que também fosse feroz e arisca como uma gata que não deseja ser tocada. Era ela quem decidia quando e como.

Seus cabelos loiros caíam em cachos e mechas repletos de brilho e vida, uma vida que seus olhos caramelo já não possuíam.

Levou o microfone aos lábios e gritou:

– Sejam bem-vindos ao segundo torneio Dragões e Masmorras DS! Bem-vindos ao reino de Töril!

Todos festejaram, assobiaram e aclamaram o torneio e sua anfitriã.

– As inscrições foram um sucesso, mas foi muito difícil escolher cada um de vocês! Reunimos aqui os melhores, os mais experientes e os mais… – Fez uma pausa planejada e depois sorriu. – Sexy – sussurrou. A multidão começou a rir e a cochichar. Sharon sabia como cativar o público e envolvê-lo em sua festa particular. – As mesas dispostas aqui estão personalizadas com os nomes de vocês. Como podem ver, temos uma enorme mesa presidencial. – Apontou para o balcão superior, repleto de amos e amas monstros, que iam observar com interesse seus rivais protagonistas. – Eles não querem perder nenhum detalhe do desfile de vocês. Mas primeiro, vou chamar os casais um por um para subirem ao palco e serem vistos. Vou falar o *edgeplay* de cada um, seus papéis como amos protagonistas e suas especialidades. Antes de começar, preciso mencionar um detalhe que não está incluído nas regras do torneio. Como vocês sabem, todo o torneio será acompanhado pelos Vilões. Há câmeras dispostas nos cenários; e o Vingador, Tiamat e o Demônio das Sombras – pronunciou os nomes dos Vilões do jogo oficial – vão estudar o comportamento dos casais para, em dado momento do torneio, propor uma prova que nenhum casal poderá recusar. Se algum dos casais se negar a participar da prova, será eliminado. – Sharon sorriu, ciente de que tinha pego todos os participantes de surpresa, e que, para alguns, a nova informação só incentivava ainda mais a vontade de se superar. – Os Vilões e os monstros esperam por vocês. Dito isso... que comece o espetáculo!

A música "s&m", da Rihanna, começou a tocar nos alto-falantes.

Os casais de amos e submissas começaram a desfilar conforme a Rainha das Aranhas os chamava.

Havia casais de todos os tipos. Homens e mulheres que, como dissera Sharon, eram sexy. O BDSM, como a vida, estava repleto de pessoas de todos os tipos, porém, levando em conta o estilo do torneio que seria realizado e a importância da estética das performances, tinham sido escolhidas pessoas com ótimas formas físicas.

O palco e a passarela deram passagem a um desfile de casais, alguns mais no papel do que outros. Nem todo mundo gostava de se expor daquela forma. Havia amos mais sérios do que outros, e submissas mais descaradas do que outras. Havia casais lésbicos e casais gays.

– Temos aqui Brutus e sua parceira, Miss Olivia. Brutus é um Amo Bobby e finalmente conseguiu capturar a mulher do Popeye e ensinar a ela as artes obscuras... E Olivia está adorando, tanto que gosta muito de ser mumificada, passar por privação dos sentidos e por sessões de *caning* (apanhar com varas) e *paddling* (apanhar com palmatórias)... Olivia adora cera, e não é só para depilação. E ama que sentem na cara dela (*facesitting*). Então CU-idado com eles!

Lion dava risada dos comentários de Sharon. Era uma mulher inteligente e sabia improvisar. Uma autêntica *show woman*.

O desfile continuou. Loiras e morenos, negros e asiáticos, dominadoras em látex e submissas seminuas, homens com máscaras de couro e mulheres com coleiras e correntes... Todos sorridentes e demonstrando muito respeito com os demais.

– Aqui temos a ama Thelma com sua submissa, Louise Sophiestication. – Thelma era uma mulher alta e loira, com o cabelo liso preso em um rabo de cavalo. Estava vestida toda de couro preto e fitava os outros participantes por cima do ombro. Sophiestication era uma submissa linda e elegante, com cabelos castanhos e uma máscara preta que cobria metade de seu rosto. – Sophiestication é uma maravilha, não acham? Thelma é uma Ama Diana. Thelma e Louise, além de pularem com o carro pelos cânions, fazem verdadeiras acrobacias. A ama Thelma conhece todos os tipos de *spanking*, e está disposta a dividir sua amiga Sophiestication com um homem ou com outra mulher. Elas adoram trios.

As mesas começavam a se encher de casais que já tinham sido apresentados. As pessoas aplaudiam interessadas e riam das piadas da Rainha das Aranhas.

– Ora, ora… olhe quem está aqui! – Sharon olhou por cima do ombro para Lion e sorriu. – Das profundezas da selva africana, ao som do "Hakuna Matata", temos King Lion e sua linda submissa *switch*, Mistress Pain. Com certeza vocês já devem ter visto os dois juntos. Os dois são espetaculares, não são? King Lion é um Amo Hank. Faz de tudo com todas. É o rei, e não há animal no reino que não o obedeça. King Lion usa qualquer tipo de apetrecho, e adora o *fisting* e o *roleplay*. Será que ele consegue controlar o "timão" da Mistress Pain e dar um belo "pumba" nela?

Lion sorriu sob a luz e puxou a corrente de Claudia. A forma de agir era fundamental na hora de representar o papel. A luz o impeliu a apertar os olhos, mas ele conseguiu enxergar algo que chamou sua atenção. Enquanto descia do palco para dar lugar ao casal seguinte, forçava a vista, contemplando, fixa e curiosamente, uma imagem que despertou seu interesse.

Uma cabeleira ruiva se sacudia entre os casais de amos e submissas, como uma chama que ardia lentamente.

Lion e Claudia tomaram seus lugares. Ele procurava a dona daqueles cabelos. Apenas Cleo tinha um cabelo daquela cor, e chamava-lhe a atenção que outra mulher tivesse um cabelo tão parecido. Ela não seria tão bonita quanto Cleo, disso ele tinha certeza.

– Olha só… Isso vai ser bem divertido – Sharon murmurou, realmente interessada na ficha seguinte. Por um momento, ficou sem palavras, mas reagiu, rápida e feliz. – Outra selvagem! Das profundezas da selva africana e – pontuou, olhando surpresa para Lion – para o desespero do Rei Leão…

Lion apoiou os cotovelos na mesa e bebeu da taça de champanhe com um sorriso de interesse. Quem o deixaria assim, desesperado?

– Temos Lady Nala e seu submisso, Tigrão!

Um foco de luz iluminou o palco. Os casais que ainda seriam apresentados abriram espaço para que o casal entrasse em cena.

O coração de Lion disparou quando, em câmera lenta, ele viu aquela mulher usando botas pretas que iam até a coxa, um vestido tomara que caia preto supercurto que a envolvia como uma luva, e seu exuberante cabelo vermelho, meio preso. Estava com os olhos pintados, bem escuros, quase como se estivessem cobertos por uma máscara, e a cor verde se destacava, assemelhando-se a duas malditas estrelas em meio a tanta escuridão. Conduzia seu submisso por uma coleira, e ele andava de quatro, adorando seu papel de animal.

A taça caiu das mãos de Lion e seu corpo ficou tenso.

Não podia ser.

Não podia ser.

Que porra Cleo estava fazendo ali?

E não era só isso.

Por que Nick era o submisso dela?

Cleo ardia de fúria e de raiva naquele momento. Já tinha ficado muito irritada na vida, mas nada que atingisse o ultraje e a ira que a queimavam por dentro, desde que tinha visto Lion com aquela mulher, Mistress Pain, a Senhorita Dor.

Ela é que sentia dor no coração e na garganta.

Estava com vontade de rugir como uma leoa de verdade, mostrar suas garras e estraçalhar os dois.

Já havia se preparado para não reagir, não sucumbir ao vê-lo, sabendo que ele a havia abandonado. Discrição e consciência antes de tudo. Mas não estava pronta para enfrentá-lo, além de tudo, como amo de outra mulher.

Cleo teve ódio de Mistress Pain quase de imediato.

E teve ódio dele.

Sentiu vontade de machucá-lo de verdade.

Evidentemente, ela não podia machucá-lo porque ele não se importava com ela. E era óbvio para Cleo que uma pessoa só podia sofrer pelas mãos de alguém que ela realmente amasse. Portanto, não podia magoá-lo da mesma forma que ele a havia magoado.

Mas daria uma lição nele.

Para começar, ia demonstrar que estava pronta para estar ali, e que ele tinha cometido uma ofensa e uma infração, como agente encarregado, ao não confiar nela.

Caso conseguisse encontrar um dos baús no dia seguinte, ia lutar com seus dotes de persuasão a fim de conseguir as cartas de que precisava.

Deus, Lion estava com os olhos tão arregalados que parecia que iam pular do rosto dele. Para Cleo, aquela reação não tinha preço.

"Pode ir se preparando, leão. Só uma pessoa pode mandar na selva. E será uma rainha."

– Lady Nala é uma ama muito dura e rígida. Adora que seu lindo submisso Tigrão beije os pés dela e limpe seus sapatos. Ela é uma expert com o *flogger*, adora fazer seu submisso se vestir de mulher, o *dogplay*, como vocês podem notar, e... a CBT! (tortura de genitais masculinos). Nossa, nossa... Lady Nala – Sharon a olhou de cima a baixo –, você gosta mesmo disso?

Cleo lançou-lhe o olhar de arrogância mais fácil de interpretar da história da oftalmologia.

– Você vai descobrir quando eu colocar as mãos nos ovos das suas crias, Rainha das Aranhas – ela respondeu, sorrindo, convencida.

Sharon apertou os olhos cor de caramelo e ergueu as extremidades dos lábios. Ela não tinha medo de ameaças.

– É melhor que você não caia na minha teia, leoa – murmurou entre os dentes. – O que te falei na mansão Lalaurie não era brincadeira.

Cleo sorriu e parou de olhar para ela, como se não tivesse mais interesse.

Sharon cravou os olhos castanhos nas costas graciosamente erguidas e nos cabelos ruivos de Cleo e gritou, ao se despedir do casal:

– Aves da selva, cuidem bem de seus ovos ou a Lady Nala vai esmagá-los!

O destino quis que Lady Nala e Tigrão fossem colocados na mesma mesa de King Lion e Mistress Pain, e de Thelma e Louise.

Nick puxou a cadeira para Cleo.

Ela nem ao menos agradeceu. As dominadoras não faziam isso. Os submissos eram seus servos.

"Lembre-se: você dá ordens e não pede por favor."

– Champanhe – ela mandou sem fitar Nick.

Nick fez as honras diante do olhar atento de Lion.

Claudia observou Cleo com interesse. Quanto ao submisso, ela observou-o faminta.

Thelma permanecia atenta ao palco, sobre o qual a Rainha das Aranhas apresentava o último casal, e Sophiestication permanecia com a cabeça baixa, encarando seu prato vazio.

– Boa noite. – Cleo cumprimentou toda a mesa, evitando o contato visual com Lion. – Viemos só cumprimentá-los. A viagem foi longa, estamos cansados e provavelmente não vamos ficar para o jantar. Temos que recuperar as forças para amanhã – explicou com segurança.

Lion parecia à espreita, com vontade de subir na mesa e dar o bote para estrangular Cleo e Nick.

Este sentou-se ao lado dela para se certificar de que não faltava nada para sua ama.

Todos responderam ao cumprimento com educação.

– Os organizadores fizeram um trabalho excelente, não acham?

– É verdade – Thelma respondeu, pegando o guardanapo e empostando-o sobre as coxas. – É tudo impressionante. Imaginar que as ilhas farão parte de Töril e que cada cenário será perfeitamente emulado como no RPG... É muito emocionante. – Thelma acariciou o pescoço de Sophiestication e se aproximou dela para lhe dar um beijo na bochecha. A jovem sorriu com doçura e concordou.

– Sua submissa não fala? – Mistress Pain perguntou com desdém.

Sophiestication levantou o rosto o suficiente para analisar o rosto de Claudia, mas o fez de uma forma que ninguém se deu conta.

Ninguém, exceto outro submisso como ela, que a olhava de canto de olho.

– Quero que Louise cuide da voz e a preserve pra hora dos castigos. Então ela vai poder gritar o quanto quiser. Damos muito valor ao silêncio e à paz mental entre nós duas. Cultivamos muito as palavras. Não é, minha linda? – perguntou a loira com infinita suavidade.

Sophiestication balançou a cabeça de maneira afirmativa.

– Também estamos ansiosos pra começar – Claudia assegurou com um sorriso e colocou a mão sobre o joelho de Lion.

Cleo ficou alerta como um dobermann, e só teve vontade de dizer: "Piggggrrrrrrranha".

Lion continuava sem piscar. Olhava para Cleo e para Nick, que estava na mesma posição de submissão que Sophiestication.

Ele não sabia como agir.

Ela... Sua Cleo estava ali, onde não deveria estar. E, além de tudo, com outro homem.

– Sim, nós também, não é, meu canalhinha? – Cleo pegou Nick pelo queixo e girou o rosto dele na direção dela. Olhou de soslaio para Lion. "Ah, que ótimo. Que ótimo. Tenho toda a atenção dele. Dê uma olhada no que faço com o agente Summers."

– Sim, ama – o loiro respondeu, obedecendo tal qual um bom menino.

– Me dê um beijo.

Lion apertou os punhos sobre a mesa.

Nick sorriu com malícia e beijou os lábios de Cleo, querendo alongar e aprofundar mais o contato. Cleo o afastou com rapidez, puxando o cabelo dele como castigo.

"Não exagere na atuação. Não exagere."

– Já foi o suficiente.

– E você diz que veio da selva? – Lion perguntou com desdém e indiferença. Analisou a pele dos ombros dela procurando alguma marca do açoite de Billy Bob, mas ela havia se encarregado de maquiá-las. Não havia nenhuma à mostra. – Nunca te vi na minha.

Mistress Pain começou a rir.

Cleo apertou os dentes e seus olhos verdes o fuzilaram.

– Sabe por quê, Simba? Porque o jardim mal cortado da sua casa não é uma selva. Venho de uma selva maior do que a sua. – "Uma selva na qual o respeito pelos outros animais é básico. Você não me respeitou."

– Nossa. – Thelma cobriu a boca com a mão, tentando abafar uma gargalhada. Do lado dela, Sophiestication encarou Cleo com assombro.

– Você não deveria falar assim com King Lion, leoa – Claudia advertiu. – Precisa respeitá-lo.

– E eu respeito – Cleo garantiu, sorvendo champanhe como se a conversa a entediasse. – Respeito muito. Ele é o rei da selva, não é?

– É – a *switch* respondeu com orgulho.

– Mas é o rei só da selva dele. – Cleo deu uma piscadinha e sorriu.

– Escuta, Tigrão. – Lion se inclinou para a frente de modo a chamar a atenção de seu amigo. Ele também sabia brincar e, além do mais, tinha que reagir. – Acho que já te vi antes em Nova York. Em alguma casa noturna, talvez?

Nick permaneceu calado.

– Por acaso ele não responde? – Claudia se sentia insultada diante do comportamento dos demais.

– Meu menino não responde se eu não der permissão – Cleo respondeu, cheia de orgulho. – Seu amo não tentou nada parecido com você? Você fala demais.

– Claro que sim – Lion respondeu com segundas intenções. – Quando ela está com o *gag* e eu a domino. – Seus olhos azuis provocadores brilharam.

Mistress Pain sorriu como se perguntasse: "O que acha do meu amo, linda?"

Cleo absorveu o golpe da melhor maneira possível, mesmo que as palavras tivessem doído como uma chicotada.

– Fico feliz; talvez você nos mostre amanhã como faz – respondeu, dando a entender que eles não encontrariam o baú e que teriam que duelar com outros participantes. Desviou o olhar para Nick. – Pode falar.

Nick levantou a cabeça e olhou de frente para seu amigo.

Eles se comunicaram em silêncio. Lion o recriminava por não ter repassado a informação, e Nick assegurava que a decisão fora de Montgomery, que ele não tinha nada a ver com isso.

– Sim. Já fui muitas vezes com a minha ama para Nova York.

– Mas acho que me lembro de uma ama morena e mais alta, e com peitos maiores que os da Lady Nala.

Cleo mordeu o interior do lábio e teve vontade de cravar um garfo no meio das sobrancelhas dele. Lion sempre despertava seu lado mais sádico.

– Estou feliz com o lindo corpo da minha nova ama – Nick respondeu devolvendo o golpe nada cavalheiro de Lion.

"Esse é o meu garoto", pensou Cleo.

– Minha antiga ama quebrou o braço. Mas Lady Nala veio me salvar e agora estou à mercê dela. E adoro estar à mercê dela – garantiu, contemplando Cleo com um sorriso.

"Bom, então a Karen se machucou e não pôde entrar no torneio. Que azar do caralho", Lion pensou. E para que Nick entrasse com alguém que estivesse a par do caso, Montgomery chamou a Cleo. Será que foi assim mesmo?"

– Então vocês são um casal relativamente novo? – O olhar analítico de Claudia estudou os dois. Desta maneira, podia atacá-los com mais facilidade.

– É isso. – Lion sorriu como o rei da selva que era, colocando Cleo no lugar de novata e Nick como o mais experiente.

Cleo decidiu que já tinha sido o suficiente.

Tinha enfrentado Lion.

Comportou-se com educação, cumprimentou a todos, e chegou o momento de sair de cena e esperar ansiosa pelo dia seguinte.

– Se vocês nos dão licença... – Cleo murmurou enquanto se erguia da mesa e puxava a corrente do pescoço de Nick. – Foi um prazer. Aproveitem o jantar. Vamos descansar, amanhã temos que madrugar.

– A selva não tem piedade, Lady Nala – Lion garantiu, olhando de canto de olho, enquanto ela e Nick se afastavam.

Lion perdera a fome.

Não queria estar ali na mesa com Claudia, Thelma e Louise.

A única coisa que desejava, como homem e como amo, era descobrir em que quarto Cleo e Nick estavam hospedados e exigir a porra de uma explicação.

Ele a conseguiria.

Não permitiria que os dois dormissem juntos, de jeito nenhum.

Lion podia ter dormido com Cleo.

Mas Cleo não o faria com mais ninguém.

Pertencia a ele.

3

A submissão é como uma meditação. Você fecha os olhos, sua mente fica em silêncio, seu coração pulsa... e abrem-se as portas para sua rendição.

– Como foi o reencontro com Lion? – Nick perguntou enquanto observava Cleo tirar a maquiagem no banheiro da suíte. Ele vestia apenas uma calça de algodão branca, que mal se segurava no quadril.
– Estava saindo faísca. Eu nunca tinha visto o agente Romano daquele jeito. Foi muito interessante.
– Tenso. Foi tenso.
Cleo analisava o rapaz pelo espelho enquanto esfregava o rosto com algodão e creme.
Todos os participantes dispunham de suítes. Os patrocinadores do evento eram de fato muito ricos, e gostavam de ver seus brinquedos rodeados de prazeres suntuosos.
Usufruíam de uma varanda com piso de madeira, cadeiras de balanço e plantas. O quarto era enorme e luxuoso, todo em branco e marrom. A cama era tão grande que dava o dobro da de Cleo. O banheiro contava com jacuzzi e chuveiro, além de incluir uma pequena sauna para relaxar. Televisão, aparelho de som, computadores... Tudo de última geração.

Entretanto, também de última geração eram os microfones e as câmeras que Nick tinha levado em sua mala. Eles queriam se assegurar de que não haviam escutas ou microcâmeras dentro do quarto. Não encontraram nada.

– E por ter sido assim tão tenso – Nick prosseguiu, despreocupado –, devo perguntar se entre você e Lion não aconteceu algo a mais...

Cleo terminou de limpar o rosto e deu de ombros.

– Pode imaginar o que quiser, Nick. Seja lá o que você ache que aconteceu, já deu pra perceber que nenhum de nós dois dá a menor importância.

– Só espero que ele não tenha nada a ver com as marcas que estou vendo embaixo das suas coxas, Cleo.

Ela esticou a camisola branca enquanto passava ao lado dele e o fitou com desaprovação, como se fosse sua ama de verdade.

– Lion nunca faria algo assim – ela rebateu.

– Fico feliz em saber. Do contrário, não me importaria em dar uma lição nele. – Seguiu Cleo até a cama e se sentou no colchão, ao lado dela. – Odeio esse tipo de pessoa – resmungou, passando a mão por seus cabelos loiros arrepiados.

– Eu também – ela garantiu amavelmente. – Mas Lion não é um agressor. Ele me protegeu.

– Sim. – Nick relaxou. – Isso se encaixa melhor com a imagem que tenho do agente Romano.

– Clint e Lion eram muito amigos. Você e ele são muito amigos também?

Nick ficou triste ao ouvir o nome do seu divertido companheiro Clint. Os filhos da puta deram um fim nele. Como? Por quê?

– Somos sim. Quer dizer... já fomos. Mas as coisas mudaram e, bom, eu me afastei um pouco...

– Por causa da missão? – ela perguntou, compreensiva.

– Foi. – Ele se mexeu. – Não fico muito confortável em falar dele, Cleo – ele explicou, nervoso.

– Tudo bem. Não quero te aborrecer. É melhor a gente dormir um pouco e descansar, não é? Amanhá vai ser um longo dia.

– Vou dormir nessa *chaise longue*. – Apontou o assento de couro que havia na pequena sala anexa.

Cleo começou a rir e negou com a cabeça.

– Não, Nick. Nem pensar. Pode dormir aqui... Eu não me importo. – Apontou o lado oposto da cama. – Sei que você não vai tentar nada.

– Bom. – O agente Summers franziu as sobrancelhas loiras, e seus olhos âmbar a colocaram à prova. – Não sou tão submisso.

Cleo apertou os olhos.

– Colocamos uma almofada entre nós dois.

– Isso não vai me proteger de você, agente Connelly.

– Como? – ela perguntou, incrédula.

– Foi você quem colocou as mãos em mim, amarrou meus testículos com um nó de marinheiro e bateu nas minhas costas e na minha bunda.

A jovem arregalou os olhos e deu uma gargalhada.

– Você estava me treinando! Foi um contato meramente profissional, agente Summers.

– Sim, claro – ele brincou. – Eu é que tenho que desconfiar de você. Além do mais, por que tem tanta certeza de que não vou fazer nada?

– Porque nossa química é nula – respondeu na lata, apagando o abajur do criado-mudo. – E porque algo me diz que não sou o seu tipo de mulher. Além disso, não sei o porquê, mas acho que você é comprometido.

Nick relaxou os ombros e se esticou na cama ao lado de Cleo.

Os dois ficaram encarando o teto, mergulhados em pensamentos, escondidos na tranquilidade da escuridão da suíte, tentando sonhar. Até que Nick perguntou:

– Por que acha que não é o meu tipo de mulher? E por que acha que sou comprometido?

– Intuição feminina, acho. Imagino que você seja comprometido porque tem uma marca de aliança, não tão recente, no seu dedo anular. – Sim, basicamente por isso.

Nick levou os dedos à outra mão, cobrindo a marca de seu passado. Um passado que ele não queria esquecer nunca, mas que a vida tinha se encarregado de fazer desaparecer.

– Você é casado, Nick?

– Não. Não mais – respondeu, seco.

– Você tirou a aliança há pouco tempo – ela observou.

– Ah, ainda a uso, só não é mais no dedo.

Não usava mais a aliança no dedo? Mas usava onde, então?

– Fez uma obturação com ela?

Nick teve um ataque de risos.

– Não, porra... – Passou a mão pela orelha. – Ela foi derretida e agora a estou usando aqui.

Ah, sim. Era isso.

– É esse piercing em forma de serpente – ela adivinhou. Era uma serpente que envolvia a parte exterior da orelha, de cima a baixo.

– Sim.

Cleo não ia perguntar mais nada, porque percebeu que Nick era muito cuidadoso com essa parte da vida dele. Na sala do aeroporto ele tinha tirado a roupa e mostrado a ela como fazer a dominação das partes e como bater nele sem machucar. No entanto, ele só tinha se mostrado fisicamente. Não mostrava nada mais do seu interior. E Cleo lidava bem com isso.

As pessoas, ou seja, ela, deveriam aprender a ser um pouco mais reservadas. Por não ser assim, por ser tão transparente e dizer tudo o que pensava, as coisas com Lion haviam acabado do modo como acabaram.

– Sabe o que eu acho, Nick?

– O quê?

– Que o seu tipo de mulher é completamente o contrário de uma dominadora. Tem alguma coisa indomável em Nick Summers – sussurrou meio bocejando. – Não sei exatamente o quê. Mas está aí.

– Você deveria se especializar em perfis, Cleo.

Ela sorriu e deu as costas para começar a dormir em posição fetal. O despertador do torneio ia acordá-los tocando "s&m", da Rihanna, o hino oficial de Dragões e Masmorras DS.

Toc toc toc.

Os dois sentaram e, olhando um para o outro, disseram:

– Lion.

– Abre você – Cleo pediu. – Espera, vem aqui – sussurrou. – Me faz um favor.

– Qual?

Passou as mãos pelos cabelos dele e o despenteou por completo. Depois, pinçou os lábios dele com os dedos e os beliscou, puxando-os com força.

— Ai! O que está fazendo?

— Shhh, maricas.

— O que disse?

— Ah, desculpa... — respondeu imediatamente, com inocência. — É o meu papel de dominadora.

Nick se levantou, olhando para Cleo como se ela estivesse louca.

Cleo nem se moveu da cama e, com toda a maldade que carregava dentro de si, fez a pose mais sexy possível em cima do colchão. Bagunçou os lençóis e jogou um travesseiro no chão. Em seguida, passou as mãos pelos cabelos, ficando toda desgrenhada como se tivessem acabado de dar uns amassos.

Lion entrou no quarto com frieza total e absoluta. Com tudo sob controle e analisando as imagens que via. Por sua vez, os móveis, as lâmpadas e o chão foram tomados pela neblina.

Os travesseiros no carpete, a colcha amassada e desarrumada, os lábios inchados de Nick...

Cleo estirada de um modo completamente descuidado, como se estivesse saciada.

Olhou para ela a partir do pé da cama. Colocou as mãos na cintura, escaneando a moça por inteiro.

— Agente Romano — ela cumprimentou com um tom de voz bem impessoal.

Lion endureceu as feições.

– Posso saber o que você está fazendo aqui?

– Aqui na ilha ou aqui na cama?

Lion olhou para Nick, que estava com cara de interrogação.

– Está brincando comigo? – o amo perguntou para o submisso.

Cleo se ergueu e apertou os olhos.

– Bom, como você pode ver, eu estou no caso, Romano.

– No caso do qual eu te afastei porque você não está em condições…

– Não estou em condições do quê? – Ficou de pé no colchão e o encarou.

– Cleo? – Nick ia segurá-la. Nunca tinha visto ninguém enfrentar Lion daquele jeito. – Você devia descer da…

– Estou em perfeitas condições de continuar nessa missão, e foi você quem me colocou nela, lembra? Você me treinou durante uma semana pra entrar no torneio, mas depois voltou atrás e me traiu.

– Agente Connelly, não ultrapasse os limites.

– Não ultrapassar? – repetiu, incrédula. – Todos nós que estamos nesse caso já extrapolamos os limites do pudor e da moral. Todos. Já ficamos pelados uns na frente dos outros e já pegamos em todos os lugares proibidos. Então não venha me falar de limites, senhor Anéis de Frequência Cardíaca. Era só o que me faltava, agente Romano! É você quem está brincando comigo?

– Cleo… – A sobrancelha falhada se ergueu com impertinência.

– Nem Cleo, nem nada! Eu voltei porque o senhor Montgomery me readmitiu no caso do qual você me afastou sem oferecer nenhuma explicação. E graças a mim, Nick também pôde se infiltrar, porque sem a Karen como ama ele teria ficado de fora!

Lion respirou bem fundo.

Seu pior pesadelo e preocupação estavam ali como ama. Cleo não sabia como dominar. Ia estragar tudo.

– Como você tinha o…? – emudeceu ao se lembrar do momento em que Sharon deu o convite para Cleo.

– O convite da Rainha das Aranhas me permitiu estar aqui. Lembra, Romano? Lembra da mansão Lalaurie há duas noites?

Lion engoliu saliva e se obrigou a apagar da mente aquele momento. Lembrava da mansão e do que tinha vindo na sequência. Não havia se passado nem sequer 48 horas de tudo aquilo.

– Cleo tem um plano, Romano. Acho que você tem que se acalmar e escutá-la… Se funcionar…

– Cleo não tem plano nenhum – ela retrucou sem deixar de olhar fixamente para Lion, como faria um predador.

– Você tem um plano, Cleo? – Lion perguntou quase rindo dela. Queria escondê-lo?

– Não. Não tenho plano nenhum, Romano – respondeu.

– Pode desembuchar. Sou seu superior.

– Não tenho nada pra contar. O único plano que temos que colocar em prática é o de encontrar os malditos baús amanhã. E ponto final.

O agente Lion ficou com vontade de jogar tudo pelos ares. Cleo estava de cara lavada, com uma camisola branca que ia até as coxas, os mamilos se insinuavam por baixo do tecido… Era como uma maldita Sininho dando bronca nele.

Teve vontade de abraçá-la e tirá-la da vista de Nick.

O que será que ele já tinha visto?

– Você vai conseguir desempenhar o papel de ama? – Lion estava confuso com a situação. Cleo e Nick não tinham que estar juntos. Merda.

– Bom, considerando a pouca ou nenhuma confiança que você tem em mim, não faz diferença que me diga o que acha ou deixa de achar. Mas confio em mim e na minha competência, e espero que minha irmã esteja em algum lugar dessa ilha. Não pretendo cometer nenhum erro. A vida dela está em jogo.

– E a sua também, Connelly – Nick garantiu.

– Eu sei, Summers. E a minha – afirmou, séria. – Todos nós temos muito a perder. Quero somar, não estou aqui pra atrapalhar nem pra causar problemas. Agora eu faço parte da sua equipe e você vai ter que me aceitar, mesmo que seja difícil.

Ele tinha que aceitar? Meu Deus… Cleo não sabia do que estava falando. Ele a aceitava, mas temia por ela. Estava assustado de verdade por vê-la ali, no mesmo hotel que os monstros e que qualquer amo com olhos, porra.

Ela não entendia que ele não ia conseguir trabalhar assim?

Deu um passo à frente e, ainda com as mãos na cintura, aproximou seu nariz do dela.

– De todas as loucuras, de todas as decisões arriscadas que você já tomou, essa foi a pior. É um erro monumental que você esteja aqui, Cleo. Se dependesse de mim, eu te mandava agora mesmo de volta pra Tchoupitoulas, pra junto da sua salamandra.

Ela apertou os lábios até que virassem uma pálida e fina linha.

– Rango é um camaleão, e não uma salamandra – rebateu quase sem forças.

– Tanto faz! Rango não é uma salamandra e você não é uma ama, e nem está preparada para estar nessa equipe.

– Mas eu estou. E estou porque um dos seus superiores quis assim. – Ergueu o queixo trêmulo. – E contra isso você não pode fazer nada. Só acatar as ordens. Que coisa, chega um momento em que todos devemos nos submeter, não é?

– Sim, você está preparada. – Fez um gesto de desaprovação. – Me fodeu direitinho.

Lion mordeu a língua e evitou continuar atormentando-a. Cleo tinha que saber que ele não estava feliz por vê-la ali, que não gostava do que ela ia fazer e que... ele não suportava que ela tivesse outro homem como parceiro.

Sim, era isso.

Jogou uma sacola de plástico em cima da cama, aos pés descalços de Cleo.

– Amanhã, depois da primeira rodada, temos que encontrar uma maneira de entrar em contato com nossa equipe secreta – ele explicou, soberano. – Precisamos de armas e de dispositivos de áudio, coisas que não temos em nosso equipamento. Quando sairmos do complexo de hotéis, vamos usar essas pulseiras para não sermos localizados. Não esqueça de usá-la. Nossa equipe de monitoramento está colocando microcâmeras por todas as ilhas para ter controle absoluto das embarcações que entram e saem dessa região. Amanhã teremos a primeira prova, fiquem atentos.

– Sim, senhor – Nick concordou, incomodado com a tensão no ambiente.

Lion se dirigiu para a saída, sem dar mais nenhum olhar para Cleo.

Nick o acompanhou e saiu do quarto com ele.

– O que foi isso, Lion? – perguntou de forma incriminadora.

– O que foi o quê? – Continuou andando na direção do elevador.

– Cleo está na equipe por vontade própria e vai nos ajudar. Você não pode tratá-la assim. Ela fez uma porra de um favor pra gente. Eu já estava fora, cara.

– Ela é uma irresponsável – grunhiu em voz baixa. – Você não conhece a peça. Ela vai... vai nos colocar em perigo. É um ímã para os... problemas. É foda. – Estapeou o próprio rosto e inclinou a cabeça para trás. – Que merda ela está fazendo aqui? Eu a afastei da missão e agora a tonta está aqui correndo perigo...

– Ela vai se sair bem, Lion. Ela é muito convincente.

O moreno adotou uma postura ereta e uma atitude ameaçadora. O que Nick queria dizer com isso de que ela era muito convincente?

– Não encosta nela, Nick. Nem pense em...

Ele levantou as mãos, defendendo sua inocência.

– Ei, ei, ei... na verdade é o contrário, amigo. Eu não encosto nela. Ela é que encosta em mim.

– Não. Também não me agrada essa resposta.

– Mas é o que tem pra hoje. Você tem que aceitar e aguentar, Lion, senão seu sangue vai ferver.

– Você não entende...

Nick franziu a testa e fitou-o de canto de olho. Entendeu o que estava acontecendo. Finalmente tinha entendido.

– Então é ela.

– O quê? Do que você está falando?

– É ela. Ela que é... a mulher especial. – Ao ver que Lion fez uma careta e olhou para o outro lado, prosseguiu: – Faz um ano, depois do problema que eu tive – seus olhos dourados se escureceram –, você me disse que um amo entrega seu coração apenas uma vez. Para uma mulher especial, uma submissa que aceita a escuridão do seu coração e a necessidade de luz da sua alma. Você disse que proporcionava prazer, mas que tinha deixado o seu coração em Nova Orleans. É a irmã da Leslie, estou errado? É a Cleo.

– Me deixa em paz. – Deu meia-volta e apertou o botão do elevador.

– Ela sabe? Sabe que você a trata tão mal por pura incapacidade de expressar suas... emoções?

– Eu consigo muito bem expressar minhas emoções – Lion esclareceu enquanto as portas se fechavam. – Mas esse não é o melhor momento.

Antes que as portas se fechassem, Nick colocou a mão entre elas e as parou.

– É melhor você descobrir logo quando é o melhor momento, amigo. Antes de ele chegar, podemos ir parar no fundo do mar do Caribe. Não estamos aqui de férias.

Nick voltou para o quarto e, quando entrou na suíte, viu Cleo saindo do banheiro com os olhos vermelhos e inchados.

Lion a tinha feito chorar.

Na na na, come on!
Na na na, come on!
Na na na na na, come on!
Na na na, come on, come on, come on!

Cleo e Nick se levantaram de supetão.

O torneio começava agora.

Em meio a tropeções, e tentando obter a melhor imagem deles mesmos, eles se arrumaram e vestiram o figurino.

O pessoal das ilhas iria ao delírio ao ver todos desfilando por suas terras daquele jeito.

Nick colocou a coleira de submisso e uma roupa escura: uma camiseta regata preta e uma calça também preta, não muito grossa, e uma bota de lona preta de cano alto. Com seu cabelo loiro despenteado e os olhos pintados com lápis, estava parecendo um cantor de rock gótico.

Cleo vestiu um short preto bem apertado e uma blusinha também preta de redinha com alças. Por baixo, estava com um sutiã de látex preto. Calçava botas de verão pretas de couro, abertas nos dedos e no calcanhar.

Deixou os cabelos ruivos soltos e se maquiou para esconder os estragos da choradeira da noite anterior.

Não indicaria Lion para o prêmio "Queridíssimo 2012". Disso ela estava certa.

— Preparada? — Nick perguntou enquanto lhe entregava o açoite.

Cleo o colocou ao redor da cintura como se fosse um cinto. Confirmou e pegou a corrente do pescoço de Nick.

— Eu nasci preparada. — E o puxou dramaticamente.

Já estava claro que Cleo não tinha nascido preparada para muitas coisas, mas ela era como um camaleão.

Ia se adaptar.

E camuflar suas emoções.

Estavam todos no salão do hotel.

Tinham acabado de tomar café, e um incrível telão, desses de cinema, iria apresentar as atividades do dia. Seria assim durante todo o torneio.

No café da manhã, os participantes escutariam o que o telão tivesse a dizer e, imediatamente, quando fosse dada a ordem, sairiam em disparada em busca de seus objetivos.

Claudia estava se apoiando no ombro de Lion, com os olhos fixos no telão.

Cleo teve vontade de esticar a língua, como seu camaleão, e sugar a cabeça dela. Mas não faria isso. Ela e Nick se concentrariam nas provas e em obedecer ao agente encarregado.

Lion, por sua vez, sentiu que alguém o observava e olhou para Cleo por cima do ombro.

Cleo manteve o foco na tela enquanto apoiava o peso do corpo no torso de Nick, que massageava os ombros dela, tomando liberdades impróprias para um escravo.

A tela se iluminou e começou a tocar a épica música da Audiomachine, "Redemption". Começaram a mostrar imagens das Ilhas Virgens ao amanhecer e ao anoitecer. Depois, de dentro das águas, saíram as letras para formar Dragões e Masmorras DS. Apareceu um homem caracterizado como Amo do Calabouço da série de desenhos original, mas com roupas de couro. Era um anão de olhos claros, com longos cabelos brancos e calvo no topo da cabeça.

As pessoas aplaudiram e festejaram entre risadas e piadas, e se dispuseram a ouvir o que ele diria.

"Bem-vindos, Bárbaros, Arqueiros, Acrobatas, Magos, Bruxas e Cavaleiros. Sejam bem-vindos a essa dimensão paralela de *Dungeons*

& Dragons, meu mundo e o mundo de vocês pelos próximos quatro dias. Vocês estão em Töril, o Berço da Vida. Como sabem, todos os monstros nasceram nessa terra. Ela é composta por três partes de água e vários continentes e ilhas."

Apareceu na tela um mapa das Ilhas Virgens Americanas com imagens de satélite, e sobre elas a palavra "Faerûn", um dos continentes de Töril. Para cada ilha tinha sido atribuído o nome de uma das ilhas Moonshae, um território especial de Faerûn. O Oceano Atlântico virou o Mar das Espadas. As ilhas de Saint Thomas, Saint John e Saint Croix viraram Norland, Gwynneth e Alaron, respectivamente. E as ilhas menores como Capella Islands, Lavango Cay, Savana Island, Water Island... receberam os nomes de Mintarn, Snowdown, Moray, Oman, Korinn Isles, Whalebones, Ruathym... tudo tinha o seu equivalente.

Os agentes infiltrados observavam boquiabertos a capacidade de inteligência daqueles fanáticos. Realmente, tinham conseguido praticamente sobrepor um mapa ao outro e encontrar todas as similaridades.

"Cada casal participante terá à disposição um jet ski e um quadriciclo motorizado para poder circular livremente por todas as ilhas e ir em busca dos objetivos diários. Quando acabar a rodada de hoje, vocês devem retornar para esse mesmo castelo, na ilha de Alaron."

– Então Saint Thomas é Alaron... – Cleo sussurrou. – Ei, Tigrão, você sabe sobrepor mapas? – Ao não receber resposta, Cleo o olhou por cima do ombro.

Nick estava com o olhar âmbar fixo em uma mulher com uma máscara de couro que cobria completamente sua cabeça, deixando para fora apenas os olhos e a boca, através de uma abertura com zíper. Thelma, a ama loira, olhava para ele por cima do ombro, sorrindo com descaramento.

– É, Tigrão...

Nick parou de prestar atenção na dominadora e na escrava, e manteve o foco em Cleo.

– Sei sobrepor mapas, ama.

– Muito bom – Cleo respondeu mais tranquila.

"Enquanto durar o torneio, em todos os cenários, vocês estarão sendo observados pelos Vilões. Há microfones e câmeras espalhadas por quase todas as locações, inclusive nos quadriciclos e nos jet skis. Quem tem a pista para encontrar o baú de hoje é o senhor Johann Bassin. Boa sorte para todos os participantes. E lembrem-se: quando as masmorras se abrem, os dragões estão à solta."

O telão se apagou de repente. Todos os participantes continuaram olhando em silêncio, como se estivessem esperando por mais alguma coisa.

Fez-se silêncio absoluto.

Cleo olhou para Lion. Lion olhou para Cleo.

Nick olhou para seu superior. Lion confirmou com a cabeça.

Claudia continuava com o olhar fixo na tela, em estado de ausência de atividade cerebral.

– Quem é esse porra desse Johann? – Brutus perguntou em voz alta.

Cleo e Nick se olharam, sorriram e saíram correndo atrapalhadamente até a recepção do hotel.

Lion puxou Claudia e foi atrás deles.

Precisavam de uma lista telefônica.

Nos quadriciclos pretos que estavam dirigindo pela estrada de Saint Thomas, o motorista tinha que ficar do lado direito. As Ilhas Virgens Americanas eram o único território do país onde a direção ficava desse lado.

Cleo sentia-se grata pela forma como o vento fustigava, porque o calor e a umidade eram insuportáveis. Estava fazendo um sol infernal. Ainda bem que ela havia passado protetor.

Nick corria como um louco; ia lado a lado com Lion, que sorria como um trapaceiro e enfiava a mão na buzina de seu quadriciclo de dois lugares.

Os dois casais tinham levado as duas únicas listas telefônicas da recepção e deixado todos os outros participantes para trás.

Tinham saído do resort de Charlotte Amalie havia uns dez minutos e agora estavam correndo pela Frenchman Bay Road.

O senhor Johann Bassin morava em alguma daquelas ruas perpendiculares que desembocavam na estrada, no número 31.

Nick estacionou o quadriciclo derrapando na frente da casa.

Cleo e Nick desceram do veículo e tocaram a campainha daquele sobrado branco. No alpendre havia um papagaio enorme, vermelho e azul, com o bico amarelo, que olhava para eles e fuçava nas penas das asas, alternando entre contemplar os visitantes e caçar piolhos.

Um homem muito moreno abriu a porta, tinha barba branca e os cabelos grisalhos e longos. Estava fumando um cachimbo.

Olhou para eles de cima a baixo.

– Quê?! – ele gritou.

Cleo se afastou e franziu a testa.

– Johann Bassin?

– Quê!?! – ele gritou ainda mais, aproximando o ouvido dos lábios da jovem.

– Senhor Bassin? – Esquivou-se para que o cachimbo não batesse em sua cara.

O homem, sem tirar o cachimbo da boca, colocou o dedo mindinho no ouvido para destapá-lo.

– Surdo! Surdo como uma porta! – gritou o papagaio.

Lion chegou ao alpendre, puxando Claudia pela mão.

– Somos do torneio! – Cleo levantou a voz. – Dragões e Masmorras DS!

– Quê!?! – Johann fez uma cara estupefata. – Mamões e cachorras?

Cleo arregalou os olhos e inclinou a cabeça para trás. Pediria ajuda ao Senhor.

– Está surdo? – perguntou Claudia.

Cleo olhou para ela de soslaio. Como ela era esperta.

– Absurdo? – O senhor Bassin saiu mancando para o alpendre, com a ajuda da bengala, até chegar ao papagaio. – Que absurdo? – ele gritou para Claudia. – O papagaio! Ele sabe! Eu não escuto!

Os quatro analisaram o animal como se ele tivesse cinco cabeças. Será que ele teria a resposta?

Foram se aproximando vagarosamente e Lion brincou com ele para começar bem.

– Louro… Lourinho lindo…

– Puta! – gritou a ave colorida. Enfiou o bico de novo entre suas penas.

Cleo e Nick abafaram uma gargalhada.

– Maldito louro… – Lion grunhiu. – Baú. Ba-ú – foi soletrando ao mexer as mãos e indicar o formato de uma caixa.

– Azul? – exclamou o velho Johann Bassin. – Eu adoro azul!

Claudia olhou para o velho como se ele fosse um lixo.

– Ba-ú – Lion repetiu.

O papagaio começou a mexer as asas como se pudesse alçar voo a qualquer momento.

– Great Saint James! Bandeira vermelha Great Saint James! Saint James! Great Saint James! Grande!

– Corre, Tigrão! – Cleo puxou Nick pela corrente e passou ao lado de Lion. – Sai, Simba!

Os quatro saíram correndo do alpendre e voltaram para os quadriciclos.

O baú estava na pequena ilha de Great Saint James, que no mundo de Faerûn era Oman.

Na estrada, eles se encontraram com vários casais que tinham ficado para trás.

– Vocês levaram as listas telefônicas, seus palhaços!

– Vou te pegar na masmorra, Lady Nala, você vai ver!

– Leão, vou arrancar os pelos das suas bolas! – gritou Brutus ao passar ao lado dele.

Cleo e Nick mostraram o dedo do meio para todos, enquanto corriam no sentido contrário.

– Somos melhores, idiotas! – Claudia gritava eufórica.

Cleo a observava pegando nos músculos dos braços de Lion e beijando-o na bochecha. Beijando Lion!

"Ele é seu superior. Seu chefe. Não há nada entre vocês", ela se lembrou, fixando o olhar para a frente.

Ao voltar para o Charlotte Amalie, deixaram os quadriciclos estacionados no resort. Depois foram para o porto onde estavam os jet skis.

Eram todos pretos e estavam personalizados com os nomes dos amos.

O de Cleo e Nick se chamava *Lady Nala*.

O de Lion e Claudia, *King Lion*.

Eram modelo Sea-Doo GTX. Incrivelmente grandes, superequipados, velozes e confortáveis.

– Ah não! – Cleo exclamou, mandando Nick ficar na parte de trás. – Pode deixar que eu dirijo. Nós duas somos mulheres. – Sorriu e deu a partida – Uhul! – gritou saindo na frente, sendo seguida de perto por Lion.

Seu rival no torneio.

Seu antagonista.

Seu superior.

O homem que, sem machucá-la fisicamente, conseguiu causar nela mais dor do que uma chicotada mal dada.

4

Chegamos a um mundo fantástico, cheio de seres estranhos.
E o Amo do Calabouço concedeu poderes a todos.

OMAN-GREAT SAINT JAMES,
TERRITÓRIO DOS MACACOS VOADORES.
DIA 1

A ilha Great Saint James era completamente virgem. Tinha uma vasta área verde, praias com areia branca e mar cristalino.

Começaram a dar a volta na ilha com os jet skis até encontrar a tal bandeira vermelha da qual o papagaio de Johann tinha falado.

Um voluntário do torneio vigiava o estandarte vermelho com as letras D&M bordadas em dourado. Ele se encarregava de parabenizar todos que chegassem ali e conseguissem os baús. Aos pés do voluntário, que estava usando só uma sunga preta, estava uma caixa da mesma cor com correntes prateadas. E uma chave.

Lion exigiu a chave e ele a entregou.

Abriu a caixa. Dentro dela estavam cinco caixas menores.

– Você tem que escolher só uma – ordenou o rapaz com piercings no rosto. – Quando olhar o que tem dentro, é só seguir por esse caminho que os levará até o bosque. – Apontou para as tochas que formavam uma trilha que desaparecia entre as árvores e a vegetação. – No final, vocês vão encontrar a masmorra de Oman. Lá estarão o Oráculo, o Amo do Calabouço e os monstros. Boa sorte.

Cleo estava nervosa e rezando para conseguir a combinação que desejava. O sucesso de seu plano dependia disso.

Abriu a caixa e encontrou uma carta que valia por uma chave para libertá-la do calabouço. Era só trocá-la com o Amo do Calabouço. Havia também mais quatro cartas e um objeto:

Objeto: protagonista. O Mago.
Cartas quantidade: +50.
Carta eliminação.
Carta Uni.

Eram ótimas. Ela havia conseguido a que mais precisava para iniciar sua estratégia, mas precisava de outra. Só mais uma para dar o troco dobrado em Lion.

– São muito boas, Lady Nala. Mas está falando a carta *switch*. – Nick ia passado as cartas pelas mãos.

– Sim, me ajuda a fazer uma troca.

– Por qual?

Ela estudou as cartas e os objetos que eles possuíam. Só podia se desfazer de uma e escolheu a carta Uni, que invocava o amo Uni e salvava os participantes dos monstros.

– Tem certeza? É uma carta boa, ama.

– É. Dá uma olhada se alguém tem a carta *switch*.

Thelma e Miss Louise Sophiestication tinham sido um dos cinco casais agraciados com a sorte de conseguir um baú no primeiro dia.

O casal lésbico sorriu ao ver que Lady Nala e Tigrão se aproximavam delas com uma carta na mão.

– Não me diga. – A ama loira estava com o cabelo preso, os lábios pintados em vermelho vivo e óculos escuros de aviador. Estava vestindo um biquíni de látex e um short bem apertado. – Você quer trocar as cartas, Lady Nala?

– Quero, ama Thelma – respondeu com serenidade.

– O que você me oferece?

– Você tem a *switch*?

Thelma franziu a testa e dirigiu um olhar intrigado para Nick.

– O Tigrão quer brincar de dominar?

Nick permaneceu com os olhos cravados na areia branca.

– Meu pequeno não quer controlar ninguém. Mas quem sabe ele não precise respirar novos ares...

– Ah, claro... – Thelma fez uma careta. – Você vai se desfazer dele assim tão rápido? A prova nem começou! Problemas entre quatro paredes?

"Não vou me desfazer dele. Mas se eu me unir a Lion, Nick vai ficar sozinho e cair nas garras dos monstros ou das crias da Rainha das Aranhas. É o que queremos, porque assim ele pode conseguir informações valiosas."

– Ele não está sendo muito obediente. Talvez o sol tropical o tenha afetado. – Cleo anunciou sorrindo com desdém.

– E isso porque você vem da selva, lindo – Thelma murmurou com desaprovação.

– Eu troco sua carta *switch* pela minha carta Uni. – Cleo analisou a submissa de Thelma. Ela se mexeu e pareceu concordar com a cabeça.

Cleo apertou os olhos e então Thelma falou, muito segura de si mesma:

– Você vai se desfazer do seu submisso?

– Sim, é possível. Os monstros vão cuidar dele até o final do torneio.

– Então eu proponho outra coisa.

– O quê?

– Te dou a carta *switch* em troca da carta Uni...

– Claro.

– E... – advertiu com o olhar que ela ainda não tinha terminado – do seu submisso, Tigrão.

– Como? – ela questionou sem compreender. Thelma e Louise não se importavam que um terceiro participasse de seus jogos. Elas queriam Nick?

– Você não precisa consultá-lo. Ele é seu escravo, Lady Nala – Thelma garantiu, ao oferecer a carta *switch*.

Cleo olhou a carta e depois analisou o semblante de Nick. Ele seguia com o rosto para baixo, mas estava piscando sem parar o olho esquerdo. Isso era um sim. Sim?

– Vou sair perdendo – Cleo garantiu.

– Não. De forma nenhuma. Você quer a carta *switch* de qualquer jeito. E deve ter um bom motivo – Thelma especulou. – Estou errada?

Cleo olhou para ele, fingindo que realmente estava pensando.

– Combinado. Te dou o Tigrão quando estivermos diante do Oráculo.

– Fechado.

– Fechado.

Elas trocaram as cartas e apertaram as mãos, confirmando o trato.

Tigrão e Sophiestication levantaram o olhar para medir um ao outro. Seriam rivais?

Agora, Cleo tinha tudo de que precisava.

Enquanto caminhavam pela trilha indicada pelas tochas, e mantinham distância de Lion e Claudia, Cleo se aproximou de Nick, puxando-o pela coleira, e perguntou:

– Tudo bem com a decisão, escravo?

– Sim, ama – ele respondeu, interpretando. Se estavam sendo filmados, tinham que agir com naturalidade. – Seus desejos são uma ordem para mim. – E isso permitiria que ele continuasse no torneio. Além do mais, de qualquer forma, cedo ou tarde ele cairia nas mãos dos monstros. O plano continuava o mesmo.

– Mas essas duas mulheres...

– Vou ficar bem – ele assegurou com um sorriso amável. – Você pode se concentrar no seu objetivo, ama.

Ela estava triste por se separar de Nick. Ele a fazia sentir que tinha tudo sob controle, que estava com as rédeas da situação.

Mas Nick estava desempenhando um papel que ia contra sua verdadeira natureza. Ela acreditava piamente nisso.

No entanto, sua jogada provocaria uma grande repercussão no torneio.

Lady Nala queria ser a rainha do jogo, a rainha da selva, e para tanto ela ia bater na mesa, sem nenhuma consideração, para chamar a atenção dos Vilões, que estavam vendo todas as provas pelas câmeras de curto alcance que haviam sido colocadas na entrada da casa de Johann Bassin, e também na coleira de cachorro do jovem voluntário. Havia uma microcâmera naquela fivela, que passaria despercebida para qualquer um, mas não para eles. Estavam sendo vigiados? Melhor ainda.

– Lady Nala já está trocando cartas? Vamos ver o que ela está planejando – Lion insinuou, apertando o passo para chegar até ela.

Cleo colocou a corrente da coleira de Nick ao redor de seu pulso e deu uma leve puxada.

– Eu só falo com meus escravos, King.

BDSM na sua essência.

Em meio àquela mata da ilha Great Saint James havia uma esplanada enorme, na qual foi construído uma espécie de anfiteatro com masmorras, potros, cruzes, camas, altares e correntes penduradas... Todo um ambiente de dominação e submissão ao ar livre.

A equipe de agentes infiltrados não podia imaginar desde quando o torneio estava sendo preparado e nem quanto tinha sido investido só nas locações. Provavelmente, a cada dia eles viajariam para uma das ilhas, que contariam com infraestruturas diferentes.

Aquilo significava muito, mas muito dinheiro mesmo, investido em mero entretenimento. Além do prêmio soberbo que estavam oferecendo: dois milhões de dólares que vinham das carteiras e dos cofres de pessoas muito muito ricas, e muito, muito *voyeurs*.

Os casais que não tinha conseguido baús precisavam passar um por um diante do Oráculo.

O Oráculo era um indivíduo que parecia um participante de luta livre, e que estava coberto por uma capa vermelha com capuz. Tinha o rosto tatuado e um piercing no septo.

Não mostrava o rosto e não precisava dele para intimidar. Sua voz profunda era o suficiente: discursava sobre castigos no fogo do inferno.

Cleo não sabia para onde olhar.

Todas as suas fantasias mais perversas, e mais almejadas, inclusive as mais temidas e indesejadas, todas estavam sendo realizadas naquele momento.

O tempo estava correndo para cada um daqueles casais, e os objetivos eram claros. Alguns conseguiam, outros não.

Os que conseguiam, esperavam o fim das atividades do dia nas arquibancadas do anfiteatro enquanto descansavam depois do exercício sexual. Eram os casais que não teriam que lidar com os monstros.

Nesse cenário, os monstros eram os Macacos Voadores, que além de roubar itens, também submetiam.

Sharon apareceu e todos ficaram mudos ao vê-la. Depois do respeitoso silêncio, a aplaudiram. A maldita era uma rainha de verdade, e estava vestida de uma forma que mostrava muito e ao mesmo tempo nada. Uma faixa de tecido preta cobria seus seios, rodeando suas costas, e descia para entre as pernas para cobrir a bunda e a vagina. Essa faixa era sustentada por outra em volta da cintura, como se formasse uma calcinha. Tinha alguma coisa no interior do pulso esquerdo. Era uma tatuagem. Um coração vermelho com relevo e uma fechadura. Um cadeado em forma de coração.

Cleo analisou como ela se comportava e se deu conta de algo: assim como os Macacos davam prazer e exigiam recebê-lo de volta,

Sharon só supervisionava e se certificava de que ninguém se machucasse. Verificava se todos estavam sendo tratados bem e se assegurava de que eles e elas estivessem sempre bem lubrificados. Se tivesse que punir, ela punia e ficava distante; depois, sabia acalmar e tranquilizar os submissos. Talvez por isso fosse tão adorada.

Sharon batia nos outros, surrava e era inflexível. Mas também dava prazer. No entanto, ninguém encostava nela. Ninguém a satisfazia.

Que estranho...

A quantidade de amos que estavam naquelas jaulas era incrível. Quantos seriam? Vinte? Vinte Macacos Voadores, alguns mascarados e outros não, mas claro, todos com ereções, esperando as macaquinhas com vontade de pagar pelos erros e derrotas nos duelos.

Gemidos, gritos, soluços, êxtase: "Mais! Assim, amo! Mais, *domina*! Vou gozar!". Plau! Pá! Uma chicotada aqui, um cara amordaçado ali; uma dominadora preparada, com uma cinta com pênis, para castigar, ou não, seu submisso...

Meu Deus.

Cleo se esforçou para manter o rosto impassível. Era como se todos os dias, quando ela se levantava, ela visse mulheres dando nós nos pênis dos homens, ou como se ela fosse começar a usar as velas e a cera para algo mais do que simplesmente iluminar a casa quando faltasse luz... Como se frequentasse festas onde todo mundo passava a mão em todo o mundo e não fazia diferença beijar um homem ou uma mulher.

Essas pessoas viviam o sexo à sua maneira, com uma liberdade invejável e sem preconceitos de qualquer tipo, e isso as tornava corajosas aos olhos de Cleo; eles mereciam todo o seu respeito.

Por mais que o que estivesse acontecendo ali parecesse escandaloso ou doloroso, eram técnicas estudadas meticulosamente e todos os amos sabiam o que estavam fazendo.

Saudável. Seguro. Consensual.

Esse era o lema do BDSM e ele era aplicado ao torneio.

Cleo ia se lembrar para sempre daqueles barulhos de prazer e de dor. Do cheiro do sexo e das palavras cheias de carinho e admiração dos amos para seus submissos. Algumas chegavam a comovê-la de verdade. Muitos casais baunilha nunca se tratariam assim, nunca poderiam se abrir dessa forma e confiar cegamente no parceiro como eles faziam, por mais que se gostassem. Cleo estava percebendo um grande amor entre um grande número de casais praticantes do BDSM e isso a tranquilizava.

Não havia dor. E se houvesse, era para depois ter muito mais prazer.

Então viva a dor!

Alguns casais se negavam a entrar na jaula e eram automaticamente eliminados do torneio. Os amos e amas eliminados acalmavam seus submissos e submissas, dizendo que não tinha problema, que era normal por causa da pressão, do estresse...

Cleo revirou os olhos.

"Claro que sim, moça. É muito estressante ser tocada e sequer poder desfrutar ou ampliar essa sensação porque você tem que gozar quando o outro quiser. Pode reclamar. O corpo não funciona assim, não é?"

Ou é? De qualquer forma, mesmo já eliminados, eles podiam continuar como público no restante da competição, e esse era o pequeno prêmio de consolação para os derrotados. Por isso havia lugares para a plateia. Um pequeno espetáculo.

As provas foram acontecendo uma atrás da outra e os casais sem baús pagaram seus pecados.

Os monstros nas jaulas pediam mais e mais. Claro, aquele era o papel deles. Já tinham jogado com algumas mulheres, com a permissão delas e de seus pares, mas eram umas ansiosas e, como bons Macacos, monstros dos Vilões, tinham que continuar intimidando.

Cleo chegou a pensar inclusive que eram atores, como nesses parques de diversão com castelos do terror, onde a gente acha que está sendo perseguido por Freddy Krueger ou Jack, o Estripador, porque eles eram tão parecidos e atuavam tão bem... Com os monstros era a mesma coisa.

Eles ficaram ali por horas, até que tudo se acabou.

– Muito bem – murmurou o Oráculo com sua voz robótica e penetrante. – Os amos já foram punidos pelos monstros. Agora se aproximem os cinco amos que conseguiram os baús. O Amo do Calabouço de Oman espera por vocês.

O Amo do Calabouço de Oman era um cara com cabelo curto, moreno e de olhos puxados, tinha um corpo enorme, mas não exatamente bem definido.

Estava vestindo uma túnica preta curta. Sua masmorra ficava no alto de uma plataforma central, e nela havia algumas submissas para o prazer do Amo. Submissas que tinham perdido os duelos e que, ao invés de serem entregues para os monstros, decidiram, junto aos seus amos, proporcionar um show para o Amo do Calabouço daquele cenário.

Cleo se posicionou para ser a última a falar com ele, porque queria causar impacto. Ela devia se aproveitar, nesses minutos que entraria em cena, de todos os anos de estudo no instituto de arte dramática.

Toda a segurança que ela não sentia deveria refletir nos olhos verdes.

Era chegado o momento.

Depois que Lion e Claudia trocaram sua carta de chave pela chave de verdade, que Lion pendurou no pescoço da parceira, chegou a vez de Cleo e Nick.

– Me dá a carta chave e mostra o baú de vocês – exigiu o Amo do Calabouço.

Aquele momento do jogo funcionava assim: se Cleo tirasse todas as cartas de dentro do baú, queria dizer que ela as guardaria e que não ia utilizar nenhuma. Se, ao contrário, houvesse alguma carta dentro do baú, ela indicaria que queria usar a carta naquele exato momento.

Cleo deu para ele a carta chave e colocou o baú sobre a mesa.

O Amo pendurou a chave no pescoço dela. Na sequência, abriu a caixinha e encontrou apenas duas cartas. Sorriu e olhou para ela.

– Você vai ser a primeira a usar as cartas? – Girou as duas e franziu as sobrancelhas, entretido.

Lion ficou inquieto. O que a Cleo estava tramando?

– Vim aqui para jogar, amo – ela respondeu com insolência e respeito.

Apenas Cleo conseguia expressar duas emoções tão antagônicas como se estivesse zombando do outro em segredo.

– Bom. Você sabe que se usar essa... – Ele mostrou a carta de eliminação de personagem. – Não vai ter volta para o participante, certo?

– Eu sei.

– Ora, ora... – Desenhou uma linha côncava com seus lábios. – Uma garota sem escrúpulos.

"Que seja. Tenho muitos escrúpulos, mas dessa vez eles vão ficar de lado."

– Muito bem. Você pode usá-las agora mesmo e nos surpreender.

Cleo respirou fundo, colocou as mãos no cofre e pegou as duas cartas. Virou-se para os amos protagonistas que tinham ficado intactos naquela primeira rodada, como ela. A jovem agente infiltrada parou na frente de Lion e Claudia.

Ele ficou paralisado ao perceber tamanha determinação.

Cleo pegou a carta de eliminação e a colou no peito suado da *switch*, para a surpresa de todos.

– Sinto muito, Mistress Pain. Mas você vai voltar mais cedo pra casa.

A multidão reunida nas arquibancadas, incluindo os Macacos, aplaudiram o atrevimento da ruiva.

Lion não conseguia acreditar.

Cleo tinha acabado de eliminar a parceira dele, e isso só poderia significar uma coisa: que ela queria ficar com ele.

A determinação da garota era impressionante. Sem medo, ela havia se colocado diante dele, o amo a ser derrotado na competição, e acabava de eliminar sua parceira, fodendo com os planos dele de tantas formas quem nem ela mesma seria capaz de compreender.

Cleo não podia fazer isso. Ela iria destruí-lo se eles ficassem juntos e, da mesma forma, ele a destruiria.

Estava doida?

Claudia, assombrada, olhou para a carta e exclamou:

– Nem pensar! – Nervosíssima, ela se dirigiu ao Amo do Calabouço e exigiu uma explicação.

– Você conhece as regras, Mistress Pain. A garota te... – engasgou. – Eliminou propriamente. As cartas estão no jogo para serem utilizadas. – Deu de ombros.

– Mas ele pode anular essa carta! King pode desafiá-la. Meu parceiro não vai aceitar isso e vai desafiá-la.

Ela estava certa. Ele podia enfrentar Cleo publicamente em um duelo e, se Cleo perdesse, seria eliminada e ele poderia ficar tranquilo. O problema era se, caso Cleo perdesse, o que poderia acontecer com Nick? Precisava dele ali, na missão. Teve uma vontade irreprimível de tirar o short daquela bruxa e castigá-la diante de todos os presentes. Assim ela ia acabar com ele e com um ano e meio de trabalho que ele carregava nas costas.

– Seu amo deseja desafiar Lady Nala? – ele perguntou para Claudia.

– Ah, claro – Lion respondeu sacando seu chicote. A multidão aplaudiu: estavam todos animados com o duelo entre Lady Nala e Lion King.

O Amo do Calabouço levantou uma das mãos para silenciá-los.

– Vou pegar o baralho de duração e orgasmos. – Ele abriu o baralho como se fosse um leque e o colocou diante de Lion. – Por favor.

Lion pegou uma carta e a mostrou para todos.

– Dez minutos. Um orgasmo – pronunciou.

O Amo do Calabouço, emocionado pela intriga da prova, virou-se para Cleo e perguntou com voz reverente:

– Você aceita o duelo, Lady Nala?

Cleo cruzou os braços e olhou de cima a baixo para Lion como se ele fosse menos do que um mosquito.

– Eu aceito o duelo.

O público festejava o duelo e as provocações entre os dois amos.

Claudia sorriu triunfante e caminhou até Cleo, rebolando de forma provocativa.

– Pode se preparar, cadela – grunhiu ao passar do lado dela.

O Amo do Calabouço sorriu, pois sabia o que estava por vir.

– Mas – Cleo anunciou ignorando a barraqueira Mistress Pain –, eu que vou definir as regras. Sei que, por hierarquia, um Amo Hank como o importantíssimo King Lion tem supremacia sobre uma Ama Shelly como eu.

– Claro que eu tenho, gracinha – ele assegurou com frieza. – E você vai perder bem rápido.

– Uuuhhhhhh – o público soltou.

– É isso aí, King! – exclamou um amo no meio da multidão.

– Só que essa carta… – Cleo caminhou até ele e fez a mesma coisa que tinha feito com Claudia. Colou a carta sobre o coração dele, naquela pele suada, surpreendendo novamente os presentes. – É a carta *switch* e muda tudo. Eu posso inverter os papéis com você durante essa prova.

Lion franziu a testa e olhou atordoado para o desenho. Dois dragões que formavam um círculo, cada um de uma cor, em posições invertidas como se estivessem fazendo um meia nove. A carta *switch* invertia os papéis, o amo virava submisso, e vice-versa.

O agente Romano temeu pela missão. Não confiava em Cleo. Ela conseguiria tratá-lo como uma ama tratava seu submisso? Se Cleo Connelly não tinha experiência e nem atitude para isso... Ela era atrevida e descarada, mas... ele duvidava que pudesse fazê-lo gozar em dez minutos usando alguma técnica de dominação feminina. Não deixaria que ela tentasse algo assim.

– Não faça isso – Lion murmurou.

Cleo fez que sim e sorriu triunfante. Muitas lembranças da semana anterior passavam pela mente dela, algumas muito boas e ternas e outras horríveis. Queria que Lion pagasse pelas horríveis, e por não ter acreditado nela como agente.

– Você está louca! – Claudia exclamou, incrédula. – Não vai conseguir dominar o King. Ele não tem nem uma célula de submissão no corpo. Você vai perder.

As pessoas começaram a rir depois desse comentário, mas Cleo continuou na sua, sem se desviar dos olhos de seu superior, ignorando a Senhorita das Dores.

– Você, vem aqui – ela ordenou para Nick, esfregando o polegar no dedo do meio. Seu submisso obedeceu na hora. Cleo tirou a coleira dele e anunciou para o Amo do Calabouço: – Quero libertar o Tigrão. E quero que a ama Thelma tome conta dele. – Cleo ficou na ponta dos pés e o beijou com doçura nos lábios. – Você foi um excelente submisso, Tigre. Agora você vai apanhar da sua nova ama. – Deu-lhe um tapa na bunda e o empurrou para que Thelma o abraçasse e o acolhesse, o que a loira fez de imediato.

Lion arregalou os olhos. Estava cego pela raiva e pela confusão que tomaram conta do corpo dele naquele momento. Ficou ainda pior quando Cleo o preparou para a performance, colocando a coleira em seu pescoço.

"Mas que filha da puta..."

— Você precisa de algum objeto, Lady Nala? — perguntou o Amo do Calabouço, muito solícito.

— Sim — ela respondeu. — Uma peruca vermelha. — Examinou o cenário em busca do lugar ideal para colocar em prática o seu jogo vingativo particular.

— Lady Nala... — Lion advertiu. — Pensa bem no que vai fazer porque depois vai ter volta.

— Os cachorros não falam. — Puxou a corrente e o guiou até a cadeira de castigos. — Senta.

Lion não obedeceu. Submissos como ele, poderosos, muito mais altos e arrogantes, podiam deixar as amas consideravelmente nervosas.

— Falei pra você sentar — Cleo repetiu, empurrando-o ligeiramente pelo peito e o fazendo tropeçar.

— Você vai perder de qualquer jeito, Nala — ele assegurou, venenoso. — Se eu gozar ou não, vou fazer esse torneio virar um inferno pra você. Está ouvindo?

Cleo estremeceu por dentro. Ele tinha dito *um inferno*? Inferno era saber que ela não era valorizada e que não acreditavam nela, mesmo depois de tanta entrega na semana anterior. Inferno era saber que a sua irmã estava em perigo e, ainda assim, ser afastada do caso e não poder ajudá-la.

Havia muitos tipos de inferno, e o emocional era o pior.

Ela tirou da sacola um *gag* com uma bola vermelha, algemas e um anel peniano.

Colocou o *gag* nele rapidamente, quase à força.

— Está ouvindo, Nala?

— Não, não escutei nada — sussurrou.

Colocou os braços dele para trás e colocou as algemas em torno de seus pulsos enormes.

— Lady Nala. — O Amo do Calabouço entregou-lhe uma peruca de cabelos ruivos, longos e cacheados. — Quando você baixar as calças dele, o tempo começa a rolar.

Cleo concordou e passou a peruca pelo rosto de Lion.

— Sei que você adora se vestir de mulher... putinha.

— *Gorro ua orra!* — ele exclamou com o *gag* entre os dentes.

— Ui... não estou entendendo. — Colocou a peruca na cabeça dele. Sorriu. Até assim ele estava bonito. Ridículo, mas bonito.

Cleo olhou para o Amo do Calabouço e fez um sinal com a cabeça enquanto abria o zíper da calça preta.

Lion se mexeu, tentando se afastar dela.

— Agora você está indefesa — Cleo grunhiu, abaixando as calças dele com força e tirando o pênis e os testículos para fora da cueca escura.

Cleo tinha visto alguns filmes pornôs nos quais eram realizados orgias e bacanais. Todas as mulheres deveriam vê-los para aprender. Ela se perguntou se seria capaz de fazer algo assim na frente de tanta gente. E, naquele momento, estava conseguindo sem nenhum pingo de vergonha. Era incrível a capacidade humana de reagir a situações adversas.

Uma mulher tinha que ser corajosa em uma situação daquelas. Apesar do nervosismo, ela sabia que Lion não ia facilitar, mas confiava em suas brincadeiras e em sua pouca técnica. Ela se sairia bem.

O agente Romano sabia que, mesmo envergonhado pelo *femdom*, a dominação feminina pela qual estava passando, iria sucumbir.

Quando ela colocou o pênis entre as mãos, ele ficou duro.

Lion não podia acreditar. Não importava que a garota fizesse o que ele não gostava, tanto fazia se ele estivesse sendo ridicularizado, o senhor Ereto estava livre, e condenado.

Cleo mostrou a língua e, sem avisar, plau! Ele desapareceu inteiro na boca dela.

Lion colocou sua cabeleira vermelha para trás e fechou os olhos com um grunhido. Quando ele ficou bem duro, e não levou nem vinte segundos para parecer um tronco, a jovem atrevida pegou o anel peniano de couro regulável e colocou-o bem na base, com cuidado para não beliscar o saco. Esse apetrecho era usado para prolongar a ereção e privar o homem do orgasmo.

— Agora que eu te dei o anel você está comprometida, querida — Cleo sussurrou, acariciando os testículos dele e levantando as sobrancelhas acaju com determinação.

— *Uand sa daki vi te maga…!*

Lion não conseguiu cuspir nem mais uma palavra porque Cleo começou a masturbá-lo com as mãos, os dentes, a língua, a garganta… Lion estava com as pernas tremendo e Cleo não teve sequer a delicadeza ou a amabilidade de colocar as mãos nas coxas dele para detê-lo.

Ele suava. Estava com o pescoço, as calças e o peito úmidos. E ela não parava! Como ela podia fazer isso? Era essa a vingança dela?

Só podia ser estúpida. Tudo o que ele fez tinha sido para protegê-la, para ela não se expor dessa forma... Era uma maldita! Ele ainda conseguia ver as marcas do açoite de Billy Bob um pouco embaixo do short, mesmo com toda a maquiagem.

Ele não queria que ela entrasse no seu mundo assim. Não assim.

Mas estava completamente envolvida. E não sairia dali até conseguir o que queria.

A boca de Cleo se afastou de Lion, que sentiu a ausência de imediato. Alguém parou de gemer, até que ele se deu conta de que quem estava gemendo era ele.

Cleo passou as mãos pelos lábios de forma refinada e pegou o açoite para bater nele com uma inverossímil delicadeza, quatro vezes na barriga. No lugar exato.

Plá! Plá! Plá! Plá!

Lion gemia e aguentava os golpes amáveis com os punhos fechados e o rosto vermelho de raiva e indignação.

Cleo estava indo longe demais.

– Cinco minutos – avisou o Amo do Calabouço.

Lion e Cleo se olharam.

"Não se atreva, bruxa", pensou ele.

"Você vai ver, cachorro", pensou ela.

Cleo ficou de joelhos na frente dele. Pegou seus cabelos e os colocou para trás do ombro esquerdo.

– Quatro minutos – anunciou o Amo do Calabouço.

– Vou te fazer chorar – Cleo jurou, agarrando a ereção com as mãos e batendo para ele enquanto colocava a cabeça vermelha do pau na boca.

Lion resmungou; o anel estava apertando, e seu pênis pulava duro entre os dedos da sem-vergonha. A língua dela queimava, a boca o sugava e as mãos não paravam quietas. "Não acredito. Onde? Como ela aprendeu a...? Meu Deus!"

– Três minutos.

Cleo não ia precisar de muito mais. Ela percebia pela grossura de Lion. Estava quase lá. Mas se sentia uma deusa dos castigos com aquele homem completamente no domínio dela. O público estava animado, incentivando como se ela fosse um cavalo quase na linha de chegada.

Cleo afrouxou o anel peniano. Sentou-se em cima dele enquanto o massageava com as mãos.

– Pra cima e pra baixo, pra cima e pra baixo. – Foi mexendo entre as pernas dele e provocando. – Vamos, leoa – zombou –, goza pra mim.

"Leoa?! Não vou perdoar isso nunca. Merda. Merda. Para, Cleo. Não faz isso, não faz assim..." Lion esticou o pescoço com as veias completamente inchadas, quase explodindo, seus olhos azuis estavam úmidos de prazer. E então ele gritou como um espartano, parecendo Leônidas no formidável filme *300*.

Claudia abriu a boca estupefata. Não entendia. Lion nunca gozava quando era dominado. Jamais. E odiava as manhas das amas que gostavam de feminizar os homens. Mas Lady Nala tinha feito tudo isso e, com dois minutos restando para o término do desafio, King já tinha sucumbido.

Caralho. A ruiva tinha conseguido.

Sharon estava apoiada nas grades da masmorra dos Macacos. Levantou uma sobrancelha loira e fez um gesto como se tivesse sido uma vitória justa.

Cleo estava com a barriga suja por causa da libertação de Lion. Olhou para baixo, contemplando o que tinha provocado. Depois, desviou os olhos de novo para ele, e ela não gostou nadinha do que viu. Seus faróis azuis a estavam fuzilando.

Eles estavam juntos de novo.

Agora ele era dela.

– Bravo! Aí sim! – aplaudia o Amo do Calabouço.

Cleo levantou-se do colo do Lion e foi para trás dele pegar a chave e abrir as algemas.

Lion levantou com as pernas instáveis e jogou a peruca no chão. Havia perdido.

Enfiou as partes dentro da calça. Tenso e bravo como nunca, fechou o zíper e deu meia-volta para encarar Cleo. Estava com a barriga um pouco vermelha por causa da inesperada e momentânea ama, e também com dor no pau por causa do anel peniano.

– Então, Lady Nala agora é a minha parceira – Lion assumiu com a voz rouca e gasta.

– Como vocês vão jogar? – o Amo perguntou.

– Ela vai ser a minha escrava. Eu sou o único verdadeiro amo entre nós dois.

Cleo sorriu como uma loba. Tinha que continuar mantendo a postura altiva, ao menos até que eles chegassem ao hotel. Mesmo que por dentro ela começasse a perceber o que tinha acabado de fazer com o agente encarregado da missão Amos e Masmorras.

– Não foi o que pareceu! – Brutus gritou, caindo na risada.

O Amo do Calabouço concordou.

– Pode ficar com o baú que você ganhou com a sua parceira anterior, King. Mas você não pode ficar com a chave porque ela está no pescoço da Mistress Pain, e ela foi eliminada.

Lion apertou os dentes e dirigiu um olhar gelado para Cleo, que deu de ombros e mostrou a chave que estava no pescoço dela.

– Tudo certo. King e Nala unem suas forças – exclamou o Amo do Calabouço para a multidão. – Tigrão passa a ser propriedade de Thelma, e companheiro de jogos da Sophiestication. E a nossa querida Mistress Pain – lamentou – vai pra casa mais cedo. Então está terminada a rodada de Dragões e Masmorras DS em Oman!

Claudia deixou o anfiteatro mal-humorada.

A multidão foi se dispersando, lançando olhares furtivos para o casal contrariado que acabava de se formar.

Lady Nala e King Lion teriam um longo torneio pela frente. E os dois felinos estavam com as garras à mostra.

5

O respeito é a base de uma relação de dominação/submissão. Nunca faça com um amo o que você não quer que ele te faça como submissa.

Enquanto os jet skis navegavam a toda velocidade de volta para o resort de Charlotte Amalie, Lion e Cleo riscavam o mar tropical mais rápido do que qualquer um.

Era a primeira vez em 31 anos que Lion perdia o controle sobre si mesmo. Ele sentia o sangue fluindo a toda velocidade por suas veias, e só tinha vontade de brigar, gritar e dar uma lição na bruxa de cabelo vermelho que estava sentada atrás dele.

Para seu próprio bem, Cleo permanecia de boca fechada, em silêncio, como a boa menina que ela não tinha sido havia alguns minutos.

– Olha só... Então a Lady Nala é uma exibicionista que gosta de chupar rolas na frente de todos! – ele exclamou com violência. – Você nunca tinha me dito isso!

Cleo apertou os dentes e cravou as unhas nas coxas dele.

– E você estava muito linda de peruca, leoa.

– Você está preparada para o que vai acontecer com você agora? Mistress Pain estava à altura. Você é uma maldita filhote de leão, não é o suficiente para o rei. Eu queria chegar à final, mas você me fodeu.

Lion e Cleo estavam tomando muito cuidado para manter os traços de seus papéis, porque tudo estava sendo filmado e, exceto nos quartos do hotel, os Vilões e organizadores estariam a observá-los. Os agentes precisavam manter suas verdadeiras identidades intactas.

— Se você é um amo tão bom quanto acha, King — ela rebateu entre os dentes —, vai nos fazer chegar à final.

Lion não pôde reprimir sua fúria e deu uma freada brusca no jet ski sem avisá-la. A jovem caiu na água.

— Mas o que você está fazendo?! — ela exclamou com água jorrando pela boca como se fosse uma fonte. Tirou a franja vermelha da frente dos olhos e lançou para ele um olhar incrédulo.

Lion se apoiou no guidão enquanto dava voltas ao redor dela.

— Estou me certificando de que você esteja bem molhada, leoa. Vai ter que estar muito molhada para o que eu vou fazer com você.

— Deixar eu subir.

Cleo estava olhando para baixo. O Caribe era repleto de tubarões, enguias e águas-vivas venenosas, não era? Ou era assim só nos filmes?

Lion sorriu pois lembrava do medo que Cleo tinha das profundezas do mar. Ela sempre teve medo de ser mordida por um tubarão. Cleo ainda não havia entendido que o único animal que poderia mordê-la era ele.

— Ai! — Ela sentiu alguma coisa roçar sua perna esquerda. — King! Eu não estou brincando! Deixa eu subir!

— Não, não, não… escrava. Como é que você tem que me chamar?

Cleo assumiu seu papel. Era para isso que ela estava ali. Não importavam os machucados causados por Lion nos dias anteriores. Ela queria fazer parte do caso, e só poderia se mantivesse distância dele. E ela conseguiria, apesar da postura de amo despeitado dele e de submissa ressentida dela.

— Amo.

— Muito bem, Lady Nala. Você quer subir? — Ofereceu a mão, e quando ela confirmou e foi pegá-la, ele a retirou cruelmente. — O que você disse?

Cleo revirou os olhos.

— Posso subir, amo, por favor?

Lion a pegou pela mão e a colocou de volta no jet ski. Sem nenhuma palavra mais, deu a partida e continuou o caminho até o hotel.

Cleo sabia que estava nadando contra a corrente.

Lion sabia que eles tinham que se manter calmos para continuar no caso.

Como conseguiriam sem arrancar os olhos um do outro?

Nem Cleo e nem Lion falaram durante todo o trajeto até o resort. Na recepção, eles foram informados de que tinham dado baixa no quarto que estava sendo dividido por ela e Nick, já que agora ela era submissa e deveria dividir um quarto com seu novo amo.

— O senhor Tigrão foi avisado? — Cleo perguntou.

— Sim — respondeu a recepcionista, de sobrenome Brown —, ele já colocou os pertences na suíte de Miss Thelma e Miss Sophiestication, e ele mesmo se ofereceu para colocar seus pertences na suíte de King Lion.

– Muito obrigada – ela respondeu.

Quando eles subiram, Lion inseriu seu cartão no local indicado. A luz verde se acendeu e a porta se abriu com um clique.

– Entra – Lion mandou.

Cleo entrou e observou o quarto. Era uma suíte como a dela, com uma vista incrível e uma varanda particular toda de madeira. Cleo viu duas taças de coquetel perto das espreguiçadeiras.

"Claudia e Lion devem ter tomado alguma coisa enquanto se espreguiçavam um em cima do outro", ela pensou com amargura.

A cama estava arrumada e, surpreendentemente, não havia nem rastros das coisas de Mistress Pain.

– Nossa, o vento levou as coisas dela – Cleo murmurou, sentindo-se vencedora.

– Quem levou foi você – ele respondeu perto do ouvido dela e a pegou pelo braço. – Vamos tomar banho.

– Perfeito. Pode tomar banho primeiro, agente Romano. Eu tomo depois – ela falou, deixando a sacola com apetrechos e o açoite em cima da cama.

Ela não queria admitir que a ordem a deixara nervosa. Ela não queria dividir mais nada com Lion Romano, a não ser que tivesse que fazê-lo por necessidade com King Lion. Sua dominação tinha terminado no momento em que ele a abandonou e a afastou do caso.

Lion desapareceu no banheiro e ligou o chuveiro. Colocou a música bem alta: "What Goes Around… Comes Around", do Justin

Timberlake, percorreu toda a suíte... Colher o que se planta, não havia ditado melhor.

Lion a havia ferido e agora estava suportando toda sua animosidade.

Cleo não percebeu sua chegada. Ele lhe tapou a boca e, pegando-a pela cintura, arrastou-a para o banheiro.

Lá dentro, a água quente estava fazendo os vidros e os espelhos ficarem embaçados. Ela abriu os olhos, assustada, e sacudiu a cabeça para se livrar da mão dele, mas o acompanhou mesmo assim, e ambos entraram vestidos no boxe.

Ele colocou o dedo indicador na boca dela, ordenando que se calasse.

– Vou te falar uma vez só – grunhiu no ouvido dela como um cachorro raivoso. – O que você fez hoje foi um ato de indisciplina descomunal. Você colocou o caso em perigo; não sei nem como se atreveu. Não quero que me chame nem pelo sobrenome. Sou *amo* para você, está ouvindo? A-M-O ou SENHOR. – Cleo olhava-o atenta com os olhos verdes e úmidos por causa da água salgada do mar e, agora, por causa do chuveiro. – Não confio nada nessas instalações. Nem sei se eles têm outro tipo de dispositivo de áudio mais avançado que o meu leitor não detecta. Então mantenha a postura comigo, entendido? Aqui dentro e lá fora.

Por isso Lion tinha colocado a música alta e ligado o chuveiro. Ele não queria que ninguém os ouvisse.

– Você vai jogar comigo, foi você quem quis assim. Então pode se preparar, porque aquele numerozinho de dominação que você fez hoje foi uma mera brincadeira de criança comparado ao que está por vir.

Cleo o empurrou pelo peito e se afastou, gritando em voz baixa:

– E para que você acha que eu estou aqui? Para viver em algum conto de fadas como *Branca de Neve e os Sete Anões*? Eu sei muito bem o que estou fazendo aqui, e sou capaz de fazê-lo. – Empurrou-o de novo. – Você me afastou do caso achando que eu não iria aguentar. Você me abandonou. Depois de me usar durante cinco dias! Cinco! Por quê?! – ela exigiu saber.

– Não achei que você estivesse preparada – ele respondeu honestamente.

– Preparada para abrir as pernas ou para fechar? Não é nada de outro mundo! As pessoas fazem isso sempre. É uma coisa que eu já tinha feito inclusive antes de te conhecer, como todas as mulheres do mundo. O sexo não é nada novo pra mim.

– Desse jeito é. – Ele voltou a colocá-la contra a parede. – O que você acha que vai acontecer quando tiver que jogar com mais de um cara ao mesmo tempo? Você acha que não vai ter nada disso, pirralha?

– Não me insulte – ela advertiu. – Vou fazer de tudo pra chegar à final. Sou bem crescidinha e, além disso, tenente da polícia de Nova Orleans. Não é o suficiente pra você? – Ele ficou quieto e apontou os olhos azuis para o chão de madeira do boxe. Suas roupas estavam encharcadas. Foi porque Billy Bob me atacou? Foi porque você sentiu medo? Ou será que foi porque se sentiu culpado? Porque você ficou com medo? Porque você se sentiu culpado? Então adivinha?! Sou uma policial e me atacam muitas vezes. Batem em mim, me jogam no chão e me apontam armas, e eu não me assusto com isso. Não vou me assustar aqui por ver as pessoas dominando e submetendo sexualmente as outras por todo lado. Pode ser que eu não esteja à altura, amo – ela soltou sem respeito algum. – Essa não é minha forma de fazer amor. Mas sexo é sexo e eu posso me acostumar. São só alguns dias.

– Você não sabe do que está falando.

– Por que você é tão pessimista? Você faz isso desde que tem vinte anos, Lion! É o seu jeito de transar. E você não é o único: são milhões de praticantes com instintos de dominação e submissão! Eu também consigo! Não tem problema nenhum!

– Mas o torneio não perdoa ninguém! Os Vilões já devem estar de olho em você, com certeza eles gostaram...

– Ótimo, esse era o plano! Por isso vocês foram atrás de mim!

– Não! – ele gritou, dando um soco na parede atrás dela, acima da cabeça. – Nós te procuramos pra você fazer parte da missão e porque se parece com a sua irmã. Mas você não é a Leslie e não está tão preparada quanto ela. Você se deixa levar pelas emoções e isso não é bom! Por isso você não foi aceita no FBI! Você vai estragar tudo!

Cleo deixou sua mandíbula cair e olhou para ele, ofendida.

– Eu vou estragar tudo? Por quê? – Levantou o queixo trêmulo. – Você acha que eu vou me apaixonar por você? Duvido muito, senhor. Com tudo o que me falou, já sei que não estou à altura das suas expectativas – ela admitiu de forma depreciativa. – Eu tenho sentimentos, mas não sou estúpida.

Eles se olharam, sabendo de tudo o que tinham dito naquela noite ébria. Palavras que nunca deveriam ter sido pronunciadas.

– Sua personalidade não é boa pra isso.

– Ah, claro, eu tenho que ser um robô igual a você? – Sorriu incrédula. – É ruim ter sentimentos, senhor? – perguntou, quase sem voz. – Minha irmã também tem sentimentos e coração, sabia?

– Eu... eu sei – Lion assegurou.

– Então por que a Leslie pode se envolver nisso tudo e eu não?

– Porque ela é diferente de você, sua tonta – ele murmurou, olhando diretamente nos olhos dela.

Cleo negou com a cabeça e engoliu saliva. Leslie era melhor?

Era isso. Bom, já sabia o que Lion pensava dela, sabia desde que havia acordado do sábado e lido aquele bilhete impessoal. De acordo.

– Senhor... – Lion era seu chefe. Ponto final. – Estou preparada profissionalmente para qualquer coisa. Minha irmã está em algum lugar dessa ilha; eu quero encontrá-la e descobrir onde estão as outras pessoas traficadas. E tenho a mesma vontade que você de resolver toda essa merda. Eu vou te chamar de senhor, e não mais pelo seu nome, e vou me policiar para não expressar nenhuma emoção.

– Sua dominação não acabou. Você tem que terminá-la, ou algumas coisas serão muito difíceis de se executar – ele garantiu com voz penetrante. – Está preparada para isso?

– Eu sei que... sei que tudo o que você quiser fazer comigo será para me preparar para as provas. Não vou me recusar a nada. Vou dar o melhor de mim para que em nenhum momento você possa insinuar que eu não estou à altura.

– É isso que você tem que fazer. – Lion se afastou, dando um pouco de espaço para ela respirar. – Você está interpretando um papel, não se esqueça disso. Mais um ato de indisciplina e eu juro que vou fazer de tudo pra que você nunca entre para o FBI.

– Sim, senhor. Mesmo assim, não seria a primeira vez que uma pessoa muito emotiva é admitida na Agência Federal de Investigação – Cleo respondeu, desviando o olhar dele. – Qualquer um pode perguntar para o Billy Bob.

Lion respirou fundo e apertou os punhos, um de cada lado da cintura. Era só ouvir esse nome e todos os seus sentimentos de ódio despertavam.

Cleo se abraçou enquanto a água do chuveiro a deixava completamente ensopada, apoiada na parede. Agora tudo estava às claras, limpas como um corpo embaixo d'água.

A música continuava tocando e eles não se atreviam sequer a se mover. Aquele cubículo ficou pequeno demais diante da dimensão das diferenças.

Lion achava que ela era uma incompetente que estava colocando a missão em risco.

Sabia que estava mais do que preparada para se sair bem.

Era muita coisa em jogo, havia muito o que demonstrar.

– Tira a roupa. Vamos tomar banho.

– Sim, senhor – ela respondeu sem emoção. Tanto fazia se ele a visse sem roupa. A nudez física não significava nada comparada à nudez da alma. E essa ela já havia mostrado três dias antes. Não queria voltar a fazê-lo.

Às três da tarde, logo depois de tomarem banho sem encostar um no outro, saíram do hotel dispostos a comer alguma coisa e a se encontrar com a equipe secreta. Precisavam saber onde estavam escondidos as armas e os equipamentos para que pudessem pegá-los no momento oportuno.

Tinham colocado as pulseiras falsas de Dragões e Masmorras DS e, graças a isso, como estavam com um localizador especial, um dos membros da equipe de monitoramento iria ao encontro dos dois.

Cleo e Lion continuavam sem se falar, ainda que tivessem vivido uma situação estranha depois de saírem do banho, dessas que deixavam Cleo aturdida e confusa quanto à verdadeira personalidade de Lion.

Ele pediu para que ela se deitasse na cama e massageou as marcas da agressão de Billy Bob com um de seus óleos especiais, sem medo, friccionando e acariciando com suavidade, fazendo o calmante ser absorvido pela pele. Depois de tanta tensão, ela ficou grata pelo cuidado que quase a fez dormir.

Lion, por sua vez, sentia a necessidade de tocar Cleo; sem palavras, sem esse afastamento radical que havia entre os dois, provocado principalmente por ele e alimentado pela rebeldia dela. Mesmo assim, não conseguia odiá-la. Era impossível.

Aquela garota não compreendia como era importante para ele e, por outro lado, como compreenderia se Lion nunca tinha aberto seu coração?

Preferia passar a imagem de que a odiava, e não queria que ela soubesse que tinha dominado seu selvagem coração de leão, por mais que ele quisesse ficar com ela.

Enquanto caminhavam pelo porto como turistas, Cleo parou na frente do Beni Iguana's. O desenho da placa era de um réptil vestido de avental, com um peixe em uma das mãos e uma faca na outra. Lembrou-se de Rango, que ela havia deixado sob os cuidados de sua mãe, Darcy. Cleo torcia para que a mãe estivesse cuidando bem dele, mesmo que ela odiasse todos os animais que não fossem mamíferos e que parissem como humanos, como ela costumava dizer.

Lion leu a placa: BENI IGUANA'S SUSHI BAR RESTAURANTE.

– Olha, um bicho igual ao Rango.

Cleo nem ao menos se voltou para ele, nem respondeu com sua cantilena: "Rango é um camaleão".

– Eu gosto de sushi – ela sugeriu, colocando os óculos em cima da cabeça, subindo a franja com esse gesto.

Lion fez um sinal afirmativo e fez um gesto para que ela entrasse primeiro.

Por fora, parecia um restaurante típico da ilha: todo branco, com os batentes das janelas em madeira verde, e algumas mesinhas com guarda-sóis para beber alguma coisa ao ar livre.

Mas o interior não tinha nada a ver com a humilde fachada. Tratava-se de um autêntico restaurante japonês como os encontrados em grandes cidades. Tinha três aquários impressionantes que dividiam os ambientes. Um desses aquários era cilíndrico e estava cheio de corais típicos do Caribe, de diferentes cores e formas.

Decidiram se sentar perto da parede onde ficavam dois aquários retangulares, iluminados por luzes azuis e rosa. O mobiliário era todo branco, e o sofá, que estava reclinado, era de couro da mesma cor.

Pediram uma porção de mexilhões, que aparentemente eram muito populares, e uma bandeja de *futomaki*, com várias combinações de arroz, verduras, frutas, peixes e muitos molhos para acompanhar.

Para beber, pediram cervejas japonesas, a de Cleo tinha sabor de morango.

– Cerveja com sabor de morango? – Lion perguntou na tentativa de puxar assunto.

– Sim, senhor.

– Hum. Você já provou alguma vez?

Cleo estava com o celular para verificar o e-mail e as chamadas recebidas. Ela sempre abria a caixa de entrada com esperança de ter recebido alguma mensagem de Leslie. Quando via que não tinha recebido nada da irmã, seu estômago se embrulhava num misto de medo e pânico.

– Não, senhor.

– E se você não gostar?

– Por isso eu vou experimentar, senhor. – Ela deixou o iPhone sobre a mesa e se concentrou em falar sobre o caso, não sobre preferências pessoais de cervejas. – Me diz, quantas pessoas neste torneio já frequentaram os mesmos lugares que você?

Lion apoiou o queixo em uma das mãos, pensando na resposta.

– É, tem um bom pessoal.

– Sharon, Brutus, Prince, Claudia...?

– Thelma. – Cleo franziu as sobrancelhas de modo interrogativo. – Lembro dela algumas vezes no Luxury e no Sons of the Evil. – Os dois eram clubes de BDSM. – Tem também um casal de góticos, os dois bem loiros e com vários piercings por todo o corpo. Eles também são assíduos...

– Ah, sim, lembro deles. Os vikings. Ele fez um *fisting* vaginal nela.

– Isso. Eles se chamam Cam e Lex. – Sorriu. – Você não ficou com medo de presenciar algo assim?

Ver como um homem enfiava a mão inteira dentro da vagina de uma mulher e a masturbava com o punho?

– Não, senhor. – Deu uma olhada no cardápio do restaurante. – A mulher parecia estar em êxtase. E não me surpreende. Essa parte da nossa anatomia é muito, muito flexível. Por lá saem até uns cabeçudos como você.

– O que você disse?

– Nada. Tenho uma pergunta sobre a Sharon. Posso fazê-la, senhor? Não se preocupe, não me importa se vocês já estiveram juntos ou não. Não vou fazer perguntas desse tipo.

Lion fingiu que aquelas palavras não tinham nenhum impacto em seu amor-próprio.

O garçom serviu os pratos com uma apresentação impecável e pediu para escolherem entre talheres ou hashis. Os dois escolheram os palitinhos.

– Sharon é uma ama, certo? – Cleo perguntou, rasgando o papel que envolvia os palitinhos.

– Certo.

– Mas ela é que nem você. Não tem submissos, nem submissas. Não possui ninguém e joga com todos.

Lion deu um gole na cerveja. Ele não gostou do tom que Cleo estava usando para falar sobre ele. Parecia que ela desprezava suas atitudes, que não as respeitava.

– Sim. Basicamente.

– E eu andei reparando que ela não permite que ninguém a toque ou lhe dê prazer. Todos procuram manter distância, mesmo obedecendo suas ordens, e ela pode tocar todo mundo... Por quê? Ela é algum tipo de deus?

– Há alguns dias, te falei que quando um amo entrega seu coração, é pra sempre, mesmo que ele não tenha essa pessoa com ele ou ela. Depois não dá para entregar o coração para mais ninguém, mesmo que o interesse seja recíproco. Sharon não tem mais coração. Eu acho que ela nem pode recuperá-lo, porque o homem que o possuía o triturou – ele respondeu com o rosto sombrio.

Isso sim era interessante. A mulher das neves, a deusa apocalíptica, tinha entregue seu coração… pra quem?

– De onde vocês se conhecem? – Pegou um mexilhão com os dedos e ia levando-o para a boca.

– Me dá – ele pediu porque sabia o quanto ela odiava dividir comida.

Cleo olhou para o mexilhão e depois para ele. Sorriu docilmente.

– Claro, senhor. Pode pegar – ela ofereceu, colocando a mão livre debaixo da outra para que não pingasse molho.

Lion abriu a boca e esperou ser alimentado como um filhote de avestruz, sabendo o quanto isso a aborrecia.

– É uma história muito longa e sórdida – ele explicou, servindo os *futomaki* primeiro para Cleo. – Você quer um de cada?

Cleo suspirou.

– São 28 rolinhos de arroz, senhor. Um de cada são só quatro; me dá pelo menos uns dois de cada. Estou faminta.

Lion mordeu os lábios para não cair na risada.

– Me conta essa história – Cleo pediu, interessada. – Temos tempo.

– Sharon mora em Nova York há três anos, mas a família dela é de Nova Orleans. Nos conhecemos há mais ou menos cinco anos.

– Porra, todas as pérolas saem de lá.

– Verdade. Você nem imagina quantas… – ele rebateu, olhando para ela.

– *Touché*, senhor – ela respondeu sem vacilar. – Quando te escolheram para o caso Amos e Masmorras, você sabia que Sharon era a Rainha das Aranhas?

– Sharon era conhecida no BDSM como uma das amas mais importantes do meio. Ela já partiu muitos corações e fez muitos homens importantes suspirarem e a desejarem. Mas foi por acaso que ela acabou como Rainha das Aranhas. O torneio não tem nem dois anos de vida, e muita gente desse círculo está participando. Ela já era conhecida, e simplesmente aceitou o papel.

– Sem saber de nenhum dos segredos dos Vilões?

– Isso.

– Da mesma forma que foi por coincidência que você faz parte do mundo BDSM e acabou como encarregado desse caso... Estava escrito nas estrelas, senhor?

– Cuidado com o tom, escrava, não estou gostando dele. E estou com muita, muita vontade de te castigar. Não esqueço de nada.

– Faça o que tiver que fazer, senhor – ela respondeu sem dar importância às ameaças. – Então vocês dois eram bons amigos?

– Sim, ótimos.

– E continuam sendo?

– Digamos que a gente sempre relembra o quanto já fomos bons amigos. Mas agora as coisas mudaram. Nos respeitamos e tentamos não nos importar com dores do passado.

– Oh, e eu aposto que teve bastante dor.

Cleo engoliu uma bola de arroz inteira e fechou os olhos, morta de satisfação. Ela queria se perder nos sabores do pepino e da manga ao invés de sabatinar Lion sobre o sexo que ele, com certeza, tinha feito com Sharon. A mulher sem dúvida devia estar destroçada por Lion não ter ficado com ela.

Lion analisou Cleo e, irremediavelmente, como sempre acontecia quando estavam juntos, ele ficou duro. Ela estava usando um vestido estilo marinheiro, justo e bonito, e sapatos de salto fino que despertariam o desejo de qualquer fetichista. Cleo Connelly sabia manter o tipo altivo de Lady Nala, dentro e fora da masmorra. Cleo tinha estilo, isso sim. Mas não era mais ama, agora era submissa.

– Acabou sua curiosidade sobre a Sharon? Não quer perguntar mais nada? – ele indagou, esperando uma pergunta de caráter mais pessoal.

– Não. O que você fez com ela não me importa. – Deu um gole em sua cerveja de morango. – Ca-ra-lho! Tem gosto de morango de verdade! É uma delíííííícia! – exclamou.

– Me dá um gole.

– Claro, senhor! – Ela estava atuando. Não gostava nada de dividir as coisas com Lion. Ele ia encher a boca da garrafa de baba, como de costume… E ele fazia de propósito.

Observou-a de canto de olho. Colocou a cerveja na boca e enfiou a língua na garrafa.

Cleo manteve seu sorriso inabalável.

– Muito boa, não é? – ela perguntou, tirando a garrafa das mãos dele e levando-a de novo à boca.

– Tem o seu gosto.

Cleo colocou a garrafa na mesa com um sonoro golpe seco. Eram essas respostas que a incomodavam.

Lion sorriu de um modo indecifrável.

– E o que você fez com o Prince? – prosseguiu com o interrogatório. – Por que esse homem tão lindo está tão bravo com você? – Ela não queria parecer agressiva, mas estar na companhia de Lion Romano lhe provocava essa reação. – É verdade ou não que você foi pra cama com a mulher dele?

O rosto de Lion ficou petrificado, endurecido por completo, e ele a olhou sem nenhum respeito.

– Você acha que eu trepo com tudo que se mexe, pequena? Eu sei que você não tem uma boa opinião sobre mim. Mas eu te disse há três dias que eu não sou esse tipo de filho da puta. E volto a repetir: Prince estava errado a respeito da mulher dele e acreditou no que quis. Ele olhou, mas não viu a realidade.

– Que interessante – ela rebateu. – Quanto mistério. Percebo que, no fim das contas, seus amigos se afastam de você, não é, senhor? – Ácida. Muito ácida. – Você se dava bem assim também com a minha irmã? Espero que não e que você tenha tratado ela um pouco melhor.

– Não cuidei bem dela, Cleo. Eles a levaram – ele grunhiu, doído pelas palavras. – É isso que você quer ouvir?

As palavras ficaram presas na garganta dela.

– Não. – Ela se calou no mesmo instante.

– Quando você a encontrar, pode perguntar pra ela pessoalmente. Mas eu sempre respeitei a Leslie e a tratei como uma irmã. Você entende? Quando ela entrou no caso, eu expliquei, tanto pra ela quanto pro Clint, quem eu era e o que eu era. E eles se aproveitaram disso para saber interpretar melhor seus papéis. Ajudei-os em tudo o que pude.

Cleo confirmou com a cabeça e decidiu ficar quieta e continuar comendo.

– Tenho certeza de que, com as aulas da Susi e com os seus conselhos – ela comentou mais suavemente –, a Leslie se tornou uma excelente submissa.

Lion começou a rir sem muita vontade.

– Submissa? A Leslie não entrou como submissa. Entrou como ama. Clint era o submisso dela.

Cleo deixou os palitinhos caírem no prato. Leslie era ama? Isso se encaixava muito mais com ela. Sua irmã tinha um temperamento rebelde demais. Preferia dominar a ser dominada, estava acostumada a mandar. Sim, essa era sua irmã, Cleo se lembrou com orgulho.

– Mas eu pensei que...

– Leslie entraria no torneio como ama. A Rainha das Aranhas a convidou por causa de seus dotes de dominação.

Cleo passou os dedos pelas sobrancelhas.

– Estou um pouco confusa.

– Não. Você não está. Ela é a Connelly ama e você é a Connelly submissa.

– Não é verdade. – Ela levantou a cabeça de repente. – A diferença é que ela teve muito tempo para se preparar e teve como escolher. Eu fui obrigada a estar com você.

– Eu não te obriguei. Você consentiu.

– Eu consenti no que você me obrigou, senhor.

– Eu te queria bem longe daqui – ele disse, levantando a voz.

– Você não precisa me dizer tantas vezes – respondeu com amargura.

– Colares? Pulseiras? Anéis?

Os dois levantaram a cabeça ao mesmo tempo para dizer que não. Mas o homem que vendia quinquilharias era muito conhecido de Lion. Era o Jimmy, um agente do FBI.

– Claro que sim. Deixa eu dar uma olhada. – Lion analisou a maleta com bijuterias.

— Os vermelhos e pretos são os que combinam mais — disse o vendedor ambulante, com óculos de sol, cabelo e barba loira, como a de um surfista.

Cleo olhou para os adornos como uma menina apaixonada. Ela percebeu que esse era o contato da equipe de monitoramento da missão, e ela sabia fingir como ninguém.

— Vou querer esse e esse. — Lion apontou os colares vermelho e preto como ele havia sugerido. E as pulseiras de couro que tinham caveiras e baús.

— Eu também vendo celulares — ele insinuou, levantando as sobrancelhas. Na parte inferior da maleta havia um aparelho preto, *touchscreen*. Lion o pegou.

— É muito bonito. Quero os colares, essas pulseiras, esses dois anéis e o telefone.

As pessoas ao redor olhavam estranho para os dois.

Cleo sorriu para o pessoal que estava perto e disse em voz baixa, piscando um olho:

— Hoje ele está maravilhoso.

Quando chegaram ao quarto do hotel, havia um envelope azul no chão, logo na entrada. Haviam-no passado por debaixo da porta.

Cleo se agachou e o pegou, abrindo-o impaciente.

— O que diz? — Lion perguntou.

— É um convite para um jantar, hoje à noite, no castelo do pirata Barba Negra. Às nove e meia. Uma limusine vai vir nos buscar às nove.

– Ótimo – Lion concordou, deixando as bijuterias e o celular em cima da cama.

– Podíamos ligar para a Thelma pedindo para o Nick nos acompanhar.

– Sim. Vamos perguntar em que quarto eles estão e ligamos.

Cleo deixou o bilhete sobre a mesa de entrada e se sentou na cama ao lado de Lion, analisando as pulseiras de couro com penduricalhos em formato de caveiras e baús, e os colares com meias-luas ocas e que tilintavam como se houvesse algo dentro.

Ela pegou as duas pulseiras de couro e abriu os adornos em forma de cofre, que não estavam muito bem presos à correia. Descobriu que cada um deles tinha, no interior, pequenos microfones. Cleo sorriu.

– Esses caras são bons.

Lion levantou o olhar do visor do celular e mostrou a ela.

– É um mapa completo da ilha. Os pontinhos vermelhos são as câmeras de monitoramento. Se você apertar em um dos pontos, dá pra ver a imagem da câmera em tempo real e verificar tudo o que está acontecendo: entrada e saída de barcos, movimentações estranhas na ilha… Tem até *zoom*. Mas precisamos de câmeras com a gente para poder gravar melhor os rostos de todos os participantes e usar o programa de reconhecimento facial.

– E essas pulseiras têm microfones – Cleo indicou, entregando as pulseiras pretas para ele. – Você pode usá-las, elas são mais masculinas – sugeriu, dando uma desculpa. – E nesses colares de luas prateadas e pedras vermelhas devem estar as microcâmeras. – Cleo abriu as luas ocas e pegou o minúsculo objeto entre os dedos. – Aqui estão elas. Nossa Senhora, são muito pequenas, quase impossíveis de detectar.

– Foram feitas pra isso, pra não serem vistas.

Ela virou os olhos, enrolou o colar ao redor do pulso, e parecia que estava usando várias pulseiras.

– Hoje à noite, quando estivermos no jantar – Lion continuou mexendo no telefone. Na agenda só havia dois números. O de Jimmy, representando a equipe de monitoramento, e o de outro agente, que seria um reforço – temos que gravar tudo o que pudermos. A central de monitoramento vai receber todas as imagens e os áudios. Não sabemos quem estará lá e o melhor é que tenhamos o controle de todos.

– Certo.

– O FBI tem uma lista com os nomes de todas as pessoas que chegaram à ilha entre ontem e antes de ontem. Com nossas filmagens e o programa de reconhecimento facial, descobriremos as verdadeiras identidades de todos. E eles vão nos avisar sobre qualquer anormalidade detectada.

– Ok – ela respondeu com profissionalismo. – Então, se não há nada mais a ser esclarecido, senhor, vou me arrumar para o jantar.

– Não vai ser um jantar qualquer – Lion murmurou, olhando para ela de cima a baixo. – Prepare-se pra tudo. Você tem que estar usando a coleira de submissa, e...

– Sim. Eu sei. Não vou abandonar o papel. Não se preocupe, senhor.

Mas ele se preocupava.

Ele estava preocupado porque Cleo estava completamente exposta aos olhares de todos e era um doce apetitoso demais para ser respeitado.

Castelo do Barba Negra

A vista que se tinha na torre do castelo era impressionante. Dava para ver todo o conglomerado de ilhas ao redor de Charlotte Amalie, além do hotelzinho, com três modestas piscinas e o restaurante que ficava próximo ao castelo. Quanta beleza, pensava Cleo. Olhou para cima. Estava numa das mesas que haviam sido colocadas ao redor das piscinas. Aquela parte havia sido bloqueada para os clientes comuns, como se fosse uma área *vip*.

Um guia disfarçado de pirata, que tinha feito um pequeno tour com eles pelo local, contou que o castelo foi construído onde antes havia um farol para proteger o porto, que era chamado de Skytsborg e utilizado, basicamente, para vigiar a chegada de navios inimigos.

Edward Teach, o malvado Barba Negra, decidiu usar o Skytsborg, a partir de 1700, para seus próprios fins de pirataria e, desde então, o castelo recebeu o nome dele.

Cleo e Lion estavam dividindo a mesa com Thelma, Louise e Nick, mas, além deles, também estava o casal de loiros nórdicos cheios de piercings. Os vikings Cam e Lex, que estavam de preto, exceto pelas tonalidades violeta-escuro que ela usava.

Nick estava usando uma camiseta vermelha com jeans desgastado azul-claro. E, como acessório, o colar de cachorro de Thelma. Louise, do lado dele, exibia um leve vestido preto que lhe caía perfeitamente pela silhueta, mas a máscara de cabeça inteira, que cobria seu rosto e cabelo, a deixava completamente assexuada.

– Você não está com calor, Louise? – Cleo queria que Thelma soubesse que não era aconselhável matar as pessoas por asfixia.

Sophiestication se surpreendeu com a pergunta. Ele fez um gesto leve e rápido, mas tanto Cleo quanto Nick perceberam. A mascarada logo negou com a cabeça e voltou a ficar baixa. Nem ao menos os olhos estavam à mostra. Isso sim era submissão. Entregar seu corpo e sua pessoa ao prazer do outro.

Cleo se sentiu mal por Louise, mas, por outro lado, era decisão dela jogar nessa posição, de forma que a ruiva não podia fazer nada para ajudá-la.

Além do mais, o que poderia dizer? Ela também estava usando uma coleira de cachorro no pescoço, e Lion puxava a corrente de vez em quando, só para deixá-la nervosa. Pelo menos havia uma microcâmera na fivela da coleira, e ela estava servindo para outra coisa além de ser um objeto de dominação.

– Você ficou sabendo? – cochichou a loira gótica.

– O que, Cam? – Thelma perguntou.

– Parece que os Vilões estão na torre. Eles querem ver os participantes de perto e trouxeram presentinhos. – Ela sorriu, esticando os lábios roxos de forma perversa.

Cleo, Nick e Lion ficaram alertas.

Lion olhou dissimuladamente para cima.

– Ouvi falar que eles trazem os próprios submissos para que o pessoal se divirta com eles – Thelma murmurou, muito interessada.

– Francamente, não me interesso por essa parte do torneio – Cam reconheceu, arrumando o moicano. – Prefiro a ação.

– Mas vai ter ação – Lion assegurou. – Os organizadores prepararam jogos para os convidados.

Cleo engoliu saliva e bateu com o salto de seu sapato aberto no chão.

– Que tipo de jogos? – Cleo quis saber com tom gatuno, olhando de soslaio para seu "amo".

– Vamos jogar damas – Lion soltou, provocando as risadas de todos.

Cleo apertou os olhos e o observou através dos cílios espessos.

– Genial, senhor. Vamos comer as peças uns dos outros.

Lex riu ainda mais e aplaudiu Cleo.

– Se você me respondesse assim, pequena, na mesma hora eu ia te colocar no meu colo e...

– Mais uma palavra, Lex... – Lion o cortou rapidamente, sem um pingo de bom humor – ...e nós dois teremos um problema.

Lex sorriu e passou o braço por cima de Cam.

– Eu nunca ousaria invadir o seu território.

Cleo tentou não fazer uma careta ao ouvir aquele comentário. Ela não era o território de ninguém; estava ali porque queria. Lion não poderia mais dominá-la ou controlá-la porque ela não seria mais burra de se entregar a ele. Ponto final.

– Sejam bem-vindos ao jantar de piratas e barbudos – Sharon anunciou diante do tablado da piscina principal. Estava usando um corpete chamativo e uma minissaia com babado. Os saltos do seu sapato eram muito mais altos do que os de Cleo. – Hoje nós temos visita. – Olhou para a torre. – Nossos Vilões estão de olho em vocês! – exclamou sorridente e saudou as águias mascaradas que estavam se aproximando para escolher suas vítimas. – Uma salva de palmas para eles!

Cleo aplaudiu sem vontade e não conseguiu ver ninguém com clareza, mas ficava com o pescoço esticado para que a câmera gravasse tudo o que pudesse.

— Após o jantar haverá um jogo a pedido dos Vilões — continuou a Rainha das Aranhas. — Um desafio para todos os casais!

Lion não estava prestando atenção às palavras de Sharon, seus olhos azuis estavam fixos na torre. Os Vilões estavam a alguns metros de distância, mas ele não podia fazer nada sem provas consistentes de que aquele grupo elitista traficava pessoas.

— Enquanto isso, o incrível harém de puros-sangues cedido pelos Vilões está disposto a fazer a alegria dos convidados! Por favor... — Ela levantou o braço e apontou para o cenário iluminado por focos de luz. — Podemos jantar e aproveitar o espetáculo oferecido pelos Amos do Calabouço com suas deliciosas submissas!

Ao redor da piscina, começaram a desfilar mulheres e homens vestidos com arreios de pônei que cobriam seus corpos e cabeças, e com rabos de cavalo. Tinham o peito e o tronco expostos e vestiam calcinhas e cuecas de couro, andando de quatro: *animal play*. Pareciam desinibidos e felizes com o que estavam fazendo. Alguns gemiam, outros uivavam, mexendo os quadris e a cabeça da mesma forma que os cavalos de verdade.

— Quem são eles? — Thelma perguntou, muito interessada na identidade dos equinos.

Ao mesmo tempo, os garçons começaram a desfilar acompanhados da música "Never Gonna Say I'm Sorry", do Ace of Base.

O espetáculo tinha começado.

Cleo, Nick e Lion apertaram os dentes e se esforçaram para manter o controle. Se eram um presente dos Vilões para os convidados, era provável que muito daqueles submissos, ou até todos, não estivessem ali por vontade própria. Ainda que não pudessem demonstrar nada naquele momento.

Cleo se obrigou a olhar para todos os cavalos que passavam pela piscina e caminhavam ao redor das mesas. A microcâmera tinha que gravá-los; mas, com todas aquelas coisas no rosto, ela duvidava que o programa de identificação facial pudesse descobrir quem eles eram.

Estava desesperada, procurando os traços de Leslie entre eles. Será que ela estava ali? Meu Deus! Ela ficou com vontade de levantar da mesa e ir olhar submisso por submisso, até encontrar sua irmã mais velha.

Lion colocou sua mão quente e reconfortante sobre a dela, pegando-a e beijando-lhe a palma.

– Calma – ele sussurrou de um modo que apenas ela pudesse ouvi-lo. – Calma, leoa. Está tudo bem...

Cleo encontrou sossego para sua ansiedade nos olhos enormes e puxados de Lion. Sim. Ela precisava se acalmar e manter a serenidade. O primeiro passo já estava dado.

Estavam no torneio. Os Vilões também já haviam chegado à ilha. Eles tinham levado seus próprios submissos e agora os ofereciam como carniça.

Enquanto os outros tentavam jantar, os três agentes infiltrados observaram os exercícios de dominação executados pelos quatro Amos do Calabouço com suas submissas.

Cleo alternava entre a angústia e a fascinação.

Em outro momento, ela ia achar que todos aqueles métodos de castigo sexual eram praticados para torturar, que o objetivo era maltratar. Prendedores para mamilos e para o clitóris, esporas pontiagudas passadas pela vagina, eletricidade... Deus, ela estava vendo tantas coisas que não conseguia assimilar tudo. Dias atrás, com certeza, teria procurado um telefone para fazer uma denúncia e chamar a polícia.

Agora só precisava perceber a umidade entre as pernas das mulheres e as ereções dos homens para se dar conta de que eles apreciavam tais práticas.

Cleo sempre achou que as pessoas do BDSM tinham algum problema na cabeça.

Mas ali havia muita gente sensata e capaz, apenas com gostos sexuais excêntricos e de dominação. Não havia nenhum tipo de psicopatia ou demência.

Eles gostavam de dominar e ser dominados.

Ponto final.

Da mesma forma que outras pessoas gostavam de fazer tatuagens ou piercings, e outros adoravam praticar esportes radicais ou, até mesmo, fazer sexo em grupo ou com uma pessoa só... Os praticantes de BDSM, amos e submissos, amavam aquilo.

Cleo estava descobrindo que nem toda a nova realidade era desagradável para ela. O que odiava e repugnava era a forma que algumas pessoas, como essas que estavam na torre, usavam para dominar.

Eles queriam só testar o efeito da droga afrodisíaca? Queriam vendê-los como escravos sexuais? Que merda eles queriam fazer?

Ela estava se fazendo todas essas perguntas enquanto Lion não soltava a mão dela, acariciando-a hipnoticamente com o polegar. Para cima e para baixo, em círculos... De vez em quando ele olhava para ela de canto e sorria. E Cleo, estupidamente, sentia o mundo cair sobre ela, já que estava decidida a achar que Lion era um babaca egoísta que só pensava em si mesmo e que já tinha decidido há muito tempo que ela era uma incompetente. Mas se ele estava tentando acalmá-la e dar apoio moral como naquele momento, ela perdia as forças para continuar a odiá-lo. Porque era mulher. Mulher e apaixonada.

– Você precisa de alguma coisa, Lady Nala? – Lion perguntou, se aproximando demais do corpo dela.

Ela negou com a cabeça.

– Você não comeu nada – ele observou com os olhos brilhando e pegou um pedaço de carne de lagosta com o garfo. – Abre a boca.

– Eu comi a salada de caranguejo, senhor – ela contestou.

– Abre a boca – ele repetiu apertando os olhos.

Cleo obedeceu e ele deu a comida para ela na frente de todo mundo, enquanto se encaravam de um modo quase obsceno. Ela já sabia comer sozinha, mas Lion gostava de interpretar esse papel.

O agente fixou o olhar nos cantos dos lábios dela.

– O que foi? – ela perguntou.

Lion a pegou pela nuca e, aproximando-a dele, passou a língua por aquela zona dos lábios que vinha observando. Depois, pressionou sua boca na dela, como se estivesse beijando-a.

Cleo ficou imóvel e submissa. Submissa, literalmente. Lion queria dar seu show e a agente tinha que se manter no papel.

– Então os destaques da rodada de hoje estão fazendo as pazes.

Prince parou em pé atrás de Cleo e analisou os dois com interesse. A regata branca e a calça de couro fino davam a ele um aspecto típico de anjo do inferno. Seus olhos pretos os observavam como se perdoassem a vida de todos. Ele estava puxando os arreios de duas mulheres que iam como gatas atrás dele.

Cleo olhou para um e para o outro e percebeu que Lion tinha voltado a fazer a mesma coisa: beijava-a porque um outro amo ameaçador estava se aproximando. E estava marcando território, como um cachorro.

– Lady Nala. – Ele a cumprimentou com uma reverência. – No fim das contas você nem me deu bola, e hoje acabou lutando por King. Digna de elogios – ele falou, dando um longo gole em sua taça de vinho branco. – Mistress Pain não deve ter gostado nada disso.

– É claro que não – ela afirmou, ciente que eles estavam chamando a atenção dos outros que estavam à mesa. – Está aproveitando o jantar, Prince?

– Estou sim. – Olhou para suas duas conquistas. – Mas achei que o King também ia querer aproveitar. O que você acha, Lady Nala?

Cleo apertou os dentes e lambeu os lábios. Que o Lion jogasse com outra na frente dela? Melhor não. O que os olhos não viam, o coração não sentia.

– Ops, estou vendo ciúmes nessa caída de olhos? – Prince sorriu.

Cleo tinha percebido o olhar penetrante de Lion na direção dela. Devia reagir. Como uma submissa faria para responder isso?

– Sim, meu senhor gosta. Faço tudo o que o satisfaz – ela respondeu recatadamente, sem olhar para o agente Romano.

– Na verdade... – Lion puxou um dos arreios das submissas. Escolheu a de cabelo castanho preso em um rabo de cavalo bem alto e longo. Ele a fez se levantar e sentar no colo dele. A mulher estava encantada e parecia se sentir no paraíso. – Lady Nala não tem poder para decidir o que eu devo ou não devo fazer, não é?

Cleo não queria nem olhar. Ainda que, por outro lado, ela achava bem feito para ele se olhasse.

Nick ficou de cabeça baixa, fitando o prato, enquanto recebia os cuidados de Thelma.

– Olha pra mim e responde, escrava. – Lion puxou Cleo pela coleira e a obrigou a olhar para ele. Nesse exato momento, eles estavam no olho do furacão. Lion tinha que representar o papel de amo inflexível o melhor que ele soubesse. Não podia permitir que os Vilões, que espiavam a cena com pequenos binóculos, soubessem que ele era, na realidade, o verdadeiro submisso da relação. Era melhor esconder os pontos fracos. Além do mais, ele tinha que saber até que ponto Cleo tinha consciência de suas ações.

– Não, senhor – Cleo respondeu afetada.

– Muito bem. Olha – ele ordenou.

Cleo pestanejou e cravou seus olhos verdes de fada nele. O delineador tornava o seu olhar ainda mais magnético e profundo. Teve que fazer das tripas coração e ficar olhando Lion jogar com outra mulher na sua frente.

Lion aproximou o rosto da submissa ao seu, acariciando a bochecha dela. Depois roçou os lábios dela com o polegar, e os olhos vítreos do cavalo se fecharam de prazer.

– Abre a boca – ele pediu.

Cleo deu um salto. Essa tinha sido a mesma ordem que ele tinha lhe dado anteriormente.

A submissa aceitou e, quando o fez, Lion colocou o polegar no interior. Ela estava com a boca muito úmida e quente. Então ele pousou os lábios sobre os dela e a beijou. Enfiou a língua e degustou seu sabor.

Sim, era exatamente o que ele imaginava.

O *popper* era usado com inalador, e o sabor estranho e mentolado da droga continuava no hálito e na língua da submissa. Continuou beijando-a enquanto a mulher se esfregava nele e lutava para colocar as mãos no pescoço.

Quando percebeu a presença da droga, ele a afastou e fez ela sair de seu colo.

Prince sorriu ao ver o rosto de Cleo. Aquela garota sentia alguma coisa pelo amo Lion. Não era fácil esconder os verdadeiros sentimentos, e ele, que tentava não expressar suas emoções, era um especialista nisso.

Estava claro que King não era indiferente à Lady Nala. Prince sabia pelo modo como King a tinha apresentado para os demais na mansão Lalaurie, como se dissesse: "Estão vendo? Então nem cheguem perto". Alguma coisa tinha acontecido entre eles para que não tivessem entrado juntos no torneio. De qualquer jeito, estavam se acertando durante a competição, e essas negociações, aquelas provocações públicas, só queriam dizer que a chama estava acesa.

Como iriam lidar com ela?

Dependeria só deles.

Sharon passou ao lado de Prince como se ele não chegasse aos pés dela. Prince nem olhou para a ama.

A Rainha das Aranhas, que tinha visto o beijo de Lion na submissa, se aproximou da mesa com os agentes infiltrados e levantou o queixo de Cleo.

Ela pestanejou, ainda brava e confusa pelo que seu chefe na missão tinha feito. Seus olhos verdes estavam paralisados.

Aquela foi a primeira vez que Sharon lhe dirigiu um sorriso empático, até carinhoso.

– Você sempre pode colocar as garras pra fora, leoa – ela sussurrou com doçura.

Era uma das poucas vezes que Cleo tinha ficado sem palavras, sem saber como reagir. O que ela podia fazer? Jogar o vinho na cara do Lion? Insultá-lo e falar tudo o que ela achava dele na frente de todos?

Não. Ela não podia fazer isso. Só podia engolir o orgulho como submissa e como mulher, e aceitar que, se Lion quisesse continuar com a brincadeira e ficar com duas mulheres de uma vez só, para aborrecê-la e para demonstrar sua autoridade como amo, então assim seria. E ela teria que assumir sua posição, por mais que a incomodasse ou a ferisse.

Porque havia aceitado que Lion não a queria e também que ela faria o possível para continuar no caso, ou seja, fingir e interpretar da melhor maneira possível. Mas estava apaixonada de verdade por Lion, e a dor estava escondida sob sua pele. Ela podia disfarçar, mas nunca poderia enganar a si mesma.

Lion apertou os dentes, mas se obrigou a sorrir com frieza.

– O que você quer, Sharon?

A loira lançou um olhar de desdém para ele, como ela fazia com a maior parte dos outros mortais. Ela estava zangada.

– Estou aqui pelo jogo – explicou a dominadora. – Estou fazendo perguntas para os casais mais populares. Você e Lady Nala estão na boca de todos e, depois do que acabou de acontecer, vão continuar. Então chegou a vez de vocês.

– Que tipo...? – Cleo engasgou. – Que tipo de perguntas? E quem inventou esse jogo?

– Você vai ver, gata – Sharon respondeu olhando para a torre do castelo –, os Vilões querem diversão. Eles gostaram de você. – Encolheu os ombros enquanto acariciava os cabelos vermelhos que caíam pelos ombros de Cleo. – O torneio é deles, e se quiserem inventar uma regra nova essa noite, eles vão inventar.

– E como é esse jogo? – Lion coçou o queixo.

Sharon sorriu e franziu uma das sobrancelhas loiras.

– Vou fazer uma pergunta para cada um. Se vocês responderem bem, não vai acontecer nada. Mas se responderem mal... vai acontecer com vocês o mesmo que aconteceu com Brutus e Olivia. – Ela apontou para o cenário onde havia um amo enorme e musculoso, com um moicano castanho e uma máscara preta que cobria suas maçãs do rosto e seus olhos cor de ametista, muito claros. Ele estava tatuando o amo e a submissa. – Ele vai marcar vocês como casal.

Cleo fechou os olhos e suspirou.

Merda.

6

O amo e a submissa ficam gravados um
na pele do outro. Como tatuagem.

Cleo estava segurando a parte de dentro do pulso esquerdo enquanto o ascensor os levava até o último andar do resort.

Lion abriu a porta da suíte, entrou, e ela veio em seguida, batendo a porta com o calcanhar.

– Você errou de propósito – ela soltou, incrédula. Estava com vontade de falar isso desde que eles entraram na limusine. Mas por medo de que houvesse microfones ali também, e para não dar um espetáculo na frente de Nick e das duas mulheres, ambos se seguraram. – Você sabe os nomes das ilhas de Faerûn. Você sabe todos! E errou de propósito! Você não tem moral pra ficar falando que eu não deveria estar aqui, você está fazendo da minha vida um inferno! – Mostrou para ele o pulso tatuado com uma peça de quebra-cabeça e um coração vermelho. – Eu juro que quando chegar a Nova Orleans eu vou apagar isso, mesmo que tenha que arregaçar a minha pele com uma esponja. Eu não quero isso!

Lion não podia rebater aquilo porque a verdade era que ele não sabia que bicho o tinha mordido quando o Amo do Calabouço,

Markus, perguntou o nome que a ilha Water Island tinha adotado no torneio. A resposta certa era Norland e ele sabia. Mas então ele olhou para Cleo, e viu o quanto ela estava triste por tudo que estava se passando entre eles, pelo beijo que ele tinha dado em outra submissa, e pensou que aquela era uma oportunidade perfeita para marcar Cleo com algo seu.

Respondeu errado.

Cleo estava deixando Lion com um parafuso a menos. Estar perto dela era uma tentação que ele sabia que o afetaria, mas não imaginava o quanto até tê-la visto aparecer no desfile da noite anterior como Lady Nala.

Ele tinha morrido. Vê-la o matou, assim, sem mais nem menos.

A palhaçada acontecida naquela manhã tinha acabado com seus planos, e ele não conseguiria mais ficar tranquilo na missão. Se Cleo estivesse ao seu lado, ele ia se dividir entre o amo, o agente e o protetor. Com Claudia tudo seria muito mais simples: sem emoções, sem vínculos, sem amor. As provas seriam só sexo e pronto. Fáceis de controlar.

Mas com Cleo… Nunca. Meu Deus! Ele não podia se aguentar de tanta testosterona só de tê-la por perto… O que ia acontecer se tivessem que ficar com outros participantes em alguma prova? Lion tinha certeza: mandaria tudo à merda. Se isso fosse acontecer, ele daria um jeito de eliminá-la. Não ia permitir que ninguém a tocasse. Não ia suportar. Ele morreria se, por sua própria culpa, e além de tudo estando com ele, ela tivesse que ser obrigada a fazer qualquer coisa com outros homens.

Mas na prova de perguntas daquela noite, seus genes XY possessivos e sua mente das cavernas, de homem que na verdade faria de tudo por sua mulher, ele quis que ambos compartilhassem algo único.

Claudia não significava nada. A submissa muito menos.

Cleo, sim.

Ela havia acertado sua pergunta. Mas ele não.

E a pequena fada tinha toda a razão.

Ele errou porque quis. Agora os dois tinham uma tatuagem que era uma pequena peça de quebra-cabeça com um coração, e uma peça se encaixava na outra com perfeição.

Isso era algo que ninguém poderia apagar. Mesmo depois de terminada a missão, Cleo tinha algo no corpo que pertencia só a ele e que o completava.

Uma tatuagem de casal linda e especial.

– Eu não me lembrei na hora. Me deu um branco.

– Não é verdade! Você fez isso só pra me provocar! Vai se foder, Lion! É uma maldita tatuagem! Não é um desenho de caneta. Você sabe o quanto isso doeu?! Sabe do medo que eu tenho de agulha?

– Você já tem uma tatuagem no interior da coxa. Não é pra tanto – ele respondeu um pouco arrependido.

Cleo levantou as mãos para o céu e colocou-as na cabeça. Saiu para a varanda. Precisava tomar um ar.

A tatuagem ainda estava ardendo. Eles tinham coberto o local com plástico, e agora havia gotículas de sangue ocultando o desenho.

No horizonte, os cruzeiros atracados entre as ilhas davam luz e vida ao mar noturno. O som das ondas caribenhas morrendo na orla e o cheiro salgado subiam até a suíte deles, mas nada poderia acalmá-la.

Que maldição. Agora ela estava com uma tatuagem de casal com o Lion. Incrível. Se dessem as mãos entrelaçando a esquerda e a direita, as peças se sobreporiam e se encaixariam uma na outra de uma forma impossível para eles, ainda mais com esse oceano que os separava, cheio de diferenças e reprovações.

O som do iPhone a separou de seus pensamentos.

– É a sua mãe. – Lion saiu para a varanda e aproximou o telefone dela.

Cleo o tirou das mãos dele imediatamente.

– Oi, mamãe.

– Minha querida! Como está a viagem, amor? O Lion está se comportando bem?

– Está sim. O Lion é… um cavalheiro – grunhiu entre os dentes.

– Então divirta-se aí e aproveite as praias caribenhas. Está usando protetor?

Cleo sorriu com ternura. Sua mãe… sempre igual.

– Sim, mamãe. Fator cem.

– Mas isso não existe.

– Tá bom, mãe.

– Bom, escuta: seu filhote de dinossauro… além de não conseguir olhar pra frente quando a gente briga, também fica mudando de cor. Ele está com algum problema?

Cleo começou a rir e apoiou a testa na mão.

– Mamãe, o Rango é um camaleão. É normal que ele mude de cor.

– Então você tem que ensinar ele a parar de fazer isso. Hoje ele se escondeu na salada e por pouco seu pai não o comeu.

– Mamãe, você não pode soltar ele! – exclamou, com vontade de começar a chorar por não poder fazer nada. – O Rango não conhece a sua casa e pode se perder…

– Não se preocupe, querida. Está tudo sob controle. E não temos gatos nem cachorros que possam machucá-lo. Aqui ele está a salvo.

– Eu sei.

– Você falou com a sua irmã?

– Sim. Ela está bem. – Já estava tão acostumada a fingir e a mentir que a lorota saiu naturalmente de seus lábios. – Só que ela não está conseguindo falar com os outros tão bem quanto você acha.

– Eu não acho nada. Sou a mãe dela – rebateu bem séria. – Quero ouvir a voz dela. Só isso. Mas se ela não pode... – suspirou conformada –, espero que ela me ligue logo, porque vai ouvir um monte.

– Ela me disse que estava com saudades.

– Eu sei. Também estou com saudades dela. E de você. Só faz três dias que você está fora e eu já estou vendo fotos de quando vocês eram criancinhas de fralda... Está tudo bem, Cleo?

– Sim, mamãe – ela respondeu a ponto de começar a chorar. – Sim, tudo bem. O sol me desanimou um pouco...

– Nada de desanimar. Você tem que aproveitar suas férias, querida. Elas têm que ficar gravadas em você pra sempre, combinado?

Cleo olhou para a ridícula e ao mesmo tempo bela tatuagem e concordou sem nenhuma pitada de autocontrole.

– Hum. Elas vão ficar gravadas como uma tatuagem, pode ter certeza.

– Em breve eu te ligo de novo. Te amo, minha filha.

– Te amo, mamãe.

Cleo desligou o telefone e afundou o rosto entre os braços apoiados no parapeito de madeira. Começou a chorar sem nenhum controle. Mas não era um choro escandaloso; pelo contrário, ela chorava em silêncio, como uma criança que não queria que ninguém descobrisse sua fragilidade.

Lion se aproximou com discrição. Nada podia destroçá-lo mais do que ver Cleo chorando, isso ele já havia aprendido.

Sua corajosa e desprezada menina se sentia derrotada pela situação e ele era o principal culpado disso.

Ele não tinha facilitado as coisas para ela.

O pior era que ele não sabia como melhorar isso, porque enfrentariam situações tensas diariamente, e ele ia pressioná-la algumas vezes para que ela continuasse do seu lado, para que acompanhasse seu ritmo. Queria cuidar dela e, ao mesmo tempo, que ela desse o melhor de si.

Mas ele estava tão assustado de estar com ela ali...

Como um homem deveria reagir se a mulher que ele amava estivesse tão exposta e vulnerável?

O que ele deveria fazer? Se fosse um amo que não se importasse em jogar em equipe... mas ele era um amo muito apaixonado.

– Sinto muito.

– Por que você está se desculpando?! – Cleo deu meia-volta e o desafiou, furiosa. – Você nem sente nada!

Lion se aproximou dela e a encurralou contra o parapeito, caminhando e obrigando-a a recuar e a escutar tudo o que ele tivesse para dizer. Cleo queria ficar com ele, e sabia disso desde aquela noite do Hurricane, quando eles falaram todas aquelas coisas... Bom, não tinha sido nenhuma declaração de amor, mas "sempre foi você" bem que se parecia com uma.

Como será que ela estava se sentindo agora?

Será que ainda queria ficar com ele? Ou tudo o que ele fez nesses dias acabou abrindo os olhos dela? Tomara que sim. Porque, se Cleo não se afastasse logo, ela não conseguiria nunca. Ele não ia deixar.

— Fizeram uma tatuagem em mim na frente de todo o mundo! — disse, extremamente ofendida. — Quando tatuei o camaleão eu estava dopada até os cabelos. Eu não lido bem com a dor, Lion, e você sabe disso! Estamos marcados! Você não entende?! — Ela secou as lágrimas veementemente.

— Você aguenta bem a dor, Cleo. Você não derramou nenhuma lágrima...

— Porque elas estão todas aqui e agora! — Apontou para os olhos. — Essas tatuagens não fazem sentido! Você... você me odeia! Eu te vejo e tenho vontade de vomitar! O que nós vamos fazer?! E... por que você encosta tanto em mim? Me deixa... — ela respondeu incomodada. — Não! Me deixa!

Lion inclinou a cabeça para baixo para que ela se desse conta da diferença de estatura. Ele não queria intimidá-la. Cleo não se deixava intimidar nunca, mas ele gostava de perceber o quanto os dois se encaixavam bem. Ele agarrou a corrente da coleira de Cleo e a puxou para que ela se aproximasse.

— Você fica com vontade de vomitar quando me vê? É sério?

— É sério! Eu te odeio! — Ela empurrou o pulso que a puxava. Tinha que manter a distância ou perderia até o respeito, que também já estava acabando. — Me solta!

— É sério que você me odeia?

— É! — ela gritou a um centímetro do rosto dele. — Da mesma forma que você me odeia!

— Eu não te odeio — ele sussurrou, imponente sob a luz da lua. Seus olhos azuis resplandeciam e seus traços viris se delineavam perfeitamente. — Como você pode achar isso? Eu nunca vou conseguir te odiar, leoa. Você me deixa bravo, ou de mau humor... Mas te odiar? – Negou com a cabeça. – Impossível. Quando eu fico nervoso, falo algumas coisas espantosas, mas não são o que eu penso.

Os lábios de Cleo formavam um biquinho cativante. Seus olhos verdes estavam cheios de lágrimas. Seus cabelos, vermelhos e meio presos, dançavam ao vento noturno.

– Mentira. Você acha que eu vou estragar o caso, e já me falou isso várias vezes. – Inspirou fundo. – Você coloca o meu profissionalismo em dúvida, e não faz nem ideia do quanto isso me incomoda ou me assusta. Porque achamos que a Leslie está por aqui. E se a missão der errado por minha culpa… – a voz dela se quebrou. – Não! Nem se atreva a me abraçar agora!

– Por quê?

– Porque não! Você não tem o direito de fazer isso!

– Vem aqui. – Ele a trouxe em sua direção com uma última puxada na corrente e aguentou os ataques ferrenhos e raivosos dela até que, vencida pelo cansaço, ela se deixou cair contra ele. – Shh… Meu Deus, para… Não faça isso comigo. Para de chorar.

– Eu te odeio! – ela repetiu, tirando de si toda a dor que sentia.

– Eu sei e peço desculpas…

– Você te… você tem que parar de ser tão duro e malvado comigo – ela murmurou sobre o peito dele. – Eu já sei que não sou sua amiga, que sua amiga é a Leslie. Eu já sei que não sou ela e que não estou tão preparada, que não sei mui… muito de BDSM, nem sou uma submissa tão boa, muito menos uma boa ama… Sei que eu não faço o seu tipo e que não desperto o seu interesse. – Os soluços impediam que ela dissesse tudo de uma vez. – Mas… eu estou tentando! Estou tentando ajudar, não estou aqui para atrapalhar, nem… nem para encher o saco! O meu esforço não conta pra… pra você?

Lion fechou os olhos, ferido por escutar aquelas reclamações sem fundamento. Ele era um maldito mesquinho! Mas Cleo tinha desobedecido! Ela foi para o torneio mesmo depois que ele a afastou para protegê-la!

Respirou fundo e decidiu que seria um bom momento para tirar um pouco a máscara para que a Cleo visse e entendesse que ele não estava assim por causa do seu orgulho ferido como chefe. Ele estava assim porque temia por ela.

– Não. O seu esforço não conta e nem nada... para de agir assim comigo e me escuta, maldição. – Ele a abraçou mais forte e falou no ouvido dela: – Pra mim, a única coisa que importa – ele acariciou os cabelos, abraçando-a e abrigando-a com cuidado – é que você esteja a salvo, leoa. Eu fico doido quando te vejo entre jaulas, dragões e masmorras. Você tem que estar livre... entende? – perguntou desesperado. – Você não deveria estar aqui. Eu não suporto te ver aqui. Por isso eu te afastei do caso.

Cleo ficou quieta. Levantou a cabeça para olhar nos olhos dele e comprovar que as palavras cheias de preocupação não eram fingimento; eram de verdade.

– Mas foi o Montgomery quem me escolheu...

– E eu dei o treinamento. Mas a ideia de te meter em um lugar como esse... – Olhou ao seu redor. – Em algo que poderia te assustar, num mundo que poderia te machucar ou te destruir... Eu não sei relevar. Não consigo aguentar.

"Oh, meu Deus." Lion estava sacando sua arma mortífera de raio X. Parecia tão arrependido...

– Mas você fez isso porque é um profissional – Cleo assegurou. – E, depois disso, de me ensinar e de me instruir, você me deixou de lado. E quando eu voltei para reivindicar meu lugar no caso, você me... me recusou e... me falou coisas tão horríveis que eu tenho certeza de que são verdade...

– O que eu te falei não tem valor nenhum – ele murmurou sobre a cabeça dela. – Eu falei por causa disso. Porque estou tão destruído que preciso te machucar como você me machuca. Mas... o que importa é o que eu sinto.

– O que você sente? – Espera um pouco. "O que ele quer dizer com sentir?" – Do que você está falando? O que está acontecendo? O que você está sentindo?

Lion sorriu com tristeza e mordeu o lábio inferior com frustração.

– Do que eu estou falando? Eu... fico nervoso perto de você, Cleo. Não consigo manter a cabeça fria. Você não se dá conta?

– Não me chame de Cleo – ela sugeriu em voz baixa, apontando para o ouvido e fazendo referência às possíveis câmeras e microfones que pudessem estar escondidos por ali.

– Tá vendo? Você me faz esquecer dos papéis.

– Mas eu não estou fazendo nada – ela sussurrou, absorta no tormento de seu rosto. O que estava acontecendo ali? Ela sentia que esse momento era mais íntimo do que qualquer outro que eles tivessem vivido juntos.

– Você faz, sim. E eu nem mesmo sei dizer exatamente o que é... É uma sensação...

Cleo pestanejou e viu Lion de um modo mais humano e vulnerável. Fosse como agente, como homem ou amo, mas principalmente como homem. Ela não sabia se estava ficando louca ou se estava interpretando mal, mas... Lion estava falando que se preocupava mais com ela do que com o resto dos colegas? Era isso?

– Essa é a sua... sua forma surreal de me dizer que... que eu faço você sentir coisas? É isso que você está me dizendo?

– Pode ser.

– Você está brincando comigo?

– Não! – exclamou ofendido.

– Não faça isso comigo, por favor – ela suplicou. – Não vou levar numa boa.

– Pequena... – sussurrou. – Não estou brincando nem te enganando. Eu sempre senti isso por você.

– Sério? Por quê? – perguntou assombrada, banhada por uma nova luz, mais limpa e viva. – Por que eu te faço sentir essas coisas?

– Porque sim. – Deu de ombros. Não ia falar mais nada. Nem pensar. Já havia dito o suficiente para que ela percebesse que ele não era indiferente. – Porque é assim. Não posso mudar o que eu sinto com você aqui. Sempre me senti diferente em relação a você. Leslie é minha amiga, mas você... é diferente. Não me comporto da mesma forma com você. Com a Leslie eu sempre me senti relaxado; com você eu estou sempre alerta e tenso. Só estou preocupado... e preciso, não, te ordeno – disse, e colocou o rosto dela entre suas mãos, acariciando seu queixo insolente com os polegares – que você não me dê mais sustos do que já deu. Que me obedeça. Que não fique em perigo e que dê o máximo de você. Que a gente se esforce junto, fechado?

– Só pra deixar claro: então... você está admitindo que...? – Apertou os olhos até que eles virassem duas finas linhas verdes. – Você está admitindo que gosta um pouco de mim?

– Um pouco, sim – assumiu. Isso ele podia reconhecer, porque estava dizendo que era só uma coisa ínfima, enquanto, na verdade era mais, muito mais do que as palavras podiam expressar. Mas ele não poderia ceder com ela; não agora, em um momento tão delicado, ou aquilo poderia tomar conta dele. – Eu me sinto muito atraído por você.

"Atração", pensou Cleo. De verdade? Atração era uma coisa boa, não?

Mas nas palavras de um homem havia muito mais do que atração, e ela sabia muito bem como mulher que pode ler as entrelinhas. O que seria? Cleo tinha que descobrir. Além do mais, o comportamento de Lion, receber o calor dele nesse instante e, principalmente, que ele falasse com ela desse modo, a ajudou a se livrar de toda a tensão.

– Você me desculpa por tudo o que eu te disse? – ele perguntou aflito. – Me desculpa, por favor.

– Por tudo? – repetiu espantada, abraçando e se deixando abraçar. Caralho, que carinhoso. – Não sei… É muita coisa pra perdoar. – Esfregou o nariz na camiseta azul acinzentada do agente. – Você já falou que eu te dou sono na cama, me afastou de um caso importante para mim, insinuou que eu sou uma incompetente e que eu vou fazer a missão fracassar, me ridicularizou hoje à noite, enfiando a língua até a garganta de outra submissa e, depois, me fez ser tatuada sem que eu quisesse. Não, senhor. Não posso te perdoar.

Lion grunhiu, discordando, e a pegou pela coleira de cachorro, puxando a cabeça dela para trás e olhando diretamente em seus olhos.

Fascinante. No olhar de Cleo não havia nem rastro de medo ou ofensa. Só curiosidade e surpresa.

– Continuo sendo um amo. Mesmo pedindo desculpas, sou um amo, no fim das contas.

– Quer dizer que você não estava falando sério em nenhuma dessas ofensas? Está mandando eu te desculpar? As coisas não funcionam assim. Se você quer perdão, conquiste-o. – Os olhos dela o desafiavam abertamente.

– Primeiro: eu fico duro o dia inteiro perto de você, então não, você não me dá sono. E ainda bem que o álcool me fez dormir naquela noite, senão eu ia ficar por uma semana sem poder andar. – Ele estava adorando a cara desconcertada de Cleo. – Segundo... – Colocou os dedos na boca dela para que ela se calasse. – Eu não te afastei do caso. Eu te afastei do maldito perigo, pequena. Pra mim é muito mais importante ter você distante e a salvo do que perto e correndo risco. Mas agora você está aqui e vai ter que assumir as consequências. Terceiro... – Ele se inclinou e mordeu o queixo dela suavemente porque era incapaz de não o fazer. Desfrutou do gemido leve e rouco de Cleo. – Você não é uma incompetente; você tem 27 anos e é uma tenente. Não deveria ter levado isso tão a sério. Mas é uma inconsequente por não ter se afastado de mim, e vai ter que pagar por isso. Quarto: eu até poderia ter beijado a submissa só pra te provocar, mas não foi por isso. Eu queria descobrir se tinha *popper* na boca dela.

– De verdade?

– Sim. E adivinha?

– Tinha *popper* – ela murmurou impressionada.

– Tinha. E não é só isso. Depois de colocar o dedo na boca dela e enchê-lo de saliva, eu o limpei em um guardanapo. – Ele colocou a mão no bolso de trás da calça preta e mostrou o pequeno guardanapo de papel dobrado. – Tenho aqui o DNA da submissa e a substância do *popper*. Podemos descobrir se é o mesmo tipo de droga ou se eles fizeram algum tratamento diferente com ela.

– Você é muito competente, senhor – ela admitiu magoada, colocando a mão na boca dele para que ele se calasse. – Mas não faça isso de novo, não me sinto bem. Sua submissa sou eu.

Lion mordeu os dedos dela e depois os beijou.

– Não discuta comigo. E, em quinto lugar… – Inclinou-se sobre os lábios dela e sussurrou: – Eu adoro que você tenha essa tatuagem e esteja ligada a mim. Me deixa louco.

– Você fez de propósito, não foi?

– Fiz. – Sua postura não denotava nem arrependimento nem aflição. Só fome.

– E o que você pretende fazer agora, campeão?

– Quero te dar as boas-vindas à minha selva, Lady Nala.

Cleo não resistiu. "Oi, selva", ela pensou.

– Meu Deus… – Cleo murmurou, pronta para devorar a boca de Lion. Sério que ele tinha acabado de dizer tudo aquilo? Ela não estava acreditando! O Rei Leão estava irreconhecível, e ela estava se sentindo como uma nuvem carregada. Estava ardendo e ia soltar raios por todos os lados. Beijou-o e se aprofundou no beijo, maravilhada por sentir a língua dele tão bem, pelas cócegas e pelo prazer que ele proporcionava em sua boca. Beijá-lo era tão reconfortante…

– Alto lá, leoa. – Puxou a coleira de cachorro e colocou a cabeça dela para trás. Beijou-a suavemente, afastando-se quando ela queria se aproximar mais do que ele permitia. – Você não vai ficar com medo de nada que eu queira fazer? – As mãos vagaram pela cintura dela até apalpar suas nádegas, por baixo da saia, fazendo carinhos e dando palmadas para depois massageá-las com mais parcimônia. – Você não vai ficar assustada?

– Não... não, senhor. Eu nunca tive medo – respondeu, vítima de um profundo estremecimento que nascia dentro de seu ventre. – Com você não.

Lion aceitou a afirmação, agradecido. Se pudesse, beijaria os pés dela naquele momento. Mas Cleo precisava praticar para as provas que estavam por vir, e ainda que ele quisesse ser duro, rápido e profundo, à sua maneira, ele precisava guiá-la no que restava de seu treinamento.

– Muito bem. – Beijou-a de novo nos lábios, deixando que línguas e dentes brincassem entre si. Enquanto ela estava tomada pelo feitiço do seu beijo, se ajeitou para pegar as mãos dela e colocar nas costas. Não desfez o contato dos lábios em nenhum momento e aproveitou para amarrar os pulsos dela com a mesma corrente da coleira. – A corrente está se esfregando na tatuagem?

– Não.

– Ótimo. Vem comigo, leoa. – Deu um último beijo no nariz dela e, puxando-a pela coleira, fez que ela o seguisse até dentro da suíte. – Vou te domar.

Cleo tentou mover os braços, mas se deu conta de que, se o fizesse, a corrente ia puxar a cabeça dela para trás. Olha só, uma bela imobilização.

– Vou continuar com a sua dominação. Tudo bem pra você? – Sentou na cama e colocou Cleo entre suas pernas abertas. – Nós já perdemos o ritmo. Primeiro eu vou tirar a sua roupa aos poucos.

Ele colocou as mãos na saia dela. Abriu o zíper lateral e deixou que a saia deslizasse por seu quadril. Apoiou a mão inteira entre as pernas dela, por cima da calcinha, e suspirou.

– Deus... Adoro quando você está assim bem quente. – Ele fez alguns carinhos leves, e ela observava enquanto ele a desnudava. Agarrou o lindo top preto com brilhantes dela e, como não dava para tirá-lo pela cabeça, fez descer para o quadril e o tirou pelas pernas. Depois, abriu o sutiã preto e a puxou para mais perto com a corrente que unia pescoço e pulsos, e o movimento fez os seios ficarem à mostra. – Não acredito... – ele ronronou afundando o rosto no peito dela. – Você está usando os prendedores nos mamilos.

– Uhum... – Cleo afirmou, com as bochechas vermelhas de excitação e úmidas de lágrimas. – Coloquei porque eu não sabia o que podia acontecer no jantar e achei que, caso precisasse ficar nua para alguma prova, se vissem que eu estava usando acessórios como esses, eles entenderiam que eu estou levando o torneio a sério.

– O torneio começa de verdade amanhã, pequena. – Ele a colocou de cabeça para baixo sobre suas pernas e tirou sua calcinha. – Hoje foi só um aquecimento. Conta até dez.

Cleo negou com a cabeça, incrédula. Seus cabelos caíam como um manto vermelho no chão. Ela queria aquilo, mas não entendia porque ele estava fazendo.

– Você vai me castigar?

– Deus, sim... Você merece. – Passou a mão pela bunda dela e depois molhou os dedos com sua umidade.

– Senhor, posso perguntar por quê?

– Cinco por me desobedecer e colocar sua vida em perigo ao vir pra cá. E mais cinco por me humilhar com o *femdom* e colocar um anel na minha rola. É uma punição pequena se comparada com a que você merece receber. Você foi malvada pra caralho... Peça desculpas.

– Não estou com vontade.

Lion começou a rir.

– Eu sabia. Você acha que eu mereci...

– Claro que sim – respondeu ela, muito dignamente.

– Mas adivinha, leoa?

– O quê?

– Eu nunca gozo quando tentam me dominar. Eu definitivamente não sou um *switch*. Mas você conseguiu me fazer gozar como um garoto na puberdade, então merece que eu haja como tal com você. Tudo bem?

– Sim, senhor. – Parecia ótimo.

– Conta.

– Um!

Plau! Plau! Plau!

– Dois! Três! Quatro! – exclamou, colocando o rosto na batata da perna do Lion. – Cinco!

Os tapas eram secos e muito excitantes. Ele empostava os dedos juntos e a palma da mão ficava ligeiramente curvada.

Cortavam, ardiam. E depois, quando Lion passava a mão para acalmar a pele, ela se esquentava toda e notava a vagina palpitante e viva.

– Ai! Seis!

– Olha a sua bunda. Está ficando vermelha. – O tom de reverência era quase ofensivo. – Lá vem o sétimo.

– Sete! Oito!

Ela gemia e reclamava, mas depois... depois, a sensação da pele formigando, os carinhos de King eram tão bons e tão reconfortantes...

– Nove! – "Nossa, essa foi muito forte."

– E...

– Dez! Ai! Senhor! Dez! Dez! – Mexeu o quadril de um lado para o outro, esperando que ele a consolasse. As duas últimas tinham sido as mais dolorosas. E queimavam.

Então o calmante chegou em forma de boca molhada. Ele beijou as nádegas dela com delicadeza e passou a língua pelas marcas vermelhas. Cleo cravou as unhas nas palmas das mãos e se contorceu sobre as pernas dele, se acalmando e se tornando lava ardente em seus braços.

Lion separou as nádegas dela com as mãos e a beijou lá. Justo lá!

– Se... senhor! – Ela colocou o pescoço para trás, mas já estava perdida.

O agente Romano estimulava aquele local sem pressa, lambia e relaxava aquele buraco traseiro cheio de pregas.

– Fica tranquila.

Tranquila? Ela não podia equiparar essa sensação a nada. Eram várias terminações nervosas ali, e notar que a língua dele estava tentando... Tentando nada! Ah, não! Estava entrando! Cleo revirou os olhos e esfregou a bochecha contra a perna dura de Lion. Maldito Lion. As coisas sem-vergonha que ele fazia... e que delícia!

– Deus...

– Está gostando, pequena? – Ele estava beijando e lambendo por todos os lados, e adorava o sabor dela. – Claro que está. Depois da disciplina inglesa, das palmadas, todo o sangue foi parar nas suas partes – ele explicou enquanto colocava dois dedos na vagina dela e os mexia muito lá dentro. – Está muito mais sensível e eu posso trabalhar bem melhor.

Enfiou um terceiro dedo dentro dela, abrindo e fechando os três para deixá-la mais elástica e tocar todos os nervos das paredes. Cleo respirou fundo e estremeceu quando Lion, com os dedos ainda lá dentro, continuou a lamber e beijar seu ânus.

– Hummm...

– Hummm? Está gostando, pequena? Responde. – Plau! Um tapa com os dedos bem juntos em sua nádega esquerda.

Cleo abriu os olhos e sentiu como ela havia se fechado ao redor dele e como sua língua impedia que ela relaxasse. Nossa Senhora!

– Sim, senhor...

– Como se diz, linda?

Cleo deu um sorriso maligno e murmurou algo por cima do ombro. Quando o amo fazia algo de seu agrado, ela deveria agradecer.

– Mmmais?

Plau! Plau! Mais dois intercalados em cada nádega. Ela gritou e riu ao mesmo tempo.

– Como se diz, descarada? – Ele puxou a corrente que unia o pescoço e os pulsos dela, e isso fez o tronco de Cleo se erguer. Beijou-a na bochecha.

– Obrigada, senhor.

– Boa garota. – Ele levantou com ela sobre as pernas, pegou-a pelos braços e a colocou no colchão, de joelhos. – Se inclina pra baixo, assim. Apoia os ombros na cama.

Só tinha as pernas à disposição, já que as mãos estavam imobilizadas nas costas. Os ombros e o rosto dela, de lado, estavam grudados na colcha.

Cleo queria ver como ele se despia, porque estava tirando a roupa. O som das roupas roçando sua pele enquanto ele as tirava, o zíper da calça se abrindo e deslizando... Ela ia entrar em combustão. Engoliu saliva e esperou o movimento seguinte de Lion.

– Eu devia ter matado aquele covarde do Billy Bob – ele sussurrou, subindo na cama e acariciando as marcas das chicotadas com cuidado.

– Quase não dá mais pra ver – ela respondeu, emocionada pela lamentação dele.

– Eu consigo vê-las muito bem, e elas me lembram do quanto eu fui imbecil. – Ele beijou as marcas uma por uma, como se pudesse apagar as lembranças com beijos. Mas não podia. Ninguém podia.

– Foi um erro. Não se torture. Não foi você quem me bateu e me maltratou. Não foi você. – Deus, era algo completamente diferente... Com Lion, ela estava indefesa, amarrada e nua, aberta fisicamente para receber seu prazer, o prazer de ambos. Com Billy Bob, ela fora reduzida, incapaz de se defender diante da força de seu açoite e do ódio que ele tinha pelas mulheres. Lion a amava e a venerava. Billy Bob, a odiou e a maltratou violentamente. – Você me salvou dele.

Lion continuava a beijá-la, murmurando todos os tipos de palavras incoerentes e carinhosas. Palavras que eram mel para os ouvidos de uma mulher. Como Lion podia falar assim? Naquela noite, parecia que eles se libertavam de anos de restrição emocional. E, ainda assim, Cleo percebia que havia amarras. Será que ele sentia algo de verdade por ela? Isso mudava radicalmente o aspecto de Lion aos olhos dela.

– Pequena?

– Sim?

Ele se manteve em silêncio. Sem deixar de beijá-la, ele esticou o braço e trouxe para perto sua mochila de apetrechos sexuais para pegar um *plug* anal preto. Um dilatador para a entrada traseira. Tinha um formato mais largo na parte inferior e mais fino na parte superior, e uma base que impedia que ele fosse absorvido por completo.

– Amanhã os jogos vão ficar mais complicados. – Beijou-lhe a lombar. – Eles serão cada vez mais intensos e, se não conseguirmos encontrar os baús, teremos que nos submeter a um duelo.

– Eu sei.

– Eu não acabei a sua dominação e tenho que preparar a sua outra entrada. Se nos exigirem uma prova de penetração anal e for a sua primeira vez, você vai se dar mal. Não quero que sofra. – Acariciou as costas dela e beijou os pulsos acorrentados.

– Pode vir. – Mexeu a bunda erguida, de um lado para o outro. – Por isso você estava brincando aí, não?

Lion fez um gesto afirmativo, feliz e mais relaxado. Ele ficava louco e mais apaixonado ainda sabendo que ela confiava tanto nele e se entregava assim.

– Tudo bem.

Colocou uma das mãos na parte da frente dela e começou a mexer os dedos e acariciar seu clitóris inchado de prazer. Com a outra mão, passou lubrificante no *plug* e no ânus.

– Tem cheiro de morango.

– É um lubrificante com sabor – Lion explicou, banhando o dilatador com atenção. – Vai doer, mas você tem que tentar relaxar e aceitá-lo. Quero que você se acostume e que durma com ele.

– Isso não deve ser muito bom.

– Saudável, seguro e consensual, leoa.

– Eu sei. – Mesmo assim, ela não entendia qual era o benefício de ter algo no reto.

– Os músculos internos também devem ser exercitados. Os romanos utilizavam muito o sexo anal para não sofrer com nenhum tipo de constipação e manter essa zona do corpo saudável e em forma.

– Olha só. Muito educativo, senhor Romano.

Lion deu uma gargalhada.

– Abre mais as pernas, linda.

– Sim, senhor.

Lion abriu as nádegas dela com uma das mãos e se concentrou em introduzir, milímetro a milímetro, o dilatador.

Cleo franziu a testa e negou com a cabeça. Sem chance! Nem pensar!

– Tudo bem. Vou cuidar disso. Você tem que relaxar essa região. – Ele deu umas palmadas no bumbum dela para que o sangue fosse para aquele local e ela sentisse a penetração com mais força. – Você está indo bem. – Mexeu os dedos que estavam na parte da frente e começou a mexer com um ritmo cadenciado. – Sim, assim…

– Não, espera… Mexe lá embaixo – sugeriu enquanto mordia a colcha.

– Sim, senhora. – Ele brincou pegando o clitóris com os dedos.

– Minha nossa…

– Sim. Metade já foi. Só falta a parte mais grossa.

– Ah, não.

– Anão não, ânus – ele murmurou se erguendo sobre Cleo, colocando a tronca nas costas dela. – Estou possuindo seu ânus. – Beijou-lhe o ombro.

Cleo não conseguia nem rir. Se risse, ela sentia justo lá. Ela não entendia que prazer havia nisso. Era doloroso. Parecia que ela ia arrebentar a qualquer momento.

– A primeira penetração dói. Aquela bala vibratória que eu coloquei em você em Nova Orleans era muito menor. Isso aqui é grande, tem a grossura de um pênis considerável. Você tem que obrigar o anel de músculos ao redor do seu ânus a se dilatar e permitir a invasão. É um músculo duro, mas quando ele deixa entrar, como agora... – Enfiou o *plug* inteiro, até que sobrasse só a base tapando aquele orifício. Cleo gritou e tentou libertar os braços, mas Lion a segurou pela cintura para mantê-la no lugar. – Quando você se acostuma, a dor desaparece. Pronto. Não vou tirá-lo, pequena. Você tem que aceitar.

– Não, não, não... – ela murmurou quase chorando. – Eu vou explodir.

– Shh, olha. – Lion a massageou na bunda e a acariciou com doçura. – São sensações. Elas vão embora, pequena. – Passou a mão pela barriga dela e, depois, acariciou o clitóris. – Elas vão embora – repetiu, tirando os cabelos vermelhos da nuca dela para beijá-la ali. – Vamos ficar um pouquinho assim, ok?

Cleo concordou e respirou fundo.

Lion bebeu suas lágrimas e a beijou nos lábios.

– Você me deixa parecendo uma moto, Cleo – ele disse com a voz muito baixa, para que só ela ouvisse. – Como a porra de uma moto sem freio. Eu odeio que você esteja aqui mas, ao mesmo tempo, fico feliz de ter você por perto. – Sorriu com tristeza. – Sou um egoísta do caralho. Se eu tivesse colhões, agora mesmo você estaria em um avião saindo das Ilhas Virgens. Com certeza você não ia querer me ver nunca mais na sua vida. Mas eu preferiria, Cleo, a que ter que suportar esses babões que querem o que... o que é meu – grunhiu, possessivo. – Eu não suporto sequer que os outros vejam o que eu faço com você, entende?

Cleo escutava as confissões de Lion com os olhos arregalados. Não se atrevia nem a se mover, com medo de acabar com aquele feitiço desconcertante. Fez que sim com a cabeça.

– Não quero que me odeie por fazer essas coisas com você, nem por te envolver nisso. – Grudou sua testa na têmpora dela e a deixou assim por um bom tempo. – Isso está me deixando louco. Você não deveria ter entrado no meu mundo desse jeito. Eu esperava te mostrar tudo de um outro modo...

Quando Lion se deu conta do que tinha acabado de dizer, ficou muito quieto.

Cleo não conseguia processar aquelas palavras. Lion queria mostrar-lhe o seu mundo? Desde quando? E como? Ele nunca tinha feito nada para se aproximar, e vice-versa. Eles nem se davam bem.

– Eu não entendo... – ela rebateu estupefata.

– Shh... Não tem nada pra entender. Absolutamente nada. As coisas são assim. Mas se você acabar me odiando...

– Eu não te odeio.

– Você acabou de dizer que sim.

– Eu estava brava. – Ela havia caído no feitiço calmante das mãos de Lion, da sua voz sussurrante e encantadora de serpentes. Era incrível como aquele homem enorme podia ser tão doce e carinhoso, tão sincero e honesto. – Mas não te odeio. E... se eu tiver que fazer essas coisas na frente dos outros, prefiro fazer com você. Não estou aqui porque quero. Estou aqui pela Leslie... Mas o fato de você estar aqui comigo... de... me tocar assim... de algum modo...

– Sim?

– Torna tudo menos duro. – "Entendeu, tonto?" Olhou para ele de soslaio, com timidez. Ela também podia dizer que gostava dele, à sua maneira.

– Então temos um problema, leoa – murmurou, passando a língua pelo pescoço dela. – Porque eu fico duro o dia inteiro.

Cleo sorriu e olhou para ele como se não houvesse solução.

– Você é um linguarudo.

Os olhos azuis de Lion sorriram como os de um menino, e sua sobrancelha falhada se levantou como a de um homem pecador. Um pequeno contraste.

– Eu falo demais mesmo, vem me calar. – Lion se afastou das costas dela e deitou gloriosamente nu e ereto sobre os travesseiros. Abriu os braços e repetiu com um olhar faminto e esfomeado: – Vem aqui me calar.

Cleo olhou para ele ainda com o rosto encostado na colcha. Foi levantando aos poucos enquanto admirava a beleza escultural de cima a baixo, os músculos definidos sob sua pele lisa e morena. Ele era tão masculino... E não tinha nenhum maldito pelo no corpo, a não ser entre as pernas. Ah, ela adorava isso.

Moveu-se com os joelhos até ficar do lado dele.

– Como? – perguntou, mostrando os seios e sua nudez divina. Estava com o cabelo emaranhado e as bochechas manchadas de rímel e lápis. Com a coleira de submissa e os lábios inchados de tantas mordidas, sua imagem era linda e lasciva. – Como posso te calar?

– Como você quiser, linda. – Olhou para a vagina lisa dela e passou a língua pelos lábios como se tivesse fome.

Cleo não precisou de mais nada, apenas se encheu de coragem.

– Me pega – ela mandou de maneira ambígua.

– O que você quer que eu faça?

– Deixa eu sentar na sua cara.

Lion obedeceu como se tivessem trocado de papel. Sentiu o gosto dela e a lambeu por todos os lados. Cleo enlouquecia, se mexendo para a frente e para trás, no ritmo da língua dele.

Lion puxou a corrente e a obrigou a deitar o pescoço para trás até que os cabelos ruivos roçassem no peito e no abdome dele. Nesse momento, enfiou a língua o mais fundo que pôde.

Os cabelos de Cleo faziam cócegas, e ele estava gostando.

Quando ela ficou completamente preparada, ele voltou a levantá-la e a sentou, dessa vez sobre a ereção. Agarrou-a com uma das mãos para deixá-la no lugar correto e penetrá-la pela frente.

Cleo abriu os olhos quando sentiu aquele pau entrando nela.

– Não está sentido mais dor por causa do *plug*? – As mãos dele tremiam quando tirou os cabelos do rosto dela.

– Não… Lion? – Ela se assustou. Era como uma dupla penetração; ao menos, ela sentiria como se fosse.

– Sou o primeiro a fazer isso com você, ao mesmo tempo na frente e atrás – grunhiu, penetrando-a pouco a pouco. – E eu quero todas as suas primeiras vezes, Cleo – falou em voz baixa no ouvido dela. Ele queria todas. As que ele já tinha perdido e as que ainda restavam.

– Sim… – ela sussurrou entregue, afundando o rosto no peito e no ombro dele. – Sim, Lion.

Ele a penetrou por completo e ela mordeu-lhe o pescoço, rosnando como um animal.

– Assim. – Lion deu-lhe um tapa na nádega e decidiu que era o momento de impor sua lei. A lei da selva.

Fez Cleo arder. E enlouquecer. Ele ardeu e enlouqueceu junto a ela.

Cleo era absurdamente apertada, ainda mais agora, com a parte traseira ocupada.

Ele penetrou bem fundo, sem compaixão. Mexendo o quadril e se erguendo para ficar corpo a corpo com ela, para que eles respirassem o mesmo ar.

– Respira comigo – ele ordenou, morrendo de desejo. – Segue a minha respiração.

Cleo seguiu, mas só conseguia tomar ar e gemer, e fechar os olhos para que aquela tempestade perfeita não acabasse nunca.

– Abre os olhos, leoa. – Puxou os cabelos dela para se segurar em alguma coisa. – Eu adoro os seus olhos. Quero ver a sua cara enquanto me sente no seu corpo, quando você chegar lá.

Cleo abriu os olhos verdes e claros, avermelhados pela impressão de ser possuída desse modo tão inclemente e autêntico, tão apaixonado.

Lion a beijou e ela recebeu o beijo com prazer. Queria abraçá-lo, mas com o *bondage*, imobilizada, ela não conseguia tocá-lo. Mas de alguma forma eles estavam se tocando. Peito contra peito. Seu ventre contra aquela barriga chapada. Boca contra boca. Língua contra língua.

Era tão perfeito...

– Cleo – sussurrou sobre a boca dela.

E então eles gozaram. Primeiro ela e, depois de alguns segundos, ele.

Acabaram desmaiados na cama. Cleo por cima, ainda com alguns espasmos de prazer por causa do orgasmo.

Suados e ao mesmo tempo purificados.

– Nossa – ele murmurou, beijando a cabeça dela e desamarrando a corrente. Fez massagem e a abraçou como se ela fosse a coisa mais preciosa de sua vida. E ela era. Cleo sempre tinha sido diferente. Única. – Você acaba comigo.

Cleo rezou para que, quando acabasse aquela loucura, o torneio e o caso, Lion tivesse coragem para reivindicá-la e ficar com ela.

Porque ela queria ficar com ele para sempre. Soube disso quando, aos quatro anos, deu-lhe seu tesouro mais valioso. Agora, como uma mulher feita e direita, mais uma vez entregava a ele o que tinha de mais importante: seu coração.

Lion decidiria o que fazer com ele.

7

> *Não existe prazer ruim.*
> *Ruim é não saber qual prazer escolher e qual prazer evitar.*

Dia 2

> *Na na na. Come on!*
> *Na na na na na. Come on!*
> *Feels so good being bad,*
> *there's no way I'm turning back...*

Cleo abriu os olhos e a primeira coisa que viu foi o olhar anil e adormecido de Lion, que a observava meio sorridente, com a cabeça apoiada no travesseiro.

– Bom dia.

Bom dia? Meu Deus, ela estava sentindo dor em alguns músculos que com certeza nunca tinha usado na vida. Pelo menos até então ela nem sabia que existiam.

– Como você dormiu? Está bem?

– Hmm... – Ela se mexeu para perceber até que ponto estava cansada. – Bom, a noite foi... movimentada – respondeu com as bochechas deliciosamente coradas. – Preciso de um banho.

– Então vamos. – Lion a pegou no colo, sem avisar.

Entraram debaixo do chuveiro e, ao som de Rihanna e da música oficial do torneio, eles se molharam e se lavaram.

Enquanto Lion massageava todo o corpo dela com sabão, a abraçou por trás e apertou seus seios.

– O plano de hoje é o seguinte. – Abriu a água fria, porque água quente e Caribe não combinavam. Apertou ainda mais os seios dela e colocou a boca muito perto do ouvido de Cleo.

– Pode falar...

– Antes de procurar o baú, faremos um pequeno desvio para ir de novo ao Iguana's e deixar o guardanapo com o DNA da submissa. Mandei uma mensagem de texto pra eles, que vão esperar a entrega agora de manhã. Os cientistas da nossa equipe secreta vão analisar e estudar a tipificação do DNA. Esperamos que não seja gente invisível, como aconteceu com aqueles corpos de submissos não identificados.

– Precisamos chegar mais perto dos Vilões. Temos que fazer o possível para ver a cara deles. Você acha que chegaram ontem ou que já estavam aqui? Talvez... – murmurou, fechando os olhos e apoiando as mãos nos azulejos da parede. Lion estava acariciando seus mamilos, que estavam muito sensíveis por causa dos prendedores da noite anterior. – Talvez eles tenham chegado em grupo, separado dos participantes.

– Pode ser. Mas, depois do showzinho de ontem, não duvide que estejam esperando mais espetáculos da sua parte, escrava – sussurrou malignamente. – Você é a mais sem-vergonha de todas.

Cleo não sabia se ria ou não. Na noite anterior, tinham trocado confidências que ela nunca imaginou que ela e Lion revelariam um para o outro. Aparentemente, eles se gostavam. Ou sentiam atração um pelo outro, como ele mencionou. Não dava para negar que Lion se preocupava com ela de uma forma muito protetora e também possessiva. Saber disso, longe de incomodá-la, a deixava feliz, porque ela o sentia incrivelmente correto.

Seu amor de menina, terror da adolescência, e homem de quem ela não queria saber nada quando adulta, era um ladrão que tinha levado seu coração havia 23 anos e não tinha devolvido mais. "Sempre foi você", ela lembrou. "Não, Cleo, não. Você o quer, por razões inexplicáveis, sempre quis. Mas para ele você é apenas atraente. Não começa."

Ao sair do banho, embora Cleo não desejasse o que ocorreu em seguida, Lion tirou cuidadosamente o *plug* anal e passou cremes lubrificantes e calmantes em suas partes íntimas para que ela ficasse bem hidratada.

– É sério, eu posso fazer isso sozinha – Cleo falou, escondendo o rosto com os cabelos.

– Eu sei. – Lion, depois de terminar, deu um beijinho no bumbum dela. – Mas gosto de fazer eu mesmo.

"E o que é que ele não gostava de fazer?", ela se perguntou enquanto desciam para o café da manhã. O cara era hiperativo sexualmente e um pouco pervertido.

Depois de colocar os medidores de frequência cardíaca e pegar o celular de contato com a base e as pulseiras falsas, eles se vestiram da forma mais adequada e leve possível. Cleo colocou um vestido preto curto muito fino e botas de verão, e Lion, um jeans largo e rasgado com uma camiseta militar bem justa. Pegaram uma pequena sacola, na qual estavam alguns acessórios, além dos objetos adquiridos na rodada anterior e das cartas que os dois possuíam juntos, que, no caso de não encontrarem o baú serviriam caso perdessem o duelo. Eles eram o casal a ser derrotado. Por enquanto, só tinham uma chave, mas contavam com mais cartas do que os outros e poderiam fazer mais combinações.

Durante o café, Cleo observou como Lion se aproximava do buffet para falar com Nick, vestido com sua inconfundível indumentária preta e com aquele cabelo loiro arrepiado e despenteado. Estavam enchendo as bandejas com bolos, sucos e pudim de aveia com frutas. Provavelmente Lion estaria contando as novidades para Nick, usando seus próprios códigos, falando sobre a equipe secreta e sobre o DNA da submissa.

Os cinco sentaram-se juntos para comer. Aparentemente, alguns hábitos que tinham desde criança, como de de sentar sempre na mesma mesa e com as mesmas pessoas, marcando sua área e território, eram difíceis de se abandonar, mesmo sendo adultos. Eram todos os mesmos do primeiro jantar, com a exceção de Mistress Pain, que já não estava mais no torneio. Cleo sorriu com a lembrança. "Não está porque eu a eliminei. Piranha."

Sophiestication e Nick não tinham uma relação muito boa. Dava para notar pela linguagem corporal dos dois, pela postura receosa e pelos olhares de soslaio. Era como se cada um quisesse toda a atenção de Thelma para si, e a ama loira parecia adorar a competitividade.

Enquanto tomavam café, falaram sobre o calor do Caribe, sobre o sol... Nossa, sim, como queimava! Das areias brancas e dos mares transparentes, e de como eram bem disciplinados os submissos e submissas oferecidos na noite anterior para os convidados no castelo de Barba Negra.

"Muito bem disciplinados. Dopado com *popper,* até um elefante seria bem disciplinado."

– E então, Lady Nala? – Thelma perguntou, demonstrando muito interesse. – Ontem você foi extremamente libidinosa. Vai repetir a dose hoje?

– Você vai ver, lady Thelma... – Cleo copiou os gestos dela e apoiou o queixo entre seus dedos entrelaçados. – Na verdade, esse salão inteiro está cheio de libidinagem. Que nem na piada.

Lion virou os olhos e sorriu. Havia contado essa piada para Cleo quando a agente tinha uns quatorze anos e não fazia nem ideia do que significava "libidinagem".

Mas Cleo tinha crescido e agora sabia que era algo relacionado ao desejo sexual e à luxúria. Na época, ela não entendeu e Lion falou que ela ainda era uma menina e que por isso não podia andar com eles.

– Que piada é essa? Eu adoro piadas!

Cleo bebeu seu suco de uma vez e olhou de canto de olho para Lion.

– O padre de uma igreja estava dando um sermão sobre os pecados da carne, se dirigiu aos fiéis e disse: "Nesse povo tem muita libidinagem! Vamos ver, que se levantem todas as mulheres que sejam virgens!". E todas as mulheres ficaram sentadas, exceto uma. O padre olhou pra ela e falou: "Mas, mulher... você é casada e tem quatro filhos!". Então, a mulher mostrou a criança que tinha no colo e respondeu: "Mas padre, como é que a minha filha, só com dois meses, ia se levantar sozinha?!".

Os ombros da mascarada Sophiestication começaram a tremer pelas risadas. Nick soltou uma leve risadinha e Thelma deu uma gargalhada, levantando seu café com gelo e brindando.

Lion colocou a mão enorme debaixo do cabelo de Cleo e fez carinho em sua pele, por baixo da coleira de submissa.

– Então você já entendeu a piada, pequena?

– Sim, senhor. – Deixou seus olhos caírem. – Só ontem à noite que caiu a ficha.

O agente sorriu sem pudor, e isso fez Nick levantar a cabeça levemente e franzir a testa. "O que estava acontecendo ali? Cleo estava conseguindo domar o leão?"

A épica música "Chronicles" avisou que o Amo do Calabouço daria sua mensagem e a missão da rodada. A tela que estava no salão se iluminou e apareceu o mesmo anão, caracterizado como no dia anterior.

"Bom dia, Cavaleiros, Magos, Feiticeiros, Bruxas, Acrobatas e Arqueiros que sobreviveram à primeira rodada de Dragões e Masmorras edição DS. Na rodada de ontem houve algumas baixas consideráveis e algumas eliminações inesperadas. Faltam três rodadas para que vocês possam enfrentar os Vilões. E hoje, sem dúvida nenhuma, todos enfrentarão um desafio duríssimo. A chave para encontrar os baús de hoje está na perseverança de vocês."

"Depois dos duelos e das provas, vocês devem se dirigir para Gwynneth. Vamos levar os pertences de vocês para o hotel Westin Saint John. Vamos trocar de ilha e de território. Tenham cuidado: Os Macacos Voadores não descansam nunca." – Seus lábios se esticaram em um sorriso cúmplice. – "Mas tenho certeza que vocês já perceberam ontem. Que continuem os jogos! Quando as masmorras se abrem, os dragões estão à solta!"

Lion entrelaçou os dedos com os de Cleo e disse:

– Vem comigo. Temos que sair daqui. Agora.

– Mas o que ele quis dizer com…?

– Vamos – puxou-a para fora do salão –, antes que nos sigam. – Verificou ao redor e se deparou com a atenção do casal de alemães góticos e com a de Thelma. – Vamos! Pega o mapa das ilhas!

De longe deu para ouvir Brutus falando:

– Já estou de saco cheio desse Yoda.

O casal de agentes saiu correndo do hotel.

– Vamos de quadriciclo? – Cleo perguntou, abrindo o mapa plastificado. – O que foi? Assim ele não molha! – rebateu, diante do olhar incriminador de Lion.

– Não, vamos de jet ski. Procura alguma coisa que tenha a ver com o que o maldito anão falou.

Ao chegar ao porto de Charlotte Amalie, eles subiram no jet ski do Rei Leão. Obviamente, Lady Nala, sendo uma ama Shelly, perdia o poder de ama em relação a Lion, que era um Amo Hank, por isso, tinham que usar o jet ski dele.

– Procura, escrava – Lion grunhiu.

Cleo apoiou o queixo no ombro dele e entendeu que estava agindo assim porque, estando no torneio e sendo seguidos pelas câmeras, eles tinham que manter uma postura adequada; mas isso não queria dizer que ela estivesse gostando. Ela passou os braços ao redor da cintura dele e aproveitou para cravar as unhas naquele duro abdome. Deu graças a Deus por não sair com nenhuma unha quebrada.

– Sim, senhor – ela sussurrou no ouvido dele. Depois se afastou um pouco e começou a analisar o mapa das Ilhas Virgens Americanas. – Nossa perseverança... Tudo está na nossa perseverança...

– Encontrou algo?

– Hmm... Caralho! Achei!

– Desembucha, pequena. – Lion parou próximo ao Iguana's e a olhou por cima do ombro.

– Perseverance Bay. Fica nessa ilha. É só percorrer a costa nessa direção e chegaremos lá.

– Ótimo. Vai comprar alguma coisa pra gente beber no caminho. Cleo olhou para o restaurante de sushi e concordou.

– Sim, senhor. – O contato da equipe secreta estava esperando ali.

Lion colocou com cuidado o papel, meticulosamente enrolado em um plástico, dentro da mão dela.

Cleo saiu do jet ski e correu para o restaurante. Logo na parte de fora, avistou Jimmy, tomando um daiquiri.

Cleo passou ao lado dele e deixou o papel sobre sua mesa. Entrou e pediu duas raspadinhas para viagem. Ao sair com as bebidas, ele olhou para ela por cima do ombro e ela deu uma piscadinha.

Entrega realizada.

Perseverance Bay ficava na região de Bonne-Espérance. Era cheia de corais incríveis, e o território de exploradores e amantes de aventura.

Na orla havia banhistas deitados na areia e, uns cem metros depois, estava um pequeno iate One Cruiser todo preto com uma bandeira vermelha içada no topo mastro, com um dragão dourado no meio. O escudo de Dragões e Masmorras DS.

Quando Cleo e Lion o avistaram, ele acelerou o jet ski para que chegassem antes de todo mundo, porque havia vários competidores na cola deles.

– Precisamos amarrar o jet ski! – Lion pediu, gritando para os dois homens vestidos de preto na proa. Eles jogaram uma corda e Lion a amarrou no guidão com firmeza.

Já no iate, os dois homens os guiaram até um senhor que estava tomando uma taça de conhaque envelhecido e fumando um charuto, como se fosse o rei do mundo. Estava com o rosto coberto por uma máscara veneziana branca, deixando só a boca e o queixo à mostra. Ao sorrir, exibiu um dente de ouro e olhou para Cleo como se tivesse fome. Sobre a mesa, havia uma ampulheta.

– Bem-vindos ao meu barco – ele cumprimentou. – Parabéns pela... perseverança. – Mexeu a mão em círculos e apontou para a baía. – Esses meros mortais não conhecem nossos jogos sinistros, mas a gente sim. – Ele falava com um tom calmo e educado, como se estivesse entediado com a vida. – O meu rei adora jogar antes de ir à caça.

– Seu "rei"? – Lion perguntou. Eles estavam muito envolvidos nos papéis.

– Ele é quem vai decidir se vocês vão para as masmorras ou se serão libertados – respondeu, ofendido. – Por isso, me diga, Amo Hank, dono do arco de fogo mágico... Você se atreve a cantar para meu senhor, o Vingador?

Cleo prendeu os cabelos para trás e se assegurou de que a câmera que estava em sua coleira de submissa focasse bem naquele indivíduo inquietante e desagradável.

Vingador era o vilão dos Vilões no jogo *Dungeons & Dragons*, considerado a própria representação do mal. Usava a magia negra e queria todos os poderes e objetos dos amos protagonistas. O Vingador só temia dois personagens: o autêntico Amo do Calabouço e Tiamat, o dragão de cinco cabeças que também almejava o domínio das masmorras.

– Cantar para o Vingador? – Lion e Cleo olharam um para o outro com cara de "Você canta? Eu, não".

– Vocês têm três minutos a partir de... – Pegou a ampulheta e a colocou de cabeça para baixo. – Já.

– Pensa, escrava.

– Estou pensando, amo...

Cantar para o Vingador. Era alguma pegadinha? Seria alguma música chamada "Vingador"? O nome original do Vingador era *Venger*, que em francês queria dizer "vingar"... Será que tinha alguma coisa a ver com isso?

– É uma música – Cleo falou massageando a cabeça.

– Sim, mas qual? Hmm... Se você me disser *venger*, eu largo tudo...

Cleo deixou sua mão cair e pestanejou estupefata, olhando para ele fixamente.

– Você está falando sério?

– Não. Pensa, por favor... Uma música que possa ser oferecida ao Vingador...

– A menos que...

– Dois minutos – apontou o enviado do Vingador.

– Ah, sim! – Cleo abriu os olhos verdes, dando dois pulinhos. – Já sei: "Dragões e masmorras" – ela cantou sem tentar ser afinada –, "um mundo infernal, se oculta entre as sombras..."

– "A força do mal..."

– Sim! Como continua? – Estalou os dedos. – "Na na na na... o fogo é mágico... o báculo não pode ser salvo..."

– "E o escudo é algo muito sério..." – Lion também lembrava vagamente. Pareciam dois palhaços. – "Dragões e masmorras..."

– Lembrei! "É um mago perverso, perigoso e fatal; temos que lutar contra sua maldade ou ele vai nos destruir."

Tanto ele quanto ela ficaram quietos e em silêncio para ver qual seria a resposta do Dente de Ouro. Será que tinham acertado?

– Exato.

– Uhul! – Lion levantou Cleo do chão e a abraçou.

– O baú está esperando por vocês em Norland. Procurem a bandeira do torneio, que, como bem diz a música, é algo muito sério.

– Sim!

Eles desceram do iate e Lion puxou a corda para trazer o jet ski para perto.

Desamarrou-a e sorriu para Nick, que estava chegando, naquele momento, à Perseverance Bay, pilotando o jet ski com Sophiestication e Thelma na garupa.

Norland

Water Island

Norland era o nome dado pelo torneio para Water Island.

Diferente de Great Saint James, essa ilha não era virgem. A área verde era ocupada por alguns habitantes, ainda que não fossem muitos.

O mar ao redor da ilha, esverdeado e cristalino, ia arrastando águas-vivas coloridas. Dava para encarar melhor o sol e o calor quando Lion usava toda a velocidade do jet ski para se refrescar com a água espirrada pelas ondas.

Deram uma volta na pequena ilha, mas não encontraram nenhuma bandeira com o escudo do torneio. Até que chegaram à baía do Elefante, um lugar espetacular e paradisíaco rodeado por algumas lanchas motorizadas particulares de gente que desconhecia o torneio. Ou pelo menos era isso que os dois achavam.

Sobre uma pedra branca e fina, estava o mesmo rapaz do dia anterior, vestido do mesmo jeito e com uma bandeira que, balançando ao vento, revelava o dragão do torneio. Atracaram o jet ski na orla e foram os primeiros a chegar até ele.

O rapaz abriu o já conhecido e enorme baú e Cleo pegou um dos cinco baús menores.

No baú constava o seguinte:

Uma chave.

Cartas-objeto: prendedores e lubrificantes.

Carta convite para a festa pirata.

Carta pergunta ao amo.

Eram cartas muito boas. Somadas às que já tinham, praticamente asseguravam a ida para a final.

– Vocês podem ir para a masmorra – falou o rapaz. – É só seguir esse caminho que leva para dentro do oásis. As crias da Rainha das Aranhas e os Macacos estão esperando.

"Sharon e seus discípulos. Fantástico", pensou Cleo com repugnância.

MASMORRA NORLAND
PONTOS DA TELA: +150
MONSTROS: CRIAS DA RAINHA DAS ARANHAS E MACACOS VOADORES.

Dessa vez, o cenário secreto era como um castelo medieval, onde estavam penduradas jaulas com mulheres nuas. O espaço estava salpicado com potros e cadeiras de tortura.

Cleo e Lion observaram, da plateia, todo o espetáculo oferecido pelos participantes. Com certeza, o nível e a competitividade do torneio tinham subido bastante. Os amos protagonistas e seus submissos começavam a se comunicar entre si e a se unir para realizar cenas de sexo grupal a fim de se salvarem dos duelos. Isso permitiria que continuassem no torneio e tivessem mais uma chance para conseguir uma chave. Os amos tipo Hank e Shelly, como eram Lion e Cleo, originavam situações de *gang bang* e *bukkake*, mediante metaconsenso, e lideravam as ações. Na tela, iam sendo mostrados os casais eliminados: aqueles que pronunciavam a palavra de segurança.

As amas do tipo Diana usavam o potro para castigar seus submissos. Os amos Hank distribuíam chicotadas por todos os lados. Os amos Eric os colocavam nas cruzes, e os do tipo Presto brincavam de dar choque nas partes mais sensíveis dos submissos. Deus... era hipnótico. Algumas submissas eram dominados com a berlinda, um instrumento punitivo da Idade Média. Outras sofriam um *caning*, golpes com cana de bambu, e outras apanhavam com palmatórias nas plantas dos pés.

A masmorra tinha se tornado Sodoma e Gomorra, mas Cleo não conseguia parar de olhar para todos aqueles tipos de submissão, exceto quando faziam as coisas desagradáveis que ela nunca teria disposição para fazer. Então ela fazia cara de nojo e desgosto e desviava o olhar.

Mais à frente, estava a impressionante prisão por onde passavam os casais que perdiam os duelos e decidiam ser castigados pelos monstros, decorada com teias de aranha descomunais. As amigas de Sharon desfilavam sua arte de dominação e tratavam os submissos de forma irreverente e humilhante. Cleo pensou que, se fosse tratada assim, provavelmente ia querer usar a língua da pessoa para limpar vidros. Mas os submissos não concordavam. Eles estavam excitados, duzentos por cento eretos e usufruindo do tratamento.

Sharon permanecia sentada em uma espécie de trono preto enfeitado com aranhas douradas de metal, como a rainha que era. Estava batendo nas nádegas de um submisso. Todos, homens e mulheres, passavam por ela, e ela lhes dava uma lição.

Cleo não sentia só uma aversão irremediável por ela, sua impressão também se dividia entre a admiração e o respeito.

Uma dominadora sempre dava um pouquinho de medo. Sharon suportava sobre os ombros o peso de ser uma lenda, conhecida pela beleza, vilania justificada e transgressão. Era bonita e inacessível, de traços doces, mas com um olhar de aço, dura como granito.

Os Macacos faziam as deles. Pegavam, usavam e iam atrás de outro. Um bacanal. Era isso.

Enquanto Cleo quase nem piscava, observando as performances que se desenrolavam ali, Lion se perguntava o que estaria passando pela cabeça dela ao presenciar todos aqueles atos desinibidos de entrega sexual. Curiosidade? Medo? Repulsa?

Ele podia jurar que Cleo gostava de ser submissa, mas só se fosse dominada por ele. As submissas que aceitavam sua posição conscientemente e por vontade própria tinham personalidades muito fortes e espetaculares; possivelmente por isso elas precisassem de alguém que as estimulasse de tal forma, e que demonstrasse capacidade de ser mais fortes do que elas.

Cleo era esse tipo de mulher. Incrível e submissa a ele, mas nem tanto. Dava para dizer que a submissão dela era mais consensual e que a controlava em todos os momentos. Sem dúvida, a jovem agente era mais do que ele tinha imaginado como parceira e como colega.

Na noite anterior, Cleo havia se entregado por completo. Tinha sido possuída como nunca antes na vida, e isso marcava a alma de uma pessoa. Lion sabia porque sua própria alma estava marcada por ela.

Depois de algumas horas observando como alguns se salvavam e outros eram derrotados nas provas, o Oráculo apresentou o Amo do Calabouço.

– Esse amo não é o Markus? Que fez a tatuagem na gente? – Cleo perguntou, levantando-se com Lion, pendurando a chave no pescoço e pegando o baú. Estavam a ponto de receber o chamado do Amo.

– É. – Lion pegou a corrente e a puxou.

– Cuidado, amo. Não me puxa tão forte senão eu tropeço.

– Silêncio.

Markus era o Amo do Calabouço.

Lion nunca o tinha o visto em nenhum local do ambiente BDSM, mas sabia que os amos daquele tipo treinavam mulheres fora do torneio. Eram especialistas em disciplina. Markus tinha um moicano castanho muito chamativo, com as pontas um pouco mais escuras. Seus olhos eram de uma estranha cor ametista, como se não fossem deste mundo. Tinha um nariz forte e um queixo bem definido, maçãs do rosto altas e sobrancelhas retas, pouco arqueadas. Sua pele era morena por causa do sol e ele ostentava uma tatuagem tribal que percorria todo o lado esquerdo do seu peito, parte do braço, o ombro e o pescoço, até desaparecer embaixo da orelha esquerda. Atrás dele havia uma jaula com três mulheres, submissas dos amos derrotados em duelos, que ele havia requisitado para o próprio prazer.

Dessa vez, Lion e Cleo se apresentaram primeiro, orgulhosos e relaxados por estarem com tanta vantagem em relação ao restante dos participantes.

– King Lion e Lady Nala – cumprimentou Markus. – Vocês voltaram a conseguir um baú, meus parabéns. E já dispõem de duas chaves. Isso os deixa bem perto da terceira chave, o que os levaria diretamente para a final.

Cleo ficou hipnotizada pela voz profunda daquele homem. Meu Deus, ele dava medo.

– É isso – Lion concordou.

– Me mostrem o baú.

– Escrava – Lion puxou a corrente de Cleo e ela ofereceu o baú com a carta de pergunta ao amo. Markus deveria lhes dar uma pista definitiva para encontrarem o baú do dia seguinte.

Markus aceitou e se aproximou de Lion para sussurrar no ouvido dele uma mensagem que apenas ele poderia escutar. O agente afirmou com a cabeça e fez uma anotação sobre a pista oferecida pelo Amo do Calabouço.

– Vocês guardaram as demais cartas – Markus observou. – Não utilizarão mais nenhuma?

– Não.

– Ainda estão com as cartas de ontem?

– Estamos.

– Me mostrem.

Cleo pegou sua mochila. Eles estavam tirando o torneio de letra. Se encontrassem o baú no dia seguinte, estariam definitivamente na final e não precisariam continuar jogando até o evento oficial com os Vilões.

Ela abriu a mochila e... Ops!

Nem sinal dos objetos e nem das cartas.

Nesse mesmo instante, nas celas da Rainha e dos Macacos, dois homens gritaram vitoriosos entre aplausos e ovações, mostrando o chicote, o açoite e as cartas e objetos do casal do FBI.

Os Macacos Voadores tinham pegado tudo!

Lion empalideceu. Aquilo era exatamente o que não poderia acontecer: estar em desvantagem em relação ao Amo do Calabouço ou aos monstros. Ser roubado ou perder seus pertences era uma situação na qual não lhe restava nenhuma possibilidade de defesa.

– Meu Deus... Mas quando eles pegaram isso? – Cleo perguntou, nervosa. Ela também sabia o que aquilo significava e não estava gostando nada. Pior, ela já estava sentindo um vazio no estômago muito pesado, frio e doloroso.

– Provavelmente subindo no One Cruiser. Os dois caras que nos acompanharam até o "Dente de Ouro". – Ele apertou os punhos e olhou com preocupação para Cleo. – Você não notou nem um puxão? Nada?

– O quê? Não! Não percebi nada...

– Os Macacos Voadores são especialistas em roubar objetos, vocês foram avisados antes de cada rodada – Markus comentou. – Sabe o que isso quer dizer? – Ele olhou para Cleo com atenção.

Lion pegou-a pela coleira e a obrigou a olhar nos olhos dele.

– Lady Nala, sua aventura acaba aqui – atestou.

Ele não ia permitir que Cleo se metesse naquela jaula com os Macacos e com as crias da Rainha das Aranhas. Nem pensar. Ele ia eliminá-la... mas como? Ele não tinha cartas de eliminação.

– Nem pensar – ela respondeu dignamente.

– Eu posso ir no lugar dela? – Lion perguntou em último caso. – Os monstros podem jogar comigo.

– Não! – Cleo protestou sem demonstrar grande espanto, mas se comportando como uma falsa submissa ciumenta. Algo que, com certeza, ela era. Não ia deixar Lion nas mãos das amas.

Markus analisava os dois com muito interesse.

– Você até poderia, King, se tivesse uma carta *switch* e trocasse de lugar com ela. Mas você não tem carta nenhuma, acredito eu.

– Não.

– E agora não pode fazer trocas e nem usar mais nenhuma carta, já que vocês já me mostraram o baú com a carta que escolheram usar. Vocês não têm outra saída a não ser jogar... – ele destacou, passando a mão pelo moicano. – Vocês se rendem?

Lion prestou atenção nas tatuagens que ele tinha nas mãos e nos antebraços e se surpreendeu ao entender o que elas significavam.

– Claro que não. Não nos rendemos – Cleo grunhiu. – Eu posso encarar. – Podia, claro que podia. Era só imaginar que era Lion que estava encostando nela, suportar a dor e era isso... Não era?

– Eu me recuso – Lion se mostrou inflexível.

– Quer saber? – Markus parou com a diatribe entre eles. – Eu posso oferecer uma alternativa.

E Lion sabia qual era. O Amo do Calabouço podia falar com os monstros para que eles lhe emprestassem a presa. Mas os monstros pediriam algo em troca.

– Eu posso ficar com a sua submissa, se você estiver de acordo, e tratá-la de uma forma diferente da qual ela seria tratada pelos monstros.

Lion negou com a cabeça, mas Cleo fez que sim, concordando.

Ela era uma profissional, e se tivesse que fazer sacrifícios desse tipo, ela faria. Havia prometido que não iria decepcionar ninguém, muito menos a Leslie. Além do mais, ia mostrar para Lion o valor que tinha como agente infiltrada.

– Eu aceito.

– Você não pode aceitar se não houver consenso – Lion garantiu.

– A submissa, a pessoa que vai receber nossos cuidados, é quem toma a decisão final – Markus destacou. – Se ela está aceitando...

– Ela é minha. – Lion deu um passo à frente e, com sua postura, determinou um limite de distância entre eles e o Amo do Calabouço.

– Na verdade, vocês não são um casal que assinou um contrato de participação, todo o mundo sabe que Lady Nala eliminou a Mistress Pain, e ela sim devia ter um contrato assinado com você. Mas agora, entre vocês dois, não há nada assinado, e isso deixa todo o poder nas mãos da senhorita. – Markus sorriu com dureza para Cleo. – Se ela quiser ficar comigo, eu vou negociar com os monstros e usá-la para saciar meu... – sorriu como um lobo – apetite.

Lion pegou Cleo pelo queixo e negou veementemente com a cabeça.

– Vou pronunciar a palavra de segurança.

– Não é você quem tem que fazer isso, e sim a submissa – Markus rebateu. – Ela sabe o quanto pode aguentar. E se isso te incomoda como amo, deveria ter tido mais cuidado com os objetos.

– Chega, King! – ela refutou enfática, retirando seu rosto dos dedos de aço dele. Apoiou as mãos sobre a mesa de Markus e, fitando-o nos olhos, replicou: – Aceito ficar sob sua custódia. Sou a única que pode tomar essa decisão.

O amo levantou as duas sobrancelhas ao mesmo tempo e seus olhos ametista soltaram faíscas.

– Ótimo. Mas antes eu quero dar uma olhada na mercadoria.

Cleo apertou os dentes e engoliu a onda de frustração e impotência que a percorreu. Ela sabia que correria riscos no torneio, e não deixaria que Lion a superprotegesse daquela forma. Ela era uma submissa: estava naquele papel e eles não poderiam chamar ainda mais a atenção.

– Tudo bem – ela respondeu.

Markus esticou o braço e pegou a corrente da coleira.

– Bem. – Ele a puxou levemente e fez com que o seguisse. – Vamos para a cadeira. Vou fazer uma revisão em você.

Lion só queria esmagar o moicano daquele amo e encher o cara de porrada. Ele não poderia permitir. Não poderia… Mas eles tinham vacilado com os objetos; não tinham cartas *switch* e nem cartas de eliminação para tirá-la do torneio; muito menos tinham assinado um contrato, porque Cleo havia se assegurado de deixá-lo sem alternativa depois de se apresentar no dia anterior e desafiá-lo.

Não tinha sido uma união consensual; pelo contrário, eles estavam juntos quase por obrigação. O que ele deveria fazer? Ia vomitar se aquele cara encostasse em Cleo na frente de todos.

Cleo deu meia-volta e, sorrindo com frieza e indiferença assustadoras, murmurou para ele:

– Se você fizer alguma coisa para me ferrar, King Lion, eu vou fazer sua vida virar um inferno. Eu quero chegar à final, não se esqueça. – Ela precisava representar o papel de amos unidos pelas circunstâncias. As pessoas a conheciam como Lady Nala, e todos sabiam que os dois não se davam bem. Ela deveria manter essa postura.

Lion interpretou: "Se você tentar me eliminar, ou fizer qualquer coisa para eu não passar por isso, e me tirar do caso, eu juro que nunca vou te perdoar."

O pior era que, mesmo que ele fosse o amo do casal, não tinha poder de verdade sobre as decisões de Cleo. Sem contrato, nem cláusulas, muito menos uma carta de *edgeplay*, eles eram um casal sem limites. Cleo estava nas mãos do Amo do Calabouço, e se não pronunciasse a maldita palavra de segurança, ele iria fazer o que quisesse com ela.

Eles eram só companheiros de jogo, e ela decidia o que queria.

Merda. Ele estava perdido.

Markus falou com os monstros e libertou as três submissas que estavam presas nas jaulas, para oferecê-las como tributo em troca de Cleo. Uma mulher por três.

Os Macacos aceitaram sem problemas, mesmo que Sharon não tivesse gostado da decisão.

Depois, o Amo do Calabouço a guiou pela areia e a levou até uma cadeira parecida com as de ginecologia, mas com cores escuras e almofadas vermelhas nos suportes para as pernas, para os braços e no encosto.

– Senta – Markus ordenou de maneira muito inquisitiva.

– Sim, doutor – ela respondeu, sarcástica.

8

Submissa não é a que mais sofre, é a que mais deseja.

DIA 2

"Teoricamente eu só devo abrir as pernas assim para a minha ginecologista", Cleo pensou, apoiando as pernas nos suportes correspondentes.

Mas ela não estava em uma consulta médica; estava realizando uma fantasia-performance do Amo do Calabouço de Norland, Markus.

Não queria olhar para Lion, que continuava em pé, firme e tenso como uma vara, à espreita, a ponto de dar o bote na jugular do outro macho alfa.

Mas Cleo o fazia. Olhava para ele.

Era novidade para ela ver aquela expressão no companheiro. Bom, na verdade eram muitas coisas novas acontecendo, mas se dar conta de que suas decisões influenciavam Lion emocionalmente era um choque. Ela nunca achou que tivesse qualquer tipo de poder para mudar o humor dele ou lhe chamar a atenção, muito menos atraí-lo. Mas se aquela não era a expressão de um homem meio louco por saber que iam tocar em algo que realmente lhe importava, então o que seria?

Seus olhos azuis refulgiam como um sinal de alerta; seu queixo estava petrificado e duro, como se ele estivesse mastigando alguma coisa muito dura, tão dura quanto aguentar uma piada de mau gosto. Aquele maravilhoso corpo masculino estava vigilante. Deus, e ela de pernas abertas em uma cadeira ginecológica que o pessoal do BDSM chamava de cadeira de castigo, ou de tortura, e que era usada inclusive para realizar todo o tipo de inspeção com instrumentos ginecológicos de verdade.

Maravilhoso, não é? Ela estava com vontade de gritar.

Markus estava amarrando os braços dela na cadeira com correias de couro. Ele ia imobilizá-la. Imobilizá-la de verdade.

As pessoas olhavam em silêncio, acalmadas pelos movimentos serenos e controlados daquele amo tão rude e sexy. Parecia um maldito animal selvagem.

– Você já esteve alguma vez em uma cadeira de castigo? – ele perguntou olhando nos olhos dela, com voz sussurrante.

Cleo fez um sinal afirmativo com a cabeça, orgulhosa de não ter estado nunca. Mentiria se precisasse, e tinha que ser convincente.

Markus sorriu, indulgente, como se não tivesse acreditado na resposta e imobilizou as pernas dela com as correias. Passou-lhe as mãos pelas panturrilhas e foi subindo pelo interior das coxas.

Cleo tentou se afastar do próprio corpo, viajar para longe, como diziam que dava para fazer. Não falavam que uma pessoa podia abandonar conscientemente o corpo, se praticasse muito? "Vai. Sai.

Sai. Voa e logo eu te chamo de volta...", ela repetia para si mesma. Mas sua alma e sua consciência continuavam ali.

As mãos de Markus queimavam, ardiam, e ela não pôde deixar de olhá-las. Mãos tatuadas. Ele tinha uma caveira em cada dedo e um gato preto de olhos amarelos descansava esticado no dorso da mão esquerda, com o corpo acomodado sobre o antebraço. No dorso da outra mão havia uma cruz cristã invertida.

Cleo franziu a testa.

Seriam tatuagens russas? Ela já havia lido uma vez sobre a linguagem própria das tatuagens dentro da máfia russa. As caveiras nos dedos representavam as pessoas que o tatuado tinha matado; o gato significava que ele era um ladrão, e servia como um amuleto da sorte, dando a entender que ele agia sozinho. E a cruz significava escravidão, subordinação e castigo.

Enquanto ela pensava nessas coisas, não percebeu que Markus tinha se ajoelhado entre suas pernas abertas e subido-lhe a saia até colocá-la por cima da cintura. Não notou os dedos dele roçando entre suas pernas, nem como o rosto se aproximava da calcinha com zíper, ou como, depois de longos segundos, ele se deteve.

Parou.

Markus interrompeu a ação.

Cleo, que estava olhando para o outro lado, percebeu a tensão e a surpresa no corpo dele e escutou algo que ele disse em voz muito baixa e que a deixou perplexa.

– Eu sabia. *Drugogo khameleona.*

Cleo abriu os olhos assustada e olhou diretamente para Markus. Ela entendeu o que ele disse: sabia quatro idiomas, e ainda que não falasse russo perfeitamente, conseguia compreendê-lo muito bem.

Sentiu um nó na garganta, sem saber como reagir.

"Ele disse 'outro camaleão'? Outro?"

De forma inusitada, Markus desamarrou as correias e, como se não houvesse acontecido nada ali, ajudou Cleo a se levantar da cadeira, como um perfeito cavalheiro. Ela, insegura e ainda em choque pelas palavras que tinha ouvido, procurou Lion com o olhar.

— Vou ficar com Lady Nala durante o dia de hoje — Markus decretou. — Preciso de uma mesa. Você está de acordo? — Seus olhos violeta esperavam uma resposta afirmativa. Apertou os dedos da mão dela com cumplicidade.

Cleo não sabia de onde vinha aquele pressentimento, mas sabia que Markus podia ter alguma informação sobre Leslie. "Outro camaleão".

Quantos camaleões haveria naquele torneio? Quantas pessoas teriam um camaleão tatuado no corpo? E principalmente: Markus não teve dúvida em reconhecer o réptil corretamente, sem chamá-lo de dragão-de-komodo, salamandra, lagarto ou lagartixa.

Lion passou a mão por seu cabelo com corte militar. O Amo do Calabouço podia levar a submissa caso não quisesse fazer uso dela em público.

De repente, sentiu uma azia. Acabaria com uma úlcera do tamanho de um buraco na camada de ozônio. Não queria perder Cleo de vista e esperava que ela tivesse juízo para se negar, ou então pronunciasse de uma vez a porra da palavra de segurança.

Mas, para agravar mais sua amargura, Cleo ergueu os olhos verdes impressionados e os cravou nele para se reafirmar, completamente no papel de Lady Nala:

— Claro. Estou de acordo.

– Não! – Lion cruzou o caminho deles e observou a surpresa e a desaprovação de Cleo. – Pra onde você vai com ela? – exigiu saber.

– Isso é algo que só interessa à sua submissa e a mim. Ela não se negou, e isso me dá carta branca para fazer qualquer coisa.

– Qualquer coisa não – Lion rebateu.

Markus apertou os olhos e sorriu com desdém.

– Qualquer coisa – Markus afirmou. – Enquanto ela não falar a palavra de segurança, estará disposta a ficar comigo. Não é? – perguntou para a jovem.

Cleo engoliu saliva. Não queria deixar Lion bravo e nem o contrariar, mas a missão envolvia esses riscos. Não sabia o que aquele russo queria dela, mas estava convencida de que ele sabia sobre sua identidade.

– Sim. Estou – respondeu seca, deixando claro para Lion que ele não se metesse. Não podiam conversar agora, mas quando a hora chegasse, explicaria tudo para ele.

– Se você teve sorte e recebeu uma carta de convite no baú, pode esperar por ela na festa que vai acontecer hoje à noite no La Plancha del Mar. Vou levá-la para lá, a menos que essa deliciosa mulher... – Ele a mediu de cima a baixo, com uma fome canina – ... queira passar a noite comigo.

Cleo ficou com vontade de fazer uma careta. "Querer" não era muito bem a palavra que ela usaria, mas não estava no papel de Lady Perversa, então não fez cara de nojo.

– Agora, King, se afaste – Markus ordenou.

– Posso te desafiar para um duelo de cavalheiros – ele garantiu, falando em um tom que só ele poderia ouvir, tentando usar seu último recurso.

– King... – Cleo colocou a mão no peito dele e o afastou um pouco. – Sou irresistível, mas não sou sua propriedade. Sem contrato, não há posse ou regras para quebrar, lembra? – Piscou um olho, passando o dedo indicador pelo queixo dele. Ela já imaginava o cérebro de Lion trabalhando e dizendo: "Isso merece cinquenta tapas".

– Como você quiser, escrava – Lion cedeu, puxando a sacola com as cartas das mãos dela e tirando as duas chaves que ela usava no pescoço. – Mas é melhor você aparecer no La Plancha del Mar ou então eu vou acabar com a sua bunda.

Lion sorriu com frieza, fez um sinal afirmativo e os deixou passar. Que bicho tinha mordido a Cleo? Ela estava doida? Como aquela sem-vergonha se atrevia a falar daquele jeito com ele na frente de todos? E por que estava se comportando assim? Será que ela sabia de alguma informação que ele desconhecia?

O público presente e os monstros vaiaram Markus, porque ansiavam por ação. Contudo, ele não lhes deu esse gostinho. Tirou as três submissas que estavam na jaula e, para acabar com as vaias, entregou as três aos monstros e, em contrapartida, colocou Cleo dentro da gaiola, como se ela fosse um passarinho inofensivo.

Cleo se sentou ali e esperou pacientemente que Markus a levasse para onde quer que fosse; ao mesmo tempo, suportava o olhar acusador e inquisitivo de Lion, que não estava nem um pouco feliz com a situação.

Enquanto isso, os outros casais mostravam seus baús e suas cartas para o Amo do Calabouço. Cleo e Lion estavam tão concentrados nos desafios mútuos que nenhum dos dois prestou atenção ao movimento que veio em seguida e que mudaria os rumos do torneio.

Tigrão tinha acabado de eliminar Miss Louise Sophiestication da competição, aproveitando-se da carta de eliminação que ele tinha conseguido pelo segundo dia consecutivo. Dessa forma, o submisso se tornava o único brinquedo da Ama Thelma.

Sophiestication não podia acreditar, mas aceitou a humilhação pelo final inesperado de sua participação no torneio.

A aventura dela no Dragões e Masmorras DS havia acabado.

SAINT JOHN

Lion percorreu a distância de Water Islands até Saint John em uma velocidade recorde. O Amo do Calabouço tinha levado sua companheira de missão. Obviamente, sabia que o outro não faria nada de mal com Cleo, e que ela estava relativamente a salvo, mas não queria nem pensar no sofrimento que poderia acometê-la enquanto estivesse nas mãos de Markus. Aquele cara estava cheio de tatuagens da máfia russa. Ele também tinha se dado conta... Por quê?

Por que Cleo tinha se comportado daquela maneira?

Deus, ele tinha que chegar rápido ao hotel e entrar em contato com a equipe de monitoramento. Por sorte, Cleo tinha uma câmera escondida na coleira, assim poderiam controlar a localização e a situação dela em todos os momentos.

Lion estava suando de nervoso.

Chegando a Saint John, a ilha onde iriam se hospedar e descansar pelos próximos dois dias, não pôde deixar de notar as diferenças em relação a Saint Thomas, onde tinham ficado nos últimos dois dias. Depois da rodada do torneio, todos os participantes deveriam ir para o resort Westin Saint John, em Bay Cruz.

Saint John era uma ilha menor, paradisíaca, cheia de pequenas cavernas, mata virgem e águas limpas e cristalinas.

Os resorts e os hotéis da ilha se misturavam em perfeita harmonia com a paisagem. A baía, repleta de pequenos iates particulares, oferecia uma vista sublime, única e bucólica.

Deixou o jet ski na orla da baía onde se situava o majestoso resort com jardins tropicais e correu para a recepção do hotel.

Depois de informar seu nome como amo e mostrar a pulseira, os recepcionistas confirmaram os dados dele e, muito solícitos, entregaram a chave do quarto que deveria ocupar com Lady Nala, onde por enquanto ficaria sozinho: a Marina Suite Master Bedroom do resort principal, com uma vista incrível para a impressionante piscina e para o jardim botânico.

Lion não se interessou nem pela decoração do quarto nem por mais nada que não fosse entrar no chuveiro com hidromassagem, ligar a água no máximo, colocar música alta e telefonar para a equipe de monitoramento com seu celular.

— Jimmy — falou a voz do outro lado da linha.

— Porra, eles pegaram a Cleo — Lion falou.

— Nós vimos — ele afirmou, sério. — Temos as imagens ao vivo da câmera dela, mas não estamos vendo nada, está tudo escuro. Estamos tentando reconhecer o rosto daquele cara com moicano.

— O nome dele no torneio é Markus — Lion informou, esfregando o rosto com a mão, sentado no vaso sanitário.

— Ele não pode fazer nada com ela. Você sabe, certo? O cara está no torneio e todos viram Cleo aceitando ir com ele. Eles vão devolvê-la e...

— Sim, obrigado — Lion cortou, seco. Mas a constatação não o tranquilizava. — Ele tinha tatuagens da máfia russa. Dá uma olhada se ele não está nos bancos de dados das prisões russas. Esse cara já esteve preso, senão ele não teria aquelas tatuagens.

– Estamos procurando. Se eu souber de alguma coisa, te falo. A saliva e o *popper* que você conseguiu ontem à noite já passaram por análise.

– E aí?

– Eles modificaram a droga. Continua com cocaína na fórmula, mas equilibraram as quantidades para que ela não provoque choques anafiláticos. A mistura foi estabilizada.

Se tinham conseguido criar uma droga estável, logo ela seria vendida nos círculos de interesse.

– Se houver uma rede de narcotráfico por trás disso, eles não vão demorar para promover e comercializar a droga – explicou Jimmy.

– E o DNA da garota?

– Nada, cara. É uma anônima. Não existe. Está fora do sistema. Não podemos identificá-la, e por estar usando máscara nas imagens que gravamos também não podemos fazer a identificação facial.

– Entendi. – Respirou fundo, descansou as costas na parede e fechou os olhos com frustração. – Me liga quando descobrir alguma coisa do Markus. E me avisa quando a câmera da Cleo estiver ativa.

– Pode deixar.

Lion desligou e apoiou os cotovelos nos joelhos para enterrar o rosto entre as mãos.

– Merda, Cleo – grunhiu frustrado. – Que porra você fez?

Os amos levavam muito a sério seu trabalho. Seu papel e suas ações eram muito bem planejadas. Markus havia coberto os olhos de Cleo com um pano preto, e ela não estava vendo nada.

Ela sabia que tinha sido levada de iate para algum lugar e que depois, ainda às escuras, havia entrado em um carro que engrenou em uma subida até chegar ao local onde se encontravam agora.

Ela podia sentir um solo arenoso sob os pés.

– Chegamos. Você vai subir três degraus, isso – Markus pediu, segurando-a firme pelo braço para ajudá-la.

– Posso perguntar onde estamos, senhor?

– Não. Os móveis não falam – ele murmurou, seco. – Só ocupam espaço e escutam. Então cala essa boca e não fala mais nada.

Cleo tentou captar alguma mensagem nas entrelinhas. Markus a levou embora com a desculpa de que precisava de uma mesa. Em alguns jogos de dominação e submissão, os submissos interpretavam o papel de um móvel, geralmente uma mesa, usada para servir comida, apoiar pratos e bebidas, ou até descansar os pés. Nessa posição, o submisso não podia se mexer para não deixar nada cair, senão seria castigado.

– Você vai vestir uma roupa bem apertada de corpo inteiro, feita de látex.

O látex era uma espécie de polímero artificial parecido com borracha preta e brilhante, usado especialmente na confecção de roupas de tendência fetichista.

Ela fez um sinal afirmativo e permaneceu em silêncio.

Aguentou-o tirando a sua roupa, dando banho e a ensaboando. Tirou a coleira de submissa e as pulseiras com os microfones, e passou as mãos com cuidado pelas marcas, cada vez menos vermelhas, do açoite violento de Billy Bob.

— Esse seu amo... não é um bom amo.

"Essas marcas não foram feitas por um amo. Foram feitas por um agressor sádico", ela teve vontade de dizer, mas ele a tinha mandado ficar quieta.

Ele a tratava de uma forma tão impessoal que a deixava arrepiada, como se na verdade ela fosse um objeto e não uma pessoa. Como se fosse um maldito móvel.

Depois ele passou um creme por todo o corpo dela, um creme especial para que ela usasse aquela roupa de látex que parecia uma roupa de mergulho, e ela a vestiu como se fosse uma menina pequena que não sabia fazê-lo.

Cleo estava com medo. Com o coração saindo pela boca. Mas Markus não estava agindo de forma muito ofensiva nem pervertida. Estava simplesmente executando seu trabalho, metódico e competente, como se estivesse acostumado a fazer aquilo todos os dias. Com certeza, se não fosse um amo, ele estaria interpretando um amo. Mas que tipo de amo seria? Qual era seu perfil? Cleo sabia que os amos não eram todos iguais, e que havia alguns padrões de comportamento mais marcantes e distintivos.

Ela sequer sabia que horas eram. Quanto tempo teria passado desde que fora retirada da jaula?

Markus a sentou em uma poltrona, penteou e desembaraçou seus cabelos para, depois, retirar toda a franja do rosto e fazer um coque bem alto.

— Vamos, está quase chegando.

Quem? Quem estava quase chegando?

Markus a levou do banheiro e a fez caminhar por vários corredores. Ela continuava vendada e não enxergava nada. Naquela casa havia ar-condicionado, porque a temperatura era fresca e leve, nada a ver com a umidade exterior.

– Fica aqui, de quatro.

Ele a ajudou a se ajoelhar.

– Não quero que você se mexa pra nada. Não quero que fale. Você é uma mesa. As criadas vão colocar coisas em cima de você.

Cleo apoiou as palmas suadas no chão frio. Ela permaneceu em silêncio e ficou tensa quando, depois de um momento, percebeu que começaram a colocar copos e pratos nas costas dela. Quem seriam essas criadas?

Ela escutava passos ao redor. Usavam saltos, e ela as imaginou com arreios parecidos com os de gladiadores, meio-nuas, servindo taças para os amos. Seu estômago estava se revirando.

Alguém tocou a campainha da casa.

– Ele já chegou – murmurou em russo. Markus se aproximou dela e disse: – Lembre-se, escrava: os móveis apenas estão presentes; não se movem e não falam, só escutam. Aguenta nessa posição o máximo que puder; você não pode ter nenhuma reação a qualquer coisa que a gente faça, porque se derrubar uma tacinha, eu tiro sua roupa e te bato até você desmaiar.

Cleo estremeceu e engoliu saliva. Ela estava com vontade de chorar, mas ao mesmo tempo havia uma curiosidade inexplicável com relação ao que estava por vir.

Quem era Markus? Por que ele a levou para esse lugar?

Ela saberia a qualquer momento.

– *Zdras-tvuy-tye*, Belikhov – Markus falou em russo.

Cleo entendeu que ele estava dando as boas-vindas para um tal de Belikhov.

Os passos dos dois homens se aproximaram até onde Cleo estava interpretando o papel de mesa, e ela os escutou sentando ao redor dela. A conversa que se iniciou foi toda em russo.

– Bonita mesa – disse o tal do Belikhov, passando a mão em uma nádega de Cleo.

A jovem apertou os dentes, mas não ousou mover um só músculo. "Não encosta em mim, filho da puta."

– Obrigado. Essa eu adquiri hoje mesmo – informou Markus. – O que você quer tomar?

– Conhaque com gelo, por favor.

Nesse momento, Cleo percebeu uma das criadas colocando um recipiente com gelo tilintante sobre ela e enchendo a taça vazia em suas costas.

– Essas ilhas são muito úmidas – observou Belikhov.

– Sim, são mesmo. Você trouxe o meu dinheiro? – Markus perguntou sem rodeios.

O outro homem começou a rir e colocou alguma coisa em cima do cóccix de Cleo.

– Está aqui.

O peso desapareceu, sinal de que o amo tinha apanhado o objeto.

– Você não vai contar?

– Eu confio neles. Eles confiam nos meus serviços.

– Eles adoram como você domina, é um dos melhores. Você as faz aguentar, durar... Isso atende às necessidades dos senhores da velha guarda e das noites de Santa Valburga. E o melhor é que você não faz perguntas sobre a razão de dominá-las.

Senhores das velha guarda? A Old Guard? A noite de Santa Valburga? O quê? Do que eles estavam falando?

– Sou um amo e gosto de disciplinar. Não me meto nos jogos dos Vilões nem em suas práticas particulares – Markus murmurou.

Houve um silêncio. Silêncio que Cleo aproveitou para refletir. Markus estava cumprindo o papel de um homem sem alma? De um mercenário?

A Old Guard era a velha guarda do sadomasoquismo, formada majoritariamente por casais homossexuais. Eram amos que não acreditavam em BDSM como jogo. Só consideravam aquilo uma maneira de castigar, de viver. Esses praticantes não acreditavam no *edgeplay*, nos limites de ação dos casais, e estavam sempre do lado das relações nas quais só o dominador decidia quando parar as sessões de castigo. Eles eram muito radicais e duros nos atos.

No começo dos anos 1990 nasceu a New Guard, que abria a possibilidade de estabelecer limites entre os casais, de incluir amos e submissos que só jogavam, e aceitar a figura do *switch*, que podia atuar como amo e submisso. A palavra de segurança tornou-se fundamental a partir de então.

Cleo tinha acabado de descobrir, graças a Markus, que os Vilões eram membros da Old Guard.

Será que ele sabia que ela estava entendendo tudo? Estava sendo corroída pela incerteza. Aparentemente, Markus disciplinava submissas para que depois elas fossem entregues aos Vilões.

– Na outra noite, no castelo do Barba Negra, minhas escravas se comportaram muito bem.

– Foi o que me disse o senhor Vingador. Você sabe que ele tem o Sombra observando todo o torneio e nos informando de tudo o que acontece nos bastidores.

Sombra era o subordinado do Vingador. Seu braço direito. No desenho animado, o Sombra era o dedo-duro que contava todos os movimentos dos protagonistas com antecedência para o Vingador. Será que os Vilões tinham algum infiltrado? Quem era o Sombra?

– Eles adorariam ter essa mesa na noite de Santa Valburga.

– A noite de Santa Valburga é um evento privado dos Vilões, que não tem nada a ver com o torneio – Markus garantiu. – Se eles quiserem a Lady Nala, terão que convencê-la. Ela está aqui hoje porque cometeu um erro, mas Lady Nala e seu amo vão chegar à final.

– Bom – concordou Belikhov. – Vai ser o suficiente para que eles a convidem. Mas ela não poderia chegar a ser uma das submissas?

– Não. Nesse caso, não. Lady Nala já é uma participante oficial, todos a conhecem. Além do mais, o amo dela é muito respeitado no meio.

– Hmm... Bom, tudo é possível. Eles iam adorar uma submissa como ela, com esse cabelo ruivo tão longo e cheio de vida. – Pegou os cabelos dela e os puxou. – Você conhece os fetiches desses amos...

– Todos nós temos fetiches.

– Suponho que sim.

Cleo ouviu que Belikhov girava seu copo de conhaque e que as pedras de gelo se chocavam contra o vidro.

– Faltam duas noites para a Santa Valburga. Pego suas garotas amanhã ao anoitecer. Então nós ficamos quites.

"A noite de Santa Valburga vai ser depois do final do torneio", pensou Cleo.

– O evento deles vai ser nas ilhas? – Markus perguntou.

– Vai.

– Os outros já receberam seus pagamentos?

– Já. Nessa noite vocês vão receber mais *popper* para as submissas na festa secreta. Keon vai levar o pacote, saindo do forno, para o restaurante. Vai estar com um quadriciclo MGM vermelho.

– Keon? O inventor da hibridação do *popper*? Que honra...

– Com certeza.

Bom, bom... Vamos por partes: a noite de Santa Valburga era um evento privado dos Vilões com as submissas disciplinadas por amos como o Markus. Keon era o criador do *popper*, e se ele falou que tinha acabado de sair do forno, significava que havia uma pequena fábrica em algum lugar das ilhas no qual a droga era produzida. Onde?

– Posso dar uma olhada na mercadoria? – Belikhov perguntou.

– Claro, estão no porão.

Uma hora depois, Cleo estava com os músculos doloridos, dor nas costas, suando sem parar e com dores nos joelhos e nas palmas das mãos; mas nada disso era tão importante quanto saber que ela havia presenciado uma conversa essencial para a resolução do caso.

Não parava de pensar na "mercadoria" que Markus tinha lá embaixo, no porão. Seriam as mulheres que ele treinava? De onde elas vinham? Era consentido ou não? Elas estavam desaparecidas de seus respectivos países ou não? Até que ponto o cara do moicano estava envolvido naquele negócio sujo? E onde estava Leslie?

"Alguém tem que tirar essa roupa maldita de mim ou eu vou ter um colapso."

Markus e Belikhov voltaram pela mesma porta por onde tinham saído.

Os dois homens continuavam conversando com um crescente respeito. Não dava para afirmar que eram amigos, mas sim que mediam muito bem as palavras.

Ela sentiu a mão de um deles na bunda, esfregando em círculos, e ouviu um sorriso rouco e repugnante.

— Essa garota é muito bonita. Nenhuma tem o cabelo assim. Os Vilões já expressaram o desejo de ficar com ela. Faça o possível para consegui-la.

"Imundo, tira essas mãos de mim."

— Se ela chegar à final, eles a terão. Mas tenho a sensação de que seu amo não a deixa jogar com ninguém.

— Isso não é problema. Ter ou não ter consenso nunca foi problema. São as regras da Old Guard. Eles conseguem tudo o que querem.

— Eu sei.

— Então, camarada, eu vou indo. Foi um prazer fazer negócios com você. *Bolshoe spasibo.*

— *Pazhalsta.* De nada.

Cleo respirou mais tranquila quando Belikhov foi embora.

Mas, de repente, a lembrança do que ela estava fazendo ali a apunhalou.

O que será que o Markus ia fazer com ela agora? Onde estavam as garotas? Por que ela havia sido levada para aquele lugar? Ela duvidava que tivesse sido só por algum instinto fetichista.

Ela sentiu o amo retirando os copos e os pratos de suas costas. Depois, pegou-a pelos cotovelos e a ajudou a se levantar. Estava descalça, e ele a guiou pela parte de fora da casa. As plantas de seus pés caminharam por várias superfícies. Grama, azulejo, taco, madeira... Aparentemente, era uma casa enorme e com vários ambientes.

Ela ouviu o barulho de uma porta automática se abrindo.

E, depois, um silêncio brutal e arrepiante.

– Espera aqui – ele mandou.

Ela ficou em pé, sozinha. Perdida e desorientada por uma eternidade. Estava no subterrâneo e sentia cheiro de umidade.

Ela ouviu o som de outra porta se abrindo e se fechando, e junto com os passos de Markus havia outros mais rápidos.

Caralho, ele estava com outro homem.

Apertou os dentes para abafar o grito que ameaçava sair da garganta. Não podia falar; ela era a porra de um móvel e tinha que respeitar seu papel.

Mas por que estavam ali? O que Markus pretendia?

De repente, ela sentiu mãos gentis no rosto, suaves e mornas que estavam desamarrando a venda que cobria seus olhos.

Cleo respirou fundo. Tinha cheiro de...

As mãos carinhosas lhe devolveram a visão e, quando ela abriu os olhos, se deparou com feições muito parecidas com as suas, uma expressão mais tranquila de olhos cinzentos e com uma covinha no queixo, cabelos longos, lisos e preto-azulados como o azeviche.

Cleo pestanejou.

A outra garota fez o mesmo e sorriu, imprimindo-lhe na alma um sossego que ela não sentia há muitos dias.

Cleo não entendeu quem abraçou quem primeiro, só entendeu que estava entre os braços da irmã mais velha.

Leslie.

9

Em uma sessão, o amo é um demônio e também um anjo.

Cleo estava soluçando no ombro da irmã, mais alta do que ela. Leslie a embalava e dizia que estava bem, que estava tudo bem...

Markus limitou-se a apoiar o corpo na parede e a analisar o carinho professado pelas duas mulheres, tão parecidas e ao mesmo tempo tão diferentes.

– Mas que caralho...? – Leslie sussurrou com a voz um pouco mais grave que a de Cleo. – O que você está fazendo aqui, pelo amor de Deus? – Ela afastou um pouco a irmã para vê-la melhor e limpar suas lágrimas, prestando atenção ao figurino e fazendo um gesto de dor ao perceber como ela estava vestida. – Cleo... Não estou entendendo. O que você está fazendo aqui? – Voltou a abraçá-la com força. – Você não tem que estar aqui... Tem que ir embora.

– Les... Leslie? – Cleo perguntou em estado de choque, alternando o olhar entre Markus e a irmã. – O que... Você está bem? – Beijou-a e voltou a mergulhar no calor da irmã, que sempre tomou conta dela e que, até num momento como aquele, continuava cuidando. – O que está acontecendo? Quem é esse? – Olhou para Markus com desconfiança para recriminá-lo. – Mas e você, como...?

Como você sabia que…? – As palavras iam se atropelando e ela não sabia como ordená-las. – Você sabe quem eu sou?

Leslie pegou Cleo pelo rosto e fez a irmã olhar para ela.

– Cleo, escuta. Eu faço as perguntas e você responde. Depois nós trocamos, senão não vai funcionar.

– Sabe o quanto eu ando preocupada com você? – Empurrou-a, brava. – Sabe?

Leslie concordou, entendendo a angústia da irmã.

– Eu sei. Mas não posso entrar em contato com o mundo exterior.

– Você podia ter conseguido e…

– Cleo, não. – Colocou as mãos sobre os ombros dela. – Escuta. Você é que tem que me responder que porra está fazendo aqui. Que merda você está fazendo vestida desse jeito? Você vai responder todas e cada uma das minhas perguntas.

– Você não vai me interrogar como se eu fosse uma refém, queridinha. Não é assim que funciona…

– Escuta a sua irmã – Markus ordenou com voz impassível.

– Você cala a boca, punk mafioso! – Apontou o dedo para ele. Ela estava histérica, e sua veia histérica fazia pulsar a veia agressiva, e a veia agressiva a fazia se comportar como uma barraqueira. – Você tem ideia do que está fazendo? Você sabia que eu entendi tudo? Eu falo russo!

– Ele já sabe – Leslie respondeu. – Por isso te trouxe aqui: para que você escutasse a conversa com Belikhov. Eu falei pra ele da minha irmã querida, Cleo Connelly. – O rosto dela expressava um imenso orgulho da irmã. – Ele sabe que você tem um camaleão igual ao meu tatuado no interior da coxa, só que no lado contrário. Sabe que você é policial e que nesse ano você quer fazer os testes para entrar no FBI. – E perguntou para o russo: – Como você descobriu que era ela?

Markus cruzou os braços e olhou-a de cima a baixo.

– Vocês têm uma semelhança um pouco... perturbadora – respondeu sem mover um músculo sequer de seu rosto marcante. – E quando eu a vi, lembrei de você, Leslie. Mas, para ter certeza, eu quis fazer essa verificação.

Leslie deu um salto e olhou para o amo russo por cima do ombro, perdoando-o por completo.

– Não encosta na minha irmã, Markus.

– Eu não encostei, só tive que cumprir o meu papel – ele respondeu sério.

Cleo franziu a testa e ficou desviando o olhar de um para o outro. Parecia que ela havia tomado algum psicotrópico que a impelira a delirar.

– Podemos conversar em outro lugar? – Cleo perguntou, ainda tremendo por causa das emoções. Eles estavam em um corredor com chão de cimento, com só algumas lâmpadas penduradas no teto, e que a faziam se lembrar dos filmes *Jogos mortais*.

– Vamos para uma sala aqui do lado, agente Connelly – Markus falou para Leslie.

Ela concordou e passou um braço por cima do ombro de Cleo, abrigando e tranquilizando a irmã, como sempre fizera.

– Markus me falou que você está no torneio como Lady Nala – Leslie falou enquanto servia raspadinhas de café da máquina de venda automática.

A sala onde estavam agora parecia um pequeno spa. Com revestimento de madeira, sauna, jacuzzi e espreguiçadeiras para relaxar e aproveitar a música que imitava os sons da natureza, com ruídos tropicais e naturais próprios da selva.

Eles sentaram ao redor de uma mesa de vime com dois pufes e duas cadeiras para se acomodar.

– Me conta tudo desde o começo, Cleo – a morena pediu. – E, depois, eu conto tudo pra você.

Cleo pegou o copo gelado entre as mãos trêmulas e concordou, explicando entre os goles tudo o que havia acontecido. Ela demorou para narrar até o fim, mas conseguiu sem se esquecer de nada.

– Então, depois do meu treinamento, Lion decidiu me afastar do caso, mas eu me recusei. Aproveitei a baixa da Karen para entrar como ama do Nick. Mas não tenho esse espírito dominante, você sabe, e não ia durar nada nesse papel. Então eu combinei com o Nick que faríamos uma troca de casais para que eu ficasse com o Lion e continuássemos no torneio. Tive a sorte de conseguir uma carta de eliminação e mandei a Mistress Pain embora, que era a parceira do Romano. E eu fiquei com ele. E agora estamos juntos como… parceiros de jogos. No entanto, hoje os Macacos Voadores roubaram nossas cartas e objetos, e eu deveria ter caído nas mãos dos monstros. Mas o Pica Pau – apontou para Markus com o queixo – interveio e reivindicou a minha posse.

– Fiz isso e, em seguida, descobri quem você era. Leslie não tinha me dito que você iria entrar no torneio…

– É que nem eu sabia! – Leslie protestou olhando nervosa para ele. – Não posso acreditar que o Montgomery tenha aceitado te colocar em perigo dessa forma. No que vocês estavam pensando?

– Você e a sua irmã se parecem – Markus observou. – Era questão de tempo até que os Vilões ficassem de olho nela. Ela foi escolhida pelo perfil, que agrada muito aos Vilões. Pele bem branca, olhos claros, cabelos longos...

– E por minha capacidade, não? – Cleo bravejou ofendida.

– Óbvio – disse Leslie. Ela não queria deixar a irmã brava, mas sabia das diferenças que tinham, como, o tempo de preparação para entrar no caso. – Mas eu tive três meses para ter ideia do que eu queria fazer. Ela só teve cinco míseros dias – Leslie grunhiu, passando as mãos no rosto. – E o Lion não se negou! Vou matar ele!

– Lion se ofereceu para dar o meu treinamento – Cleo respondeu. – E, bom, eu aceitei. Foi um acordo. Já temos duas chaves, só falta mais uma. Vamos chegar à final para, por fim, sabermos quem são os Vilões e pegá-los em flagrante.

– Mas isso não é garantia de nada – Markus murmurou com soberba. – Ou vocês acham que os Vilões vão agir dentro do torneio? Vai ficar pra depois, eles não são tão estúpidos para se expor publicamente. Já passaram do ponto há quinze meses, no primeiro torneio; cometeram erros, e causaram algumas mortes por causa das drogas afrodisíacas. Dessa vez o torneio será mais curto, e está sendo realizado nessas ilhas que são fáceis de controlar e manipular. Eles não vão deixar nada escapar. Então, se você quiser saber quem eles são, vai ter que arder com eles na noite de Santa Valburga. Todas as submissas que eu preparei são destinadas ao entretenimento de todos os participantes, mas depois elas são única e exclusivamente para o uso dos Vilões nesse evento.

– Mas quem são os Vilões? – Cleo estava frustrada e com dor de cabeça.

– Pelo que a gente sabe, ou acha que sabe, são pessoas muito ricas – Leslie garantiu –, com um perfil elitista e sectário. Na verdade, não sabemos exatamente o que eles fazem com os submissos que são recrutados. Não sabemos se são vendidos para outras pessoas, se são prostituídos ou se são preparados para práticas muito mais sádicas. Por isso estou com o Markus… Minha missão agora é conjunta e vai muito além do torneio Dragões e Masmorras edição DS.

– Como? Como assim, conjunta? – Ela se virou para encarar o russo. – Você sabe quem eles são? – Suspirou. – Quem é você, Markus? – Entrelaçou os dedos das mãos e olhou fixamente para ele. – E o que você está fazendo com a minha irmã?

– Acho que quem tem que responder isso é você, *printsessa*. – Dirigiu um olhar violento e desafiador para Leslie.

Ela mexeu a cabeça afirmativamente.

– De acordo. – Seus olhos acinzentados se entristeceram. – Há apenas duas semanas, Clint e eu estávamos em uma boate de BDSM em Nova York. Fomos para um encontro marcado pelo fórum. Sabíamos que a Rainha das Aranhas estaria lá e queríamos ver se ela faria mais convites para o torneio. Eu já tinha sido convidada. Mas quanto mais gente conhecêssemos e quanto mais pudéssemos controlar os participantes, melhor nos daríamos com eles e seria mais fácil jogar no torneio, fazendo alianças na hora certa. Era só uma visita de rotina pra gente. Mas era uma emboscada. Os Vilões me queriam pra fazer parte do seu harém particular de submissos. Naquela noite – ela lembrou voltando-se para a frente, com os olhos levemente dilatados –, eu lembro que pedi um gim-tônica para o barman do clube. A gente ia fazer uma pequena performance e jogar com outros casais enquanto esperava a chegada da Rainha das Aranhas. Mas ela não apareceu.

– Segundo me disseram – Cleo explicou muito atenta às palavras dela –, Sharon esteve lá muito antes do horário marcado; fez uma visita relâmpago e foi embora.

Leslie concordou e coçou o queixo.

– Bom... a questão é que tinha algo na minha bebida que me deixou fora de combate. Eu só me lembro de entrar no banheiro para me refrescar e lavar o rosto, mas perdi os sentidos a partir daí. Não... não me lembro de mais nada. A primeira imagem que me veio à cabeça depois disso foi a do rosto do Markus falando comigo em russo.

– Você sequestrou ela?! – Cleo levantou do pufe e enfrentou Markus com os punhos fechados.

– Não. Não sequestrei – o homem assegurou, com toda a calma do mundo. – As mulheres são trazidas pra mim para que eu as prepare e as domine. Sua irmã foi uma delas.

Cleo passou a mão pela lombar e pediu para Leslie:

– Me faz um favor? Abre um pouco essa minha roupa. Estou ficando asfixiada.

Leslie abriu o zíper até a metade das costas dela e Cleo respirou fundo.

– Me drogaram, Cleo – Leslie continuou. – Me tiraram de lá e me trouxeram para o Markus me preparar para os Vilões. Mas quando abri os olhos e escutei as palavras dele em russo, afirmando que lamentava minha situação e que ia me ajudar para que não acontecesse nada comigo, eu respondi, também no idioma dele, dizendo que ele é que devia tomar cuidado. – Markus sorriu e olhou para o outro lado, feliz com a lembrança. – Ele ficou impressionado ao ver que eu falava a língua dele.

– Nós duas falamos, sabia? –reclamou com petulância para o russo. – Não nos pergunte por quê – murmurou.

– Ele já sabe, Cleo. Eu contei que nós duas crescemos de uma forma diferente das outras crianças. Que gostávamos de coisas diferentes e líamos histórias de espionagem. Nosso ídolo é Maria L. Ricci, a agente especial de contraespionagem do FBI.

– Vocês sonhavam ser espiás e se infiltrar na KGB – Markus adicionou –, tal qual os espiões russos tinham feito no país de vocês – ele prosseguiu, rindo delas. – Por isso vocês aprenderam russo.

– E espanhol, e francês – Cleo respondeu, deixando claras suas habilidades. – E o que aconteceu quando você respondeu o Markus, Les?

– Eu vi as tatuagens dele e o questionei sobre o que um ex-presidiário russo estava fazendo aqui como amo. Aí, Markus percebeu que eu não era uma submissa qualquer. Ele me perguntou, em códigos, se eu tinha uma "lenda"; me investigou. E eu, impressionada com a pergunta, perguntei em contrapartida se ele era um ilegal.

– A SVR, a antiga KGB, prepara seus espiões para serem "ilegais", homens e mulheres que vão para outros países viver como nativos, alguns com dupla nacionalidade. Para eles, é inventado um passado, como os que tinham sido criados para os agentes infiltrados do FBI no caso Amos e Masmorras. Esse passado era chamado de "lenda".

– Markus é um agente da SVR, Cleo.

Cleo arregalou os olhos e encarou o cara que tinha um enorme moicano, olhos cor de ametista, várias tatuagens, e que sorria para ela com ar de presunção.

– Vocês se dão conta de que fracassaram como espiões? – Cleo perguntou se aproximando dele. – Teoricamente, as identidades de vocês são secretas.

– Ela me pegou de surpresa – Markus explicou –, e eu entendi que, para o bem das relações institucionais estabelecidas recentemente entre a Rússia e os Estados Unidos, não seria de bom grado ter uma agente do FBI nas minhas mãos e tratá-la como se ela fosse qualquer outra submissa.

– E o que um agente da SVR está fazendo no nosso caso Amos e Masmorras?

– O mesmo que vocês. Temos uma fonte de informação no FBI que nos falou do corpo de Irina Lewska, encontrado em solo americano, e da relação direta com um caso de tráfico de pessoas. – Markus pegou do bolso um caramelo retangular marrom, tirou o plástico transparente e colocou a bala na boca. Olhou para Cleo e ofereceu-lhe uma. – Quer um Korovka Roshen? É uma bala russa.

– Não, obrigada.

– Markus é viciado nesses caramelos – Leslie murmurou.

O homem saboreou a guloseima e continuou:

– Na Rússia, estamos muito sensibilizados com o tema do tráfico de pessoas. Sabemos que existe uma organização que explora e suborna mulheres para participar de orgias, vendendo-as para outros países. Até agora, sabíamos que elas eram atraídas por supostas agências de modelos, mas é possível que os cabeças da organização, além de usar outras plataformas, também trafiquem essas mulheres de dentro do torneio norte-americano Dragões e Masmorras DS. Não importa se é para um sujo ou para um mal-lavado; o que eles querem é vender a mercadoria. Eu sou o agente infiltrado para descobrir quem são os Vilões e se há ou não um representante russo entre eles. O dinheiro que obtêm da venda dessas mulheres, seja para o uso que for, volta para a Rússia e é lavado por meio de diferentes formas de investimento. Meu objetivo é conhecer os Vilões e entrar no círculo deles. Dessa forma, eu posso chegar até os líderes da organização no meu país e desmantelar o esquema.

— E como você conseguiu entrar no torneio?

— Eu criei uma identidade como amo e fui entrando no BDSM russo, me passando por um dominador com muita experiência na arte da submissão. Entrei no fórum do Dragões e Masmorras DS e não demorou para eu receber um convite para o torneio. Pouco tempo depois, recebi uma ligação de um número privado me fazendo uma oferta irrecusável: me dariam desde dinheiro até propriedades para eu domar as mulheres que eles me entregassem, com a única condição de que eu não fizesse perguntas. Compraram essa casa pra mim em Peter Bay, e há um mês e meio eu estou treinando um grupo de quatorze submissas. Quinze, com Leslie.

— E o que você faz com elas? Como são essas mulheres?

— São mulheres de pele e olhos claros. Todas com cabelo longo. Estão dentro do padrão que vocês já conhecem. Como um agente infiltrado, eu tenho que atuar como se realmente fosse o tipo de amo que eles procuram. Dou o *popper* e vejo como a droga age no organismo delas, como elas reagem à droga quando estão sendo dominadas. Eles conseguiram criar uma droga com tecnologia muito eficiente, que não provoca mais ataques como a de quinze meses atrás. As submissas ficam desinibidas e sem medo, e se viciam. Elas pedem sempre mais e mais — ele sussurrou raivoso. — Por alguma razão, a droga está muito ligada à resistência à dor. E é isso o que os Vilões querem: mulheres e homens que aguentem ser seus submissos.

Cleo sentiu um calafrio. Mulheres e homens que aguentassem qualquer tipo de castigo e que o fizessem de modo inconsciente.

– Você falou com alguma delas?

– Não posso. É possível que entre essas submissas haja uma informante dos Vilões para controlar os amos e suas técnicas de dominação. Supostamente, eu não posso saber quantas consentem e quantas não. Eles estão me vigiando, e eu não quero cometer nenhum erro. Tenho que chegar até a final, não importa como, mesmo que eu tenha que continuar disciplinando as submissas que estão sob minha responsabilidade.

Cleo achou que Markus não tinha estômago e nem peso na consciência. Mas era o mesmo que se afirmava a respeito dos agentes de contraespionagem do FBI. Se estivessem em um papel, deveriam interpretá-lo até as últimas consequências. Ela lembrou de ter lido que alguns agentes da KGB, quando estavam em uma missão como casal, se casavam e tinham filhos entre eles para aumentar sua "lenda" e representar melhor seus papéis. Não importava se havia amor ou não. Só a missão importava. Leslie tinha dito, em Washington, que uma pessoa podia mudar ao se tornar uma agente. Agora ela entendia o porquê.

A jovem voltou a sentar no pufe, abatida e cansada por receber tanta informação.

– Quero que você saia daqui – disse Cleo, fitando a irmã, implorando com os olhos. – Sai daqui, Les...

Leslie se sentou atrás dela e a abraçou.

– A svr e o fbi estão trabalhando em conjunto excepcionalmente nesse caso – Leslie falou no ouvido dela para acalmá-la. – Markus informou ao diretor da svr, que por sua vez entrou em contato com a divisão do fbi sob o comando do diretor Spur. Eles já sabem que eu e Markus nos encontramos, e que estamos coordenando a missão.

– E o vice-diretor Montgomery sabia disso?

– Sim, Cleo. Sabia. Mas ele não me falou que iam te colocar nisso. Não vou perdoá-lo nunca.

– Corno filho da puta... – Cleo grunhiu. O homem a visitou para pedir que ela se infiltrasse e usou o desaparecimento de Leslie como isca. Enquanto isso, Leslie estava a salvo com o maldito russo.

Ela sorriu e beijou o topo da cabeça da irmã mais nova.

– Não posso abandonar o caso. Tenho que ficar com o Markus. Nós dois sabemos que os Vilões me querem e que estamos a ponto de concluir a investigação com a chegada da noite de Santa Valburga. Vai ser nosso modo de entrar. Se chegarem à final, tanto você quanto o Lion poderão participar também.

Cleo ficou em silêncio e engoliu saliva com esforço.

– Você sabe o que aconteceu com o Clint? – perguntou.

– Sei. Morreu – Leslie respondeu com os olhos fixos em Markus. – As fontes do russo disseram que uma ama completamente encapuzada, acompanhada por um homem vestido da mesma forma, tomou conta dele enquanto eu desapareci. Pelo que soube, ele foi encontrado morto por asfixia. – A voz dela se quebrou.

– Ah... Sinto muito por ele e por você, Leslie. Você... você está bem?

– Não, Cleo – reconheceu, abatida. – Clint era meu amigo e o melhor amigo do Lion. Não quero nem imaginar quanto Romano deve ter se culpado por ser o agente encarregado. Mas a culpa não foi dele... São os riscos de estar em uma missão. Consciente ou inconscientemente, nossa vida está em risco todos os dias, já que fingimos ser pessoas que não somos – ela murmurou afundando o nariz no cabelo ruivo da irmã. – Senti tanto a sua falta, pensei tanto em você...

Cleo se virou e abraçou Leslie. Ela precisava chorar pelo medo vivido, pela angústia de ter experimentado a sensação de não saber se a irmã estava viva ou não... Queria ficar impregnada dela, de seu calor, de seu corpo, da proteção. Leslie sempre a havia protegido, e Cleo tinha a necessidade de fazer o mesmo.

– Entendido – Ela secou as lágrimas que havia derramado de novo. – Entendido, Les. Da nossa parte, o FBI colocou câmeras por todas as Ilhas Virgens – explicou. – Eles ainda não conseguiram identificar os Vilões, nem sequer descobrir onde estão hospedados... Eles parecem fumaça, desaparecem rapidamente. Estamos usando o sistema de reconhecimento facial para descobrir a identidade de quem encontramos, mas estão todos sempre mascarados, o que impossibilita conseguir as correspondências com os bancos de dados.

– Ainda assim, mesmo que o sistema os reconheça, o sucesso não é garantido – Markus rebateu. – Vocês têm que pensar que a equipe que trabalha para os Vilões sabe muito bem como anular identidades e tirá-las do sistema. Eles não dão ponto sem nó.

– Nós sabemos – Cleo assegurou. – Eu já sei que, dias depois da aparição dos quatro cadáveres das submissas, foram encontrados os corpos de outros dois submissos que ainda não foram identificados. Nem com o exame de DNA, nem pelo reconhecimento facial... Tiveram os históricos completamente apagados. São invisíveis. Você acha que as mortes deles podem estar relacionadas com a suposta ama que matou Clint na noite do seu sequestro?

Leslie, de forma interrogativa, olhou para Markus por cima da cabeça de Cleo.

– Não sabemos – respondeu. – Os corpos dos homens encontrados estavam com guiches[1] no períneo. Clint não estava usando guiche. Pode ser que tenha a ver com a mesma pessoa, ou não.

Os três ficaram em silêncio, contemplando o chão. Markus passava o caramelo de um lado para o outro da boca.

Cleo levantou a cabeça e olhou para a sala, analisando todos os detalhes: a cafeteira, a televisão, o rádio…

– Pra que serve esse quarto? – ela perguntou.

– Pra eu descansar depois das dominações – ele respondeu seco, sem baixar o olhar, sem esconder de Cleo e Leslie nada daquilo que era o seu inferno particular. Também não era fácil para ele estar ali…

– Ah… O que você vai fazer comigo agora?

– Vou te preparar para te devolver essa noite para o seu amo. Tenho uma performance grupal com minhas submissas. É óbvio que os Vilões vão assistir ao espetáculo. Lady Nala poderá participar, e eu vou provar que você é uma autêntica delícia na frente de todos os convidados. Você vai jogar um pouco comigo.

– Depende do que você quiser que eu faça… – Cleo desafiou. Queria saber o que ele diria… Além do mais, não queria que Lion pensasse que ela havia sido submetida ou tocada por Markus. – Tenho um *edgeplay*, e há algumas coisas que não faço. Além do mais, não quero que o Lion… – Ela ficou vermelha e mudou de assunto rapidamente. – Leslie também vai estar lá?

---

1 No meio BDSM, é a nomenclatura dada a um piercing aplicado em região perpendicular ao pênis, sendo considerado um sinal de submissão a um amo ou ama.

— Ela não foi comigo ontem. — Markus se afastou da mesa na qual estava encostado e ficou parado diante de Cleo. — Não quis expor a agente Leslie, mas temo que hoje ela terá que ir. As submissas vão todas com o rosto coberto e perdem sua identidade por completo, ninguém saberá quem elas são. Só vai dar pra ver os olhos e o nariz, para que elas possam respirar. Leslie vai ficar comigo e ser meu brinquedinho particular, ninguém vai encostar nela. Os Vilões querem ver como ela se comporta. Enquanto isso, as outras submissas vão fazer a alegria dos convidados.

— E eu vou fazer o quê?

Markus ergueu os cantos dos lábios e sorriu como um demônio.

— Você vai deixar todos boquiabertos.

Leslie terminou de vestir a irmã com uma roupa de mulher pirata. A festa secreta daquela noite, temática de piratas, seria no La Plancha del Mar, e todos tinham que ir vestidos a caráter.

Ela colocou de volta seu enorme chapéu de pirata com rendas e laços vermelhos. Seu vestido, também preto e vermelho, era muito curto e deixava as coxas inteiras à mostra; a parte superior do vestido parecia um corpete, as mangas eram longas e balonê, deixando os ombros descobertos, com rendas também na saia e duas tranças vermelhas de seda, que cruzavam verticalmente o suporte de couro preto que elevava seus seios; estava usando meia-calça arrastão e botas pretas de salto plataforma.

— Lady Nala, você está espetacular — Leslie elogiou-a.

Cleo sorriu para a irmã através do espelho, observando como ela penteava seus cabelos e arrumava os pequenos cachos que havia feito.

Mas a situação estava longe de ser tranquila. As duas sabiam das responsabilidades e de como deveriam atuar. Quem dera estivessem em algum mercadinho de Nova Orleans, fazendo compras juntas, como elas gostavam. Aquilo não tinha nada de ócio ou de entretenimento. Eram vidas que estavam em jogo.

— Les?

— Sim? — ela respondeu olhando para os olhos verdes da irmã.

— Você se sentiu indecente em algum momento? Quero dizer… assim, entrando nesse mundo e fazendo tudo isso por obrigação, mais do que por vontade própria.

Leslie deu de ombros e continuou penteando o cabelo.

— Não me sinto indecente, Cleo. Eu tento relevar e aproveitar. Gosto muito de aprender. No começo, confesso que tudo me impressionou bastante. BDSM? Pra mim era uma coisa obscena e profana.

— Pra mim também.

— Mas depois você entende o que é… Sabe o motivo de estar fazendo isso… E às vezes, em situações extremas, você acaba encontrando a si mesma e entendendo coisas sobre seus próprios desejos, coisas que você nunca poderia imaginar. Eu gosto de aplicar castigos? Gosto de dominar? Pode ser que sim, não sei. Eu escolhi ser ama porque odeio estar nas mãos de outras pessoas, disso eu não tenho dúvida.

— Você sempre foi muito autossuficiente e controladora.

— Sim. E por isso eu escolhi entrar no torneio como ama. Mas, ao cair nas mãos do Markus… Já cheguei a me perguntar: será que ia gostar de ser dominada?

Cleo pestanejou e abriu os olhos com surpresa.

– Ele ainda não fez nada com você, não é?

– Não. Ele me faz estar presente nos treinamentos para que eu veja como é e o que ele pede para as submissas. Mas em mim – ela olhou para baixo – ele não toca. Sou uma agente do FBI, não uma das mulheres dele.

– Ah... E... você... não gosta disso? – perguntou, intrigada.

– Não, não... Claro que assim é melhor.

– Você não está com cara de quem está gostando.

– Estamos em uma missão, e eu não tenho que me importar com outras coisas – ela protestou com insegurança.

– Meu Deus... – Cleo ficou assombrada. – Você gosta do moicano? Você... tem interesse por ele?

– Claro que não! – respondeu de um jeito rude.

– A Les gosta do moicano, a Les gosta do moicano – ela cantarolou baixinho.

– Cala a boca.

A ruiva sorriu e viu na irmã a mesma postura que ela mesma assumia ao negar seus sentimentos por Lion. Será que era verdade? Leslie sentia alguma coisa pelo russo? Estava usando a mesma roupa sintética que Markus tinha colocado antes em Cleo. Caralho, ela estava com o cabelo preto azulado bem liso e brilhante, e com os olhos prateados, levemente puxados, pintados com lápis preto.

O visual da Trinity do *Matrix*.

– A história de vocês seria digna de um livro. Um agente da SVR, a antiga KGB, se apaixona por uma agente do FBI... – Ela ficou com os olhinhos brilhantes e piscou repetidas vezes. – Ah, que drama.

– Chega, agente – ela resmungou com desaprovação. – E você, como se sente a respeito de Lion?

– Eu também não me sinto indecente – Cleo comentou, resoluta, checando como os seios estavam altos.

Leslie fez um barulho com a língua e levantou uma das sobrancelhas pretas, da mesma forma que sua irmã mais nova fazia.

– Eu também não me sentiria indecente se o homem pelo qual eu sempre fui apaixonada fizesse um monte de safadezas selvagens comigo.

Cleo abriu a boca precipitadamente, disposta a negar com veemência o que a irmã tinha dito. Mas o que ela podia fazer se era verdade?

– Você sabia?

– Soube desde o momento que você pegou aquele coelhinho que não largava nunca, que não emprestava nem pra mim, e deu pra ele, sem nenhum receio, pra que ele parasse de chorar pela morte do avô. Quem sempre pareceu não saber o que estava acontecendo era você...

No flagra. Que vergonha.

– Sim – ela bufou abatida –, na verdade, eu fiquei em choque quando descobri.

– Cleo... – Leslie colocou as mãos sobre os ombros nus da irmã e deu um leve puxão no chapéu de pirata. – Você tem que tomar muito cuidado.

– Eu já estou tomando! Não vou me iludir com nada. Isso é só uma missão.

– Não estou falando só de você. O fato do Lion decidir ser seu tutor nesse caso e te treinar significa que ele está levando isso muito a sério, ainda que você não perceba. Você tem que tomar cuidado, mas ele também. Vocês não podem se machucar. O coração do Lion também não é de pedra.

– Você acha que ele…? – "Meu Deus… a Leslie acha que o Lion está apaixonado por mim? Bom, ele reconheceu que se preocupava e que sentia algumas coisas, mas será que ele me ama? Não… Não pode ser. Ou pode?" – Não pode ser. Lion está acostumado com outras práticas, outras mulheres, e eu não acho que sou o que ele precisa.

– Só um amo sabe do que o seu próprio coração precisa. E eu tenho a sensação de que o Lion sempre soube. É óbvio que vocês estão aqui como agentes, mas não deixam de ser um homem e uma mulher que fazem sexo; além do mais, vocês têm um passado em comum. Onde está o limite entre o jogo e a realidade? Entre o dever e a necessidade? Só vocês sabem.

– Você está falando com o coração de submissa ou de ama?

Leslie deu uma piscadinha para ela através do espelho.

– Isso, maninha, só eu que sei.

– Safada.

– Já chega. Você está pronta? Sabe o que tem que fazer?

– Sim. Claro que sim.

– Lion vai estar te esperando. Quando descer do palco, vocês têm que ir pra algum lugar onde você possa contar tudo pra ele, combinado? Na verdade, agora todos nós sabemos mais ou menos as mesmas coisas. Estamos esperando a aparição dos Vilões, mas dessa vez eu vou jogar com o Markus. Não podemos pisar um no terreno do outro. A svr é uma agência diferente do fbi. Vamos atuar como se não soubéssemos nada. Lembre-se: você está no caso Amos e Masmorras. Eu agora estou no caso que tem a ver com uma organização russa que vende homens e mulheres para outros países. Os dois casos se encontraram em um mesmo lugar, isso é tudo.

– Combinado.

– Bom, pequena, você está preparada? – Beijou-a na bochecha e lhe ergueu o queixo.

– Já nasci preparada.

– Então, ao ataque.

10

Não importa o quanto uma submissa chore,
ela será amada e venerada por cada lágrima.

LA PLANCHA DEL MAR,
SAINT JOHN

O maldito tapa-olho estava dando coceira e apertando demais. A roupa de pirata era confortável, mas quem não estava nem um pouco confortável com a situação era Lion.

La Plancha del Mar era um restaurante muito espaçoso e refinado, localizado no interior da ilha. Várias mesas foram colocadas ao longo do enorme salão e estava tudo decorado com tema dos piratas. As luzes azuis simulavam um ambiente submarino e as peles de convidados se tingiam daquela cor celeste.

Os convidados, todos vestidos de piratas, corsários e donzelas, aproveitavam a festa disfarçados daquele jeito, com suas máscaras douradas, pretas, vermelhas, brancas... e com tapa-olhos de todos os formatos e cores.

Um baile de máscaras pirata. Alguns estavam até brincando com suas espadas falsas, fingindo que eram corsários destemidos.

Lion tinha passado uma tarde horrível, pensando constantemente em Cleo e temendo que Markus fizesse coisas que ela não estava disposta a aceitar. O amo poderia perceber que sua parceira estava pouco familiarizada com o BDSM e, assim, acabar suspeitando da verdadeira identidade dela. No mínimo, ele não entenderia o que uma mulher como Cleo estaria fazendo em um torneio com participantes experientes na arte de dominação e submissão.

Ele foi ao banheiro para lavar o rosto e secar o suor.

E se Markus a machucasse? E se ele a dominasse? Para piorar, eles não tinham recebido nenhuma imagem da câmera que estava na coleira de submissa dela, nem o áudio dos microfones. Era como se ela estivesse em um lugar desconhecido e a terra a tivesse engolido.

Nick, com uma camisa branca impecável, um chapéu com elegantes penas brancas, calça preta e botas, entrou no banheiro e foi lavar as mãos, parando bem ao lado de Lion.

– King.

– Tigrão.

– Esse calor está de matar, não está?

– É verdade. Ainda mais vestido desse jeito.

Lion estava com os olhos azuis cravados no espelho, observando seu próprio reflexo, úmido e pingando de água.

– Está tudo bem? – Nick perguntou, pelo reflexo do espelho, referindo-se à missão.

– Está. Falta pouco para a final, não é?

Eles ainda não tinham conseguido se falar. Thelma manteve Nick bem ocupado. De qualquer forma, naquela madrugada, eles esperavam poder se encontrar no hotel ou nos arredores para conversar sobre os avanços do caso Amos e Masmorras.

Nick parecia cansado e preocupado com alguma coisa. Fazia tempo que Lion não via o amigo assim, tão cabisbaixo. A última vez havia sido há um ano, quando Nick se envolveu em um incidente inacreditável. Lion, com certeza, não tinha mais tocado no assunto com o amigo, pois entendia que Nick ainda estava atordoado pelas lembranças.

— Posso te fazer uma pergunta indiscreta, Tigrão?

— Você vai perguntar de qualquer jeito.

— Então tá. Por que você eliminou a Sophiestication? Por que a necessidade de jogar como casal com a Thelma? A outra submissa te incomodava tanto assim?

Os olhos cor de âmbar de Nick desafiaram o agente Romano através do espelho.

— O que foi feito, está feito. Eu tenho muitos ciúmes das minhas amas e preciso que elas me deem total atenção. Ela não pode ter distrações, e eu gosto de monopolizar.

Lion apertou os olhos e, mesmo achando que a resposta estava longe de ser boa, decidiu não incomodar mais. "Ela não pode ter distrações", que resposta interessante.

— Você sabe algo sobre a Lady Nala? — perguntou o submisso loiro.

— Só que o Markus vai me trazer ela de volta, aqui no La Plancha del Mar.

— Você acha que ele jogou com ela?

— Espero que não, ou eu vou ficar muito bravo — ameaçou entre os dentes.

– É uma possibilidade. Você tem que estar preparado para qualquer coisa.

– Como o quê?

Nick enxugou o rosto com uma toalha de papel e deu meia-volta para sair do banheiro.

– Sem contrato, sem *edgeplay* estabelecido como casal e como submissa, sem nadinha de nada… – ele enumerou, enquanto andava para a saída. – Só a palavra de segurança poderia salvar a Nala. Se ela não usou a palavra em nenhum momento, Markus pode ter conforme sua vontade com ela. Esse amo tem desejos insaciáveis. Todo mundo está apostando que Lady Nala caiu na rede dele.

– Você está sabendo de alguma coisa que eu não saiba? – perguntou Lion, interessado.

Naquela tarde, a equipe de monitoramento havia informado os dados pessoais de Markus: naturalizado norte-americano, vinha de uma família de Moscou e trabalhava na bolsa de valores. No tempo livre, era amo e também cobrava por isso. Treinava as submissas para prepará-las para jogos coletivos.

– Nada de mais – Nick confessou. – Mas é o que se imagina com a reputação dele. Além do mais, estamos no Dragões e Masmorras DS, o nome dele é Markus e ele é um Amo do Calabouço. – Levantou a mão e se despediu. – Se isso não te preocupa, então eu não sei o que é que vai preocupar. Você não precisa de mais nada pra saber que ele é capaz de qualquer coisa. Esperamos vocês na nossa mesa. Eles vão começar a servir a comida e eu estou com fome.

Lion concordou e terminou de secar o rosto. Puxou uma toalha de papel do suporte, seguiu Nick e completou num murmúrio:

– Que seja… Mas eu também sou capaz de qualquer coisa.

Quando chegaram à mesa, Lion ficou paralisado ao se encontrar com uma pessoa que ele não esperava ver naquela noite.

Mistress Pain foi cumprimentá-lo graciosamente, vestida de donzela e olhando-o faminta.

– Pain? – Lion sentou-se ao lado dela, incomodado com sua presença. Eles não puderam se despedir quando Cleo a eliminou, e sua saída do torneio tinha sido muito rude e nada cerimoniosa. – O que você está fazendo aqui?

Claudia deu de ombros e o pegou pelo braço, grudando seus seios volumosos no bíceps dele. O vestido que ela estava usando, branco e vermelho, não era nada comportado, e os seios estavam quase pulando para fora do corpete.

Seus olhos pretos estavam devorando Lion.

– Bom, eu sou uma *mistress* importante, King. Você não se lembra?

– Claro que eu me lembro, *mistress*.

– Mesmo sem poder participar mais do torneio por causa das manipulações daquela ruiva idiota que você tem como parceira, os organizadores querem que eu continue participando dos eventos extraoficiais. Sou uma atração para o torneio, mais ou menos como a Sharon.

Lion sorriu com frieza. Ninguém se comparava à Sharon, e Claudia estava muito longe de chegar aos pés dela, por várias razões que ele não ia destacar.

Thelma revirou os olhos e Nick aproveitou para beber sua taça de vinho tinto; todos achavam a mesma coisa.

– E onde ela está? – Claudia perguntou, passando a mão pela nuca morena dele, esfregando com força seus cabelos curtos.

– Roubaram os objetos dela, e Markus, o Amo do Calabouço, a levou com ele – explicou Thelma, que estava usando uma fantasia de pirata e dois coques loiros no alto da cabeça. Ela preferia um estilo mais masculino, e sua máscara tinha lantejoulas brilhantes pretas e brancas.

– Ah. – Claudia analisou a reação de Lion e levantou uma sobrancelha preta e perfeitamente delineada. – Você se livrou dela rápido, hein? – Apoiou a bochecha no ombro dele e se esfregou como se fosse uma gata no cio.

– Na verdade, eu não queria que ela fosse, mas a Lady Nala não é nada dócil. – Ele baixou os olhos para repreender Claudia. – E ainda que ela tenha feito algo escandaloso com você, são as regras do jogo, Mistress Pain. Ela é uma garota muito competitiva e uma boa jogadora. – Ele estava defendendo Cleo.

Claudia levantou uma taça, despreocupada, e exclamou:

– Então um brinde à Lady Nala! E ao Markus. – Ela olhou de soslaio para Lion. – Se você acha que a Lady Nala vai sair intacta da estadia com ele, está muito enganado, amigo. Markus se aproveita de tudo o que se mexe.

Lion não brindou, ao contrário de Thelma e Nick.

O agente Romano estava cada vez mais convencido de que Nick estava tentando se embebedar para esquecer de tudo.

Em outra mesa, um pouco distante, os monstros começavam a animar os convidados. Prince não parava de olhar para Lion. O amo, vestido todo de preto, com o cabelo preso para trás, levantou sua taça e sorriu como se soubesse do calvário pelo qual Lion estava passando e parecia estar adorando.

Em outra, Sharon e suas discípulas aranhas, todas amas, estavam bebendo e brindando o que estava por vir naquela noite.

Mais para o fundo do salão tinha sido montada uma espécie de passarela, com certeza para algum espetáculo e, como era um ambiente muito grande, as mesas estavam organizadas de maneira a deixar um espaço livre no centro. Assim, os participantes podiam movimentar-se tranquilamente entre as mesas.

Em um lugar como aquele, todo mundo queria devorar todo mundo de alguma forma. A competitividade se apresentava em sua máxima potência, a honra e o orgulho serviam como base, mas se além disso houvessem rusgas antigas não resolvidas, o torneio acabava se tornando um maravilhoso, sexy, sensual e sádico campo de batalha.

Lion encheu sua taça de vinho e bebeu tudo com um gole só.

Caralho, ele tinha uma habilidade enorme de conseguir inimigos.

Depois do jantar, as pessoas estavam muito mais animadas graças aos efeitos de uma boa comida baseada em todo tipo de verduras e mariscos grelhados, e do rum Cajun Spice, que não deixou de passar por nenhuma das mesas.

Lion examinou a garrafa e leu o que estava escrito no rótulo. Era um rum que ele só tinha visto em Nova Orleans, mas, aparentemente, também era vendido nas Ilhas Virgens, certamente porque era a bebida dos piratas, e as ilhas haviam sido frequentadas e conquistadas por eles.

Os garçons retiraram as mesas e, aos poucos, deixaram o salão sem nada, exceto pelo bar, que era aberto e de livre acesso para todos.

Ele olhou para o relógio: já era meia-noite.

Quando será que Cleo ia aparecer? Ele deu outro gole no rum e esperou que a bebida de Nova Orleans apagasse as chamas da ansiedade.

Então, uma luz iluminou a passarela.

Música começou a sair dos alto-falantes, e a festa, a verdadeira festa do ambiente, começou. Todos comemoraram e ergueram suas espadas.

Naquele momento, Cleo apareceu vestida de alguma coisa entre pirata e libertina, com seu chapéu preto de lacinhos e penas vermelhas e seu vestido supercurto, predominantemente preto. As botas com salto plataforma a faziam parecer mais alta do que era.

A jovem ficou quieta no meio da passarela, permitindo que o holofote a iluminasse bem, mesmo que estivesse com a cabeça inclinada e os olhos verdes escondidos atrás de uma máscara preta, coberta pela aba do chapéu.

A letra de "Masquerade", da banda Backstreet Boys, acompanhava sua performance.

Lion abriu os olhos ao vê-la e ficou paralisado, com a garrafa de rum quase indo à boca. Seus pés ganharam vida própria dentro das botas e o aproximaram da passarela. Ele queria abraçá-la e tirá-la dali, certificar-se de que estava bem, de que Markus não tinha se aproveitado dela.

This seems so hypnotic, smoke and mirrors,
lights and magic, paper faces in gold.
There's soldier boys, beauty queen, everyone's a mystery.
It's got me losing control.

Parece tão hipnótico, fumaça e espelhos,
luzes e mágica, máscaras douradas.
Há soldados, lindas rainhas; todos são um mistério.
Isso me faz perder o controle.

Cleo atraiu a multidão como um ímã. Estava com uma corda nas mãos e começou a desfilar na passarela, rebolando no ritmo envolvente da música. Conforme ia andando, as submissas, amarradas por suas coleiras na corda que a agente puxava, iam entrando em cena, todas de quatro, com suas roupas de látex e máscaras como se Cleo as estivesse expondo em um concurso de beleza canina.

Era ela quem as mostrava para a multidão. Não se sentia muito bem com aquilo, porque sabia no que elas estavam metidas, sabia que estavam sendo drogadas e treinadas para estar ali. Mas, por outro lado, ela também sabia que estavam sendo preparadas por um membro do svr e que ele não deixaria que ninguém as machucasse. No entanto, Markus tinha que cumprir seu papel até o fim; assim como ela, Lion, Leslie, Nick...

Lion. Infiltrar-se significava se envolver, se comprometer. Fingir ser quem não era. Ainda que, muitas vezes, não desse para saber nem a sua real identidade.

Onde estava Lion?

Cleo levantou a aba de seu chapéu e procurou o alto agente do fbi no meio da multidão de piratas.

Nesse momento, Markus parou atrás de Lady Nala, colocou as mãos em sua cintura e foi dançando no mesmo ritmo, de um lado para o outro, rebolando.

It's a masquerade, a love parade.
So won't you stay and dance with me?
All through the night and day.
My masquerade, I need you, baby.
So stay with me tonight.

É um baile de máscaras, um desfile do amor.
Você não vai ficar e dançar comigo?
Durante a noite e o dia.
Meu baile de máscaras, eu preciso de você, pequena.
Então fica comigo esta noite.

O corsário Markus, sem camisa, com seu moicano e um tapa-olho podia não ser um pirata, mas era um mafioso punk quente e conquistador que levava ao delírio todas as fêmeas, com seu porte altivo e ao mesmo tempo sem-vergonha.

Os convidados aplaudiram e assoviaram, pedindo mais de seu espetáculo particular, torcendo para que cruzassem a linha entre o que era decente e o que era definitivamente perverso e sexual.

Lion acabou a garrafa de rum, imóvel e incomodado pelo espetáculo que Cleo e Markus estavam dando. Na verdade, eles não estavam fazendo nada, mas estavam fazendo tudo. Aquela maneira com que estavam dançando, se tocando, sorrindo e se provocando... O modo que Cleo tinha de olhar, tão sensual. Além de tudo, ela ainda não tinha soltado a corda que conduzia as submissas; nesse instante, todas estavam andando em círculos ao redor deles. Markus se esfregou contra as nádegas dela e envolveu as mãos de Cleo ao redor do seu pescoço, para que ela se pendurasse nele.

Burning, I'm burning, can't you see it in my eyes?
Wanna play in this game of disguise.

Ardendo, estou ardendo. Você não pode ver nos meus olhos?
Eu quero brincar desse jogo de disfarces.

Claudia parou atrás de Lion e ficou na ponta dos dedos para sussurrar em seu ouvido:

– E você ainda duvida que eles dormiram juntos? – Começou a rir. – Olha só a cara dela, como ela olha pra ele. Esses dois deram uma pelas suas costas. Estão cheirando a sexo. Bem que me disseram que viram o Markus, na casa dele em Peter Bay, comendo uma ruiva em pleno alpendre da casa.

Lion apertou os dentes, tentando não dar importância para as palavras venenosas daquela ama *switch*.

– Você está mentindo.

– E por que eu faria isso?

– Porque você está brava com ela.

– Claro que eu não gostei do que ela fez comigo. Mas você vai deixar zombarem de você, King? – Claudia continuou. – Eles estão te provocando. Todo mundo já viu como você teve que ceder hoje de manhã, e agora eles estão te fazendo passar vergonha... E olha só o que eu tenho aqui pra te provar que não estou mentindo. – Claudia mostrou o iPhone para ele. Havia uma foto de uma garota de pernas apertas, olhando para cima e com os cabelos ruivos caindo pelas costas. Não dava para identificar o rosto mas, atrás dela, tinha um cara com um moicano igual ao do Markus, com o rosto meio escondido atrás do pescoço da mulher, e uma das mãos enfiada entre suas pernas abertas e nuas.

Um músculo descontrolado saltou da mandíbula do Romano, que olhou para Claudia, estupefato.

– Eu te falei que não estava mentindo – repetiu a ama.

Cleo e Markus continuavam dançando, e então o russo deu uma volta nela e a colocou entre seus braços para afundar-lhe o rosto no pescoço e quase no decote dela.

Lion não estava aguentando mais. Cleo podia estar interpretando um papel, mas Claudia tinha razão. Ela parecia mais descansada, mais segura de si mesma, mais... tranquila. Por quê?

Será que Claudia estava certa? E a foto? Markus tinha uma casa em Peter Bay? Que porra eles tinham feito? A imagem era meio embaçada, não dava para ter certeza de que eram eles mesmo.

O que será que o Markus tinha feito com ela? Cleo não deveria ter ficado quieta como um móvel? Por que ela estava dançando com ele? Mesmo que tivesse ficado quieta na casa dele, o amo poderia transar com ela, se quisesse.

Merda, que sacanagem.

Prince, de repente, subiu no palco.

"Quando você acha que não dá pra piorar... piora", Lion pensou.

Cleo ficou tensa ao sentir outras mãos tocando sua cintura. Olhou por cima do ombro, para ver quem tinha entrado na dança, pensando que Lion tinha ido buscá-la, e se deparou com o belo rosto obscuro de Prince. O homem grudou nas costas dela e eles fizeram um sanduíche com Cleo enquanto ele oferecia uma garrafa de Cajun Spice.

"Bom, tudo bem. Vamos beber um pouco", pensou Cleo, para não fugir aterrorizada daqueles dois homens cheios de testosterona.

Lion apertou os punhos, sofrendo a cada passo e a cada movimento dos três, grudados perna com perna, quadril com quadril.

– Que a festa comece! – Sharon gritou de cima da mesa, rebolando e levantando os braços acima da cabeça, agitando seus cabelos loiros e animando todos os convidados para dançarem e a admirarem. Como não?

Alguns não estavam interessados em dançar; só queriam tirar as correntes das submissas e começar a jogar com elas.

Outros só queriam ficar olhando para Sharon. Mas a grande maioria começou a dançar depois da ordem.

Eles ocuparam a passarela e todo o salão, uns com mais desenvoltura do que outros, mas todos se mexendo e dançando, no fim das contas.

Cleo não estava achando tão ruim: ela gostava de dançar e ambos eram bons nisso, embora ela só quisesse dançar com uma pessoa.

Ela o procurou entre os chapéus, tapa-olhos e máscaras... Procurou o leão, o rei da selva.

E de repente o achou, com os cabelos arrepiados, impondo respeito e acompanhado de alguém que ela mesma havia eliminado: Mistress Pain.

Lion, percebendo que Cleo estava olhando para ele por cima do ombro de Markus, pegou Claudia pela mão e puxou-a para dançar.

Cleo não sabia como encarar o que estava vendo. A outra já estava fora do jogo, tinha sido eliminada da competição, então o que ela estava fazendo ali com as mãos em Lion?

Claudia não demorou nem dois segundos para colocar as mãos ao redor do pescoço dele e beijá-lo na boca.

Cleo ficou surpresa, confusa e alterada ao ver que o cretino do Lion nem tentou impedi-la. Ela estava em meio a uma performance para o torneio, por acaso ele não sabia? O que ele estava fazendo com a Claudia? Por que deixá-la encostar nele? Ele não tinha que deixar nada, porque não estava sendo obrigado a agir daquela maneira, ao contrário dela.

– Bebe e dança, Nala. Não fica olhando tanto – Prince falou com suavidade.

Cleo concordou, afetada, e começou a virar a garrafa de rum de uma vez, enquanto dançava no ritmo da música.

Lion olhou para Prince, lançando adagas azuis com os olhos.

Prince ficou ainda mais grudado nela. Cleo sabia que aquele jogo de provocações fazia parte do torneio.

Não se tratava disso? De ultrapassar os limites? Mesmo assim, Lion garantira não ser um amo que dividia sua submissa. Por que ele não subia no palco e a arrancava dali, mesmo que fosse à força? Por que não demonstrava que ela era importante para ele? Ao invés de estar feliz por vê-la, Lion estava se comportando como se ela não fosse nada para ele.

Lion apertou a bunda de Claudia e colocou a língua na boca dela.

Cleo não podia tirar os olhos dele. O agente a estava provocando mas estava indo longe demais, porque enquanto beijava Claudia, ele olhava para ela como se estivesse dizendo: "Você está vendo como eu estou bem?".

Cleo fechou os olhos para aguentar a incrível amargura que a estava tomando de dentro para fora como uma supernova. Apoiou a cabeça no peito de Prince, um pouco tonta por beber uma garrafa inteira de rum quase de uma vez só. Olhou para Lion através da máscara enquanto Prince a beijava na bochecha e ia deslizando os lábios para seu pescoço.

Markus analisou Cleo e viu que ela estava um pouco mais desinibida. Os Vilões iam assistir à festa pela televisão, havia câmeras no local. Cleo estava se comportando como deveria: sem medo, chamando a atenção. Estava fazendo aquilo porque queria que seu amo fosse atrás dela, mas o cara estava curtindo com a Mistress Pain e ignorando sua verdadeira companheira.

Isso não seria bom para a missão. Havia muita tensão ali.

Markus a beijou no canto dos lábios enquanto Prince a beijava nos ombros, fazendo-a dançar no mesmo ritmo, como ondas à deriva.

A música se infiltrou sob a pele de Cleo, ácida, com palavras repletas de verdade. O salão pulsava de desejo, pelo menos da parte dela. Pulsava com a vontade de voltar para Lion, e ele não fazia outra coisa que não fosse devorar os lábios de Claudia. Mas por quê? O que ele pretendia com isso? Ela queria Lion, queria que fosse ele dançando com ela.

O maldito estava agindo sem pensar. Sharon sabia disso; Claudia também. Quem não tinha nem ideia de como estava dançando era a Cleo. "É um baile de máscaras, um desfile do amor. Você não vai ficar e dançar comigo?", Cleo cantarolava mentalmente sem tirar os olhos de Lion.

Naquele momento, Sharon se aproximou e se juntou à dança de Claudia e Lion. Ótimo, outro trio, Cleo pensou amargamente. Por que a loira tinha que se meter em tudo? Não dava para ficar quietinha?

Mas Sharon não olhava para Lion enquanto encostava nele e ficou na ponta dos pés para lamber seu pescoço. Sharon, com seu vestido violeta e sua máscara preta, só tinha olhos para… Cleo levantou os olhos por cima dos ombros e deu de cara com Prince, que também estava olhando para Sharon.

"Mas o que está acontecendo aqui? Estamos todos usando uns aos outros?", ela pensou, confusa. Era como se fosse um duelo entre a Rainha das Aranhas e o Príncipe das Trevas.

Prince foi, pouco a pouco, deslizando as mãos pela barriga de Cleo.

Sharon fez a mesma coisa com Lion, mas estava descendo um pouco mais…

Lion parou de beijar Claudia e olhou para Sharon por cima do ombro.

– Sharon? – perguntou, surpreso.

Cleo e Prince, que estavam assistindo aos movimentos do outro trio, ficaram tensos ao mesmo tempo na passarela. "Ela não vai se atrever a…", pensaram em sincronia.

A mão de Prince, que estava disposto a provocar uma briga, repousou na altura do peito esquerdo da Cleo, que se assustou com o contato. No mesmo momento, Sharon pegava em cheio nas partes do Lion.

Todos sabiam o que estavam fazendo.

Cleo imaginou que, se ela não parasse o que poderia acontecer naquela noite, não ia mais ter volta. Ela não queria dormir com Prince e nem com Markus. Não queria estar com eles. Seu corpo era seu, e só Lion poderia cuidar dela. Não ia se sentir confortável com mais ninguém.

Lion continuava quieto enquanto Claudia sorria para Sharon e ao mesmo tempo mordia levemente o pescoço do Lion; enquanto isso, a loira esfregava a ereção dele entre os dedos.

As duas amas olharam para Cleo com malícia.

E ela não aguentou. Não estava acostumada àqueles jogos, e não queria ir além disso. As pessoas eram livres para fazer o que quisessem, para dormir com quem desse na telha, ou com vinte ao mesmo tempo, se fosse isso que as deixasse felizes ou satisfeitas; mas ela duvidava que, se fizesse isso também, pudesse acordar feliz consigo mesma no dia seguinte.

Por isso, Cleo afastou Markus, que estava esfregando as partes dele contra a sua coxa, e tirou as mãos do Prince de seu corpo. Com uma expressão desafiadora e asco da situação, ela levantou o chapéu e cumprimentou Lion de forma depreciativa. "Pode aproveitar, cretino. Pra mim já chega."

Lion também a cumprimentou, desinteressado. Pegou a mão da Claudia, puxando também a de Sharon, e perguntou para a Rainha:

— Você vem?

— Com você, King? Pra onde? — ela perguntou surpresa, mas sem perder a típica sedução.

Lion não respondeu. Só olhou fixamente para ela, imobilizando-a com seus olhos azuis consumidos pela raiva e pelos ciúmes. Precisava explicar?

Não. Não era preciso dar mais detalhes… A loira deu uma olhada para a passarela. Prince estava bebendo rum e levantando sua garrafa, cumprimentando-a com um gesto sem apetite.

Sharon pestanejou e, sorrindo friamente, pegou a mão que Lion oferecia para saírem os três da festa.

Cleo, desolada e um pouco zonza por causa do álcool, desceu da passarela com os olhos verdes cheios de lágrimas, pegou outra garrafa de rum no bar e saiu tropeçando, escutando as últimas palavras da música: "*Masquerade. Masquerade*".

Lion tinha saído com duas mulheres… Com duas inimigas: Sharon e Claudia. E ela não era tão estúpida para não saber o que os três iam fazer juntos… Não teria nada a ver com jogar Twister. Eles iam se tocar, iam se beijar… e ele ia deixar. Essa era a força das coisas que Lion sentia por ela. Ou seja: merda nenhuma.

Cleo tirou o chapéu, sentindo a garganta dolorida pelas lágrimas não derramadas, e cruzou o salão até chegar à varanda.

– Ar, ar… Preciso respirar. – O rum estava delicioso, tinha aquele gosto picante e especial que a levava de volta para Nova Orleans. Mas ela estava começando a sentir uns efeitos muito diferentes… Estava com a pele e com os lábios formigando, sentindo a barriga arder. – Que estranho… – murmurou, colocando a mão naquela região.

Saint John vivia alheia à festa de piratas do La Plancha del Mar. Distante dali, os barcos iam e vinham e a música caribenha flutuava da praia até a sacada. Ela se apoiou no parapeito de madeira e fez pouco caso dos casais que estavam dando uns amassos nos cantos do jardim.

Levantou a máscara para usá-la como uma tiara, segurando seus cabelos ruivos, e engoliu o choro.

– Estúpida. Tonta – ela dizia para si mesma, sem deixar de beber da garrafa. – O que você achou que aconteceria? – sussurrou com o coração encolhido.

Se Cleo tinha alguma dúvida sobre o que sentia por Lion, naquela noite havia sido definitivamente apagada. Estava apaixonada por ele: o amava. E não aceitava a ideia de que outras mulheres pudessem tocá-lo. Se já ficava nervosa só de pensar nas mulheres que ele havia dominado no passado... Vê-lo assim, ao vivo, beijando outras bocas e aproveitando os carinhos descarados, havia destroçado Cleo.

E aquele porco estava fazendo de propósito, como se a estivesse castigando por algo. Por quê? Por dançar com Markus? O que ele achava que ela havia feito com ele? Lion estaria agindo assim por rancor ou porque era mesmo frio e sem escrúpulos? Além de tudo, ele tinha deixado o local com duas mulheres, na frente de todo mundo, fazendo-a passar por ridícula. Quem acreditaria que ela era tão boa em suas práticas se Lion a trocava por outras mulheres?

Dentro do restaurante, Cleo sabia que Markus estaria jogando com Leslie, e que ela estava de cabeça para baixo no colo dele. Ele iria fazer um belo *spanking*.

– Eu falei que você ia se machucar.

Ela já conhecia aquela voz educada e aristocrática. Era Prince.

– Eu falei que ele não tem respeito por nada nem por ninguém – relembrou o lindo amo.

– É estranho vocês se darem tão mal se já foram bons amigos – Cleo murmurou secando as lágrimas dissimuladamente. – King também tem uma má impressão de você.

– Sim. Ele nega tudo. E com certeza hoje ele também vai negar que está fazendo um *ménage* com a Mistress Pain e com a Sha... a Rainha das Aranhas. E você vai acreditar?

Cleo deu de ombros. No que ela ia acreditar? Não estava acreditando mais em nada nem em ninguém. Achava que podia confiar em Lion, nas palavras dele, no que tinha acontecido na noite anterior... Mas não era assim. Passou os dedos pela tatuagem, a peça de quebra-cabeça. Estava cicatrizando muito bem e ela não estava mais com o plástico, mas precisava de outra limpeza e de mais creme cicatrizante.

– O que a Mistress Pain estava fazendo aqui? Eu a eliminei.

– Aparentemente, a organização e os Vilões solicitaram a presença dela nos jantares e nos eventos extraoficiais do torneio. Eles gostam dela. A Claudia é uma atração para eles.

– A Claudia é uma idiota egoísta e fria, e eu não entendo como o Lion pôde sair daqui com ela...

– Lion gosta desses tipos. – Prince se apoiou no parapeito até que os ombros dos dois se tocassem. – Por isso você não combina nada com ele.

Cleo sorriu com amargura.

– Eu também não combino nada com você. Você é um monstro.

– É só um papel. – Prince se virou para olhar nos olhos dela. Tirou uma mecha de cabelo ruivo da frente de seu rosto e fez um carinho suave. – Eu não sou tão malvado.

Cleo olhou para a mão dele, assombrada. Prince não desistia mesmo. A lua iluminava sua expressão bem esculpida e seus olhos pretos clamavam por um pouco de carinho e de amor correspondido.

Sua imagem, bem como tudo o que ele exalava, era arrebatadora, e com certeza milhares de mulheres estariam dispostas a se entregar para ele. Milhares de mulheres livres.

Mas Cleo não tinha nada para oferecer. E menos ainda sabendo que Prince estava fazendo aquilo por vingança: porque queria devolver para Lion algum sofrimento do passado. Ela nunca estaria disposta a jogar dessa forma suja.

Queria Lion.

Cleo prestou atenção na chave que o Príncipe tinha tatuada no interior do pulso.

E aquilo a lembrou de ter visto uma tatuagem com simbologia parecida no pulso da Rainha das Aranhas. Olhou nos olhos de Prince e depois analisou de novo a tatuagem. Aquelas eram as marcas simbólicas de um casal.

Sharon tinha um cadeado em forma de coração e Prince tinha uma chave.

Ah, não. Seria possível que...?

Ela abriu os olhos e levou a mão aos lábios, estupefata.

— É a Sharon.

Prince apertou os lábios e deu um passo para trás, se afastando da conversa e das lembranças. Decidiu deixá-la sozinha.

— Boa noite, Lady Nala.

— Não, espera. — Cleo o pegou pelo cotovelo e o impediu de entrar. — Espera, Prince. É ela, não é?

— Do que você está falando? — ele respondeu, seco.

— A mulher que te faz tão mal. A mulher que você acha que te traiu. É a Sharon.

Prince riu sem vontade.

– Eu não acho. Eu tenho certeza. – Abriu os braços, exasperado. – Com quem a Sharon saiu daqui hoje?

Cleo abriu e fechou a boca como um peixe.

– Você não tem argumentos para provar o contrário – ele adicionou. – E não é a primeira vez que eles dormem juntos.

– King tem outra opinião com relação a esse dia. Ele disse que você olhou, mas não viu a realidade. Que seus olhos te fizeram acreditar em algo que não aconteceu. E que você errou.

Ele deu um passo à frente e a encurralou contra o parapeito de madeira.

– Claro. E o King vai se atrever a dizer que nessa noite os meus olhos imaginaram tudo? Ele vai se atrever a te falar isso? Não sei que tipo de relação vocês dois têm, mas ele veio para o torneio com uma outra parceira que não era você. E depois que você a eliminou, nessa noite Lion saiu da festa com a mesma mulher e com a minha... e com a Rainha das Aranhas. Por que acha que ele fez isso? – Prince perguntou com ódio.

Ela não sabia. Não sabia por que Lion tinha se comportado daquela forma. Não tinha resposta para isso, exceto pensar que ela não importava para ele tanto quanto ele importava para ela.

– Eu... não sei.

Prince suavizou a expressão, se inclinou sobre ela e falou com ternura.

– Você é um filhote de leoa apaixonada pelo Rei Leão. Mas o rei tem dentes autênticos e afiados, enquanto você tem dentes de leite. – Erguendo-se de novo, ele pegou a mão dela e a beijou sobre sua recente tatuagem. – Boa noite, princesa.

– Não sou um filhote.

– Como você quiser, linda.

Cleo virou as costas para ele. Não queria continuar conversando. Não queria continuar ali. Só queria ir para o hotel, dormir e esperar que o torneio prosseguisse.

A agente tinha que ser profissional e contar para Lion tudo sobre Markus e Leslie.

Mas... e se fosse para o quarto do hotel e encontrasse os três na cama?

Ficou com azia só de imaginar a cena. Se isso acontecesse, teria que agir naturalmente.

Lion não gostava dela e ponto final. No entanto, Cleo tinha assuntos a tratar com ele, e eram muito urgentes.

– Lady Nala?

Cleo se virou e viu Nick. Deus, ela precisava falar com ele e, além disso, precisava de um quadriciclo para ir ao hotel onde eles agora estavam hospedados.

– Oi, Tigrão.

– Como você está? – ele perguntou preocupado, bebendo rum e parando do lado dela. Os dois ficaram apreciando o horizonte paradisíaco noturno. – Olha, estou achando que esse rum está... alterado. Você não está um pouco... desinibida?

– Bom, eu estou um pouco enjoada, eu acho... – Mas sentia o calor entre as pernas e a sensação de que qualquer contato a deixaria alerta se instaurara.

– Markus fez alguma coisa com você? Você transou com ele?

Cleo virou os olhos e negou com a cabeça. Nick, sempre tão direto...

– Não.

– Não foi isso que a Mistress Pain falou para o Lion.

Cleo franziu a testa e virou o rosto para ele.

– Como?

– Eu vi a Claudia falando um monte pro King, dizendo que te viram em Peter Bay com ele, Markus, no alpendre da casa dele.

– Isso é mentira! Eu não fiz nada!

– E... – Nick continuou franzindo as duas sobrancelhas loiras – ...mostrou uma foto pra ele, supostamente com você e o Markus em uma posição bem comprometedora.

– Mas como assim? – Cleo sussurrou entre os dentes. – Markus me deixou sob privação sensorial durante todo o tempo. Eu não via nada e ficava com o rosto coberto. Eu fiz o papel de mesa, Tigrão... Só de mesa. – Como ela podia dizer que tinha descoberto detalhes muito importantes para o caso Amos e Masmorras? – De onde ela tirou essa ideia maluca? Deve ser uma montagem, Tigrão – ela assegurou apertando o próprio nariz. – Eu estou com dor de cabeça. Quero ir para o hotel. Você pode me levar, por favor?

Nick procurou Thelma com o olhar. Ela estava muito entretida jogando com as submissas que Markus e Cleo tinham levado para a festa. Se ele saísse, não ia acontecer nada; principalmente levando em conta a natureza daquela relação recém-estruturada.

Ele pegou Cleo pela mão e a levou embora da varanda e do restaurante. Cleo fechou os olhos e deixou que o vento refrescasse seu rosto. Nick estava dirigindo o quadriciclo de dois lugares para o Westin Saint John enquanto ela olhava para a garrafa de rum Cajun Spice com uma curiosidade crescente.

Era incrível que aquele rum de Nova Orleans tivesse chegado até ali. O pior era saber quem era o dono da destilaria. Tal pensamento fez com que voltassem o frio, o medo e o maldito nó no estômago.

Mas estava tudo bem. Ela estava bem e os pais do Billy Bob, donos da destilaria Louisiana Cajun Rum, produtora daquela bebida tão popular, não tinham culpa de ter um filho que mais parecia um enviado do diabo.

Fazendo um esforço para se livrar da lembrança de Billy Bob, ela se concentrou em Nick.

Cleo não podia falar nada do ocorrido com Markus para o Nick porque os quadriciclos contavam com câmeras que televisionavam tudo para os Vilões, e no La Plancha del Mar ela também não pôde falar pelo mesmo motivo. Nessa noite os Vilões não estiveram presentes; no entanto, eles viam tudo.

– Por que a Mistress Pain fez isso? – Cleo perguntou com a máscara sobre a cabeça, puxando-a com raiva. Havia enroscado nos cabelos. – Tirando o fato de ela ser uma vadia, claro.

– Porque ela sabia o que isso ia causar no King – respondeu. – Basta ser um pouco observador pra perceber que ele não olha pra você de um jeito qualquer, Lady Nala. – Mesmo que, na verdade, ele estivesse falando com a Cleo. – Ela sabia que ia ofendê-lo e que isso provocaria uma reação nele. E assim o foi. – Deu de ombros e virou-se para a direita. – Ela queria se vingar.

Sim, era uma excelente explicação. Na qual Cleo queria acreditar.

– Olha… – Cleo olhou por debaixo dos cílios. – Eu posso saber por que você eliminou a Louise do torneio? Como você pôde eliminar um membro da sua própria equipe?

– Três é demais – respondeu Nick.

Ela ficou quieta e permaneceu com o olhar fixo na estrada. Sim, claro que três era demais: Lion, Sharon e Claudia, um espetáculo digno de se ver; sem um pingo de coração, mas com muita atração carnal. Eram quase os três anjos caídos do sexo.

— Você era apaixonado pela sua mulher, Nick? — ela questionou sem medir as consequências da sua curiosidade. Por que havia perguntado aquilo?

O loiro apertou o guidão com os dedos e desenhou uma fina linha com os lábios. Não era o lugar para falar sobre o assunto, mas ele não pôde resistir e respondeu:

— Eu ainda sou apaixonado por ela.

— Ah… E estando apaixonado por ela, se vocês ainda estivessem juntos, você seria capaz de fazer um *ménage* sem que nenhuma das duas fosse ela?

— Não. Nunca. Ela… era mais do que o suficiente.

Aquele homem tinha sido tocado e marcado pelo amor e pela rejeição de quem não foi amado com a mesma intensidade.

— Por que vocês não estão mais juntos?

— Porque às vezes as coisas terminam por outros motivos que não têm nada a ver com o amor.

— Tudo tem a ver com o amor.

— Pois pra mim não adiantou nada amá-la com todo o meu coração — ele respondeu triste. — Algumas coisas se quebram de forma inesperada, e mesmo que você tente juntar os cacos, não ficam mais do mesmo jeito.

— Você tentou?

— Ela não deixou.

Cleo levantou o olhar para a noite estrelada e lamentou que aquele agente lindo e melancólico tivesse que sofrer por um amor não correspondido.

– Por que ela não deixou?

– Ela me impôs um mandado de afastamento – ele respondeu sem dar importância.

Cleo pestanejou, confusa. Onde ela havia ouvido aquilo antes? Ah, sim. No voo de Nova Orleans para Washington. O que essas mulheres tinham com os mandados de afastamento? Se elas não quisessem mais ver os ex-maridos, que fossem para outro país! Ela voltou a se sentir enjoada. Estava sentindo o coração trabalhar além do normal e precisava se mexer. Sair dali, descer do quadriciclo...

– Eu acho que, se ainda houver amor – sussurrou com um sorriso de autocondescendência –, tudo pode se resolver.

– Você é uma romântica.

– Pode ser... Olha como eu estou – murmurou suspirando e rindo de si mesma. Estava sofrendo por amor. Por um homem que, em vez de falar com ela, preferia se vingar.

– Já estamos chegando – Nick anunciou. – Essa ilha é muito pequena.

Cleo ainda não tinha visto o complexo hoteleiro e ficou pasma diante da suntuosidade.

Mesmo sem poder aproveitar muito, já que aquela cena do Lion já tinha estragado a noite.

A jovem mostrou a pulseira amarela com os dados de identificação biométrica e o recepcionista indicou qual era seu quarto.

Estava decidida a tirar as duas mulheres da cama de Lion. Não era tão fria para permanecer impassível enquanto o homem que ela amava, que era completamente cego e lerdo, passava-a para trás na frente de todos.

Nem pensar.

11

As verdadeiras submissas têm personalidade
e de vez em quando ficam bravas.

GREAT CRUZ BAY.
WESTIN SAINT JOHN

Lion sabia que não podia fazer certas coisas. Como, por exemplo, se livrar da Claudia e da Sharon alegando não estar muito bem, indicando-lhes que voltassem aos seus quartos. Claudia ainda não tinha se retirado e continuava sentada na cama ao lado da Rainha das Aranhas, que o Lion nunca tinha visto tão contrariada.

Sharon parecia perdida e destemperada. Algo estranho para ela. Ainda que o Lion soubesse o porquê de ela estar assim, e não podia se enganar por mais que o tempo tivesse passado.

A verdade é que ele não estava bem mesmo. Estava com a cabeça um pouco confusa e sentindo um leve enjoo que só podia atribuir ao consumo de algum tipo de droga. O que o levou a pensar que os organizadores poderiam ter batizado a bebida ou colocado alguma coisa na comida durante o jantar, para que eles ficassem mais desinibidos.

Ele entrou correndo no banheiro e encheu um potinho com urina para entregar à equipe secreta do FBI.

Estava sentado no vaso sanitário. Ele tinha pegado o telefone da Claudia, sem que ela se desse conta, e estava olhando novamente a imagem que a tal pessoa misteriosa havia enviado para a *mistress*.

Já sabia que não era a Cleo, porque ela tinha uma tatuagem de camaleão no interior da coxa e a garota da foto, com as pernas completamente abertas, não tinha nenhuma marquinha em sua pele alva. Mesmo que não tivesse gostado nada do showzinho que ela deu com Prince e Markus, Lion reconheceu que acreditava na inocência dela e que sabia que ela devia agir daquela forma pelas exigências do papel.

O cara da foto até que se parecia mais com o Markus, mas as tatuagens, ainda que dessem para enganar, não eram de verdade. Portanto, não era o Markus. Quem quis criar toda aquela discórdia? Por quê? Por que alguém teria o trabalho de elaborar aquela montagem apenas para desestabilizá-los? E por que eles o fizeram usando a Claudia? Curiosamente, Claudia tinha sido eliminada do torneio, mas naquela noite estava no La Plancha del Mar, junto de todos os outros, assegurando que os organizadores a desejariam nos eventos extraoficiais.

Lion anotou na agenda o número do telefone que tinha enviado a imagem para ela. Queria descobrir quem era o palhaço que queria brincar com ele daquela forma.

Ele lavou o rosto e saiu do banheiro.

Claudia ergueu o rosto e tirou a máscara preta. Fazendo movimentos meticulosos, ela levou as mãos aos laços do corpete no peito.

– Mistress Pain, eu já te falei que não estou me sentindo muito bem – Lion repetiu se apoiando na parede.

– A gente vai fazer você se sentir muito melhor, não é, Sharon?

A Rainha parecia estar em um debate consigo mesma, e depois de pensar na resposta, se levantou sem um pingo de alma nos olhos cor de caramelo. Também tirou a máscara.

Lion franziu uma sobrancelha preta e negou com a cabeça.

Sharon não queria dormir com ele. Depois de tanto tempo sem fazer sexo, sem deixar ninguém tocá-la, não seria com ele. Elas eram duas mulheres muito bonitas e diferentes e estavam dispostas a transar loucamente. Em outros tempos, Lion teria aceitado; sexo era sexo, não? Mas depois de reivindicar a Cleo, sabendo da força da paixão por ela, nem a Mistress Pain e nem a Rainha das Aranhas conseguiriam competir com a leoa ruiva de olhos verdes.

– Vocês têm que ir – Lion pediu educadamente, acompanhando-as até a saída. – É sério, eu estou enjoado.

– Eu não vou pra lugar nenhum – Claudia respondeu colocando as mãos em seu voluptuoso quadril, cravando os calcanhares no carpete. Sorriu como se fosse a Rainha de Sabá. – Eu vim aqui para comer, King, e você vai ter que me alimentar.

Lion sorriu diante da postura dela. Em outros tempos, uma mulher que falasse assim era considerada um escândalo, mas Claudia estava na contramão de tudo e sempre se valorizava muito. Ela não aceitava um não como resposta.

– Eu vou indo – Sharon respondeu, irreconhecível. – Nem sei o que estou fazendo aqui.

Lion concordou com a cabeça, agradecido pela colaboração. Ela continuava sendo sua amiga, mesmo tendo estado muito apaixonada e, com certeza, a loira sabia o que estava em jogo na decisão dele de se esquivar e entendia o porquê de ele não querer ficar com elas. Sharon ia compreender.

– O que está acontecendo com a Rainha das Aranhas? É tudo só uma fachada, pequena? – Claudia olhou para ela de canto de olho.

Sharon não gostava de ser menosprezada, então sorriu com indiferença e disse:

– Você não quer ver o quando a minha superioridade não é fachada, Pain – assegurou com um tom frio e um rosto sombrio, colocando-se a um palmo do rosto dela. – Ou quer? – Aproximou-se de forma ameaçadora. – Eu nunca joguei com você. Quer ver até onde eu sou capaz de chegar, *switch*?

– Claro – Claudia respondeu com desejo. – Por que a gente não começa e esquenta o leão para que ele saia da toca e ruja, ao invés de se comportar como um gatinho assustado? – Claudia passou os dedos pela bochecha da loira. – Eu quero cair na sua teia de aranha, Rainha.

Sharon franziu a testa e fez um gesto de desdém com os lábios.

– Você não me interessa.

Com essas palavras, paralisando-a, Sharon deu meia-volta e abriu a porta da suíte.

Mas deu de cara com Cleo quase colocando o cartão para abrir a porta da suíte, o quarto que ela ia dividir com Lion e que estava ocupado por duas mulheres.

Sharon não soube o que dizer quando encontrou nos olhos esmeralda de Cleo a mesma incredulidade e a mesma dor que ela havia experimentado anos antes. Mas na época eram olhos escuros que a julgavam e a maltratavam, e não os verdes de Lady Nala.

– Fora daqui – ordenou a ruiva com voz trêmula.

– Eu já estava de saída.

Sharon passou do lado dela, sem nem encostar. Cleo nem se mexeu da frente do batente da porta.

– No fim das contas... – Cleo não queria deixar barato. Aquela mulher tinha tentado machucá-la desde o princípio, e Cleo tinha o direito de revidar – ...vou acreditar na versão do Prince.

Sharon recolocou a máscara para cobrir seus olhos caramelo, que não haviam encarado bem a acusação e estavam se enchendo de lágrimas.

– Não fale do que não sabe – ela ordenou sem olhar para trás, afastando-se dali.

– Não se meta na cama dos outros – Cleo respondeu entrando no quarto e batendo a porta.

Nick tinha ido para sua suíte porque não queria estar presente quando começasse a tempestade, e isso a deixava em inferioridade de condições com Claudia e Lion, que estavam muito separados um do outro. Eles ficariam surpresos com o descaramento dela.

– A Sharon foi embora – ela observou apoiando-se na parede da entrada. – Eu sirvo pra vocês?

Claudia abriu os olhos, pasma, e começou a rir.

Mas para Lion aquilo não tinha graça nenhuma. Cleo estava diante dele, com uma garrafa de rum na mão, vestida de mulher pirata totalmente relaxada, da mesma forma que estaria uma gata selvagem escondida atrás de uma moita, pronta para dar o bote em sua presa, mas esperando o momento certo.

Ela olhou diretamente para ele, sem demonstrar nem um pingo de despeito ou de dor, medindo-o de cima a baixo, como se ele não fosse nada, ou fosse menos do que nada. Meu Deus, os olhares de Cleo desarmavam qualquer um... E, depois, ela analisou o corpete desamarrado de Claudia e a forma com que os mamilos estavam completamente à mostra acima da peça.

— Você quer fazer um *ménage*? — Mistress Pain perguntou para Cleo.

— Eu não quero. — Lion cruzou os braços.

"Como não? Lion e sua delicadeza", pensou Cleo.

Cleo andou até a cama, deixou a garrafa de rum em cima do criado-mudo, subiu no colchão coberto com um lençol marrom e branco e ficou de joelhos. Se Lion pensava que ia dormir com outras mesmo estando com ela, é porque não a conhecia muito bem. E se, além de tudo, o cretino achava que ela havia dormido com Markus, ele não só não a conhecia como também tinha uma péssima imagem de sua pessoa. Brava, ela jogou os travesseiros macios no chão, para ter mais espaço na cama.

Estava no meio de um caso, com um homem pelo qual, havia descoberto recentemente, estava apaixonada. E sim, ela havia caído esplendorosamente nas garras dele. E não se envergonhava disso.

Mas o caso era mais importante do que qualquer coisa e ela não ia deixar que outras pessoas a atrapalhassem. Ela não tinha motivo para ter tanto desgosto gratuitamente; a tensão do torneio já era estresse o suficiente para ela ficar aguentando as travessuras do Lion com suas ex-amantes.

Cleo, descaradamente, levantou a saia e mostrou a calcinha vermelha, que podia ser vista por dentro da meia-calça arrastão, rebolando de um lado para o outro.

— Qual dos dois vai ser o corajoso pirata a tirar a minha calcinha?

— Eu já falei que não quero um *ménage*. — Lion se aproximou da cama com uma expressão dura e severa.

— Já deu pra perceber que você vai ter que ir embora, gata — Claudia garantiu com um sorriso de orelha a orelha.

Cleo não piscou uma vez sequer enquanto olhava nos olhos de Lion. Ele lambeu os lábios, se alimentando dos olhos da ruiva.

— Você quer que eu... vá embora, King? — Cleo precisava tirar a dúvida. Ele queria ficar com ela? Ou preferia as outras?

— Vai logo, Nala — Claudia ordenou.

— Quem tem que ir embora é você, Claudia. — Lion não prestou atenção na ama enquanto pronunciava aquelas palavras.

Cleo engoliu saliva e aos poucos foi baixando a saia, voltando a cobrir sua roupa de baixo. Lion estava recusando a Mistress Pain.

— Por que eu? Eu estava aqui primeiro! — ela exclamou parecendo uma criança de dez anos.

O que quer que o Lion tivesse visto em Claudia alguns anos antes, ele já não via mais. Com certeza porque a personalidade de Cleo apagava todas as outras e transformava mulheres como a Claudia em simples distrações.

— Eu já te disse antes: não quero dormir com você. A Sharon teve a boa educação de sair quando eu pedi, e você deveria fazer o mesmo. Não seja deselegante e vá embora.

A morena decidiu que, se fosse mesmo embora, tinha que sair pela porta da frente, não ia levar desaforo para casa e nem permitir que a ruiva fosse a vencedora assim tão fácil.

— Não adianta fingir agora, King. — Claudia pegou sua bolsa e andou até a porta da suíte. — Antes de ela chegar, você já tinha dormido com nós duas. — Ela piscou um olho para Cleo e saiu por onde tinha entrado.

A respiração de Cleo se acelerou e ela apertou os punhos para não se jogar como uma gata em Lion e arranhar aquele belo rosto, como queria ter feito.

Ele colocou as mãos na cintura e a examinou com impaciência.

– Você dormiu com elas? – Cleo perguntou, impassível diante da análise dele, mas agitada por causa da última frase da malvada *switch*.

Lion franziu as sobrancelhas e seus olhos a advertiram do perigo de seguir aquele caminho.

– Ia acontecer alguma coisa se eu tivesse dormido?

– Lion, não… Agora não. – Ela só queria uma resposta para tentar acreditar nele. – Responde, por favor.

– Por que eu deveria te obedecer? Você não me deu a menor bola quando eu falei que o jogo estava acabado pra nós. Preferiu continuar e ir com um amo que você não conhecia para ficar em perigo e fazer parte do mobiliário da casa dele. Não teve nenhuma consideração com a minha preocupação. Pra você tanto faz se eu fiquei aqui nervoso ou não por sua causa, Lady Nala.

Cleo levantou a mão para que ele parasse e fechou os olhos, dispondo de uma paciência que ela não tinha. Eles não podiam conversar ali, no hotel reservado pela organização do torneio.

– Coloca um biquíni. Vamos pra praia. – Lion, que havia entendido o gesto, também tinha lido a mente dela. Eles tinham que sair dali.

Cleo fuçou em sua mala, a que Lion tinha deixado no armário esperando que ela chegasse e escolheu um biquíni preto pequeno, sem se importar se ficaria seminua. Qual era a diferença?! O agente vestiu uma sunga grande e folgada, azul-escura, enquanto olhava fixamente para ela e não perdia nem um centímetro da nudez.

Sem falar mais nada, cada um pegou sua toalha e seu mau humor, e saíram da suíte.

A área de lazer do hotel ficava bem perto da praia. Depois de passar pela recepção e pela entrada, eles andaram pelas redes de balanço e pelas piscinas, através das pontes de madeira e das cabanas que abrigavam bares, e chegaram até a areia branca e fina do Caribe.

Ela precisava se molhar, nadar até chegar a um ponto de cansaço que não desse mais vontade de falar nada.

Mas, como ela se conhecia bem, sabia que ia acabar levantando a voz, incitando uma briga, uma discussão... Para descontar toda a raiva. E estava sentindo muita.

Cleo jogou os chinelos para trás e deixou a toalha cair de qualquer jeito para correr como um vendaval e dar um mergulho.

Lion fez a mesma coisa, mas antes que Cleo chegasse à água do mar com seus pés descalços, ele a levantou com um braço só e a colocou em cima do ombro.

– Deixa eu descer agora! Me solta!

– Não estou te ouvindo! Os móveis não falam! – ele exclamou, dando-lhe um tapa na bunda para depois jogá-la no mar.

Cleo afundou e saiu da água como uma sereia vingativa. Como o mar do Caribe só era fundo depois de uns cinquenta metros da praia, a água estava só até suas coxas.

Os cabelos vermelhos estavam grudados no rosto dela e seus olhos felinos faiscavam.

Um estava em pé na frente do outro, como autênticos pistoleiros.

Ela colocou os cabelos para trás, soltou um grunhido e se jogou em Lion com braços e pernas, furiosa com ele.

Lion não a percebeu vindo até que ela colocasse o ombro na barriga dele e o empurrasse para trás com toda a força que tinha, demais para uma garota tão pequena. Ele se desequilibrou e os dois caíram.

Embaixo d'água, Lion deu o troco e se levantou com ela nos braços. As costas de Cleo estavam grudadas no peito dele e seus braços apertavam a cintura dela.

– Me solta!

– Não!

– Você é um… *grghksjdhasdjal*! – Lion a afundou na água.

– Sou o quê? – Puxou-a de volta para que ela respirasse.

– Um porco comedor de mer… *rfsghdvsjhdgssdaaa*!

Lion começou a rir enquanto ela o chutava e tentava bater no rosto dele. Cleo não conseguia porque estava imobilizada.

– Fala direito, senhorita Nala.

– Um mentiroso do *cara… dljkncdkjfhdskfndksjfndsf*! – O maldito a colocou de volta na água.

– Vamos lavar essa boquinha com água e sal – murmurou enquanto a tirava novamente d'água.

Cleo ficou bem quieta, tomando ar, com os olhos fechados.

– Não briga comigo, mesinha. Eu estava torcendo pra você voltar pra eu te estrangular com as minhas próprias mãos, bruxa. Você faz ideia do quanto eu fiquei preocupado?! – grunhiu no ouvido dela sem deixar que ela pisasse no fundo. – Nunca mais faça mais isso comigo!

– Claro! Eu vi como você estava preocupado! Fazendo um *ménage*!

– Não!

– Eu vi com meus próprios olhos! – ela protestou, alterada. – Eu esperava que você fosse me buscar na passarela e, ao invés disso… A Claudia te mostra uma foto no telefone, e você acredita naquilo!

– Eu não acreditei, Cleo! – Ele foi caminhando com ela até que a água começou a cobri-los. Não havia embarcações ao redor, muito menos banhistas. Eram só eles dois, a lua imensa e as estrelas.

– Sim, você acreditou! – ela reafirmou com voz chorosa. – Por isso ficou dançando com ela e com a Sharon, e deixou que passassem a mão em você! E com certeza você dormiu com elas!

Lion a apertou contra seu peito, retendo-a entre seus braços.

– Eu não acreditei na foto, Cleo – ele reconheceu firme, mas com suavidade. – Me escuta, por favor… Antes de mais nada, você tem que entender que não pode se afastar de mim assim. Está ouvindo?

– Eu não sou nenhuma criança, Lion! E sou responsável e competente!

– E pra que isso serve? A responsabilidade e a sua idade não são importantes diante da violência daqueles sádicos, Cleo. Eu sou o agente encarregado e estava dando uma ordem para que você saísse do torneio. E você me desobedeceu… mais uma vez. Entende?

– E o que vai ser agora? Você vai me ameaçar de novo dizendo que vai falar com o Montgomery e com o Spur? Vai falar que eu não estou apta? Quer saber? Pra mim tanto faz! Depois do que eu descobri, por mim, vocês que se explodam!

– O quê? O que você descobriu? Tudo tem um limite, Cleo.

– Eu conheço bem os meus limites, senhor Romano. Confio neles; é você quem tem que confiar em mim.

Lion deixou sair o ar que ele estava prendendo nos pulmões e fez os dois entrarem juntos na água; eles já boiavam completamente e podiam nadar.

– Eu não posso nem imaginar você em perigo, Cleo.

Ela parou com os chutes e cessou seu ataque, ficando calma e imóvel ante o abraço dele. Aceitando suas palavras.

– Eu não dormi com o Markus – disse ela, levada pela preocupação dele. – Eu jamais faria isso… Seria impossível. Seria impossível pra mim fazer uma coisa do gênero.

– Não me desobedeça mais, Cleo. Esse torneio não é uma brincadeira, está ouvindo? – Afundou o nariz nos cabelos úmidos dela. – Fiquei o dia inteiro pensando que esse amo russo estava fazendo todo o tipo de safadeza com você e que você não conseguiria resistir. Eu odeio imaginar que outra pessoa esteja encostando em você.

– Eu teria usado a palavra de segurança.

– E se ele não se importasse com isso, tonta?

Ela tentou se soltar.

– Não me chama de tonta.

– E você aparece na festa, vestida daquele jeito, dançando e provocando os convidados… O que você acha que eu sou? Uma porra de um fantoche? Por que você não me respeita?

– Eu não fiz nada com essa intenção. Foi uma performance preparada pelo Markus.

– Eu não gostei. – Fechou os olhos e apoiou o queixo no ombro dela. – E depois apareceu o Prince. Já te falei o que aconteceu entre mim e ele… Por que você se insinua pra ele?

– Eu não me insinuo pra ele! E você ficou se insinuando pra Claudia. Que desgraça ela estava fazendo com você? Eu achei… Eu também não gostei… – Suas bochechas ficaram vermelhas. – Não gosto de te ver perto dela. Sei que a Claudia já jogou algumas vezes com você, mas enquanto a gente estiver junto, no torneio, eu não vou aguentar te ver brincando com outras. Tenho o meu orgulho. E, pra completar, Sharon fica me provocando… Ela pegou no seu pau!

Lion sorriu e beijou os ombros dela como forma de desculpa.

– A foto não teve nada a ver. Mas eu não gosto de ver outro amo perto de você. Prince pegou em seus seios.

Eles ficaram em silêncio até que Cleo falou:

– Você tem que aceitar, Lion – ela disparou, seca. – Estamos no caso Amos e Masmorras. Eu também não gosto de ver que todas as amas do torneio querem te pegar. Ou você acha que eu não me importo com você? É como se você estivesse rodeado de hienas... – Cleo se obrigou a fazer uma pergunta pertinente. – Por que você tem ciúmes de mim? Por que se importa tanto?

Lion negou com a cabeça e deu de ombros.

– Não é ciúme. Eu me sinto muito responsável por você. Me preocupo com tudo o que você faz e...

– Eu já te disse que não preciso de uma babá – ela murmurou decepcionada.

– E eu também já te disse que eu gosto um pouco de você... – admitiu ele, com seus olhos azuis velados de diversão e de doçura.

Cleo revirou os olhos. Eles não tinham jeito.

– Isso vai nos deixar loucos...

– Talvez sim.

Ficaram calados, nadando, entrelaçados no mar.

– Eu não vou te perdoar, Cleo – ele disse.

– Eu é que não vou te perdoar – ela respondeu com os olhos vidrados na lua.

O agente Romano finalmente sentia que podia respirar agora que ela estava ao seu lado, encostando pele com pele. Meu Deus... essa garota tinha se apoderado da alma dele e não iria devolvê-la.

– Eu não gosto da Claudia – Cleo enfatizou.

– Nem da Sharon.

– Nem da Sharon – ela confirmou.

– Eu não gosto nem do Nick, isso porque ele é meu amigo. Não gosto de ver os caras te rondando. Eu fico nervoso…

– Eles não me rondam – ela respondeu, surpresa pela sinceridade da voz dele.

– Você não presta atenção em nada, Cleo. Você ainda não percebeu o que provoca nos outros. Os caras querem te levar pra cama logo que te veem.

– Isso não é verdade.

– E o pior é que você nem se dá conta disso. Deixa eu verificar se o Markus não fez nada com você e… – Apertou-a contra ele. Ele se sentia impotente sendo desafiado por Cleo. Como iria protegê-la se ela se afastava dele? – Deixa eu te dar o troco pelo que você fez hoje, senão eu não vou ficar tranquilo…

– Eu já te falei que o Markus não encostou em mim e eu não acho que você deva me castigar por… Você sim merece uma surra.

– Shh. – Ele calou a boca dela com um beijo envolvente, que fez ambos tremerem cobertos pela água do mar, que fluía livremente entre eles, como suas emoções. A história de verificar e de castigar era só uma desculpa para poder fazer o que ele realmente queria: tocá-la e beijá-la.

Cleo sabia que era um erro.

"Não faça isso, tonta. Não caia nessa de novo. Lion sente alguma coisa por você, mas não te ama. Toma cuidado." Mas, em seguida, ele mordeu o lábio inferior dela e a obrigou a abraçar a cintura dele com suas pernas.

Ficaram cara a cara, nariz com nariz e testa com testa.

– Eu preciso de você – ele sussurrou apaixonadamente, com o rosto úmido pela água e os cílios molhados pelas gotas salgadas do mar.

"Tudo bem. Aproveita o sexo com ele, mas não deixe-o ir mais longe. Proteja-se."

Nadaram juntos, entrelaçados, até chegarem a uma pequena praia isolada do torneio e do mundo em geral.

– Tenho muita coisa pra te contar – Cleo garantiu entre um beijo e outro. – É sobre o Markus.

Lion estirou-a na areia úmida, mais escura, da orla.

– Você acha que consegue esperar? – ele perguntou arrancando a parte de cima do biquíni, deitando em cima dela e cobrindo-a com seu corpo enorme. Colocou as mãos por cima da cabeça de maneira a garantir o contato entre todas as partes de seus corpos.

Cleo conseguiu se levantar e inverter os papéis. Dessa vez ela ficaria por cima e ele por baixo. Eles entrelaçaram os dedos e ela sentou em cima dele.

– Eu não posso esperar – ela assegurou. Inclinou-se sobre o ouvido dele e disse: – Escuta bem, Lion. A Leslie está viva e o Amo do Calabouço está com ela.

Ele nem se mexeu durante os vinte minutos que Cleo precisou para contar sobre a sua chegada à Peter Bay, toda a conversa em russo entre Markus e Belikhov, a função do Markus no torneio e o papel dele como infiltrado da SVR; o tráfico de pessoas na Rússia e os interesses comuns do FBI e da SVR em um mesmo caso como o Amos e Masmorras. Ela explicou o que tinha acontecido com a Leslie em Nova York: ela havia sido drogada e tinha ido parar nas mãos do russo. Ela contou que os Vilões eram compostos por membros da Old Guard e que estavam esperando pela noite de Santa Valburga, celebrada no final do torneio, mesmo sendo um evento particular, unicamente dos Vilões. Só então eles iam utilizar todas as escravas e escravos para o próprio prazer. Cleo falou que os Vilões a queriam para esse dia especial e, além de tudo, deixou claro que o diretor Spur e o vice-diretor Montgomery sabiam da localização da Leslie desde que ela passou a agir em conjunto com o Markus, já que existiam interesses comuns entre os dois países.

O agente permaneceu mudo e imóvel, aproveitando a segurança de ter Cleo sobre ele mas, principalmente, a enxurrada de informações que a bela mulher lhe proporcionava: nomes como Belikhov, o envolvimento de agências federais estrangeiras como a SVR, um desenvolvedor do *popper* como Keon, a Old Guard e a noite de Santa Valburga como elementos fundamentais para a conclusão do torneio, um Sombra infiltrado para passar informações de bastidores para os Vilões. Leslie viva e parcialmente a salvo, como todos.

A Leslie estava viva. Porra, essa era a melhor notícia de todas.

Como agente encarregado, ele não podia estar com a consciência tranquila sabendo que seu amigo Clint tinha morrido na missão. E, segundo o que Markus confidenciou à Leslie, Clint foi levado por uma mulher encapuzada, uma ama.

Clint tinha morrido por asfixia. Será que essa dama misteriosa o havia matado? Quem era ela?

— Meu Deus, Cleo. — Abraçou-a com tanta força que Cleo ficou rendida e entregue entre seus braços. Completamente à mercê dele. — Les está viva! Les está viva! — ele exclamou mais feliz.

— Sim. — Ela sorriu e o beijou no ombro, no pescoço e na bochecha. — Mas ela deixou de fazer parte do Amos e Masmorras. Agora está trabalhando para a SVR.

– Isso não importa. Ela está aqui, no torneio... E, querendo ou não, estamos no mesmo barco. Os Vilões vão nos levar para a conclusão da missão pelas duas frentes. – Pegou-a pelo rosto e aproximou a testa à dela. – Você tem ideia do perigo que correu? Hoje você esteve com um dos caras em contato direto com os Vilões. O que você faria se ele tivesse te sequestrado, hein? – O medo endurecia a feição dele.

Ele tinha razão. Lion tinha uma parcela de razão, mas ser uma agente da lei infiltrada tinha os seus riscos. Ela estava se arriscando por uma causa.

– É o meu trabalho, Lion – Cleo respondeu. – Mas eu fiz uma outra coisa – Ela sorriu com orgulho.

– O quê?

– Quando Belikhov falou que Keon estaria no La Plancha del Mar para entregar o *popper*, entrei em contato com a equipe de monitoramento.

Lion ficou paralisado ao ouvir aquilo e todo o seu corpo se endureceu. Cleo podia ter ligado, ela dispunha de um meio de comunicação, no entanto, ao invés de ligar para ele e acalmá-lo, agiu conforme quis. Como sempre.

– Você fez o quê? – ele perguntou sem vacilar.

– Ontem eu memorizei o número do Jimmy que estava no celular e liguei pra eles, pedindo pra ficarem de olho no quadriciclo vermelho MGM no qual o traficante ia aparecer. Seria o ilustre Keon... Eles tinham que tirar fotos da entrega dos pacotes para que houvesse evidências do tráfico de entorpecentes. Não deveriam interferir, para que tudo continuasse como estava até então, seguindo assim até o final do torneio. Markus recomendou que eu não te falasse nada porque precisávamos de absoluta normalidade para continuar com a missão.

– Caralho, Cleo. – Lion cobriu os olhos com o antebraço e sacudiu a cabeça – É impressionante. Você não podia ter ocultado essa informação de mim. Não pode fazer o que te der na telha.

– Lion, eu não faço o que me dá na telha, eu faço o que eu devo fazer. O nosso objetivo é descobrir onde será realizada a noite de Santa Valburga, porque isso é uma espécie de segredo de Estado. Todos os Vilões estarão nesse evento e vamos poder pegá-los com a boca na botija.

Ele continuou olhando estupefato para ela. Cleo o tinha surpreendido, mas a audácia dela também poderia ter acarretado muitos problemas. O que o deixava mais nervoso era que ela não havia pensado nele em nenhum momento: nem como chefe, nem como parceiro.

– Você não vai me parabenizar, senhor? – ele perguntou convencida.

– Então, ao invés de me ligar, ligar pra mim que sou o seu chefe e que coordeno todos os movimentos com a equipe de monitoramento, você ligou diretamente para o Jimmy. – O tom não era de aprovação.

Cleo apertou os olhos verdes e olhou para ele de soslaio.

– Sim.

– Sim, Cleo? E em vez de entrar em contato comigo em seguida para falar que está bem e me tranquilizar um pouco, você vai preparar a sua performance com o Markus e com a Leslie… Pra que falar alguma coisa pra ele? Ele que aguente mais algumas horas preocupado comigo. Era isso o que você estava pensando, Cleo?

Ela se levantou para olhar melhor para ele, bem de cima. Os olhos azuis de Lion davam sinais de tempestade.

Os seios brancos de Cleo apontavam para a frente e Lion tinha um ângulo ótimo dali debaixo. Mas nem aquela vista maravilhosa ia desviá-lo do que estava por vir.

– Não... Eu... eu não pensei isso em nenhum momento. Pensei em avançar no caso... Em agilizar tudo. Você não achou a minha conduta adequada, senhor?

– Não achei nada adequada – Lion confessou. – Posso te parabenizar pelo seu trabalho, mas não por sua ousadia. Você não pode correr tantos riscos e não pode se importar tão pouco com o quanto eu fiquei mal por isso. Uma das minhas agentes me desobedeceu no torneio e foi parar nas mãos de um outro amo que, até então, nós não sabíamos o quanto estava envolvido com os Vilões. Você me deixa louco, Cleo.

– Foi tudo por uma boa causa! – ela exclamou. – Pelo menos eu fiz alguma coisa útil; melhor do que você, que ficou aí dançando e vendo fotos no celular...

Plau! Lion deu meia-volta e a colocou de cabeça para baixo no colo dele. Cleo era fácil de carregar, ele adorava.

– Não coloque o meu trabalho em dúvida, agente – Lion grunhiu tirando a parte de baixo do biquíni dela. – Quem você acha que é pra falar assim comigo?

Ele aplicou uma sova de trinta tapas nas nádegas dela, um mais duro e ardente que o outro, mas sem chegar a ser violento. Cleo apertou os dentes e aguentou. Ela não podia se livrar do Lion. E não adiantava tentar escapar. Se aquela disciplina inglesa o fizesse se aliviar do peso que ele alegava ter sido causado por ela, Cleo aceitaria. Odiava vê-lo bravo ou chateado por alguma coisa que ela mesma havia provocado. Não tinha sido sua intenção. Mas aquele lampejo de amo em Lion a havia pegado de surpresa.

A jovem estava com as pernas tremendo. Ele não tinha feito sequer um carinho e a pele dela já ardia e clamava por um trato mais suave.

E então Lion a levantou, nua como estava, e a afastou dele, com a bunda vermelha como uma pimenta.

Cleo lançou um olhar para Lion, que continuava sentado na areia, analisando inabalável sua reação ao receber os tapas e não ser acariciada em seguida.

– Por quê...? Por que você fez isso comigo...? – ela perguntou furiosa e também excitada. Junto ao despeito, junto a cada tapa, havia um anseio de prosseguir e encontrar sua libertação.

– Por quê?! – Ele levantou em um salto com a barraca armada dentro da sunga. – Por que, Cleo?! Porque você não tem consideração comigo! Era pra mim que você tinha que ligar! Não pro Jimmy!

– Mas eu não fiz isso! E daí?!

– E daí?! Você não se dá conta, não é? Você não se importa comigo como chefe; está sempre desobedecendo ordens diretas, ficando em perigo sem necessidade... Eu sei que você está acostumada a tomar muitas decisões no seu trabalho, mas aqui nós não somos os seus fantoches. Eu não sou seu fantoche, você tem que seguir a porra do protocolo!

– Pra quê? O resultado foi o mesmo.

– Ah, não, pequena. – Lion sorriu sem vontade. – O resultado, definitivamente, não foi o mesmo. Você quer que eu te mostre?

Quer que eu te mostre a diferença entre seguir as ordens e não as seguir?

Cleo apertou os dentes e explodiu.

– Quero! Eu não te entendo, Lion! Você devia estar orgulhoso de mim e não ficar desse jeito! Me mostra o que teria acontecido se eu tivesse te ligado ao invés de ter feito tudo como eu fiz! Eu estou pedindo! – desafiou, corajosa.

Lion a pegou pelo pulso e a arrastou até a água, exatamente até a altura que cobria os dois até a cintura.

– Você tem certeza de que quer saber? Porque para um amo, e para mim, como Lion Romano, há uma diferença entre ser tratado bem e ser tratado mal. E quando alguém me trata mal, eu posso fazer o mesmo. Posso agir da mesma forma e não levar em conta as suas vontades.

Eles se aproximaram de algumas rochas solitárias que separavam o ponto isolado do resto da praia e ele obrigou-a a apoiar as palmas das mãos naquela pedra escura.

– Se segura, pequena. A maré vai subir.

Lion abaixou a sunga e grudou nas costas dela, proporcionando o calor corporal que ele não transmitia com suas palavras.

Cleo também gostava desse Lion. O que se deixava levar pelas emoções e pela vivacidade, esquecia completamente que ela era Cleo Connelly e que eles se conheciam desde pequenos. Agora ele a olhava como uma mulher que o deixava louco e a quem ele adorava castigar.

Ela mordeu o lábio inferior quando ele a tocou entre as pernas, sentindo a umidade causada pelos tapas.

– Você está com medo? – ele perguntou com a voz rouca, continuando com os carinhos.

– Você não me assusta.

– Está vendo? Você não tem noção do perigo. – Ele enfiou três dedos de repente até o fundo.

Cleo ficou nas pontas dos pés e jogou a cabeça para trás para tomar ar diante da sensação. Com a outra mão, Lion esfregava o clitóris dela ao mesmo tempo em que seus dedos entravam e saíam, com um ritmo pausado e certeiro. Eles tocavam o que tinha que tocar e se esfregavam no que tinham que se esfregar.

Lion percebeu que ela estava cada vez mais dilatada e molhada, até que decidiu enfiar um quarto dedo e, com o polegar que estava livre, roçar no ânus dela.

– Lion… – ela sussurrou, cravando os dedos na pedra que ela estava usando como apoio. Já estava no limite. – Por favor… Me faz gozar.

– Eu juro que você vai ver a diferença – ele assegurou, excitado. – Eu te falei que os castigos não têm que ser alternados com orgasmos. Quando eu fico bravo, fico bravo de verdade, Cleo.

Ele ficou mais de meia hora penetrando-a com os dedos e acariciando-a entre as pernas. E quando a Cleo estava quase gozando, ele parava de propósito…

– Não! Não, Lion! Por favor… – ela suplicou molhada de suor e da água do mar. – Por favor…

– Nada de Lion pra você. Você não teve nenhuma consideração comigo e eu já estou cansado. – Ele rodava os dedos e os abria dentro dela, penetrando sua outra entrada com o grosso polegar. – Se você quiser, agora mesmo, Lady Nala, eu poderia enfiar o quinto dedo e colocar a minha mão inteira dentro de você. Com punho e tudo. Você quer isso? É bem impressionante. Você quer?

Cleo abriu a boca para tomar ar. Ela queria tudo o que ele pudesse fazer para libertá-la. Queria gozar. Precisava. Lion continuava agindo com as mãos e não dava trégua. Não a deixava descansar: empurrava, estimulava e quando ela estava quase lá... Começava tudo de novo.

— Vai, Lion. Faz o que você falou.

— Nada disso, Lady Nala. Você não dá as ordens por aqui. Não pretendo fazer nada. — Sem vontade, tirou os quatro dedos de dentro dela e manteve o polegar na parte de trás.

— Não... — Cleo protestou, cansada. Ele tinha que parar de torturá-la, pelo amor de Deus.

— Vou fazer por trás. Você vai ser minha por aqui. Só minha. — Ele tirou o dedo, que ainda estava dilatando a parte traseira dela, e o substituiu pela enorme cabeça do seu pau.

— Não... — Ela arregalou os olhos. — Espera, não vai caber...

— Shh. Claro que vai. — Lion grudou nela de uma forma que nem a água poderia correr entre seus corpos. Ele foi empurrando lentamente, mas sem deixar de fazer força e separou bem as nádegas dela para olhar como estava entrando naquele lugar secreto e cheio de pregas. — Relaxa.

— Não... eu não consigo... — ela choramingou colocando o rosto na rocha.

— Consegue sim, querida. — Ele a acariciou na parte da frente para que a invasão fosse mais prazerosa. — Só incomoda no começo. Ai, caralho! — A cabeça tinha entrado por completo. O anel de músculos duros havia o engolido.

Cleo gritou e apertou as nádegas.

– Não, não… Assim não. – Lion abraçou a barriga dela com o braço livre e com a outra mão continuou esquentando a vagina dela, brincando com o clitóris inchado e com a entrada molhada graças aos dedos dele. – Você tem que relaxar os músculos aqui de trás… Assim, pequena. Muito bem. Ontem à noite a gente fez a mesma coisa. Já exercitamos essa zona.

– Mas o *plug* era menor! – ela protestou com um gemido. – O seu é demais!

– Vai entrar, Cleo. Olha… – Ele colocou o quadril para a frente e sentiu como, aos poucos, sua ereção ia desaparecendo até ficar completamente dentro do ânus dela. – Até o talo, Cleo.

Ela estava arrepiada; seus joelhos tremiam e os cabelos vermelhos escondiam seu rosto dos olhares do Lion.

Ele continuou dentro dela e beliscou seus mamilos, girando-os com força entre os dedos. Ela sentiu uma pontada na vagina e também no ânus, como se tudo estivesse conectado.

O amo começou a se mover de dentro para fora, mexendo o quadril, colocando lá no fundo, para manter Cleo a ponto de se jogar naquele precipício que a faria voar para muito longe. Mas ele não a deixava chegar lá, e ela já estava chorando de impotência e pelo prazer que sentia.

Lion a tocava por todos os lados. Sua presença selvagem marcava cada canto da alma dela como se ela fosse sua propriedade. E era. Ele não sabia até que ponto ela o era. E ainda que o castigo a estivesse estimulando e dando prazer, Cleo tinha entendido que havia diferenças entre machucá-lo de verdade e apenas deixá-lo bravo.

Ele não estava bravo com a atitude: estava ferido. Dava para perceber em suas provocações poderosas, seus grunhidos incisivos entre as reclamações e broncas. Ela podia sentir nas mãos dele, que só tocavam nela para castigar, e não para acalmar.

E, também, pelo pouco que ele falava com ela enquanto eles faziam aquilo; ele sequer a olhava nos olhos.

Cleo não era nenhuma tagarela na hora do sexo; ao invés de falar, preferia agir. Mas Lion sempre tinha explicado tudo e, no fundo, ele era sempre doce e atencioso com ela.

Dessa vez não estava sendo assim. Ela sabia que estava sentindo prazer, mas eram só dois corpos fornicando. E ela queria mais. Ela sempre queria mais.

— Eu quero gozar, Lion. Estou quase lá já faz uma hora... — E estava começando a se irritar. A água do mar e o tamanho do pau dele podiam ser uma combinação ruim.

— Eu não me importo com o que você quer. Da mesma forma que você não se importou com nada do que eu quis ou com o que eu te pedi. — O som da água respingando neles era enlouquecedor. Ele a penetrou com mais força e apertou o clitóris dela com os dedos. — Essa noite você não tem saída, linda.

— Não... — Cleo soluçou. — Eu me importo sim com o que você quer.

— Não. Não é verdade. — Lion levantou a perna direita dela, dobrando seu joelho e abrindo Cleo ainda mais para possuí-la melhor.

Nessa posição, ela sentia as investidas até no estômago e achava que ele iria rasgá-la ao meio. Ela só se sustentava com a ajuda da rocha, porque chegou um momento em que nem seu pé esquerdo tocava a areia.

– Ai, Nossa Senhora... – Apoiou-se completamente no corpo de Lion e o deixou fazer o que quisesse com ela. Mais duas metidas daquelas e ela ia gozar. Sentir aquela região do corpo tremendo por um orgasmo iminente era algo incrível. O ser humano tinha uma educação sexual patética e Lion estava mostrando para ela como havia sido ignorante a vida toda. – Não para... Por favor, por favor... Não para, Lion...

Lion não estava aguentando mais. Ele também não ia gozar, mesmo que pudesse, como amo, porque Cleo merecia isso. Mas ele não podia. Ele não a deixaria assim, depois de ficar tanto tempo a possuí-la.

Antes que os dois gozassem juntos, ele tirou o pau de dentro dela e apertou a base com força para não ejacular.

Cleo caiu desmaiada sobre a rocha, apoiando as mãos, os seios e a bochecha nela, com a respiração ofegante. Descontrolada e brava porque, afinal Lion havia cumprido sua promessa.

Ela olhou para ele por cima do ombro e notou que ele continuava parcialmente iluminado pela noite, com seu esplêndido corpo inchado e marcado pelo esforço e, mesmo com a ereção entre as mãos, ele não conseguia escondê-la.

Ela não sabia se tinha merecido ou não esse castigo. Em certa medida, ela sabia que sim. Ter consciência disso fez com que se sentisse melhor. Ela queria o contato de Lion, que ele tocasse nela e a fizesse voar como conseguiu em cada uma das vezes que eles tinham começado algo mais intenso. Nunca, jamais, ele a tinha deixado naquele estado: abandonada, sozinha, dolorida e vazia.

Cleo se deixou cair na água, afundando por completo. Quando ela emergiu de novo, ficou com os cabelos vermelhos para trás, como uma cortina que cobria suas costas. Seus olhos verdes não expressavam nada além de um leve desconforto e muita frustração.

Nem ódio, nem raiva, nem simpatia, nem carinho, nem desdém. Nada.

– Essa é a diferença, Cleo. Isso é um castigo de verdade: o castigo sexual de um amo bravo com a parceira. Dor-prazer sem orgasmo. Você não o mereceu.

– Então... vou tentar não te deixar bravo da próxima vez, senhor – ela sussurrou sem reverência alguma. Como ele não respondeu, Cleo engoliu saliva e deu de ombros. Sem falar mais nada, passando ao lado dele com seu corpo mole, chegou até a orla e colocou o biquíni de novo para voltar para o mar. Lion continuava escondendo o ouro, com as mãos ao redor do pau. – Está se sentindo melhor agora? – ela perguntou, olhando de canto de olho e mergulhando de cabeça para nadar e fugir dele.

Lion mergulhou no mar da própria desgraça e gritou debaixo d'água. Gritou de impotência e para deter sua fúria.

Cleo tinha feito um belíssimo trabalho, ele reconhecia; mas ela havia se arriscado demais. E para Lion, ela era muitíssimo mais importante do que a porra do caso.

Esse era o motivo de tanta perseguição.

O mar se transformou em remédio para as feridas. Remédio para as feridas dos dois.

Com potentes braçadas, ele seguiu Cleo.

Tinham que voltar ao hotel e contar para Nick tudo o que havia acontecido.

12

Entre as lágrimas e o beijo há um calafrio.

Love is great, love is fine. Oh oh oh oh oh.
Out the box, out of line. Oh oh oh oh oh.
The affliction of the feeling leaves me wanting more. Oh oh oh oh oh.

Lion já estava havia uma hora com os olhos abertos quando o despertador do torneio começou a tocar. Ele não tinha dormido nada durante a noite. Cleo e ele não tinham conversado desde o acontecido na praia deserta, e ela havia feito de tudo para se esquivar dele. Quando eles chegaram, ela entrou no chuveiro para tirar a água do mar, se secou e foi dormir com o cabelo molhado.

– Seca o cabelo antes de deitar senão você vai ficar resfriada – ele tinha aconselhado.

– Se você voltar a dirigir a palavra pra mim ou a me dar uma ordem eu vou enfiar essa sua língua no seu rabo.

Incorrigível. Ela era incorrigível. Como podia falar assim com ele depois do que havia acontecido na praia deserta? Fácil: porque Cleo não tinha medo dele. E Lion ficava feliz e eufórico com isso.

Algumas relações entre amos e submissas limitavam muito a espontaneidade e a liberdade da submissa, que acabava se privando de muitas coisas para não desagradar o amo e não o deixar insatisfeito.

Cleo não agia assim porque Lion também não era um desses amos. Ele gostava de dar ordens e de dominar na cama. Fora dela, ele era um amigo, um companheiro, uma pessoa prestativa e com quem se podia brincar. Ou, pelo menos, ele pretendia ser assim. Mas entre quatro paredes, ele era o rei e o soberano, e Cleo era a escrava dele.

A frustração de não gozar era difícil de relevar. No entanto, ele sabia que para sua companheira era pior ter suas atitudes censuradas do que ter sido abandonada com todo aquele fogo. Mas ele não podia se preocupar tanto com ela. Precisava continuar com a missão.

Como Deus ajuda quem cedo madruga, Lion tinha aproveitado o tempo.

Ele saiu do hotel e combinou com Jimmy de se encontrarem na praia do resort.

Antes, tinha ligado para Jimmy de dentro do banheiro e pedido para que ele checasse todos os números de telefone que estavam no celular da Claudia.

Lion estava surpreso com o fato de a Mistress Pain ter recebido chamadas ocultas tão recentemente. Ele esperava que a equipe de monitoramento pudesse investigar as ligações e descobrir de onde tinham vindo. Além disso, outros dois números de celular se repetiam no histórico, e Jimmy também poderia rastreá-los.

Mas ele queria encontrar, principalmente, o suposto infiltrado que tinha feito a montagem com Cleo e Markus. Qual era o objetivo daquilo? E por quê?

Ele foi dar um mergulho e deixou o celular da Claudia em cima da sua toalha junto a um pequeno pote, no qual havia a amostra de urina dele da noite anterior, para que Jimmy, disfarçado de gari, passasse por ali e levasse tudo.

Amanheceu nublado, e o tempo ameaçava uma daquelas tempestades tropicais que, às vezes, atingia as Ilhas Virgens. Lion achou ótimo, porque o sol dos últimos dias estava de matar.

Depois de meia hora, quando voltou da sua sessão de natação marinha, o telefone da Claudia já estava de volta em cima da toalha.

Depois disso, ele voltou para a área de lazer do resort e deixou o Samsung da Mistress Pain na recepção. Claro que a Claudia iria perceber naquela manhã que o celular dela não estava na bolsa, e a primeira coisa que ela iria fazer seria perguntar na recepção se alguém não o havia encontrado.

Em seguida, Lion pediu para que levassem o café da manhã no quarto. Eles já tinham levado, e ele preparou tudo para que comessem juntos na enorme varanda privativa que eles dispunham na suíte.

Cause I may be bad, but I'm perfectly good at it.
Sex in the air, I don't care, I love the smell of it.
Sticks and stones may break my bones,
but chains and whips excite me.

Porque eu posso ser malvada, e me sinto ótima com isso.
O sexo está no ar, e eu não ligo porque eu amo esse cheiro.
Paus e pedras podem quebrar meus ossos,
mas as correntes e os chicotes me excitam.

Ele admirou o doce rosto da Cleo enquanto ela dormia. Aquela mulher era, na verdade, uma mistura de bruxa e fada. Seu cabelo ruivo repousava como um manto de seda sobre o travesseiro, e seus lábios, rosados e esponjosos, faziam doces movimentos inconsistentes. Ela havia dormido com um outro travesseiro entre as pernas, abraçando-o, para receber um pouco de calor, o que Lion havia recusado para ela há algumas horas.

Ela também não tinha conseguido dormir muito. Ele a ouviu gemendo e rolando durante a noite. E suando... suando como se aquela suíte fosse o próprio inferno.

– Você quer água, Cleo? – ele tinha perguntado solícito, tirando os cabelos úmidos do rosto dela.

– Eu quero que você me deixe em paz – foi o que ela respondeu.

Como amo, ele não tinha problemas em lidar com aquele mau humor. Um amo tinha que castigar quando a submissa não se comportava bem e o desafiava. No entanto, ele não tinha gostado de castigar Cleo daquela forma, porque ele sempre queria ir até o final com ela; ele adorava quando faziam amor e gozavam juntos. E, naquela noite, nenhum dos dois tinha chegado a lugar nenhum. Ele também estava com os testículos doendo.

Ainda assim, a ausência da Cleo o tinha deixado muito irritado, porque ele não entendia como podia ter pensado tanto nela e, em contrapartida, ela mal tinha pensado nele.

Deu mais uma olhada nas imagens que chegavam via satélite no celular, provenientes das pequenas câmeras que a equipe de monitoramento tinha espalhado por todas as Ilhas Virgens. Como era tudo em tempo real, ele podia ver as embarcações que estavam chegando e saindo nos portos... Até então, não tinham percebido nenhum tipo de movimentação estranha. Chegavam cruzeiros, iates particulares e, claro, as balsas das ilhas. Mas tudo o que desembarcava ali era vigiado e, até o momento, nenhum sinal de alerta.

Com o canto do olho, ele percebeu que Cleo tinha se levantado, olhado para ele e, sem dar bom-dia, ido direto para o banheiro.

Lion sorriu com o olhar fixo no celular e esperou que ela saísse para lhe falar.

Cleo continuava brava e inconformada. Frustrada.

Não sabia o que o Lion tinha feito com ela, mas ainda estava sentindo as mãos percorrendo seu corpo; e ele... ele dentro dela. Ele continuava ali, movendo-se sem clemência, marcando-a como ferro quente.

Aquele rum estava batizado... A bebida devia estar com algum tipo de entorpecente ou droga afrodisíaca, porque aquela hipersensibilidade na pele não era normal.

Ela escovou os dentes, se penteou e colocou pela primeira vez o corpete de borboleta-monarca que Lion tinha comprado naquela loja em Nova Orleans. Para combinar com a peça leve e fresca, ela colocou um short preto e aquelas botas que mantinham seus pés livres e ventilados durante o dia inteiro, mesmo que elas cobrissem o calcanhar e parte da batata da perna.

Um pouco de rímel aqui, protetor solar ali, brilho labial, sombra, lápis e... *voilà*! Cleo Connelly tinha se transformado novamente em

Lady Nala, disposta a bater de frente com todos os dominadores e submissos, e com o amo mais sem-vergonha e cruel de todos.

Ela saiu do banheiro e pegou a mochila que no dia anterior tinha sido aberta pelos malditos Macacos Voadores. Dessa vez ela a fechou bem, com as cartas que eles conseguiram na rodada anterior, e procurou as duas chaves que já tinham.

Só mais uma e eles estariam garantidos na final.

– Se você está procurando as chaves, elas estão comigo – Lion anunciou da varanda. – Vem aqui, Lady Nala, pra tomar café comigo.

Ele prendeu o ar nos pulmões ao vê-la usando um dos corpetes que ele comprou na House of Lounge. Ela estava tão linda e elegante quanto uma borboleta de verdade. Os homens iam enlouquecer ao vê-la, tal qual ele se prostrava aos seus pés, completamente submisso à beleza dela.

Cleo olhou para ele com frieza e se dirigiu à varanda sem dar muita atenção ao farto café da manhã que Lion tinha pedido.

– Por que vamos tomar o café da manhã aqui?

Lion deu uma tossidinha para poder falar de novo.

– Porque ontem nós usamos a carta do Amo do Calabouço e ele nos deu uma dica sobre onde está o baú de hoje sem passarmos por provas nem nada do tipo. A gente não precisa descer para escutar o anão de cabelo branco e olhos azuis.

– E você já sabe onde o baú está?

– Sim, eu acho que sei. Vamos sair daqui em uns vinte minutos, que é quando o Amo do Calabouço deve aparecer na tela e dar as instruções dessa rodada.

– Combinado, senhor.

– Senta aqui comigo e come alguma coisa. Eu pedi de tudo; o buffet completo... Olha. – Destampou uma pequena caçarola com crepes quentes. Apontou para os pães, frutas tropicais e potes de geleia. – Está tudo com uma cara ótima.

– Estou sem fome. – Era verdade. Ela não estava com fome. Continuava se sentindo estranha, muito excitada e de mau humor. – Só estou com sede.

Lion tampou de novo a caçarola e se levantou da cadeira de vime, preocupado com ela. Pegou o rosto dela para analisá-lo com atenção.

– Quanto rum você bebeu ontem? – ele perguntou observando as pupilas dela.

– Uma garrafa e meia de Cajun Spice – ela respondeu lambendo os lábios.

– Acho que eles colocaram alguma coisa na bebida; uma espécie de *popper* líquido – ele assegurou.

– Eu imaginei...

– Eu não bebi tanto quanto você. – Um músculo saltou no queixo e o arrependimento era visível nele. Ela, com afrodisíaco na noite anterior; e ele, sem ter satisfeito suas necessidades. Que belo castigo a pobre tinha sofrido. – Como você está agora?

– O que você acha? Estou me sentindo estranha... – Ela esfregou os próprios braços, se afastando dele e se sentando. – Eu não dormi nada bem. Estava morrendo de calor.

– Imagino que tenha sido por causa da substância... – ele lamentou passando a mão no queixo.

– Sim, com certeza foi só por isso – ela murmurou em voz baixa. "Não foi por tudo o que você me fez ontem à noite para no final me deixar sem nada, não é?"

Lion sentou ao lado dela e, sem pedir permissão, a pegou pela cintura e a colocou sobre suas pernas. Cleo sequer ia protestar. Pra quê? Ela não era páreo para Lion.

– Vou afrouxar um pouco esse corpete. Você tem que comer um pouco e beber muita água – ele explicou abrindo a parte superior da peça –, para passar o efeito. Não... eu não achei que você tinha bebido tanto... – Lion roçou nos braços dela, e massageou sua nuca e seu pescoço fazendo pressão, acariciando-a. – Por que você não me disse que estava tão mal?

– Não encosta em mim, senhor. – Ela se levantou do colo dele e sentou na cadeira do lado oposto da mesa. Encheu um copo de suco de laranja natural e passou manteiga e geleia em um croissant. Por que ele queria dar atenção para ela agora? Depois daquela tortura noturna, ela não queria receber mimos de nenhum tipo. Isso a deixava confusa, e se ele realmente a tivesse castigado, então que ele mantivesse o castigo e não mudasse de parecer no dia seguinte. – Por que eu não te falei que estava assim? Porque você me castigou pelo meu mau comportamento – ela respondeu sarcástica –, e do que ia adiantar eu te falar que precisava de você me tocando? Eu implorei ontem na praia, e você fez, não como eu queria, e pra não ter que aguentar outra vez o mesmo tormento, eu decidi ficar quieta e sofrer em silêncio.

– Mas é que isso não é uma porra de uma hemorroida pra você ficar sofrendo em silêncio – ele respondeu exasperado. – Você está com uma droga no sangue – ele acusou com firmeza.

– Não importa mais. Eu não quero falar mais nada.

– Você está brava comigo – Lion concluiu. – Você está entendendo por que está assim?

– Estou. A minha raiva se chama brochar. – Mordeu o croissant, sem olhar nenhuma vez nos olhos dele.

– Bom, eu não chamaria exatamente assim. E você entendeu por que me deixou bravo? Entendeu por que eu te castiguei?

Cleo estava ficando triste e não entendia. Por que estava acontecendo aquilo? Ela queria se fazer de forte e de indiferente, e estava conseguindo justo o contrário. Merda, ela estava com os olhos cheios de lágrimas, e começavam a escorrer pelas bochechas.

– Não... Pequena... – Lion se ajoelhou no chão, entre as pernas dela, mas Cleo não permitiu que ele as tocasse e as colocou em cima da cadeira. Um amo adorava as lágrimas da submissa quando elas escorriam nas práticas e nos castigos, principalmente depois de atingir orgasmos múltiplos. Mas não naquele momento. Cleo estava chorando porque se sentia mal e debilitada, e mesmo que a droga tivesse muito a ver com o seu estado emocional, ele também era responsável por isso. – Fala comigo... por favor. – Depois de um castigo, as submissas e os submissos podiam cair em uma espécie de estado emocional opaco e depressivo. Eram muitas as sensações vividas durante uma sessão, mas, depois, com o passar das horas, eles se recuperavam. Ela passou por uma sessão das grandes na noite anterior, sem a necessidade de prendedores, nem chicotadas, muito menos de choques elétricos. Apenas ele, dentro dela, prolongando a agonia e tocando-a por todos os lados. A pior tortura não era a que incluía a dor-prazer, a pior tortura era a que obrigava a pessoa a sentir tanto prazer a ponto de produzir dor.

Cleo virou o rosto choroso para o outro lado, e observou a paisagem incrível e romântica que a varanda oferecia. Ela não conseguia falar com ele, nem ao menos podia olhar. A irritação e a impotência a machucavam por dentro como dois boxeadores. Como parar seu próprio corpo? Como ignorá-lo quando ela o sentia tão intensamente? Simples: se desmanchando e chorando como ela estava fazendo naquele momento.

Como pedir para Lion não ficar mais bravo com ela e, ao mesmo tempo, ter vontade de discutir e de gritar com ele? Como exigir que ele reconhecesse o trabalho dela e a elogiasse, ao invés de recriminá-la por puro egoísmo?

Como pedir para que ele gostasse dela e a amasse, sem deixar isso em evidência, quando ela estava percebendo que o amor que o Lion podia sentir por ela não tinha nada a ver com o amor que ela sentia por ele? Ele não percebia que a estava deixando louca?

Sim. Ela concordava. Ela era muito inconsequente e imprevisível, mas suas ações estavam dando resultados. Resultados que, até o momento, nem Nick e nem Lion haviam conseguido.

– Eu não tenho nada pra te falar – Cleo assegurou. – Eu já sei que você vai falar mal de tudo o que eu fizer. Se não passar antes pelo seu filtro, então não vale nada. É assim que funciona. Ontem você me bateu e fez tudo aquilo comigo só porque eu não te avisei antes dos outros.

– Não é verdade. Não foi por isso, caralho! Você é muito injusta comigo. É a última pessoa que pode me acusar dessa forma porque, precisamente, você faz e desfaz tudo do jeito que quer, e eu não sou nem a metade de rígido que eu deveria ser com alguém como você.

– Sim – ela murmurou bebendo o suco e fazendo bico –, mas logo você vai me dar o que eu mereço, não é, senhor?

Lion a encurralou, colocando as mãos nos dois braços da cadeira. Contemplou-a fixamente, exigindo que prestasse atenção nele.

– Olha pra mim, maldita – ele rugiu ofendido, com a veia da testa saltando. – Olha pra mim!

Cleo virou o rosto para ele, como se aquela voz a incomodasse.

– Você sabe o esforço que eu estou fazendo pra me controlar com você? Sabe?

– Eu não te pedi pra se controlar, senhor.

– Você acha que eu não sei como você está se sentindo?

– Não – ela negou em alto e bom som. – Você não sabe como eu estou me sentindo.

– Sei sim, claro que sei. Eu estou tão frustrado quanto você. Você acha que eu não quero tirar a sua roupa e fazer amor com você? Por acaso acha que fiquei satisfeito ontem na praia? Eu te castiguei, sim. Mas também castiguei a mim mesmo sem necessidade. Mas eu queria dividir essa dor com você. Eu tinha que conseguir te castigar sem problemas, sem me importar se você chora ou não. Porque se é minha submissa, tenho que te disciplinar e fazer você enxergar os seus erros. Mas eu me importo com você! Me importo com tudo de você, maldita! O que você acha que isso quer dizer?

– Não sei. – Ela deu de ombros. – Eu já não sei mais como contracenar com você.

– Não… – ele sussurrou assustado. – Eu não quero que você finja nada. Eu quero que você seja quem você é, mas só peço que colabore comigo. Que leve em conta que eu não sou só o seu amo. Eu sou… Eu sou mais do que você acha, e mais do que demonstro

– reafirmou. – E você é pra mim muito mais do que imagina. Maldita. – Ele sacudiu a cabeça. Não podia falar tudo no meio do caso, não podia expressar a grandeza de seus sentimentos por ela. – Eu…

– Você o quê? O que eu acho, Lion? – Dessa vez ela olhou nos olhos dele, esperando uma resposta honesta. – O que eu sou pra você? Eu não faço ideia, não acho nada. Não sei se sou uma amiga, só uma colega ou uma submissa… Você diz que sente alguma coisa e me confunde. Mas isso não quer dizer nada, porque eu também sinto coisas pelos meus pais, pelos meus amigos, pela minha irmã e pelo meu camaleão.

– Eu nunca menti pra você. Nunca disse a ninguém coisas como as que eu te falei. Se estou falando que sinto algo, é porque sinto de verdade.

– Claro, até quando você acorda no dia seguinte e diz que não lembra de nada. – Ela se referia à noite de bebedeira em Nova Orleans.

Lion apertou a mandíbula.

– Então vai ser assim mesmo? Você quer me pressionar? Se continuar, vou te mostrar o verdadeiro Dragão da Masmorra que eu sou. Você… – Ele tentou falar com doçura e compreensão. – Você é muito especial. – Seus olhos penetraram nos dela e ficaram ali cravados. – Muito especial pra mim.

Ela odiava aquele jogo de adivinhação. Por que Lion não admitia logo? Por que ele não reconhecia logo que gostava dela, mas não o suficiente para entregar seu coração de amo? Ele estava enrolando demais para se abrir, e isso só poderia indicar uma coisa: que o que ele sentia não era o suficiente para fazê-lo, não?

– Que tipo de pessoa especial eu sou para você? – ela perguntou insegura e intrigada.

– Especial o suficiente para que eu não queira ver outro amo te levando embora debaixo do meu nariz porque você quis assim e ignorou as minhas ordens. Especial o suficiente para me deixar à beira de um ataque de nervos durante um dia inteiro, pensando se você está sofrendo ou se estão fazendo algo contra a sua vontade. E, definitivamente, você é mais especial do que eu achava. Muito mais. Mas esse não é um bom momento... pra nós. Não é pra mim. Eu não vou conseguir – ele falou nervoso –, não vou conseguir me concentrar assim.

– Como? – Cleo colocou os braços em cima das pernas e apoiou o queixo nos joelhos, tentando se proteger do que Lion estava tentando dizer mas não dizia. – Não é um bom momento? Um bom momento pra quê? – ela perguntou, perdida. – Não vim aqui para ser uma distração. Vim aqui pelo mesmo motivo que você, King.

– Você veio pra me atormentar, bruxa. – Ele afundou as mãos na cabeleira vermelha de fogo e aproximou o rosto ao dela.

Os dois sabiam que não podiam falar com liberdade total nas instalações do hotel e, a não ser que encontrassem um lugar escondido ou reservado como aquela praia isolada, eles não poderiam prosseguir com aquela conversa e correr o risco de mencionar algo proibido.

– Faz o favor de se comportar direito, Nala. E não me faz mais sofrer.

Cleo pestanejou, confusa. Não queria fazê-lo sofrer. Só queria ajudar, e demonstrar tanto para ele quanto para si mesma que, além de submissa e companheira de jogos, ela também era uma agente com vocação de verdade.

Uma policial completamente apaixonada pelo agente encarregado do caso Amos e Masmorras.

– O que... o que você quer de mim, Lion? – ela perguntou com uma voz muito baixa e cansada, erguendo a mão trêmula até os lábios dele. Ela não queria continuar se iludindo ao achar que Lion poderia ter sentimentos por ela. O comportamento dele às vezes a desequilibrava e a fazia pensar que podia ser possível... Mas ela precisava ter certeza.

"Tudo. Eu quero tudo, Cleo. Quero você por completo, nos meus braços, entregue a mim."

– Eu preciso de espaço e, antes de tudo, que você confie em mim. Não posso te falar mais nada, Lady Nala. Não agora.

– Não agora? – Ela passou os dedos pelo queixo dele, assombrada e confusa. – Então existe um momento certo e adequado para dizer coisas importantes? – Estava decepcionada. – Existe um momento certo para ser honesto e sincero?

– Existe, acredite em mim. E tem que ser fora daqui. Quando esse jogo acabar. Então você vai saber a verdade. Enquanto isso, por favor – ele suplicou –, fique do meu lado e não me desobedeça mais.

Cleo olhou diretamente para Lion e deixou suas mãos caírem até apoiá-las nas pernas.

– Você não quer dizer o que sente por mim – ela concluiu afundando os ombros.

– Você não entenderia o que sinto por você mesmo que eu te explicasse agora.

– Não. Só você não entende o que sente. Só você – ela respondeu levantando e deixando Lion de joelhos diante dela. – É muito simples. É uma questão de ser sincero e honesto o tempo todo, não quando você acha que é conveniente. Ou você gosta de mim ou você não gosta, é simples assim, senhor.

Gostar ou não gostar dela? Meu Deus... Cleo não tinha nem ideia de tudo o que passava pela mente e pelo coração dele quando pensava nela, e tinha pouco a ver com gostar ou desejar. Nem sequer com amar. Era uma palavra mais comprometedora, que deixava as outras no chinelo.

– Não me dê lições, Lady Nala. Você mentiu primeiro pra mim, inventando um namorado que não existia. Isso é ser honesta? – Ele levantou e rebaixou a altura de Cleo que, mesmo de salto, não era o bastante para alcançar um homem como o Lion. – Fala, isso é ser honesta?

Cleo ficou indignada, mas reconheceu que Lion tinha razão. Ela o havia enganado, e essa mentira tinha saído cara por ter sido o motivo de muitas brigas entre eles. Mas Cleo não estava mais se esquivando, não estava mais fugindo assustada dos próprios sentimentos. Ela havia mudado nos últimos dias e estava aprendendo quem era de verdade. Tinha chegado seu momento.

– Você quer honestidade, senhor?

– Sim, para variar – Lion respondeu.

– Eu menti pra você com relação ao Magnus. Nós nunca tivemos nada; inventei aquilo porque estava com vergonha de admitir que a minha vida sentimental e sexual era um grande tédio, e você estava me intimidando... E eu... não queria que você pensasse que eu era uma fracassada e, mesmo com as aventuras que já tive – ela grunhiu em voz baixa –, só... – Pestanejou e secou uma lágrima rebelde que caía do canto de seu olho –, só havia um homem com quem eu realmente gostaria de estar. Sempre foi você, estúpido...

– Não, não, espera... – Ele deu um passo para trás, assombrado.

– Não. Agora você vai me escutar porque não tenho medo de reconhecer o que sinto. – Ela o pegou pela camiseta e o aproximou dela. – É o que eu estou sentindo e eu não vou esconder: eu te amo, Lion. Não lembro quando esse sentimento nasceu, mas não deixei de te amar, mesmo quando você me tratava mal. Como você pode perceber, parece que eu tenho uma alma de masoquista. – Sorriu com tristeza ao ver que Lion se empalidecia diante das palavras. – Agora seria uma ótima hora para pegar as minhas coisas e fugir de você, mas eu não vou fazer isso. Porque pode me dominar o quanto quiser, eu nunca vou ter medo de você. Porque eu quero tudo de você, Lion. Tudo.

Lion abriu a boca para falar alguma coisa, mas não saiu nada. Cleo tinha acabado de pronunciar as palavras nas quais ele estava pensando há um momento. Aquela fada, disfarçada de borboleta, tinha acabado de atravessar o coração dele com uma declaração inesperada. Ela nem tinha noção do que estava provocando nele.

– E sim, eu não gosto de ver a Sharon perto de você. – "Isso pequena, vai fundo e fica à vontade." – E eu não gosto que a Claudia encoste em você. Sei que você não se sentiu da mesma forma com relação ao que aconteceu ontem à noite. Você estava me vendo dançar com dois homens e achando que eu estava fazendo aquilo pra te deixar mal, pra te desafiar ou pra colocar em cheque a dominação do King Lion. – Ela fez aspas com as mãos. – Mas quando eu te vi, não me senti da mesma forma. Não imagina a minha dor só de pensar que você estava dormindo com elas, fazendo com as duas as mesmas coisas que faz comigo... Tapas, beijos, chicotadas, pra mim tanto faz... Quero que você faça tudo comigo, e só comigo! – Ela puxou levemente a camiseta regata estampada preta dele. – É... Isso é tudo muito confuso... – Apoiou a testa no peito de Lion. – Tudo aconteceu muito rápido; mas, no momento em que você apareceu na minha vida, eu soube que ia me marcar e que eu não queria perder os seus passos de vista. – Cleo fechou os olhos e engoliu saliva. – Agora me fala, senhor... – Levantou a mão e pegou no queixo dele. Seus olhos verdes brilhavam de determinação, mas ela estava morrendo de medo. – Esse é o momento que eu escolhi para te dizer tudo o que estou sentindo. Você tem na sua frente uma borboleta-monarca que continua sob os efeitos de um afrodisíaco e que está entregando seu coração de bandeja – ela garantiu assustada. – Ele é todo seu, Lion. Você quer ficar com meu coração? Você sente a mesma coisa por mim?

Houve suspense durante um momento interminável, mas a resposta veio na forma de escuridão e rejeição quando Lion deixou a cabeça cair e negou.

Cleo ouviu o tilintar do seu coração, como cristais se quebrando, voando pelos ares depois do impacto de uma pedra. Doeu muito saber que não era recíproco. Mas ela havia se arriscado, e perdido. Era uma das regras do jogo, da vida e do amor. Ela deixou as mãos caírem entre eles e mordeu o lábio inferior para não fazer mais biquinhos vergonhosos.

– Eu não sinto a mesma coisa por você – Lion confessou. – Pode ser que eu te explique um dia, mas não se parece com o que você me descreveu agora. Mas eu sinto muito, sinto mais do que você pode imaginar.

– Tudo bem – ela concordou triste e com o coração partido. – Tudo bem, Lion. Não tem problema...

– Não, você não entende.

– Sim, claro que eu entendo – ela respondeu, dando de ombros e se obrigando a sorrir. – Ou tem amor ou não tem; ou tem atração ou não tem; ou tem química ou não tem. Simples assim. Você sente coisas... – ela repetiu zombando dele. – Eu também sinto coisas! Sinto coisas por culpa do maldito afrodisíaco... – "Retificando. A culpa foi da droga." – Foi tudo culpa dessa droga, não sei o que está acontecendo. – Ela riu nervosa. – Não... Não liga pra isso, ok?

Estava sendo horrível para Lion não se abrir para ela, abraçá-la e confessar tudo o que sentia. Mas os sentimentos dele eram inexplicáveis, muito mais fortes que os dela. Não queria assustá-la, não queria que ela achasse que ele era louco. Já era demais saber que ele era um amo dominador, como aceitaria então tudo o que ela mesma havia provocado quando apareceu na vida dele? Cleo não entenderia, e Lion precisava ter certeza de que ela compreenderia tudo.

O celular dele tocou. Era a hora em que o Amo do Calabouço aparecia para dar as instruções da rodada.

– Não se afaste de mim, por favor – Lion pediu, olhando fixamente nos olhos dela. – Deixa eu encontrar a maneira de te explicar o que eu sinto. Mas não agora, não aqui. Aqui não, eu imploro.

Cleo negou com a cabeça e levantou a mão para que ele se calasse.

– Você perdeu sua chance, vaqueiro. – Ela sorriu, ainda que o gesto não tivesse chegado aos seus olhos de esmeralda. – Já deu. Por hoje já deu. Vamos continuar como estávamos: jogando juntos para chegar à final do torneio, certo? – Inclinou a cabeça para um lado, querendo aparentar uma normalidade que seu espírito devastado não sentia. – Eu vou ficar bem. Além do mais, quando essa coisa que colocaram no rum desaparecer do meu organismo, eu não vou nem lembrar mais do que eu te falei.

– Não é verdade.

– Acho que sim. – Olhou para ele de canto de olho. – Acontece com muita gente, sabia? Já aconteceu com você.

– Isso não acabou aqui.

– Eu acho que sim, amigo – ela garantiu, pegando a mochila com as cartas. – Vamos? – Cleo tinha de se manter intacta e conservar seu orgulho ferido. Mas ninguém podia tirar aquela dor no estômago que ela estava sentindo e nem aquele aperto no peito.

Os dois continuaram ouvindo o alarme do celular que continuava ressoando, evitando ficar cara a cara e reconhecer que pelo menos um deles tinha aberto o coração na frente do outro e tinha sido rejeitado.

ANNABERG, ANTÍGUA
TERRITÓRIO DOS ORCS E DA RAINHA DAS ARANHAS

O que o Markus tinha dito para Lion no dia anterior, quando usaram a carta de pergunta para o Amo do Calabouço, foi que o cofre estava entre os doces restos de Annaberg. Lion fez uma pesquisa sobre algo relacionado a Annaberg e doces restos nas Ilhas Virgens, e tinha matado a charada.

Eles foram de quadriciclo até as ruínas da plantação de açúcar – dali que vinham os "doces restos" – de Annaberg, em Antígua.

Annaberg queria dizer "a Montanha da Anna". O caminho até o lugar onde estavam os baús era sinuoso e cheio de belezas tropicais. As ruínas continuavam em pé e os moinhos de vento evocavam lembranças do que já tinham sido um dia.

Annaberg havia sido uma plantação grande onde escravos trabalharam, tanto homens quanto mulheres e crianças, inclusive quando estavam doentes. Um lugar de escravidão, de trabalhos forçados, que enriqueciam a ilha graças à produção de cana de açúcar.

Cleo e Lion caminharam pela imensa plantação até chegar ao edifício que, sem teto e nem portas, se mantinha como o que antigamente fora uma fábrica de açúcar. Naquilo que supostamente era a entrada estava hasteada, ondulada pelo vento, a bandeira vermelha com um dragão dourado do torneio. Aos pés dela estava o mesmo cara que protegeu os baús nas rodadas anteriores, sentado na tampa de um grande baú, entediado, olhando para a ponta dos pés.

– Vamos. – Lion pegou na mão de Cleo e a puxou.

Eles não tinham falado quase nada durante o trajeto. Cleo já estava livre dos efeitos do rum depois de beber água e encher a barriga de comida, mas ela não estava com muita vontade de conversar.

O rapaz dos piercings ficou surpreso ao vê-los chegar tão rápido e, com um salto, desceu do baú.

– Vocês chegaram bem cedo – ele comunicou.

Cleo e Lion concordaram e abriram o baú sem pronunciar uma palavra.

Cleo escolheu o baú de que gostou mais e, ao abri-lo, deu de cara com a terceira e definitiva chave, que os classificava para a final na noite seguinte, além da carta monstro dos Orcs, mais cinquenta pontos na soma de personagens e uma carta Oráculo.

– Conseguimos – Cleo falou, pegando a chave e sorrindo para Lion.

Ele a abraçou tirando-a do chão, mas ela não correspondeu. Ela se deixou ser levantada; no entanto, não rodeou o pescoço dele com os braços ou o beijou, que era o desejo de Lion.

Eles não estavam bem.

Lion a observou com orgulho, mesmo sabendo que tinham um assunto pendente. Cleo podia acreditar que ele não sentia nada por ela, mas ele precisava fazê-la acreditar nisso enquanto eles estivessem metidos naquela missão sórdida. Depois, ele reivindicaria tudo o que ela tivesse para oferecer.

– Vocês têm que ir para a ruína do rum. O Amo, os Orcs e a Rainha das Aranhas estão esperando por vocês. É só seguir as bandeiras do torneio. – Ele apontou para as insígnias cravadas na mata verde, que desenhavam um caminho que desaparecia atrás de uma nova ruína.

– Maldição, o que esses caras têm com o rum? – Cleo perguntou.

– Não sei – Lion murmurou com o rosto sombrio. – Mas o Caribe e o rum estão intimamente ligados. Em plantações de açúcar grandes como essa, usava-se os restos da cana de açúcar e aproveitavam o gotejo de caldo e o melaço para deixar tudo em uma cisterna para a fermentação. Depois de ferver e usar o vapor que saía de lá, eles produziam o rum.

– Obrigada pela informação, senhor. – Ela revirou os olhos.

– De nada, escrava. Eles estão fechados para visita desde ontem – Lion observou analisando os arredores. – Os Vilões tiveram que pagar muito por isso... A região inteira está reservada para o torneio.

Entraram no que restava da antiga destilaria de rum. E, de novo, ficaram surpresos com o que tinha sido construído ali dentro.

Dragões e Masmorras DS não economizava em nada. Eles dispunham do bom, do melhor e do mais espetacular para os seus participantes.

13

Na submissão e na dominação, como na vida, sempre há punições.

ANNABERG, GWYNNETH. CITA DEL UMBRA.
TERRITÓRIO DOS ORCS E DA RAINHA DAS ARANHAS.
SOMA DE PERSONAGENS NA TELA: *90 PONTOS*

Havia flutuantes gaiolas de pássaro sobre as cabeças deles, unidas por escadas de metal, pelas quais caminhavam os Orcs, as crias das aranhas e a Rainha, de um lado para o outro, checando se estava tudo em ordem. Eles davam risada e gritavam ansiosos por mais uma rodada de dominação e submissão.

Cleo olhava para cima com a boca aberta, impressionada. Mas quando via o que estava no chão, a estupefação era a mesma: potros, cruzes, correntes que vinham das jaulas para puxar os submissos, cadeiras de tortura, camas redondas e camas de dominação...

Todos os amos começaram a bater nas escadas de metal que levavam às gaiolas quando viram entrar o casal, que já era considerado o favorito para ganhar a competição. Essa foi a forma de recebê-los, mas também de avisar que eles seriam visados quando houvesse uma oportunidade.

Eles davam medo e, ao mesmo tempo, os dois não conseguiam parar de olhar para eles. Estavam vestidos de couro e látex preto. As mulheres estavam com o cabelo preso em rabos de cavalo; os homens com o cabelo solto, sem máscaras nem nada que ocultasse o rosto... Eles não tinham de quem se esconder ali. O mais espetacular eram os arreios de gladiador com os quais todos estavam caracterizados: eles rodeavam o tronco, o quadril e a cintura com tiras pretas de couro, mas não cobriam os seios das mulheres nem o peitoral dos homens.

Sharon era a única coberta e Cleo não entendeu o porquê. Talvez porque a Rainha das Aranhas não se exibisse assim para qualquer um... A loira se agarrou nas grades de uma das gaiolas e colocou o rosto entre elas para analisá-la, como faria um falcão.

Elas se olharam, mas Cleo não percebeu o mesmo desdém crescente que havia entre elas nos últimos dias. Sharon só a olhou e depois observou Lion, sem interesse. Ela os estava analisando, avaliando como casal.

Em outra gaiola, batendo com o *flogger* contra as grades, estava Prince como Orc que aplicava castigos. Ele não deixava de sorrir com amabilidade, como se quisesse tranquilizá-la. Para Cleo, era muito pior ver a expressão condescendente naquele amo cujos sorrisos nunca chegavam aos olhos; por isso ela não podia se comover. O corpo elegante e bem definido de Prince tomava conta da gaiola, cujo propósito era mantê-lo preso. Ele deixou o pescoço cair para trás e rugiu como um animal.

Lion e Cleo tomaram seus lugares na plateia. Quando chegassem os vinte casais que ainda estavam na disputa, o espetáculo iria começar.

E o espetáculo foi sublime.

Estava chovendo.

Os casais que já tinham duas chaves queriam continuar no jogo e, mesmo perdendo os duelos, se entregavam completamente aos monstros, sem usar a palavra de segurança em nenhum momento. Ainda restava mais um dia de torneio, e se eles conseguissem outro baú, poderiam se classificar para a final. E chegar à final do Dragões e Masmorras DS era algo bastante valioso.

As performances que aconteciam ali eram escandalosas. Uma mulher para quatro homens. Quatro mulheres para um homem.

Tapas, chicotadas, prendedores... Um dos Orcs pegou duas submissas e as encheu de prendedores de roupa unidos por um barbante. Quando os prendedores estavam todos devidamente colocados, ele perguntou:

– Preparadas?

Elas fizeram um sinal de positivo, nervosas e excitadas. O amo fez *zap*! Puxou os barbantes todos de uma vez, fazendo com que prendedores pulassem da carne das submissas, assim, de repente. Cleo jurava que enquanto gritavam, elas estavam morrendo de prazer. Como era possível?

Não, ela não ia se enganar. Não acreditava poder chegar ao orgasmo se alguém fizesse aquilo com ela. Era doloroso. Ali, a resistência de cada submisso à dor era colocada à prova, e ela até aguentava algumas coisas, mas outras não.

Um casal de amo e submissa estava pendurado de cabeça para baixo por uma corrente. As crias da Rainha das Aranhas batiam nos dois e, enquanto isso, eles se beijavam e gemiam. Ele estava com uma vela vermelha enfiada no ânus e com gotas de cera já secas espalhadas pelas costas.

Também havia um Amo Presto, que usava a eletricidade, jogando com sua submissa, passando pelo corpo dela um daqueles acendedores elétricos de fogão, dando choques.

Os gritos, os choros, os gemidos… Tudo misturado em uma orgia de sexo e dor. Era o autêntico BDSM.

Durante aqueles dias, Cleo tinha lido por cima alguns romances eróticos de BDSM, daqueles que Marisa havia recomendado. Desde então, o iPad dela estava pegando fogo.

Sim, eles eram bons. Entretinham e podiam fazer uma pessoa querer passar por uma experiência do tipo, porém não representavam o que esses jogos sexuais eram de verdade, nem as relações entre os casais praticantes.

Alguns livros falavam de simples jogos eróticos, com perfis de homens milionários que tratavam suas submissas como rainhas e, de vez em quando davam-lhes alguns tapas, então era normal que eles causassem furor e que as pessoas quisessem praticar esse BDSM movidas pela ideia de que era a verdadeira dominação e submissão.

Mas não havia nada mais distante da realidade.

A dominação e a submissão eram muito mais do que isso. Ela estava em um torneio genuíno, com casais de amos e submissos de verdade, e o que eles faziam ali era tudo, menos um romance. No entanto, eles faziam tudo aquilo porque confiavam cegamente nos parceiros. E não era um tipo de amor? Entregar-se daquela maneira… Nossa, era arrepiante.

Cleo olhou para Lion de canto de olho. Ele se encaixava no papel de amo, sem sombra de dúvida. Exalava poder, segurança e superioridade por todos os lados. Deixando a intimidade de lado, ele podia ser um ótimo companheiro. Um homem desejado na cama e fora dela.

E esse homem a havia recusado.

E tinha sido frio daquele jeito. Ele sentia coisas, mas não o mesmo que ela. Se isso não era uma rejeição, então o que era? E ele ainda achava que eles tinham um assunto pendente.

Ela não achava. "Você me ama? Não, eu não te amo." Se depois disso ele ainda tinha algo para dizer, então o grau de estupidez que o amo/agente/arrasador de corações tinha alcançado naquele torneio já estava no nível Mestre do Universo.

Ela observou o rosto dele cortado pela luz do sol. O penteado estilo militar, a covinha no queixo, a sobrancelha falhada, aqueles olhos azul-claros de dia e mais escuros à noite... A concentração e a aprovação diante do que estava vendo. E como ele estava moreno...

Lion era um pecado, e ela havia sido uma pecadora tonta por reconhecer que estava apaixonada por ele. Mas se havia algo que ela não conseguia amordaçar, algemar ou amarrar era o seu coração. E ninguém podia dizer que não tinha sido corajosa por oferecê-lo assim de bandeja para Lion. Mesmo que ele tenha partido o seu coração.

Chegou o momento em que os cinco casais que tinham encontrado os baús deveriam se apresentar para o Amo do Calabouço.

Cleo e Lion, que seriam os últimos, não queriam usar mais nenhuma carta para que pudessem entregar alguma a Nick e Thelma, que ainda precisavam encontrar uma chave para chegar à final do torneio. O Amo do Calabouço da região de Gwynneth, um armário de pele escura, com dreads e olhos cinzentos chamado Snake, parabenizou Lion e Cleo, Brutus e Olivia, e Cam e Lex, três dos cinco casais que já estavam classificados para a final contra os Vilões.

Lion tinha dito que Snake era um amo de Chicago e que entre suas especialidades estava o uso de cera e de eletrodos com prendedores.

Cleo guardou essa informação na parte das "coisas que quero esquecer imediatamente" e apresentou o baú vazio para ele.

Snake sorriu. Ele tinha os dois dentes da frente um pouco separados, o que fez Cleo, inconscientemente, passar a língua pelos dentes dela.

— O que vocês vão fazer com as cartas que não vão mais usar? Amanhã vocês não vão precisar jogar no torneio, já estão classificados.

Os outros dois casais não quiseram ceder nada e devolveram os objetos para o Oráculo. Mas Cleo, por ter sido a dupla de Nick, decidiu, por consideração, dar a ele tudo o que ela havia conseguido nos três dias de torneio.

— Nós decidimos dar as cartas para Ama Thelma e Tigrão – Lion falou.

— Então que se aproximem os escolhidos.

Thelma, que estava vermelha pelos esforços realizados nos duelos com Nick, tinha seus cabelos presos para um lado, arrastava pela coleira o submisso e agente infiltrado, fazendo todo o tipo de mimos e carinhos nele depois de receber os castigos pelas mãos das crias da Rainha das Aranhas. A loira se aproximou do Amo do Calabouço e olhou com gratidão para o casal de leões.

— Nós agradecemos – Thelma reconheceu.

Cleo e Lion fizeram um gesto de afirmativo e sorriram para o Nick.

A enorme tela de cinema, que até então só mostrava a pontuação necessária para a soma dos personagens e as melhores performances do torneio, se apagou para, ao retornar, exibir a imagem de um grupo de pessoas sentadas em tronos dourados, com máscaras venezianas brancas e túnicas pretas. Atrás deles, havia um impressionante dragão dourado, com uns dez metros de altura. A câmera focou em um homem muito bem caracterizado de Vingador, o grande antagonista de *Dungeons & Dragons*. Este, no papel, olhou fixamente para a tela desenhando um sorriso diabólico com seus caninos e lábios pretos, que Cleo torceu para que fossem postiços. A sombra preta realçava seus olhos completamente escuros, sem sinal nem do branco dos olhos. Só dava para ver seu rosto branco e pálido, já que ele cobria a cabeça e o corpo com uma espécie de traje vermelho de mergulhador. Nas costas dele havia duas asas de morcego completamente abertas. Ele ostentava, na altura da têmpora esquerda, um único chifre vermelho.

Uma voz no alto-falante deu uma mensagem aos participantes:

"Queridos amos e amas: no jantar de abertura do torneio, a Rainha das Aranhas falou que nós, Vilões, íamos propor uma prova coletiva, para todos os casais participantes, e vocês não saberiam nem como e nem quando apareceríamos."

Cleo e Lion olharam para a tela com muitíssima atenção. Entre os Vilões havia homens e mulheres, pelo que dava para perceber dos corpos cobertos pelas túnicas. E eram umas cinquenta pessoas.

Será que eram todos membros da Old Guard? Será que eles financiavam o torneio? Parecia que estavam em uma espécie de gruta ou cova.

"O momento chegou. Queremos que todos os participantes, mesmo os que já foram eliminados e estão na plateia, se unam em grupos de amos protagonistas e joguem com os monstros. Queremos os grupos de Amos Hank, Eric, Bobby, Shelly, Presto e Diana, com seus submissos e submissas."

Cleo não queria jogar com os monstros.

Lion não ia permitir que ela jogasse com ninguém.

Eles tinham um enorme problema.

"Aos casais que já estão com vaga assegurada na final, propomos um desafio. Vocês não precisam jogar com os demais e nem precisam fazer isso aqui, no castelo dos Orcs."

O Vingador não abria a boca para nada, mas sorria a cada palavra pronunciada pela voz no alto-falante.

"O casal formado por Brutus e Olivia vai para a fábrica de açúcar. Um grupo de Orcs e crias está esperando por vocês. O outro casal, formado por Cam e Lex, vai para o moinho. E Lady Nala e King Lion deverão ir para a masmorra. Surpreendam-nos e demonstrem que vocês são dignos de nos enfrentar."

Lion franziu a testa. Eram obrigados a obedecer às ordens dos Vilões e ele estava puto de saber que agora, mesmo já classificados, teriam que jogar uma última vez sob as regras dos Vilões. Puxou a corrente de cachorro de Cleo e aproximou-a de si.

– Não estou gostando nada disso – ele murmurou.

Ela deu de ombros. Também não estava gostando, mas agora eles não podiam fazer nada, estavam de mãos atadas e a 24 horas de ficar cara a cara com os Vilões e obter todas as informações que pudessem. Não ia ser agora que ela jogaria todo o trabalho no lixo. E também não ia permitir que os receios de Lion destruíssem todos os esforços realizados, durante quase um ano e meio, por Leslie, Clint, Karen e Nick.

– Vamos ter que passar por isso, amo. Não temos outra opção. E lembre-se de que, por não termos entrado como um casal, nós não temos *edgeplay*.

– Sempre tem uma opção. A palavra de segurança, Lady Nala.

– King Lion – ela respondeu nervosa –, a essa altura você já sabe que eu não pretendo ficar pra trás. Não temos nada a perder. – Ela piscou um olho e sorriu. – Vamos jogar. Eu não tenho medo. Vamos jogar.

Mas Lion, sim, tinha muito a perder, mesmo que Cleo não entendesse o porquê de não ter sido claro com ela.

Tinham que jogar e aceitar o que os Vilões haviam preparado para eles.

Eles iam jogar.

DUNGEON, ANNABERG. MASMORRA

Uma cela surpreendente chamada masmorra estava localizada na parte sul da região de Annaberg, construída no interior de uma montanha. Estava bastante afastada das outras zonas de ação. As grades estavam enferrujadas pela força do tempo, e ainda havia marcas e a permanência de alguns dos grilhões colocados nos escravos de antigamente. Todos os tipos de plantas trepadeiras, desde as híbridas de chá até algumas rosas, cobriam a pedra de entrada em forma de arco, ocultando aquele lugar escuro e restrito dos olhos críticos do mundo. Como plantas tão bonitas podiam nascer em um lugar que limitava o crescimento das pessoas? Provavelmente porque o melhor de cada um aflorava no momento da adversidade.

Séculos atrás, mulheres, homens e crianças tinham sido escravizados contra sua vontade, presos em masmorras como aquelas. Naquele momento, eles estavam ali voluntariamente, como todos os praticantes de bdsm, porque sabiam que, se fossem presos, seria para obter prazer.

"Os tempos mudaram e as pessoas evoluíam de uma forma incompreensível", Cleo pensou quando a cela se abriu.

Um Orc e uma cria da Rainha das Aranhas esperavam por Cleo e Lion atrás de uma mesa de ferro, com amarras nos cantos.

Aconteceu aos agentes, então, o que de pior poderia ter acontecido: encontrar-se com o Orc mais alto, elegante e atlético de todos, o frio Príncipe das Trevas: Prince.

Lion deu um passo para trás e sentiu calafrios por todo o corpo ao perceber que seu ex-amigo estava disposto a se vingar por algo que ele não havia feito. Ele ia descontar na Cleo. O desgraçado ia jogar com eles, e Lion não ia permitir. Cleo não tinha motivo para passar por aquilo.

Ele ficaria destruído ao saber que Prince tinha tocado a Cleo daquela maneira.

Lion não dividia. Não dividia e ponto final.

– Que merda é essa? – Lion perguntou, tenso, enfrentando Prince. – Não faça isso, cara.

O moreno de cabelos longos, que parecia um espartano de merda, começou a rir.

– Você está achando o quê, King? Os Vilões deram a ordem e nós somos os monstros deles. Isso é um jogo e vocês têm que obedecê-

-los. Um Amo Orc, ou seja, eu, além de uma Ama cria da Rainha das Aranhas vamos nos reunir com King e Nala nas masmorras. Essas são as diretrizes, e por isso eu estou aqui. – Deu de ombros e olhou para Cleo. – Oi, linda. Você veio se divertir?

– Você não vai encostar nela! – Lion gritou com voz letal.

– Então vou comunicar aos Vilões que vocês serão eliminados do torneio.

– Não! – exclamou Cleo. – Vamos fazer o que for necessário, Prince – Cleo garantiu, fingindo uma tranquilidade que não sentia. Ela estava aterrorizada.

– Sabe o que nós vamos fazer, bonita? – Prince perguntou se aproximando dela. – Você vai ficar tão cheia que não vai nem conseguir se mexer. Hoje é dia de DP. Enquanto eu te pego por trás, Sara – ele falou, e apontou para a ama que estava com eles – vai bater em vocês e dar pequenos choques elétricos com o acendedor. E eu tenho que fazer vocês dois gozarem em quinze minutos.

Cleo abriu os olhos e engoliu saliva. Dupla penetração. Choques elétricos? Aquilo era uma tortura chinesa... Ela não queria sentir outro homem dentro dela, já bastava o Lion. Só ele. E mesmo que ele não a quisesse, ela estava apaixonada demais para aceitar outro homem tocando sua pele enquanto ela entregava seu corpo ao leão.

Lion pegou Cleo pelos ombros e a virou para ele. Não queria continuar escutando Prince.

– Lady Nala. – Ele apertou os dentes. Suas palavras pareciam conceder a decisão final para a parceira, mas seus olhos desolados e sua agonia deixavam claro que queria acabar com tudo ali mesmo. – Você tem certeza de que quer continuar comigo? Quer que o Prince jogue com a gente? Eu não quero que você faça isso, por isso eu imploro, Nala – ele falou com uma voz de súplica, com o semblante paralisado –, me diz que não. Usa a *codeword* e acaba com isso agora. Eu imploro...

Prince começou a dar gargalhadas.

– Isso é sério, cara? Um amo implorando para a submissa? Você é patético.

– Cala a boca, seu babaca filho da puta! Sua estupidez vai foder com tudo! – Lion encarou Prince; queria dar um soco nele. Os dois eram altos da mesma forma e quase roçavam nariz com nariz. Mas Cleo se meteu entre os dois.

– Chega!

– Eu vou te desafiar, Prince! Vou propor um maldito duelo de cavalheiros com você!

– Não ouse, idiota – respondeu o outro atrevido.

– Eu vou continuar, King – Cleo assegurou olhando diretamente para ele.

Essa declaração fez Lion parar de repente.

– Você não está falando sério.

Cleo fez um sinal de afirmativo, com as pupilas um pouco dilatadas pela tensão que estava acumulando e, principalmente, pelo medo de fazer algo que, em outros tempos, ela acharia pervertido e obsceno. Mas ia fazer e ponto final.

– Estou sim, King. Eu já fiz isso outras vezes, sabia? Não sou nenhuma novata – murmurou para mostrar tanto a Prince, a quem ela não podia enganar, quanto à aranhinha morena com o cabelo preso e os olhos cor de avelã, para quem ela podia mentir, sobre não ter medo de nada e e ser Lady Nala, a mesma que tinha colocado um anel peniano em Lion na primeira rodada e que o tinha dominado.

Uma dupla penetração era só sexo. Nada de mais. Ela só teria o amor da sua vida entre as pernas e seu pior inimigo nas costas. Com uma expressão cheia de atitude ela se dirigiu a Prince e falou: – Prossiga.

Os olhos de Lion ardiam em chamas de raiva e impotência. Cleo ia acabar com ele.

– E era verdade o que você me disse de manhã na varanda? – ele perguntou incrédulo e decepcionado.

– Sim, era – ela respondeu arrependida.

– Vamos, Sara – Prince ordenou, tenso.

A morena se aproximou de Lion e colocou nele uma máscara que cobria a cabeça inteira. Ele ficou impossibilitado de ver e ouvir. Só conseguia respirar e falar caso alguém lhe abrisse o zíper na região da boca.

Lion ficou grato pela máscara porque não queria ver nada daquilo e nem ouvir qualquer ruído desagradável. O que os olhos não viam, o coração não sentia. Mesmo que ele tivesse certeza de que ia sentir coisas... Ia sentir demais e aquela fada ia queimá-lo.

– E eu? – Cleo perguntou a Prince.

O olhar obscuro do Príncipe a espiou com simpatia e compaixão.

– Coloca as mãos nas costas, Nala – mandou em um tom inexpressivo.

– Sim.

– Sim, o quê?

– Sim, Prince. Não vou te chamar de senhor. Eu não pertenço a você e nunca vou pertencer – Cleo pronunciou com gosto e raiva. Prince queria machucar Lion, e com certeza aquela era uma ótima maneira. A julgar pelo senso de responsabilidade do agente Romano, Cleo ter que se submeter de um modo que nunca fizera antes na vida o faria desmoronar por dentro.

– Isso é um não definitivo para a minha proposta? – ele franziu uma sobrancelha preta.

– É – Cleo esclareceu.

Prince lhe amarrou os pulsos com correias de couro vermelhas e depois prendeu a corrente que vinha da coleira na junta das algemas. Ela estava imobilizada.

Enquanto a tal da Sara ajudava Lion, privado sensorialmente, a se esticar na mesa de metal, Prince pegou um pote vermelho de lubrificante que estava no chão.

– Pode virar.

Cleo obedeceu. E justo quando Prince usou as mãos enormes para começar a lhe abrir o short preto, a porta da masmorra se abriu e apareceu a última mulher que ela esperava ver naquele maldito jogo macabro e desafiador.

Sharon, a Rainha das Aranhas.

A loira, com um rabo de cavalo no topo da cabeça, entrou na cela e sorriu para sua cria para depois olhar para Prince com todo o desdém do mundo.

– Vai embora, Orc – ela mandou.

Prince deu um salto, mas não tirou as mãos de cima de Cleo.

– Não vou pra lugar nenhum, Rainha. Esse é o meu cenário e estou cumprindo as ordens dos Vilões. – Beijou a lateral do pescoço de Cleo, que se afastou.

Sharon olhou fixamente para os afetados olhos verdes da jovem, e depois para o corpo tenso e de pedra que Sara estava amarrando na mesa.

– O jogo mudou. Eu sou a Rainha, e os Vilões me deixam participar de todos os jogos – Sharon respondeu sem olhar para ele. – Como sou sua superior, você tem que me obedecer.

Cleo abriu os olhos e negou com a cabeça. Se tivesse que deixar a outra louca bater nela ou em Lion, ou pior ainda, deixá-la ela jogar sexualmente com ele, ia ficar arrasada. Isso sim ela não suportaria.

– Você não vai encostar na Lady Nala – Sharon garantiu. – Eu te proíbo.

– Por quê?

– Porque eu estou dizendo.

– Alguém tem que jogar com ela – ele murmurou com os dentes apertados. – As regras dos Vilões…

– Eu vou jogar. Não você.

Cleo arregalou os olhos imensuravelmente. Como assim ela ia jogar…? Ela queria dizer aquilo mesmo?

Sara deu uma tossidinha entusiasmada com a situação.

Prince apertou os punhos e deu um passo para trás. Seus olhos pretos a perfuraram e um frio demolidor arrasou a masmorra.

– Dessa vez você não vai poder trepar com o King, cadela – Cleo cutucou, destilando veneno com a língua.

E viu a mulher estremecer diante daquelas duras palavras, mas sua expressão permaneceu inabalável.

Sharon sorriu para todos à sua volta.

– Você pode ficar, se quiser – Sharon murmurou enquanto pegava a mão da Cleo e a afastava de Prince.

– Eu já achava que iria ficar.

Sharon se posicionou atrás de Cleo para checar a firmeza da corrente que ia da coleira até os pulsos dela. Puxou com força e isso fez a cabeça de Cleo cair para trás. A loira se inclinou ao ouvido dela para falar bem baixo.

– Não estou fazendo isso por você, borboletinha – murmurou. – Estou fazendo pelo Lion.

– Lion não precisa da sua ajuda. Nem eu.

– Por acaso você é tonta, menina? – ela perguntou assombrada.

– Como é?

– Me obedece e cala a boca. Vai ficar tudo bem.

Cleo apertou os dentes para analisá-la por debaixo dos seus longos cílios. Por acaso ela achava que estava fazendo algum favor?

Sharon não estava fazendo aquilo só por Lion. Estava fazendo por ela mesma. Prince tinha se tornado um malvado: não respeitava mais ninguém, e ela não permitiria que ele machucasse Lion gratuitamente. Só um cego não se daria conta de quanto o amo estava apaixonado por aquela mulher com corpete de borboleta. Se Cleo jogasse com Prince e Lion tivesse que observá-los, ele não superaria jamais. Da mesma forma que ela não havia superado a reação do Prince quando os encontrou em uma situação comprometedora algum tempo antes.

Mas isso já passou e, mesmo que as feridas continuassem abertas e não se curassem, Sharon se via com uma obrigação moral de não machucar casais que estavam vinculados emocionalmente. Cleo e Lion estavam assim e de forma imutável.

A jovem ruiva era especial para aquele homem. E Lion era especial para a Rainha, porque tinha sido seu amigo e seu escudo naquela noite horrível: a noite que mudou a vida dela para sempre.

– Se você quiser nos ajudar, tem que deixar a gente sair daqui – Cleo respondeu.

– Ah, não. – Sharon prendeu os cabelos vermelhos dela com um elástico preto que usava no pulso e, quando terminou, puxou-lhe os cabelos para mostrar para a jovem quem é que mandava. – Cuidado com o jeito com que você fala comigo. Nesse momento, você está nas minhas mãos e nas mãos da minha cria. E os Vilões estão te vendo – ela sussurrou muito mais baixo para que ela prestasse atenção. – Não dificulta as coisas pra mim. Essa é a prova de vocês, você quis assim. Você quer jogar com Prince e destroçar o Lion completamente? Ou você prefere que seja eu a jogar com você?

Cleo não sabia encarar a postura daquela mulher altiva. Sério que ela queria ajudá-la? Olhou para Prince, que tentava escutar a conversa entre as duas mulheres.

– Eu não quero destroçar o Lion.

– Boa garota – ela respondeu mais relaxada. – Eu vou cuidar de você. Esse seu corpete é lindo. – Sharon deslizou o short de Cleo pelas pernas e as acariciou com suavidade enquanto tirava a peça pelos tornozelos. – Vou te deixar de calcinha, tudo bem?

Cleo concordou. Ela ficava agradecida por não ter que se expor mais ainda, e havia todo um cuidado da ama. "Estou tremendo?" Sim, ela estava tremendo.

– Botas bonitas e pernas bonitas – admirou como mulher, acariciando suas coxas. – E, definitivamente, bonita calcinha. – Sorriu ao ver a calcinha preta de látex com zíper na frente e atrás – Você tem medo de mim, Nala? Uma *switch* experiente como você? – perguntou em tom irônico.

– Não, não tenho medo de você.

– Eu acho que sim. – Colou sua bochecha na dela. – Olha...
– Cobriu a própria boca com a mão para ocultar suas palavras dos
Vilões e falou no ouvido dela: – É a primeira vez que você faz isso?

– Não.

Sharon apertou os olhos cor de caramelo. Ela não acreditava e
ambas sabiam disso.

– Eu não vou te machucar.

Cleo não respondeu. Estava concentrada em Lion. Sara lhe havia
despido, e agora ele usava apenas uma cueca preta. Seus braços e
pernas estavam esticados, presos com correias marrons. Ele respirava
agitado e suava. Parecia estar sofrendo muito. Cleo queria acalmá-
-lo e dizer que estava bem, que ela ia ficar bem. Queria dizer que
quando acabasse a rodada e eles voltassem para o hotel, ela ia pedir
um abraço para que eles se acalmassem juntos, e tudo estaria resolvido... Não é?

– Eu te ajudo a subir na mesa.

Sharon a levantou com força enquanto Cleo ficava de joelhos na
fria superfície. Só o calor da pele de Lion poderia livrá-la daquele
mal-estar. No entanto, ele também tremia, mas de raiva.

Do lado de fora, começou a cair uma tempestade tropical muito forte e, através da janela da cela, a cortina de água se iluminava
acompanhada pelos raios e relâmpagos. O cheiro de umidade aden-
trava pelas grades.

– Pode montar nele – Sharon ordenou.

Ela obedeceu, passando uma perna por cima da barriga dele e
cravando um joelho de cada lado do seu masculino quadril. Não
podia se apoiar com as mãos porque as tinha amarradas nas costas.

Prince se apoiou na parede de pedra e observou o modo de proceder e de ordenar de Sharon. Doce e ao mesmo tempo convincente. Seda e aço.

Sharon pegou a Cleo pelo quadril e a obrigou a se posicionar quase sobre os joelhos do Lion.

— Sara, tira a cueca do King.

— Não... — Cleo engoliu saliva e mordeu a língua. Ela não podia dizer: "Não encosta nele senão eu arranco os seus olhos", que era sua vontade de fato.

— Shh — Sharon ordenou com os cabelos de Cleo em uma das mãos.

Cleo aceitou e pestanejou, fitando os dedos da cria da Rainha das Aranhas deslizarem para baixo a cueca e revelarem o pênis semiduro e os testículos de Lion. Ele estava excitado, não dava para esconder.

— Faz ele ficar mais duro. — Sharon guiou a cabeça de Cleo até o pênis de Lion, e a obrigou a lambê-lo e a excitá-lo.

Cleo fechou os olhos e obedeceu. Ela sempre achou que tinha uma grande habilidade para abstrair as situações das quais não gostava. Aquela não a desagradava, essa era a verdade. Realizar algo proibido e sensual era excitante. Mas ela estava sendo observada por Sharon e Prince, que eram praticamente especialistas no assunto, e pela cria, que sorria feliz por observar sua habilidades com boquetes.

A única coisa que a incomodava era que eles estivessem vendo Lion pelado. Ela não se importava de ser vista daquele jeito, mas Cleo não queria que tocassem ou se aproveitassem do corpo dele, como ela já havia feito. Estava se descobrindo muito ciumenta. Mas não podia evitar o sentimento. Para ela, Lion lhe pertencia.

Ela se concentrou nele e esqueceu do resto, ou pelo menos tentou, porque enquanto ela cuidava de Lion, Sharon acariciava suas costas com uma das mãos e depois foi descendo para... abrir o zíper traseiro da calcinha! "Tudo bem, Cleo. Imagina que é o Lion. Não, mas o Lion está debaixo de mim... Não importa, mente perversa! Tem outro Lion idêntico atrás de você", ela repetiu para si mesma.

Porém, as mãos de Sharon não eram como as do Lion. Eram mãos mais suaves e pacientes, que faziam carinhos de outra maneira. Além de tudo, Sharon tinha um cheiro bom... como o de pêssego. Era agradável.

De repente, ela sentiu que Sharon tinha largado seus cabelos para acariciar sua bunda com as duas mãos. Cleo continuava com seu método, tensa, sentindo-se incomodada por não poder se afastar. Não podia mais voltar atrás.

O zíper traseiro foi se abrindo lentamente.

– Relaxa, Lady Nala – Sharon sussurrou com um tom calmante. – Você vai gostar. É só pensar que você está... experimentando. – Colocou uma das mãos também na parte dianteira e começou a abrir o zíper com cuidado. Depois, com movimentos hipnóticos, ela obrigou Cleo a se levantar e a sentar na ereção do Lion. – Como está aqui em baixo? – perguntou, tocando-a levemente com os dedos. – Precisamos de ajuda? – Sara ofereceu o pote de lubrificante que Prince tinha jogado no chão e Sharon melou os dedos com ele. Sem muita cerimônia, mas com um cuidado ímpar, untou o pênis de Lion com aquele creme escorregadio e também passou o lubrificante em Cleo, na frente e atrás.

Ela gemeu e sacudiu a cabeça. Estava ficando quente. Aquilo era um torneio, uma competição, e ela havia aceitado jogar apesar de todas as consequências. Bom, essas eram as consequências. O efeito de ter que aceitar tudo o que fosse feito com você era que o corpo ia relaxando aos poucos e aceitando o contato e os carinhos. Cleo não ia ficar tensa pois não queria sentir dor.

— Aposto que você está pensando que não importa que eu seja uma mulher, não é? – Sharon perguntou. – O corpo reage da mesma forma aos estímulos.

"Agora ela também lê pensamentos?", Cleo pensou envergonhada.

— Muito bem – Sharon disse colando seu corpo nas costas de Cleo. Ela a pegou pela cintura e a foi descendo pouco a pouco para que a agente fosse invadida por Lion. – Assim. O Lion é muito grande.

— Tira os olhos dele – Cleo soltou sem querer.

Sara soltou uma exclamação estupefata.

Sharon franziu uma sobrancelha loira e deu um tapa na nádega direita de Cleo. Esta apertou os dentes, raivosa.

— Se você voltar a me dar ordens, Lady Nala, vou pedir para o Prince calar a sua boca. – Sharon a empurrou pelos ombros, pouco a pouco, para que ela sentisse a penetração com mais força.

Cleo gemeu alto. Ela percebeu cada centímetro do Lion rasgando, queimando e alargando-a. Ah, que delícia. Era muito grosso, mas ela precisava daquilo. Precisava dele nesse momento. Desejava o calor do corpo dele, e não queria se sentir sozinha.

— Agora eu vou te preencher aqui atrás, leoa. – Plau! Ela deu um tapa na outra nádega, colocou uma cinta de cor preta e ajustou um consolo fálico rosa na parte da frente da calcinha. Ela encheu o grande e grosso pênis falso de lubrificante.

Cleo olhou para trás por cima do ombro e seus olhos verdes soltaram faíscas, mas Sharon sorria alegre e provocante.

– Tenho certeza de que você nunca tinha visto um pênis rosa... – Sharon murmurou zombando dela. Ajudou Cleo a encostar o tronco no peito de Lion e colocou os dedos na parte dela.

Cleo afundou o rosto no pescoço de Lion. Estava começando a sentir coisas. Lion estava dentro dela pela frente e os dedos daquela mulher a tocavam por trás... Ai, Senhor. Ai, Senhor...

– O tempo começa a rolar agora – Sara decretou, virando a ampulheta que ia calcular os quinze minutos.

E o que aconteceu durante os quinze minutos seguintes foi uma espécie de catarse. Sara usava o acendedor para aplicar pequenos choques elétricos no corpo da agente: nos braços, no interior das coxas, nos seios, nas nádegas nuas... Depois passava para o *flogger*, e batia nos dois sem clemência.

Lion mexia o quadril para cima e para baixo e penetrava Cleo com força, mesmo com sua cabeça indo de um lado para o outro, como se ele estivesse se negando àquela situação... Cleo levantou o rosto para olhá-lo e, sem pedir permissão para ninguém, pegou o zíper da máscara dele com os dentes e o abriu para libertá-lo da constrição dos lábios.

– King... – ela sussurrou sobre ele.

– Eu vou te matar, Prince! Eu vou te matar! – ele gritava descontrolado, com a voz completamente irregular e chorosa.

Prince, que estava com os braços cruzados, apoiado na parede, olhou para o outro lado com uma feição séria.

Cleo o beijou para que ele se calasse e acariciou-lhe a língua com a sua.

– Meu Deus, King... Não é o Prince – ela murmurava inutilmente. Lion não conseguia ouvi-la. – Não é ele... Calma. – Ela o beijou de novo para que ele parasse de gritar.

Sharon ia fazendo seu trabalho, entrando na agente com movimentos rítmicos, acariciando o quadril dela com as mãos e assustada com os gritos do Lion.

Cleo se sentia completamente preenchida. Lion estava atingindo um ponto tão lá dentro que a deixava louca, e a fazia saltar com um vai e vem muito rápido e intenso.

– Cinco minutos – grunhiu Prince.

Plau! Plau! Chicotadas. E, depois, leves ardências causadas pela eletricidade. A dor durava tão pouco que não se sabia se era mesmo dor. E, em seguida, toda a energia se transportava de repente para suas partes. Parecia que os dois iam explodir e voar pelos ares.

– Vamos, Nala. Você está quase lá. Goza, ele vai gozar com você. – Sharon a apressou, de olho na ampulheta. Decidida, levou a mão para a parte da frente e colocou um dedo no clitóris de Cleo, para mexer fazendo círculos suaves.

– Não, não…

– Sim, Nala. Claro que sim. Pode gozar. Agora!

– Ai, meu Deus! – Cleo fechou os olhos, mordeu o queixo de Lion e começou a gozar com o consolo da Sharon e o pênis do Lion dentro dela, fazendo estrago.

– Deeeuuusssssss! – Lion rugiu furioso, jogando a cabeça para trás e esticando todos os músculos do pescoço. Ele tentava mover braços e pernas. Tinha gozado com a Cleo. – Filho da putaaaaaa! Prince! Filho da putaaaaaa! Você errou com a Sharon e agora errou comigo! Pergunta pro Dom o que aconteceu! Pergunta! Só quero ver se ele te fala!

Sharon parou de mexer o quadril e tirou a mão do meio das pernas da Cleo.

Pestanejou incrédula.

O que Lion tinha dito? Como ele se atrevia a tocar naquele assunto morto e enterrado? A ama deu um passo para trás, impactada com aquela última frase, e saiu do ânus de Cleo.

Já havia terminado seu trabalho. Tinha conseguido impedir que Prince encostasse em Cleo e, com isso, acalmado o leão interior do Lion. Agora tinha que ir embora dali correndo. Sharon não sabia o que poderia acontecer se ela encarasse o Prince. Odiava como ele a olhava, como ele a julgava, como a rebaixava a menos que merda. E isso doía, era tudo tão injusto…

Com o rosto completamente pálido, ela guardou o consolo e se dispôs a sair dali, mas Prince a pegou pelo antebraço com força e a deteve antes que ela desaparecesse dali.

– O que foi que o King falou? – O amo exigiu saber.

Sharon fixou seus olhos cor de caramelo nos dedos dele que, como verdadeiras algemas, rodeavam sua pele e a queimavam só de triscar, como antigamente. Como sempre tinha sido entre eles.

Ele não tinha encostado nela desde então. Nunca mais desde o fatídico dia. E naquela cela, naquela masmorra, era a primeira vez que ela voltava a sentir seu toque.

– Ele não falou nada – garantiu.

– Sua maldita. – Os olhos de Prince escureceram e desafiaram-na a responder. – O que ele quis dizer citando o Dominic?

Sharon sorriu com tristeza e inclinou a cabeça para um lado.

– Você não se importou quando tudo aconteceu. Não me ouviu e criou suas próprias suposições… Agora não importa mais. – Ela deu de ombros. – Desamarra e libera os dois – ela ordenou olhando para Sara.

A mulher se pôs a obedecer às ordens, mas com certeza ela queria ter comprado umas pipocas e assistido àquela briga.

Sharon se livrou de Prince com um puxão e saiu da cela, deixando-o intrigado e com uma estranha sensação de desassossego que havia muito tempo ele não sentia.

Por isso, ele a seguiu.

Lion queria controlar a respiração, mas não conseguia.

Desorientado pela indignação, demorou para perceber que alguém estava tirando as correias dos pés dele.

As mãos da Cleo, que ainda palpitavam ao redor dele, removeram a máscara de couro.

Cleo olhou para ele assombrada e seus olhos verdes se encheram de lágrimas.

— Lion... Você... chorou? Você está chorando? Não chora, por favor... — ela suplicou, beijando as bochechas dele e tratando-o com doçura.

— Desce. — A ordem foi clara e concisa.

Cleo pestanejou confusa e, pouco a pouco, se afastou para tirá-lo de dentro dela. Queria limpá-lo, mas Lion não deixou. O agente se levantou, subiu a cueca, empurrou Cleo quase derrubando-a da mesa e correu atrás do Prince.

Encontrou-o a uns cinquenta metros. Parecia discutir com Sharon.

Cleo chamava Lion de longe, com urgência, mas ele não podia oferecer-lhe atenção no momento. Estava enxergando tudo vermelho. Tinham brincado com o que ele mais amava no mundo. E somente para machucá-lo, mas também tinham machucado Cleo. Ela não tinha motivo para passar por aquela experiência se não fosse por sua própria vontade.

Prince havia sido o terceiro do trio: a porra do amo vingativo e estúpido que tinha perdido a mulher que amava. E perdido por besteira. Sharon queria o melhor para ele: não queria causar problemas e, por ser tonta, não se defendeu.

Lion ficou a uns três metros deles, perto o suficiente para ouvir Sharon pedindo a Prince que não encostasse nela. Mas o "príncipe" não pôde dizer mais nada porque sentiu o ombro de Lion em seus rins e, em seguida, o duro impacto de seu rosto no chão.

– O que vocês estão fazendo?! – Sharon gritou assustada. – Parem!

Lion levantou Prince pelo peito para dar uma porrada no meio da cara dele.

– Para, King! – Sharon pedia, espantada com a agressividade e a violência do Lion.

– Não com ela! Com ela não! – Lion gritava, com os olhos cheios de lágrimas e sem deixar de bater em Prince. – Você não tinha o direito de mexer com ela!

Sharon levou as mãos ao rosto. A mulher tinha que pedir ajuda, senão Lion ia matar o Prince.

Mas então este emendou uma joelhada na barriga do Lion, que ficou dobrado no chão, sem fôlego. Prince subiu em cima do King e aproveitou para bater nele.

– Você começou! Você começou! Você me traiu! Você era meu amigo!

– Eu não te traí! – Lion exclamou, invertendo os papéis e ficando em cima do Prince.

— Você comeu a minha mulher! – gritou Prince com o rosto tristonho. – Vocês me fizeram de idiota!

— A gente não fez nada disso!

— Lion! Por favor – Sharon suplicou, entrelaçando os dedos e rezando para que ele não dissesse nada. – Por favor... Cala a boca.

— O que é que ele tem pra esconder?! – Prince gritou. – Que pra você um homem só não é o suficiente?

Sharon apertou os dentes e negou com a cabeça.

— Chega, Prince – pediu, assustada.

— Então o quê?!

— Sharon nunca dormiu comigo. Nunca dormiu com ninguém!

— King! – Sharon gritou com todas as forças.

Lion olhou para ela com desgosto, entre a decepção e a impotência.

— Por que você continua protegendo esse cara? – O agente não entendia por que Sharon não esclarecia logo tudo. – Ele não merece. Não te merece... Por que você não se defende?

— Chega, por favor. – O lindo rosto entristecido da dominadora torcia para que aquilo fosse apenas um pesadelo. Para que ela pudesse acordar e continuar com seus jogos desinteressantes e sem emoção.

— Diz logo a porra da verdade! Faz ele se ajoelhar e lamber os seus pés, caralho! Faz alguma coisa! – Lion pressionou, soltando Prince a contragosto, como se o simples fato de encostar nele lhe desse asco.

— O quê...? – Prince não estava entendendo nada. Levantou-se com a ajuda dos cotovelos e olhou para um e para o outro, confuso.

Sharon secou as lágrimas, fitando-as com surpresa. Havia muito tempo que ela não chorava, e não conseguia acreditar que ainda tivesse forças para isso. Prince partiu seu coração, exterminou-o. As coisas já não causavam a mesma dor que antes, exceto aquela velha ferida, que lhe acabava com a alma; a alma que ela antes dividia com o amor da sua vida até que ele decidiu menosprezá-la. Até que ele decidiu não acreditar nela e a partiu em duas.

– Não vale a pena. Eu já desisti de lutar – sussurrou a ama, dando meia-volta.

– Você não pode desistir assim! – Lion protestou.

– Agora já era. Vocês têm que parar de brigar. E Lion...

– O quê?

– Não foi o Prince quem fez um *ménage* com você e com sua parceira. Fui eu. – Sharon olhou para ele por cima do ombro, com uma expressão de desculpa, mas também de confidência. Ela percebeu os verdadeiros sentimentos de Lion por Cleo e não ia deixar Prince partir o coração dele. Ela entendia esse sentimento de posse relacionado a uma pessoa, o não querer dividi-la, porque sentiu a mesma coisa pelo ex. – Seu coração de amo continua inteiro e a salvo. – Ela sorriu com um leve toque de dignidade. Afastou-se do caminho de areia onde havia surgido aquele duelo inesperado de cavalheiros. – Agora você só tem que lutar por ela, porque essa garota não faz nem ideia do que você sente. E não é justo. Nem pra você e nem pra Lady Nala.

Lion levantou-se estupefato, mas também agradecido. O fato de ter sido Sharon mudava as coisas radicalmente. Não foi outro homem no corpo de Cleo, mas um apetrecho controlado por uma dominadora. Definitivamente não era a mesma coisa.

Porém, o choque, a angústia e a pressão sofridos continuavam ali. A tensão de saber que estava dentro da mulher que amava, ao mesmo tempo em que um outro homem se aproveitava dela, resultou em chorar de raiva como a porra de um adolescente.

Ele não perdoaria nenhum dos dois. Não assim tão fácil.

Prince ergueu-se lentamente, limpando a areia do corpo e o sangue do lábio machucado. Fez um rabo de cavalo com os cabelos e, cabisbaixo, caminhou por onde Sharon tinha ido.

— Deixa ela em paz, Prince — Lion pediu com um tom que não aceitava réplica.

— Quem?

— As duas. Deixa a minha mulher em paz... E deixa a sua tranquila de uma vez por todas. Você já fez o suficiente pra ela.

Prince apertou os punhos e ergueu os ombros.

"Suficiente?", pensou o Príncipe das Trevas. Suficiente, ele? Se ele tinha se fodido por todos os lados! E agora parecia que era ele o errado. Não... não podia ser. O que estava acontecendo nesse torneio?

Quando os dois amos se foram, Lion usou o dorso da mão para secar seu lábio superior, que também sangrava. Prince era muito forte.

Deu meia-volta para procurar Cleo e tirá-la dali. Mas Cleo estava atrás dele, com a mão na boca e os olhos cheios de lágrimas, impressionada com o que tinha escutado ali. Completamente vestida, como se não tivesse feito um *ménage* em cima da mesa de dominação um momento antes.

Lion levantou o queixo. O que será que ela havia escutado?

— Lion... o que a Sharon quis dizer com...?

– Nem mais uma palavra. Não quero ouvir nem mais uma palavra. Vamos.

Lion se aproximou dela como um vendaval, entrelaçou os dedos dela com os seus, maiores, disposto a sair da ilha. Para ele, a rodada estava terminada.

14

*Ser mulher e estar na DS é como se tornar
a rainha do baile sendo apenas uma menina.*

A suíte do Westin Saint John não seria tão aconchegante se Lion não estivesse ali com ela. Quando chegaram, ele foi direto para o chuveiro. Cleo pensou que ele ia convidá-la para tomar banho com ele, mas o agente queria privacidade.

Depois, quando foi a vez dela ir para o chuveiro, Lion aproveitou para se mandar. Assim, sem mais nem menos.

No trajeto de volta para o hotel, Lion tinha permanecido completamente em silêncio, com o rosto alterado e impassível. Choroso.

E ela também não havia encontrado palavras. O *ménage* tinha arrasado os dois como um incêndio, como se eles fossem um maldito campo verde de onde não tinha sido possível salvar nem um fiapo de grama diante do fogo arrasador.

Ficaram mudos. Foram surpresas demais: achar que Prince tinha possuído Cleo para, depois, descobrir que na verdade tinha sido a Sharon; escutar os gemidos de Lion, lamuriante, e notar a tensão no corpo dele debaixo dela. Tensão por fazer justamente o que ele não queria. A briga entre os três amos e as declarações... Tudo junto tinha sido explosivo demais.

O torneio estava acabando com eles. Estava deixando-os em um constante estado de nervosismo, fazendo-os viver emoções fortes demais.

A vantagem era que eles já estavam classificados e no dia seguinte poderiam preparar tudo para seguir os movimentos dos Vilões durante a final. Descobririam quem eram e, com a ajuda do Markus e da Leslie, como era o esquema das submissas e do tráfico de pessoas. A equipe de monitoramento provavelmente já teria localizado Keon, o fornecedor do *popper*. Aos poucos, eles encontravam as respostas e a conclusão do caso começava a tomar forma.

Mas os sentimentos de Lion e Cleo tinham sido prejudicados, expostos e pisoteados.

Por isso, Lion não tinha olhado nos olhos dela desde que eles chegaram no hotel. Por esse motivo, ele tinha tomado um banho e ido embora: não aguentava estar no mesmo quarto que ela.

E a verdade era que ela não sabia como falar com ele depois do acontecido na masmorra e da ocorrência com Prince e Sharon.

Como ela deveria falar? O que ela deveria perguntar? Sharon havia dito a verdade? O que o Lion realmente sentia por ela? Naquela manhã tinha ficado claro que Lion não sentia nada, ou ao menos não o amor cego que ela professava.

A Rainha das Aranhas, porém, jogou o contrário em sua cara; pelo tom que ela havia falado tudo, deu a entender que o agente Romano nutria, sim, sentimentos por ela. Algo mais... que ela não sabia o que era...

Mas algo mais.

E, depois, tinha vindo a resposta convincente e inflexível que ele havia dado para o Príncipe das Trevas: "Deixa a minha mulher... E deixa a sua tranquila de uma vez por todas".

Meu Deus... Ele a estava tratando como mulher dele? Cleo afundou o rosto entre os joelhos. Estava na varanda, imersa na jacuzzi de madeira. Ela queria se sentir limpa por fora e por dentro.

E queria lutar por Lion. Ela precisava que ele falasse com ela e que explicasse tudo o que ela não estava entendendo.

Sobre ele. Sobre ela. Sobre os dois.

Um homem não choraria se o seu amor-próprio e o seu coração não estivessem envolvidos na situação.

Lion tinha chorado como uma criança. Tinha chorado durante o *ménage* e até mesmo depois. Aquilo queria dizer alguma coisa. E ela estava disposta a colocá-lo contra a parede de uma vez por todas.

Ela faria isso quando ele voltasse de onde quer que tivesse ido.

Ele precisava se concentrar. Precisava falar com alguém que não estivesse emocionalmente envolvido com ele. No maldito torneio estava envolvido com a Cleo, com Sharon e Prince, com a Leslie e com o Nick, e também com a morte do seu melhor amigo, Clint. Ele não aguentava mais.

Cleo queria destruí-lo. Não havia outra explicação para tamanha valentia e impetuosidade daquela mulher na hora de desafiá-lo, ainda por cima fazendo tudo o que ele proibia. E mesmo assim, mesmo que aquilo o machucasse, mesmo que provocasse uma úlcera nele, ele ainda a admirava.

Cleo sempre seria Cleo. Nunca se deixaria ser pisada por ninguém. E ele precisava de alguém assim do seu lado. Quando a colocaram no caso, ele não sabia como ela iria encarar sua superioridade e suas ordens. Lion sabia o quanto poderia ser duro e inflexível.

Ele sabia que Cleo também percebia as diferenças. Na cama, ela sabia ser submissa e, ao mesmo tempo, provocante; fora dela, a condenada não aceitava nenhuma ordem. Sinal de que ela não estendia sua submissão àquele âmbito, e isso o agradava. Porque ele estava apaixonado por Cleo, pelas coisas boas dela e pelas coisas não tão boas. Ele gostava dela do jeito como era, pelo jeito que ela brigava e pelo pouco que camuflava seus sentimentos, ao contrário dele. Naquela manhã, ela havia dito o que ele queria ouvir, assim, sem mais nem menos. E Lion tinha sido o homem mais feliz e mais assustado do mundo ao escutar aquilo. Ele, que tinha tentado dominar suas emoções e as loucas batidas de seu coração; ele, que achava que estava com tudo sob controle. Ele tinha sido derrotado por duas palavras: "Te amo". Que diferença faria se ele estava ou não no torneio? O que importava se era ou não um bom momento para eles?

A única coisa que ele deveria deixar claro para Cleo era que se ela gostasse mesmo dele, teria que respeitar suas decisões. Ela saberia o que o machucava e em troca ele exigiria saber o que é que a machucava; porque ele não queria fazer mal algum para ela, ele não queria que a garota passasse pelo maldito tormento que ele tinha vivido na masmorra da plantação de açúcar. Annaberg ficaria sempre na memória como seu inferno particular.

Estava em Bay Cruz. Olhou ao seu redor para checar que ninguém o observava, e entrou em uma das duas Kombis amarelas

Volkswagen, onde estava toda a equipe de monitoramento trabalhando, disfarçados e caracterizados como surfistas.

Quando ele entrou, um silêncio se instaurou. A equipe de monitoramento via tudo o que a câmera de Cleo gravava e, pelo que era transmitido pelas expressões nos rostos deles, tinham presenciado o acontecido na masmorra. Ele achou ótimo que os três agentes não tirassem os olhos dos computadores, exceto Jimmy, que foi até ele e ofereceu-lhe a mão.

— Agente Romano. — Jimmy olhou-o de frente, com seus dreads loiros e a barba malfeita.

— O que nós temos? — Ele preferia ir direto ao assunto.

— Seguimos o rastro do Keon e estamos na cola dele. Ontem à noite, depois de fazer a entrega no La Plancha del Mar, ele deixou o quadriciclo no complexo residencial de Calabash Boom. Temos alguns agentes seguindo os passos dele e o controlando. Ele está em um edifício de dois andares com quatro vizinhos.

— Não é a casa dele — Lion afirmou. Um narcotraficante que desenvolvia drogas ganhava milhões de dólares por mês não ia morar em um lugar assim...

— Não, claro que não. É o laboratório, e os vizinhos trabalham pra ele.

— Bom, amanhã ele vai fazer a última entrega. — Lion deu uma olhada nos monitores. Todos exibiam imagens das ilhas, portos e cabos. — Ninguém sabe onde vai ser a final do torneio. Mas podemos nos adiantar se descobrirmos onde e para quem Keon vai entregar o último pacote.

— Sim, senhor.

– O que mais? Você analisou a minha urina? O que descobriu sobre o que colocaram na bebida?

– É um híbrido líquido de ecstasy e *popper*. Aumenta muito a libido e mexe com a percepção dos usuários; dá uma sensação falsa de atração e aguça o desejo sexual. Eles podem ter colocado nas pedras de gelo ou diretamente no rum. É indispensável consumir essa droga em bom estado, e poucas horas depois da fabricação.

– Sensação falsa de atração? – Lion perguntou. Se a droga fazia mesmo tudo isso, poderia ser que a Cleo não tenha dito o que queria de verdade... Porra! Ele estava ficando louco!

– Sim. É uma loucura, senhor. – Ele colocou a mão na têmpora. – A droga pode fazer você acreditar que está loucamente apaixonado, mesmo que por um elefante, e faz o usuário querer partir para o sexo. Ideal para que as submissas se mostrem apaixonadas diante de seus amos.

– Obrigado pelo exemplo. – Sua voz estava cheia de sarcasmo.

– De nada, senhor. Nós separamos o *popper* do ecstasy e nos demos conta de que o primeiro contém pequenas modificações. Incluíram uma droga anestésica. É uma molécula chamada URB937 que inibe a anandamida.

– Interessante. O objetivo é que elas aguentem.

– Sim, senhor.

– O que você encontrou no celular da Claudia?

Jimmy exibiu um sorriso meio de lado e ofereceu a cadeira livre perto do computador dele.

– Coisas muito interessantes, senhor.

– Pode explicar. – Lion sentou. Seria todo ouvidos.

Jimmy passou as mãos com nervosismo pelos dreads.

– Bom. Fizemos uma cópia do chip e agora teremos todas as informações de quem tentar entrar em contato com ela. Rastreamos com um programa espião GPS o celular do qual saiu aquela montagem. A pessoa que enviou a foto está aqui em Westin Saint John. Mas nós não temos a localização exata.

– Ou seja, o fotógrafo pode ser um participante do torneio. – Um traidor. E se fosse o próprio Sombra? Por que fariam isso com eles? Será que suspeitavam de alguma coisa?

– Sim. Sem dúvida. Eles fizeram pra provocar vocês.

– Não tem nenhuma forma de conseguir a localização exata desse celular? Se eu encontrasse o dono, poderia interrogá-lo ou até tirá-lo do jogo.

– Não é muito arriscado?

Se era arriscado ou não, não importava. Situações extremas exigiam medidas extremas.

– Eu quero saber por que fizeram essa montagem e quem ordenou a fabricação dela.

– Sim, Senhor. Talvez o Mitch possa ajudar. O que você acha, Mitch?

Mitch era um dos especialistas em informática e em nanotecnologia da missão. Estava sentado no fundo da Kombi, concentrado em um pequeno chip. Usava óculos, tinha o cabelo bem preto e arrepiado, e vestia uma bermuda e uma camiseta havaiana.

– Mitch?! – Jimmy repetiu.

– Sim, claro – ele respondeu sem tirar os olhos do chip. – Trouxe o celular, senhor?

Lion tirou o aparelho do bolso traseiro da calça e entregou para ele.

– Está aqui.

– Me dá uma hora e eu te devolvo.

Lion olhou para o relógio. Sim. Podia dar uma hora.

– Eu e a Cleo não vamos participar hoje do jantar do torneio – ele explicou. – Vai ser na praia. E vamos ter… coisas pra resolver amanhã. – Coisas como deixar claro o que havia entre eles antes da etapa final. – Mas se a gente for, vai ser só pra encontrar esse maldito infiltrado.

– Compreendo, senhor. Mas tem mais uma coisa. O senhor me pediu pra checar todas as chamadas efetuadas e recebidas da Claudia. Obviamente há ligações de todas as partes, desde Washington e Chicago até Nova York…

– Ela é uma ama *switch* muito popular. Conheço ela há muito tempo, mas já não confio mais em ninguém.

– O telefone dela tinha pouquíssimos números salvos na agenda. Não é um celular pessoal. No entanto, durante esses dias ela recebeu várias ligações de um número oculto. Estamos com dificuldade para rastreá-lo, possivelmente porque é um telefone fixo. Eles usam algum programa especial para que a gente não possa ligar de volta e nem descobrir, através do satélite, de onde vieram as chamadas. No entanto, até agora, pelo perímetro que conseguimos delimitar, essas chamadas vêm do estado da Luisiana, mas não sabemos de que ponto exatamente.

Luisiana? O que Claudia tinha a ver com Luisiana? Que estranho.

– Em algumas horas teremos a localização exata.

– Ótimo, Jimmy. Mais alguma coisa?

– Por enquanto mais nada, senhor.

— Bom. — Lion levantou-se, decidido. Suas suspeitas estavam deixando de se esconder e apresentavam uma silhueta. Ele tinha que seguir com cautela. — Amanhã será o grande dia. Os Vilões não vão fazer nada no torneio, isso está claro. Certamente estarão na final para jogar com os amos protagonistas finalistas e desempenhar os papéis deles. Depois vem a festa secreta. Eles vão levar as submissas que estão sendo preparadas para a noite de Santa Valburga e aproveitar a própria festa. Finalmente, vamos descobrir o que fazem com elas e quem são os envolvidos. — Coçou a nuca com insistência. — Seja como for, temos que segui-los. Fiquem atentos aos próximos movimentos do Keon. Se eles pretendem usar de novo essa droga melhorada, pode ser que ele faça uma entrega horas antes da tal festa secreta de Santa Valburga; assim podemos descobrir onde os Vilões estão. Sabemos que a organização vai nos levar amanhã para a ilha de Saint Croix. Vamos nos hospedar lá e a última rodada do torneio vai acontecer. Prestem atenção especial nessa região e em qualquer movimento estranho. Fiquem de olho nas balsas e verifiquem as identidades de todos os turistas.

— Vamos ficar atentos, senhor, com certeza.

— Eu sei, Jimmy. — Lion apertou a mão dele e tirou uma cerveja da geladeira que havia na Kombi. — Vocês estão fazendo um bom trabalho, rapazes. — Ele os cumprimentou e saiu do Volkswagen. — Volto daqui a pouco para pegar o celular.

Ele ia andar, tentar relaxar e pensar, tinha muita coisa para resolver. Com ele mesmo e com sua mulher.

Os momentos decisivos estavam se aproximando.

Leslie entraria na noite de Santa Valburga como membro da SVR no papel de submissa. Cleo e Lion também estariam lá, como membros do FBI.

Mas a pergunta era: como?

Seus olhos verdes estavam lendo um convite individual para estar em uma reunião particular com os Vilões naquela mesma noite. Um dia antes da final. Dentro do envelope estava a carta do torneio, com o distintivo do Dragões e Masmorras DS, um desenho dos Vilões e a frase: "Os Vilões solicitam sua presença depois do jantar da organização. Pedimos discrição". Uma limusine a esperaria na recepção do resort, às nove, para levá-la ao local.

Cleo não conseguia acreditar. Estava ali: a entrada ao alcance das mãos dela. Poder entrar ou não entrar.

Sozinha.

Sem Lion. Sem o agente encarregado. Outra vez.

Lion ainda não tinha chegado, mas ela já estava arrumada. O jantar seria na praia do hotel. Um evento exclusivo para os membros do torneio. O local já estava todo decorado com tochas. A lua começava a aparecer entre as nuvens e já não estava mais chovendo.

O torneio organizara um luau inspirado no Havaí. Ela usava um lindo vestido com saia leve e preta com corpete. Calçou uma sandália gladiadora com tiras lisas, para caminhar na areia; o cabelo solto e meio bagunçado lhe dava um ar de mulher fatal e a maquiagem escondia o medo e a vergonha. Junto a ela ia a inseparável coleira de submissa.

Ela fez um carinho na peça de quebra-cabeça tatuada no interior de seu pulso.

Não sabia dele, que não ligava para avisar se já estava voltando ou não.

Pareciam casados, mas não eram.

Ela havia aproveitado o tempo sozinha para refletir sobre todas as decisões erradas tomadas durante o torneio.

Tinha a aprovação do Montgomery para estar onde estava. Talvez ela tivesse entrado de um modo fortuito e muito agressivo, e talvez Lion não a quisesse ali. Ela havia, contudo, garantido seu direito de participar. Podia ser que suas atitudes beligerantes e ações inconscientes não tivessem sido completamente acertadas, mas renderam frutos. Ela recebeu informação. E era isso o que importava.

Por que negar-se a jogar no torneio se, como agente infiltrada, era isso que ela deveria fazer? Por que ela ia ficar para trás nas provas se não queria dar o braço a torcer? Queria chegar à final, por ela e por todos os submissos e submissas que os Vilões mantinham em seu poder, de forma ilegal. Mas o desejo dela ia de encontro ao do Lion.

Se dependesse dele, Cleo nem sequer seria aceita na missão; mas bem que ele se aproveitou dela durante aquela semana de treinamento. Por quê? Se ele achava tão ruim que ela estivesse ali, porque aceitou treiná-la e discipliná-la? Ele gostava dela ou não?

Tudo indicava que não, até que ela presenciou a briga com Prince e Sharon. A partir dali ela não sabia mais no que acreditar e estava com um nó de angústia e insegurança no peito, sem saber como desfazê-lo.

Só Lion podia desatá-lo ou apertá-lo ainda mais forte.

Com aquilo em mente, ela deixou a suíte e desceu para a praia, porque a festa já havia começado.

Chegando ao luau, viu Brutus, Olivia, Lex e Cam, conversando animadamente entre si, bebendo água de coco direto da fruta, enfeitada com um pequeno guarda-sol amarelo. Eles se voltaram para ela e levantaram a bebida para cumprimentá-la, convidando-a para beber com eles.

Cleo estava sozinha, sem a companhia de Lion, então seria melhor passar o tempo com os demais participantes. Ela foi para o bar e pediu a mesma coisa que eles estavam tomando.

Quando se virou, segurando seu coco com raspadinha, deu de cara com Sharon, com um vestido semelhante ao seu, mas em tons de vermelho.

A loira olhou diretamente nos olhos de Cleo, e sustentou seu olhar cor de caramelo.

Cleo se surpreendeu ao não sentir nem ódio e nem raiva daquela loira impressionante. Nem sequer ciúmes ou inveja. Havia outro tipo de energia entre elas. Sharon tinha sido suave na masmorra: ela não deixou de fazer nada do que fazia com seus submissos, mas Cleo percebeu que tentou ser carinhosa e compreensiva ao encostar nela, o que a deixava agradecida. Principalmente porque, após presenciar a discussão que seguiu-se ao *ménage*, Cleo entendeu que Sharon tinha feito aquilo para preservar Lion. A Rainha das Aranhas sabia alguma coisa sobre Lion que Cleo não sabia.

— Como você está, Lady Nala? — Sharon perguntou em tom indulgente.

— Bem, obrigada. Está uma noite maravilhosa — fingiu, sem se importar se a outra mulher ia perceber que ela estava atuando.

Sharon deu um gole em sua bebida de groselha. Tinha um cheiro ótimo.

– Gostou do *ménage*? – A preocupação e o interesse eram verdadeiros.

As sobrancelhas vermelhas de Cleo se ergueram e ela aproveitou para beber um pouco da sua raspadinha de coco com o canudinho.

– Gostei o máximo que é possível quando você é obrigada a jogar – respondeu como se fosse uma expert em dominação e submissão. Como se ela tivesse feito *ménages* a vida inteira, mesmo que Sharon já soubesse que não era verdade. – Mas você me parece preocupada de verdade. Será que não está se apaixonando por mim?

A Rainha das Aranhas se inclinou na direção dela.

– Eu não consigo mais me apaixonar, linda. Eu só gosto de dar prazer: não me importa se é para um homem ou para uma mulher. Eu sou uma ama com a mente aberta. – Os brincos de brilhantes vermelhos que ela estava usando reluziam sob a luz das tochas. – E fique sabendo que eu gostei de te dominar. Eu já havia dito o que aconteceria se você caísse nas minhas mãos. – Ela sorriu insolente.

Será que aquela mulher não se cansava de interpretar o papel de cobra? Ou ela era mesmo daquele jeito, despreocupada e fria?

– Ninguém que eu não tenha permitido pode me submeter, Rainha – Cleo alfinetou com voz clara e segura. Estava respondendo com o mesmo tom, copiando suas palavras. – Você me satisfez, e na minha terra o nome disso é servir. Você não me submeteu.

Sharon ficou sem palavras. Sorriu como tinha feito anteriormente, como se tivesse gostado da resposta e acalmado uma parte da consciência. Olhou ao redor.

– E o King? Por que não está com você?

– Não sei. – Ela deu de ombros. De repente, não havia mais sentido em fingir ou mentir para Sharon.

Elas ficaram quietas, uma do lado da outra, olhando as pessoas dançarem, brindando e comendo no buffet.

Todos pareciam felizes de estar ali. Nick, sentado entre almofadas como um marajá, abria a boca taciturno enquanto Thelma o alimentava, sentada no colo dele, dando-lhe camarão com molho rosé.

O submisso ergueu o rosto para Cleo, implorando que o tirasse dali, e esta não pôde evitar morder o lábio para não rir.

Desviou o olhar para o perfil de Sharon. Era alta, esbelta e elegante. Seu cabelo loiro brilhava em tons mais claros e dourados conforme era iluminado pelas luzes e pelas tochas. Havia uma aura de guerreira e defensiva em torno dela. Mas, por trás dessa armadura, Cleo conseguia perceber a dor que tinha no coração.

– Também não vejo Prince – Cleo murmurou.

– É melhor que eles nem apareçam nessa noite. – Ela tocou no lábio e na sobrancelha, fazendo menção às marcas nos rostos dos dois. – Ninguém sabe o que aconteceu: aquele lugar onde eles brigaram não é monitorado por câmeras. A organização não aceita esse tipo de conduta, a não ser que se trate de um duelo de cavalheiros oficial, em um ringue, como os que aconteceram durante o torneio.

– Percebi.

– Você sabia que o Lion tem a sobrancelha falhada por causa do Prince? Não é a primeira vez que eles brigam.

Não. Ela não sabia. E receber essa informação a deixou inquieta. Quando ele ia contar o que tinha acontecido entre Sharon e Prince? Ela morria de vontade de saber.

– Como foi isso?

– Faz um ano. Eles se encontraram em um lugar onde eu também estava. O Prince bebeu até não poder mais. O Lion quis ajudá-lo a sair do local, mas o Prince se revoltou e deu uma porrada no olho dele... Estava usando um anel e cortou a sobrancelha do Lion.

– Nossa... ele nunca me falou disso. Antes eles eram bons amigos, não eram?

– Antes, todos nós éramos muitas coisas que agora não somos mais. Não tem porque ficar lembrando – ela respondeu sem cerimônia.

– Principalmente quando o passado dói, não é, Rainha?

– Você não sabe nada de mim ou do meu passado.

– Eu sei do seu presente. E o pouco que pude perceber é que você tem anseios, como qualquer mulher apaixonada e não correspondida. E poderia jurar que o Prince tem muito a ver com o seu desdém.

– Não ultrapasse os limites, gata. Eu e você não somos amigas.

– Nisso eu te dou razão. – Cleo levantou o coco com um gesto rebelde e temerário. – Minhas amigas não me fazem tomar no cu.

Sharon começou a rir um pouco mais relaxada.

As duas tomaram suas bebidas tropicais de novo.

– O que você quis dizer para o Lion hoje de manhã, enquanto ele brigava com o Prince? – Cleo perguntou. Qualquer informação era bem-vinda.

Sharon entendeu na mesma hora do que a jovem linguaruda estava falando.

– Eu quis dizer exatamente o que eu disse. O que foi, Lady Nala? – Ela a encarou por cima da bebida avermelhada. – Você não sabe como tirar o Rei Leão da toca?

Cleo ficou com vontade de dar uma gargalhada. Ela era especialista em domar leões; aquela mulher não tinha nem ideia.

— Eu só não sei como fazer um animal falar — respondeu.

Sharon olhou para a agente com impaciência.

— Você tem que levar isso como se fosse uma sessão de DS. Os móveis e os animais não falam, não é? Mas isso não nos impede de jogar com eles. Você só precisa fazer com que entrem no seu jogo e aceitem que eles têm que te obedecer. Você tem que domar o homem e obrigar o leão a falar.

Cleo teria dito o contrário: você tem que obrigar o homem a falar e domar o leão. Mas Sharon queria dar a entender aquilo mesmo: o homem era mais selvagem do que o animal.

— Obrigada — Cleo soltou de repente.

O tom foi tão sincero que roubou toda a atenção da Sharon.

— Por que você está agradecendo, *switch*? — perguntou incomodada, querendo tirar as palavras da boca da Cleo.

— Pelo que você fez na masmorra.

— Eu não fiz…

— Eu já sei que você não fez por mim — Cleo a cortou levantando a mão livre. — Mas se você fez pelo Lion, também fez por mim, então eu agradeço.

A loira deixou escapar um ruidinho incrédulo de seus lábios.

— Não foi só pelo Lion. Foi pela minha própria saúde mental — ela respondeu, sombria. — Tem coisas que eu não posso permitir e pelas quais eu não passo. — Ela se recompôs rapidamente, afastando seus demônios. — Nem como ama — pontuou piscando um olho —, nem como mulher. Todas nós temos os nossos leões, não é? — Deu um passo e, afastando-se dela, mandou-lhe um beijo. – Foi um prazer falar com você, leoa. Parabéns por chegar à final.

– Obrigada – Cleo respondeu com os lábios quase cerrados, observando como a esplêndida dominadora se afastava em meio à multidão.

Ela estava conhecendo indivíduos inquietantes e diferentes, de personalidades intensas. Prince, Sharon, Markus e até mesmo Nick…

Que histórias mirabolantes se escondiam no passado deles?

Certamente menos emocionantes do que a sua com Lion. Ninguém sabia que eles eram agentes federais. E ninguém nunca poderia suspeitar, ou eles se dariam muito mal.

Ela deu uma olhada na multidão para ver se encontrava Claudia. Mas, dessa vez, a ama *switch* não estava no jantar.

Ela deixou o coco no balcão do bar e se afastou de alguns monstros que queriam dançar. Ela não estava com vontade, não tinha nenhuma performance para fazer.

Cleo se despediu de Nick e torceu para que seu amigo loiro se livrasse logo da Thelma, já que o agente submisso estava com olheiras e aparentava exaustão.

Depois de deixar para trás a areia da praia particular do Westin, ela entrou na parte das piscinas, passou pela lanchonete de madeira e palha da ponte da piscina grande. Ela esperava do fundo do coração que Lion não voltasse a brincar, deixando-a sozinha e fora da missão. Isso ela não ia superar jamais.

Então escutou um gemido e uma pancada dura e seca.

Olhou para trás e apontou seus olhos verdes para a lanchonete. O som tinha vindo dali.

Cleo se aproximou devagar, na ponta dos pés, e colocou a cabeça para dentro. Ela ficou consternada. O agente Romano estava sentado nas costas de um homem moreno, sem camisa, com as calças abaixadas até os joelhos e a bunda para fora. Ele tinha tatuagens de patas pelas costas. Lion torceu o braço dele e o deixou inconsciente com um golpe na cabeça.

– Lion? – perguntou, atônita. – Mas o que é isso?!

Lion ergueu seus olhos azul-escuros, levantou os braços e a puxou para dentro da lanchonete, passando-a por cima do balcão.

– O que você está fazendo aqui?

– Eu? Quem é esse cara? O que é que *você* está fazendo aqui?

Lion analisou a roupa dela e lançou um olhar interrogativo. Era ele quem deveria fazer essa pergunta, mas conversariam sobre isso mais tarde.

– Trabalhando. – Ele se levantou suado, passando o antebraço pela testa e respirando com dificuldade. – Esse foi o cara que montou a foto.

– Como? A foto que a Claudia supostamente recebeu?

– É. Porra, Cleo – ele respondeu esgotado. – Quanto mais eu me aproximo da verdade, menos eu gosto dela.

Cleo engoliu saliva e se aproximou do homem imóvel.

– Quem é?

– O nome dele é Derek. Ele é um dos monstros, um *switch*. – Ele o pegou pelas axilas e o jogou, inconsciente, com mãos e pés amarrados e amordaçado, debaixo do balcão do bar.

Cleo se agachou com ele.

– Onde… onde você esteve, Lion? – Ela precisava de mais respostas. Havia um homem inconsciente na lanchonete. – Como você o encontrou? Se deixarmos ele aqui, ele vai nos denunciar quando acordar...

– Não, ele não vai – Lion respondeu.

– Como você pode ter tanta certeza?

– Por isso. – Ele mostrou um vidrinho com uma agulha minúscula. – Midazolam líquido. Causa amnésia.

Cleo ficou horrorizada.

– Isso é legal?

– Pra gente sim – Lion respondeu.

Cleo colocou as duas mãos no rosto, negando repetidamente.

– Derek é o cara que fez aquela montagem, Cleo.

– Como você sabe disso? Como você tem tanta certeza?

– Porque ontem à noite eu saí da festa com a Claudia e com a Sharon, pretendendo aproveitar alguma desatenção para pegar o celular dela. Eu queria saber quem é que tinha enviado a montagem e, aproveitando a oportunidade, investigar um pouco a Claudia, porque eu não estava entendendo algumas coisas. Hoje... – Ele sentou ao lado dela. – Eu precisava refletir um pouco. Fui para a base de monitoramento pra saber que informações eles tinham conseguido pelo celular dela. Eles instalaram um programa no meu aparelho para que eu localizasse, via GPS, o telefone que estávamos procurando. Estava no hotel. Eu o segui e me encontrei com ele. Ele estava voltando da festa.

– O que você perguntou pra ele? O que você conseguiu descobrir?

Lion respirou fundo e se levantou aos poucos.

– Vamos sair daqui. – Ele a pegou pela mão e a ajudou a pular o balcão da lanchonete.

– Pra onde vamos?

– Pra suíte.

– Não podemos conversar lá…

– Podemos sim – ele garantiu. – Jimmy e Mitch me deram um anulador de sinal. Ele vai interferir no funcionamento de qualquer câmera ou microfone que houver por lá. Parece um iPod nano.

– Jimmy e Mitch? Você foi ver a equipe de monitoramento? Por que não me deixou ir com você? – Ela parou de repente, olhando acusadoramente para ele. – Por que você me deixa por fora de todos os seus movimentos? Nós trabalhamos juntos e você não me fala nada do que faz! – ela protestou irada.

Lion a puxou para dentro do elevador. Ali, colocou-a contra a parede e grudou todo o corpo dele no dela.

– E isso não te lembra nada? É sério que você não gosta de ser a última a saber, Lady Nala?

Cleo mexeu os olhos com compreensão. Sim. Ela havia feito a mesma coisa. Lambeu os lábios, sentindo o peso do corpo dele, o cheiro asseado da pele e vendo como ficava bem nele aquela camisa polo verde-escura bem justa.

– Não custava nada me falar – ela sussurrou. Deus, ela pulsava. Pulsava de ódio por dentro. E, ao mesmo tempo, o amava.

– Pois é, pensei o mesmo quando cheguei e não vi um mísero bilhete me dizendo para onde você tinha ido. Além do mais, essa conversa parece um *déjà vu*. Nós não falamos sobre isso ontem? E antes de ontem? Ah não, claro! – ele exclamou, e apertou os olhos. – Porque era você quem estava fazendo isso, e eu quem pedia e exigia que, como minha subordinada, você tinha que me informar de tudo e não fazer nada sem pensar, como você vem fazendo desde que o torneio começou.

Cleo abaixou a cabeça e cravou o olhar na ponta dos dedos dos pés com unhas à francesinha, como as dos dedos das mãos.

Lion caminhou com ela pelo corredor até chegarem à suíte.

Abriu a porta e tirou o anulador do bolso.

Parecia um iPod, nisso Lion tinha razão. Ele o deixou sobre a mesa e o ligou.

– Você vai me contar o que descobriu sobre a Claudia? – ela perguntou se apoiando na porta fechada. – Não precisa me falar que ela é uma cadela psicopata, porque isso eu já percebi. Por que você começou a suspeitar dela?

Lion se virou e olhou para ela com atenção. Estavam separados por alguns metros de distância, mas o espaço ardia entre eles.

– Você se vestiu assim pra mim? Por que é que eu tenho a sensação de que não?

– Não me responda com mais perguntas.

– Claudia havia jogado comigo outras vezes. Eu tinha pedido a ajuda dela para conseguir informações sobre os exames de sangue dos participantes e descobrir para onde eles eram enviados. Mas eu nunca quis saber mais nada sobre isso, porque ela falava que não tinha mais nenhuma informação.

Cleo apertou os dentes e olhou para o outro lado. Claro: Lion tinha um passado, disso ela já sabia. Mas não queria dizer que ela gostava.

– Vocês já fizeram sexo?

– Sim. Sexo BDSM.

– Como o que você faz comigo.

– Você está procurando briga, Cleo? – ele perguntou, nervoso.

Cleo negou com a cabeça.

– Desculpa, senhor. Pode continuar, eu não vou mais te interromper.

Lion respirou fundo e deixou a cabeça cair para trás.

– A Claudia é uma ama *switch* muito popular. Disso você já sabe. Minha intenção ao entrar com ela no torneio era ter certeza absoluta de que eu chegaria à final. No domingo, quando chegamos nas Ilhas Virgens, estranhei bastante uma coisa que ela deixou cair da mochila. – Ele entrou no banheiro. Tirou a camisa polo e começou a lavar as mãos com sabonete. – Um pequeno pacote com piercings de aço, perfeitos para a zona do períneo. Em uma ponta eles têm uma letra M, e na outra uma letra P.

– As iniciais de Mistress Pain – ela captou atenta, apoiada no batente do banheiro, olhando para ele através do espelho. "Que barriga de tanquinho esse moreno tem."

– Exato, senhorita Connelly. São piercings de propriedade entre amos e submissos. Que necessidade a Claudia tinha de trazer um pacote com isso se ela seria minha escrava? Quando ela estava planejando usá-los e pra quê?

– Os corpos de submissos não identificados, encontrados ao sul dos Estados Unidos tinham buracos entre os testículos e o ânus. Sinal de que tinham usado guiches. Você está suspeitando da Claudia? – ela perguntou assombrada. – De verdade?

Lion deu de ombros. Abaixou a cabeça e lavou o rosto.

– Pra começar, eu fiquei surpreso que eles a tivessem aceitado de novo para participar dos eventos do torneio, mesmo depois de ter sido eliminada por você na segunda. Além disso, ontem à noite ela fez algo que me surpreendeu: me mostrou aquela foto que enviaram pra ela com a intenção de me desestabilizar e de me deixar com ciúmes, e disse claramente que era em Peter Bay.

– Como ela sabia? Por que ela saberia que era em Peter Bay? Markus falou que a localização da casa dele era secreta e que só os Vilões sabiam o local, porque foram eles que cederam a casa.

– É disso que eu estou falando. Claudia sabia e, provavelmente, deixou escapar. Por isso eu queria descobrir quem foi que enviou a foto pra ela e o que essa pessoa mandou-a fazer. E sabe o que ele me falou? Que foi um pedido da ama dele. E quem é a ama dele?

– Quem?

– A ilustre Sombra, conhecida secretamente por seus submissos como... Mistress Pain. Eu abaixei a porra das calças dele pra verificar se havia um guiche na zona do períneo – ele se explicou. – Eu não sou gay, não fiz nada com ele.

– Eu não duvidei – ela respondeu, divertida.

– A questão é que o cara estava sim com um guiche de propriedade. Com um M e um P nas pontas.

– Meu Deus... – Cleo cobriu a boca com as mãos. Claudia era a Sombra e uma integrante dos Vilões? Incrível. A agente tinha certeza de que não gostava dela, mas não imaginava que ela estivesse tão envolvida com os Vilões. – Claudia é a Sombra?

– A Claudia conhece todos os participantes do torneio e sabe o ponto fraco de cada um. O Sombra é uma espécie de dedo-duro. Os Vilões precisavam dessas informações para elaborar as provas de hoje, para os desafios grupais. Claudia percebeu que eu tinha uma debilidade com você, e você não ajudou quando se atreveu a tirá-la do torneio logo de cara. E, então, ela decidiu me foder com a foto e com o *ménage*. Por isso os Vilões planejaram essa prova. Tudo faz sentido.

– Então, se a Mistress Pain é a Sombra... ela sabe quem são os Vilões. Ela trabalha com eles.

– Claro. Temos que segui-la e ficar atentos aos movimentos dela. Ela vai nos levar diretamente até eles. Agora que temos acesso ao celular, vou receber no meu aparelho todas as chamadas que ela atender ou realizar a partir desse momento.

– Ela fez mais alguma ligação?

– Não, por enquanto não.

– Estranho.

– Sim, bem estranho – Lion confirmou. – Além disso, a equipe de monitoramento descobriu que as chamadas de um número oculto que ela recebeu recentemente vieram da Luisiana. Isso é mais estranho ainda.

Cleo ficou com vontade de gritar e de dar socos na parede. Claudia tinha enganado todo mundo. Ela havia dormido com Lion, enganando-o desde o início.

– Você acha que a Claudia presumiu seu interesse pelos exames de sangue dos participantes como algo muito óbvio? Será que a Claudia suspeitou de você em algum momento?

– Eu duvido muito. Se a Claudia decidiu jogar comigo, não foi porque suspeita de mim, foi porque... Porque ela está apaixonada por mim, claro – ele respondeu sem papas na língua.

Cleo se afastou da porta do banheiro, sorrindo sem um pingo de vontade.

– Você dormiu com ela sabendo que ela te amava? – Era mais uma acusação do que uma pergunta. – Uh, que cruel, senhor Romano.

– Eu estou interpretando um papel. – Lion a seguiu com uma postura beligerante e jogou no chão a toalha que tinha nas mãos. – Não fale como se eu fosse um porco ou uma pessoa má. Esse é o meu trabalho, e eu estou infiltrado e comprometido por inteiro. Se eu tiver que dormir com alguém, vou dormir.

Cleo abraçou a si mesma, se afastando do Lion, de seu comportamento visceral.

– Como você fez comigo? Você tinha que ter dormido comigo? Foi o que você fez, não é? – Aquele já era um tema pessoal, mas ela precisava tocar nele.

– Pode parar.

– Você tinha que ter me comido? – ela continuou com uma voz monótona. – Foi o que você fez.

– Não faça isso, não trate desse jeito o que nós temos – ele suplicou, afetado pelas palavras dela. – Eu tenho muita coisa pra te falar.

– Eu trato da maneira que tem que ser tratado. Como você me demonstrou que é. Hoje eu te disse que gosto de você e você me disse que não. O que mais você tem pra dizer? Nós nos conhecemos há anos e a vida fez com que eu e você estivéssemos envolvidos em um caso desse tipo. Mas é a segunda vez que eu te digo, Lion, que eu gosto de você e que sempre foi você… E você sempre foge.

– Cleo, você está prestes a ultrapassar uma linha muito perigosa – ele jurou, imóvel e tenso. – Que pode acabar mudando tudo entre nós. Não faça isso.

A jovem lembrou-se das palavras de Sharon: "Você tem que domar o homem e obrigar o leão a falar." Como provocar um animal para que ele fosse capaz de falar? Instigando seus instintos.

– Isso foi algo que eu entendi hoje, sabia? – Cleo tinha que continuar interpretando seu papel e fazer o Lion acreditar que estava controlando a situação. Que nada do que ele dissesse a afetaria. – Você fez tudo mudar entre nós. Você podia ter me deixado quietinha, outro amo podia ter me treinado, mas não, foi você. E isso mudou tudo. Pra mim significou uma coisa diferente do que foi pra você, e eu fui burra. Já estou cansada. Olha a festa que está rolando lá embaixo, Lion. – Ela saiu para a varanda e se aproximou do parapeito. Eram uns dez andares de altura. O vento balançava as palmeiras, o mar estava um pouco agitado e as nuvens densas escondiam a lua. Talvez chovesse de novo. – Eu quero descer e interpretar o papel que motivou a minha vinda até aqui, o mesmo que você já tentou tirar de mim algumas vezes. – Virou-se e, apoiando-se no parapeito, olhou diretamente nos olhos dele. – Eu quero dançar, me divertir e flertar com alguém que possa ter informações importantes sobre os Vilões. Se você é capaz de vender o seu corpo para consegui-lo, eu também sou.

Lion pestanejou, atônito. Seus olhos brilhavam com raiva e aflição. Ele deveria deixá-la ir? Se dissesse que sim, Cleo não voltaria mais. Não como ele gostaria.

– Faço isso então, Lion? Eu posso muito bem subir numa mesa e tirar a roupa. – "Ui, Miss Pérfida, relaxa." – Eu ia chamar a atenção de quem eu quisesse. Um *ménage*? Uma suruba? Hmm… O que será que a noite reserva pra mim, agente Romano? Você quer ir comigo pra gente fazer como na masmorra? Não, né? Senão a Cleo pode entender da maneira errada… – ela pensou em voz alta. Engoliu saliva e pestanejou para deter as lágrimas.

Cleo esperou que o Lion reagisse, mas o homem continuava mudo, observando-a e respirando de forma precipitada.

"Lion, faça algo, por favor. Não me deixa ir. Demonstra que você se importa comigo de verdade", ela pediu em silêncio, com o coração na mão.

Cleo passou do lado dele ao entrar na varanda e se dirigiu à porta de saída. Lion estava decepcionando. Os olhos dela estavam cheios de lágrimas quando tentou abrir a porta. Ela conseguiu. Contudo, e de imediato, dedos de aço rodearam seu braço e a puxaram de volta para dentro do quarto.

Lion fechou a porta com força e empurrou Cleo contra ela até cercá-la com seu corpo. Ele colocou uma das mãos em cada lado do rosto choroso dela.

– Me deixa ir! – Cleo gritou impotente, chorando desconsolada.

– Você quer sair do meu lado?

– Quero! – ela gritou com todas as forças.

– Então vai embora. Mas vai assim. – Ele arrancou-lhe o vestido de repente, rasgando-o ao meio, transformando aquilo em um monte de tecido escuro aos pés dela. Cleo estava usando uma calcinha preta transparente com lacinhos rosa de seda nas costuras. – Vai embora então! – ele pediu, sem se afastar dela em nenhum momento. – Você quer fazer um *ménage*?!

– Quero!! – Ela ficou ponta dos dedos para gritar na cara dele.

– Você quer que eu chame o Prince? – Ele estava apertando tanto os dentes que estes ameaçavam pular-lhe da boca. – Você ficou com vontade de dar pra ele?

Cleo mordeu a língua, apertou a mandíbula com força e olhou-o irritada. Plau! Deu uma bofetada que virou o rosto rígido de Lion para o lado direito.

– Você me bateu? – murmurou sem paciência.

– Você... Você não me merece! – Suas palavras, cheias de ódio, atravessaram a armadura do Lion. Cleo não secou as lágrimas que escorriam por suas bochechas rosadas e úmidas. – Você é um covarde, Lion. Um rei covarde, um leão sem garras. Um animal que marca território na frente dos outros, mas que é incapaz de falar francamente com quem você se importa de verdade. E eu odeio o que você me fez imaginar. Não quero covardes na minha vida. Nem se atreva a encostar em mim! Nunca mais, está ouvindo? Agora abre a porta e me deixa ir embora.

Lion negou com a cabeça. Estava tremendo e, ao mesmo tempo, lutando para se acalmar.

– O que você quer, Lion? Sai da minha frente e me deixa ir embora agora mesmo – ela mandou com um tom certeiro.

Lion negou com a cabeça novamente. Olhou para os seios nus da Cleo, para sua coleira de submissa, para a calcinha e as pernas torneadas e à mostra. Olhou no rosto dela e seus joelhos tremiam diante do que ele iria dizer. Ele não poderia mais voltar atrás.

– Não, Cleo... – murmurou, deixando os joelhos caírem no chão, afundando o rosto na barriga dela, acariciando-a com as mãos e rodeando a cintura dela com um abraço apertado. Rendido. – Eu não aguento mais...

– O quê?

– Tudo! – ele respondeu, rude.

– Por que não?! Você não deveria se importar com o que eu faço!

– Claro que eu me importo! – Ele a puxou para o chão, tomando cuidado para que ela não se machucasse, e ficou em cima dela.

– Me solta, Lion! Me deixa sair!

– Você quer acabar comigo! Você não entende! – Ele ergueu as mãos por cima da cabeça dela e a imobilizou sobre o carpete bege, se aproveitando de sua força e de seu peso. – Você acha que eu não sinto nada pensando que outros podem te tocar?! Você sabe o quanto eu sofri hoje?!

– Não! Não sei! Eu sei que você fica bravo quando eu não te obedeço, agente Romano! Nada mais do que isso!

– Você tem noção do quanto eu fiquei mal ontem por sua culpa?! – ele gemeu. Seus olhos azuis se fecharam, como se ele estivesse sentindo uma dor profunda. – Eu… não consigo respirar quando você se afasta de mim. Não consigo… – Lion afundou o rosto entre o pescoço e o ombro da Cleo, tremendo como uma criança. – Você está me matando, Cleo.

Ela fixou o olhar no teto e nas janelas que davam para o sótão. Do lado de fora, as primeiras gotas da tempestade noturna começaram a cair nos vidros. Pareciam lágrimas, como as que ela estava derramando. Será que iam parar a festa? Será que o Lion ia parar? Ela não conseguia mexer os braços, ele não a deixava encostar nele. Ela só podia escutar e esperar o leão falar.

– Lion? – perguntou com voz fraca. – Seja claro comigo, eu te imploro. Você está me fazendo sofrer…

– Eu sou louco por você, Cleo. Eu… sou louco. Eu não suporto a ideia de ter te metido nisso. Não suporto que te vejam nua ou que outros pretendam alguma coisa que só pode ser minha. Eu te quero só pra mim. – Ele a beijou no pescoço com uma adoração esquisita. – Eu te amo, Cleo. Eu sofro quando você não pensa em mim, quando não tem consideração comigo. Você me fez sofrer tanto…

Deu para ouvir a Cleo engolindo saliva, e ela inclinou o rosto para junto do Lion. Ele a amava?

— Eu te amo. E quero te mandar pra bem longe daqui... Te proteger e te afastar de todo esse mundo obscuro no qual você se meteu. Por minha culpa...

— Não! Lion, eu... Sou uma mulher adulta e tomo as minhas decisões. Eu quis estar aqui com você e não me arrependo. Não acho esse mundo tão ruim.

— Eu sou um amo! Olha onde nós estamos... Olha o que eu estou fazendo com você! Você não me odeia?!

— Te odiar? Não! Como eu poderia te odiar, Lion? — ela perguntou triste. Como odiá-lo quando amava-o tanto?

— Cleo... — Seu nome era uma súplica nos lábios dele. — Eu não queria te dizer isso aqui, mas eu não aguento mais, e você está me pressionando demais, bruxa. — Ele colocou o quadril entre as pernas abertas dela e fez pressão. — Você está brincando comigo e com a minha saúde mental... Hoje de manhã, na masmorra, você me fez perder uns anos de vida...

— Olha pra mim, Lion... Por favor...

— Não! — Ele tirou a calcinha dela, rasgando-a, e abriu a calça para tirar sua ereção do aperto da cueca. — Eu quero fazer agora. Eu preciso estar dentro de você...

— Você quer?

— Agora!

— Então olha pra mim.

— Não quero. Eu olho pra você em cada segundo, cada minuto, cada hora que passa... Acho que sou um egoísta por ficar feliz de te ter comigo, de poder desfrutar de você... — Com uma das mãos segurando os pulsos dela, ele colocou os dedos da outra dentro de Cleo.

Ela abriu os olhos e sacudiu a cabeça.

– Espera, pequena... – Ele a acariciou, a massageou. Esperou-a ficar molhada e começou a estimulá-la. – Mas depois eu quero te afastar, te enfiar em uma mala e te mandar de volta para Nova Orleans, com o seu bicho vesgo e a sua delegacia. Pelo menos por lá você estaria mais segura e melhor. Por acaso eu estou doido?

– Não, Lion... – Ela chorou, motivada pela sinceridade na voz dele. – Deixa eu ficar com você. Deixa eu chegar à final...

– Shh... – Ele curvou os dedos dentro dela e aproveitou para enfiar outro e dilatá-la. Estava curtindo o som de dor-prazer dela e, nesse momento, contemplou o rosto de Cleo. – Se você ficar, vai ter que arcar com todas as consequências. Você vai ficar comigo agora e depois.

Os dois olhares se chocaram: o de Cleo, impressionado, e o dele, decidido e distante. Depois? Ele queria dizer depois da missão?

– Essa boca... Esses olhos... – ele murmurou, antes de deixar sua cabeça cair e beijá-la com todas as forças.

Cleo começou a mexer o quadril para cima e para baixo, seguindo a intromissão dos dedos dele. As línguas se enfrentavam em um duelo: se acariciavam e se empurravam uma contra a outra. Os lábios se mordiam, se chupavam e se lambiam, e depois começavam de novo.

– Eu quero te tocar. Deixa eu te tocar... Ai, meu Deus, Lion... – Aquele homem tinha dito que queria ficar com ela depois do torneio. Incrível.

– Não – ele negou muito preciso. – Você me fez falar coisas que eu não queria falar. Então agora eu vou ter que te controlar.

Cleo ficou ainda mais excitada ouvindo aquelas palavras. Ordem ou ameaça? Caralho, como ele era sexy! Definitivamente, ela adorava que ele jogasse com ela daquela forma. Sentiu a língua dele deslizando sobre a pele de seu pescoço que estava exposta mediante a coleira, depois pelo ombro e pela clavícula... Ele lambeu-lhe a parte superior dos seios e depois começou a torturar os mamilos.

– Você está sentindo como eu os deixo duros? Eu te deixo dura, Cleo? – Ele olhou para ela por cima de um seio, enquanto colocava a língua para fora e acariciava o mamilo úmido. – Seria justo, porque você me deixa duríssimo sempre que está perto de mim, sempre que eu sinto o seu cheiro... Seu cheiro acaba comigo: você tem cheiro de fruta.

Cleo levantou o quadril, transportada para um mundo de sensações e de erotismo. As palavras, a voz, as declarações... "Eu sou louco por você." E ela ficaria louca por ele se ele continuasse fazendo aquilo.

Então ela percebeu que Lion havia tirado os dedos de dentro dela e recolheu-a pelos braços, de repente, para colocá-la na cama, de cara para a parede.

Cleo achou que tinha ficado cansada, mas não, só tinha trocado de lugar e estava vazia entre as pernas.

– Lion? – Ela o fitou por cima do ombro. – Você vem? – perguntou, insegura.

Ele sorriu com ternura, tirou as calças bruscamente e subiu na cama atrás dela. Pegou a sacola com apetrechos e tirou as algemas para imobilizar as mãos dela nas costas.

– Você não vai mais fazer *ménages*, Cleo. Nunca mais – rugiu ao ouvido dela. Deu-lhe um tapa sonoro na bunda e outro entre as pernas. Cleo mordeu o lábio e emitiu um lamento erótico inconfundível – Isso é meu. – Colocou a mão na vagina e enfiou três dedos completamente, pouco a pouco, dentro dela.

– Lion... – Ela fechou os olhos e apoiou a cabeça no enorme ombro do seu parceiro. Ele era o parceiro dela? Eles eram um casal de verdade?

– Eu ia matar o Prince, bruxinha. – Ele mordeu o ombro dela e em seguida o lambeu. – Eu ia matá-lo. Eu achava que ele tinha te submetido... Isso acabou comigo. Fiquei louco ao pensar que outro cara estava se mexendo dentro de você. Tem amos e homens que gostam desse tipo de coisa. Eu não.

– Nem eu.

– Não volte a se expor assim nunca mais. Você me machucou muito, Cleo.

– Não. – Cleo chorou. – Me desculpa, Lion. Desculpa... Eu não sabia que você se sentia assim. Eu não entendia...Você dava a entender outra coisa. Nem falava comigo e...

– E como você acha que eu me sentia?! – Ele puxou os cabelos da Cleo, virando o rosto dela para si, e aplicou-lhe um beijo punitivo. – Como você acha, hein?

– Agora eu já sei – sussurrou. Estava com os lábios inchados e com a maquiagem borrada. – Antes eu não sabia de nada. Agora, sim. Eu sou importante pra você. Você me ama.

– Sim – murmurou. – Você é importante pra mim e eu te amo, linda. Bom... Você vai se comportar direito a partir de agora? Vai levar os meus sentimentos em conta?

– E você vai se importar com os meus? – ela rebateu.

– Não – Lion negou, dando um beijo nos lábios dela. Colocou a ereção perto da vagina dela, tirou os dedos e enfiou o pau sem cerimônia. Cleo perdeu o fôlego, mas Lion lhe fornecia oxigênio com suas palavras doces e intrometidas. Ela colocou a mão na barriga, onde batia a cabeça do pênis. Na altura do umbigo. – Aqui... Cleo. É aqui onde eu mais gosto de estar. Tão dentro que você acha que eu vou te rasgar em duas. Não vou levar seus sentimentos em conta porque ainda não ouvi você me falando deles.

– Você está me rasgando. É isso o que eu estou sentindo... – Cleo sorriu. Lion estava de joelhos atrás dela, perfurando-a entre as pernas, acariciando seu clitóris com uma das mãos e acariciando um dos mamilos com a outra. – Eu já me declarei pra você duas vezes. É suficiente – ela provocou.

– Não importa. – Lion puxou o mamilo com força e aproveitou para empurrar sua ereção mais para dentro do corpo dela. – Eu quero agora. Quero que você me diga agora.

Cleo abriu os olhos e, com a cabeça apoiada no ombro, disse:

– Eu te amo, Lion. Sempre foi você. A missão, o torneio... só me fizeram abrir os olhos e me dar conta de que eu comparava todos com você e nenhum nunca era bom o suficiente pra mim. Porque... porque não tinham seu olhar, seu caráter... Nem nada do que eu gostava. Eles não eram você.

– Meu Deus, Cleo... – Lion sentou-se sobre os calcanhares e a fez sentar em cima dele. – Assim, pequena... Assim...

Seus corpos suavam e se roçavam, acariciando-se, dizendo um para o outro todas essas coisas difíceis de expressar com palavras. Cleo e Lion tinham se unido por causa de uma situação difícil e comprometedora, mas era na dificuldade que vinha o crescimento e o aprendizado com os próprios medos, nos obstáculos, nos seus complexos... Naquela suíte do Westin Saint John, duas pessoas estavam se entregando sem medos nem restrições.

Lion empurrou com força enquanto maltratava o grelo da Cleo.

Ela estava subindo e descendo em cima dele, gritando de êxtase. Às vezes, quando estava quase chegando ao orgasmo, Lion parava de tocar nela e a deixava louca. Ela sempre dizia que vinha do país dos orgasmos clitorianos, mas Lion estava lhe ensinando como gozar lá de dentro. E ela o fazia com prazer.

– Não tem mais ninguém. Fala, Cleo.

– Só... só você, Lion. – Ela deixou a cabeça cair para baixo, mas ele não permitiu. Puxou-a pelo pescoço e a fez ficar grudada de novo no seu corpo. – Só você, senhor.

– Deixa eu olhar a sua cara quando você está assim: no ápice do prazer. Não tem nada mais bonito ou mais erótico do que o seu rosto. Como você morde o lábio, como os seus cílios pulsam, como você abre a boca para tomar ar...

– Ai, meu Deus... Lion...

– Sim – ele sussurrou a ponto de gozar. – Você já vai gozar? Goza comigo.

– Eu já te disse que não é assim... – As mulheres não gozavam só com uma ordem qualquer. O motor tinha que estar bem quente para arrancar. Mas, então, ele atingiu um ponto profundo e apertado dentro dela, e sentiu como ele se inchava e como deixava sua semente no interior dela. Graças a Deus existiam os anticoncepcionais. – Ai, sim... sim! – De forma fulminante, Lion provocou-lhe um orgasmo devastador, que ela sequer sabia de onde vinha. Por dentro? Por fora? Pelos seios? Tanto fazia! Ela se viu gritando, caindo para a frente e mordendo o travesseiro enquanto Lion a tomava poderosamente, preenchendo-a com sua rola enorme, cobrindo-a com seu corpo imenso.

Os dois experimentaram uma pequena morte. Dizem por aí, entretanto, que a morte não é o final, e sim o começo de algo.

Lion e Cleo tinham acabado de dar o primeiro passo para iniciar algo entre eles. O quê? Eles ainda não sabiam.

15

*É sempre a mesma coisa: quando amarram suas mãos nas costas,
sempre vem uma coceira nos olhos e no nariz.*

– Não vou permitir que encostem em você. Nós não vamos entrar na final. Está decidido. Vamos monitorar os Vilões de um outro lugar e fazer a emboscada no momento certo.

Cleo estava estirada em cima dele. Ela acariciava o peito do agente e aproveitava os carinhos das mãos dele em suas costas e em suas nádegas nuas. Eles tinham repetido o ato mais duas vezes e estavam cansados. Cleo estava com a bunda vermelha, e Lion, com uns arranhões nas costas e no peito.

Depois do sexo, o agente Romano aproveitou para falar tudo o que havia sido descoberto até o momento.

– Você não pode fazer isso. Não podemos fazer isso.

– Eu quero que você use a palavra de segurança, Cleo. Que no momento em que você não puder mais, você a pronuncie. Não quero que essa gente jogue com você.

– Vamos ver. Amanhã nós temos que deixar o hotel e ir para Saint Croix ou Norland. Ali será realizada a última rodada e a final

– Cleo sussurrou sobre o peito dele. – Estamos tão perto… Eu ia te contar uma coisa.

– O quê?

– Hoje eu recebi um convite individual para me encontrar com os Vilões.

– Hoje? Quando? – A surpresa se refletiu em sua voz.

– Antes de descer para a festa. Eu saí do banheiro e encontrei o envelope no chão. Uma limusine me buscaria e me levaria até eles.

– E… você não foi? Não posso acreditar. – Ele sorriu. – Você ficou aqui? Por quê? Você sempre faz o que te dá na telha.

– Eu não fui porque não queria te deixar bravo. – Ela levantou o rosto do peito do agente e acariciou o queixo dele com o indicador. – Porque achei arriscado demais; fiquei com um mal pressentimento. Além do mais, eles queriam que eu fosse sozinha.

– Muito bem. – Lion massageou a nuca dela, beijando-a no topo da cabeça e na testa. – Agora, nada mais vai parecer fácil, Cleo. Estamos entrando em um território perigoso e eu não gosto disso. – Ele a abraçou com força e, pegando-a pelas axilas, levantou-a por cima dele como se ela fosse uma criança. – A final é amanhã. Nós não precisamos participar da rodada, mas temos que investigar os arredores das ilhas e pegar as armas que a equipe de monitoramento trouxe pra gente. Eles deixaram as armas em Buck Island, ao lado de Saint Croix. Então não teremos que ir muito longe.

– Sim. – O cabelo vermelho da Cleo cobria o rosto dos dois, escondendo-os do mundo.

– Nós quase conseguimos. – Ele a deixou cair sobre seu corpo aos poucos e cobriu os dois com o lençol.

– Quase. – Ela sorriu, deixando que Lion a cobrisse de atenção.

— Bom trabalho, agente Connelly. Será um orgulho para o FBI ter uma agente tão competente no quadro de funcionários.

— Obrigada, senhor. Mas eu ainda não faço parte do FBI. — E, depois de tudo aquilo, talvez ela não quisesse fazer parte. Porém, mantinha a informação para si.

Com esse pensamento, e os beijos balsâmicos do Lion em suas pálpebras e bochechas, Cleo adormeceu. Faltavam quatro horas para o amanhecer e eles precisavam descansar antes de encarar a final do Dragões e Masmorras DS.

O quarto estava em silêncio. Não havia passado nem duas horas de quando eles dormiram e Lion abriu os olhos dando de cara com Cleo amordaçada, olhando fixamente para ele, tão surpresa quanto ele. O agente tentou falar, angustiado, mas estava com um pano na boca e também não conseguia emitir qualquer som.

Não podiam se mexer. Tinham injetado neles uma espécie de paralisante ou outra droga do tipo.

Mãos duras e exigentes os levantaram e colocaram os dois de joelhos, um de frente para o outro.

— Pode vendá-los, e amarra as mãos deles nas costas.

Lion e Cleo pestanejaram incrédulos diante do que estava acontecendo. Aquilo não estava nos planos. A voz era de uma mulher soberba, e eles conheciam aquela mulher com ares de grandeza.

— Os Vilões estão esperando por vocês. — Claudia saiu do canto menos iluminado da suíte e apareceu vestida toda de látex, com um açoite em uma das mãos e uma Taser na outra. — Essa puta recusou o convite deles — grunhiu, desferindo uma chicotada dolorosa nas coxas nuas da Cleo –, e isso os deixou muito zangados. Agora eles querem os dois. – Dessa vez, o açoite atingiu as costas do Lion.

Cleo gritou para que Claudia parasse, mas a ama não se importava nem um pouco. Dois armários encapuzados, vestidos de preto, estavam dando apoio para a dominadora.

– Eu acho – Claudia falou, passando os dedos pelo açoite e depois saboreando-o com a língua – que vocês foram descobertos, crianças. A selva é grande demais pra vocês.

Cleo e Lion olharam um para o outro.

Por quê? Quem os teria descoberto? Eles estavam com os dados pessoais completamente modificados, ninguém conhecia suas verdadeiras identidades. Como poderiam ter sido identificados?

– Vou levá-los para o Tiamat. Eles vão decidir o que fazer com vocês.

Com essas palavras, Claudia saiu do quarto com ar de grandeza. Os dois homens enormes carregaram Cleo e Lion, cobrindo-os com capas para proteção de equipamentos.

Ninguém sabia que, na verdade, eles tinham acabado de sequestrar dois agentes do FBI.

Ao chegarem ao porto, eles entraram em uma lancha e jogaram os agentes no chão de qualquer jeito. Os dois bateram a cabeça ao cair.

Lion sentia seu coração saindo pela boca. Eles tinham acabado de ser tirados do hotel e não tinham ideia de para onde estavam sendo levados.

Estavam em apuros.

Meia hora depois, os dois gigantes voltaram a carregá-los, e depois de caminhar com eles durante o que pareceu uma eternidade, sobre um solo arenoso, entraram em uma espécie de gruta.

Lion ouvia o som das gotas que pingavam das estalactites sobre o chão úmido e encharcado, além dos passos dos brutamontes e o eco dos saltos da Claudia.

Ele sabia que Cleo tinha um localizador e uma câmera na coleira de submissa. Contudo, estava muito escuro ali. Será que ia captar boas imagens?

A equipe de monitoramento não demoraria para chegar e salvá-los.

Tiraram os dois das capas e os deixaram no chão, novamente de joelhos. Depois, tiraram as vendas. Os dois pestanejaram e a primeira coisa que fizeram foi olhar um para o outro. Cleo franziu a testa: Lion estava com um hematoma no rosto.

— Tiamat e o Vingador não vão demorar — Claudia garantiu, puxando Cleo pelos cabelos.

Esta reclamou e apertou os olhos com força.

— Você, putinha, me eliminou logo na primeira oportunidade. Vai pagar por isso. — Claudia colocou um arreio de cavalo na ruiva.

Cleo odiava aqueles apetrechos porque faziam-na parecer um animal.

"Sim, já estou imaginando como eu vou ter que pagar", pensou Cleo.

Lion lutava para se livrar da mordaça e desamarrar as cordas das mãos, mas era impossível. Enquanto isso, os dois guarda-costas o vestiam com uma cueca de couro que tinha um zíper na parte de trás.

— Eu nunca teria suspeitado de você, King. Não achei que você se aliaria a alguém como ela. — Claudia andou até o Lion e puxou o queixo dele com força, deixando marcas de seus dedos. Seus olhos pretos soltavam faíscas. – E o que eu não sabia era que vocês estavam escondendo suas verdadeiras identidades. Por sorte, há alguém aqui que conhece vocês e que abriu a caixa de Pandora. – Claudia prestou atenção. – Acho que estou ouvindo um barulho de lancha. Devem estar chegando.

Cleo e Lion olharam um para o outro, incrédulos com as palavras de Mistress Pain. Claro que o Sombra tinha ficado na cola de todo mundo. Mas quem os conhecia? Quem sabia que eles eram agentes federais?

– Eu tenho certeza absoluta de que vocês nunca vão esquecer essa surpresa – Claudia garantiu.

Pela entrada da gruta, aproximaram-se seis pessoas, vestidas com túnicas pretas e capuzes enormes. Usavam máscaras douradas: duas delas com sorrisos e as quatro restantes carregavam expressões tristes.

Uma delas era mulher, mais baixa do que as outras. Ela e outro homem, muito alto, ajudavam o mais alto e corpulento de todos a caminhar, e este vestia uma máscara que sorria. Ele mancava um pouco e estava com os punhos fechados, como se sentisse muita raiva ou muita dor.

Cleo engoliu saliva e Lion tentou andar de joelhos até onde ela estava, mas um dos gorilas o jogou no chão com um chute nas costas.

– Eis aqui o Tiamat – Claudia falou, acariciando seu açoite de cima a baixo. – Como vocês sabem, ele é um dragão de cinco cabeças. Vamos ver quantas pessoas tem aqui? Uma, duas, três, quatro, cinco, e com mais um convidado, seis – contou, apontando com o dedo. Ela respirou fundo como se estivesse cansada e levantou Cleo pelos cabelos.

"Puta! Não encosta em mim! Lion, pelo amor de Deus..." Ela desviou o olhar para o moreno, que tentava se levantar.

O homem mascarado deu um passo à frente, certificando-se de que o mais alto de todos se mantivesse de pé.

– Tira a mordaça dela, Mistress Pain – ele pediu educadamente. Tinha um sotaque sulista bem característico.

Claudia a arrancou sem cerimônia. Cleo lambeu os lábios e mexeu os músculos da face. Estava ardendo.

– Você deve estar um pouco atordoada, não é, Cleo Connelly?

Cleo se arrepiou e olhou de canto de olho para o Lion.

– Sim, jovenzinha. Eu te conheço perfeitamente.

– Quem é você? – ela perguntou sem medo.

– Quem eu sou? – Plau! A bofetada dada pelo Vilão fez o rosto dela girar.

Cleo passou a língua pelo lábio inferior e notou o corte sangrento que ele havia causado. Ela não sabia quem eles eram, mas com toda a certeza eram membros da Old Guard.

– Eu te conheço. Conheço o seu pai, herói de Nova Orleans. Conheço Lion. Conheço os pais do Lion. Conheço todos vocês! – Ele soltou uma gargalhada abafada.

Merda. Se conheciam a todos... deviam ser de Nova Orleans. Lion prestou atenção e observou friamente a cabeça do Tiamat.

– Eu nunca tinha te visto nesse meio, Cleo. Até tinha visto a sua irmã... Leslie. Mas não você.

– Que... Quem é você?

– A pergunta é: quem é você? Por que, sendo uma policial de Nova Orleans, você está nesse torneio como uma jovem com pais adotivos do Texas e que trabalha em uma galeria de arte? Nós te pegamos, Cleo. Não tenha vergonha e responda à minha pergunta.

Mas ela não respondeu.

O mascarado se aproximou e acariciou seus cabelos ruivos.

– Não me importa o que você ou a sua irmã estão fazendo aqui. Nem sequer o que o Lion está fazendo aqui. Mas eu vou te falar uma coisa: há seis meses você colocou o meu filho na cadeia. Com isso, sim, eu me importo. Por isso, não vou deixar você passar daqui.

Cleo pestanejou, atordoada. Como? A única pessoa que ela havia prendido nesse meio-tempo tinha sido Billy Bob... Não podia ser. Então eles não sabiam que os dois eram agentes federais... Será que suspeitavam?

– Você acha que a Leslie foi escolhida por acaso? – continuou uma das cabeças de Tiamat. – Nem pensar, linda. Você colocou meu filho atrás das grades; por isso, quando a Leslie começou a se destacar no meio e, duas semanas antes do torneio, começaram a nos enviar fotos dela, nós a reconhecemos. Tivemos que separá-la do submisso que estava com ela.

Lion deu um salto. Clint? Eles tinham matado o Clint?

– Então nós pedimos a ajuda da Mistress Pain, para que ela fizesse as honras.

– Naquela noite, eu estava com Lion em outro lugar – Claudia lembrou –, mas quando recebi a ligação de Tiamat dizendo que eles estavam com a Leslie e que, no entanto, seu submisso estava à solta e suspeitando de algo, eu não pude recusar. – Ela sorriu com frieza. – Eu adorei jogar com aquele homem...

Lion se mexeu de um lado para o outro, gritando e com as veias do pescoço saltando. Se ele pudesse, arrancaria as pernas dela com os dentes.

Claudia acabava de confessar que tinha matado Clint.

– Você matou um submisso? – Cleo perguntou, abalada.

Claudia cruzou os braços, levantou o queixo e balançou a cabeça afirmativamente, orgulhosa.

– E onde está minha irmã? – Cleo perguntou, fingindo não saber a resposta. Eles não podiam suspeitar da Leslie; o plano tinha que continuar.

– Agora, um amo a está treinando para que ela seja entregue a nós – o mascarado respondeu. – Nós queríamos nos vingar, Connelly, pelo que você fez com o nosso pequeno, e por isso a sua irmã está aqui: por sua culpa.

Então não tinha sido por causa do perfil dela. Havia uma surpreendente rusga pessoal impulsionada pela prisão do Billy Bob. Leslie e Cleo estavam na mira dos Vilões antes mesmo do início do torneio.

– Minha irmã não está aqui por minha culpa. Ela está aqui porque o seu filho é um filho da puta que bate...

Plau! Plau! Dois tapas seguidos e dolorosos. Cleo sentiu as juntas dos dedos dele em sua maçã do rosto e apertou os dentes.

– A gente ia se conformar com a Leslie! Mas isso... – Olhou para os dois. – É muito mais do que a gente esperava. Sabe como ficamos sabendo quem você era, cadela? Nem imaginávamos que você estava metida nisso até que a Claudia nos alertou.

Cleo negou com a cabeça.

– Mistress Pain nos ligou, informando que uma garota a tinha eliminado na primeira rodada e que ela não podia continuar no torneio. Nos disse que se chamava Lady Nala. Pedimos pra que ela nos mandasse fotos suas. E quando vimos que era você, a irmã da Leslie, nem acreditamos. Deus está do nosso lado! – Ela louvou, erguendo os braços.

"Não usar o nome de Deus em vão", Cleo pensou.

– Não estamos a par de todo os participantes – explicou o líder do Tiamat –, só dos submissos que serão usados nas nossas... práticas. O torneio é só uma fachada, e os amos protagonistas e a competição em si não nos interessam. Todavia, descobrir você aqui foi uma agradável surpresa, porque você era quem eu realmente gostaria de destruir.

Lion, que estava de joelhos no chão, entendeu que as ligações que Claudia recebia da Luisiana eram deles. Claudia estava em contato com os pais do Billy Bob. E não só isso; agora ele entendia por que o agressor tinha estado na festa da mansão Lalaurie: porque ele fazia parte do mundo do BDSM e da Old Guard, como seus pais. Inacreditável.

– Sério mesmo? Eu nem tinha me dado conta de que o Dragões e Masmorras DS era só uma fachada para a Old Guard mais radical – Cleo rebateu ironicamente.

– Você me surpreende, Cleo – confessou ele. – Você é uma descarada. Ontem à noite, a Claudia tentou separar vocês com aquela foto. Ela achou que, sem o Lion te protegendo, podíamos te capturar e te preparar para o nosso jogo. Mas deu errado. Até mesmo nessa manhã, com o *ménage*, a gente esperava uma divisão absoluta entre vocês. Porém, aquela intrometida da Rainha das Aranhas resolveu jogar.

– Vocês não jogam – Cleo respondeu em voz alta. – Não sei o que vocês fazem... – mentiu. – Claudia confessou que matou o Clint. Vocês sequestraram a minha irmã! Vocês vão pra cadeia. Eu prometo! – bradou, furiosa.

– Silêncio! Suas afrontas serão punidas. – O homem fechou o punho sobre os cabelos dela e deu uma puxada violenta. – Eu tenho algo preparado para as irmãs Connelly. Você e a sua irmã vão pagar pelo que você fez com o meu Billy.

"Pode achar o que quiser, seu porco, mas a Leslie não é só uma submissa. Ela é uma agente do FBI acompanhada de um membro da SVR. Vocês vão se ferrar."

Se o pai do Billy Bob estava entre os membros do Tiamat, então Cleo começava a entender muitas coisas que até então não faziam sentido no torneio. Por exemplo, o rum usado nas últimas festas era fabricado em Nova Orleans, em uma destilaria que tinha os pais do Billy Bob como proprietários. Era uma família muito rica e poderosa, até mais do que a do Lion, e tinham amizades em círculos políticos. Inclusive, algumas vezes, colaboraram com campanhas publicitárias do Partido Republicano. Contudo, ela nunca havia imaginado que a família D'Arthenay, de origem francesa, estivesse envolvida em um torneio de BDSM. E não só isso, além de tudo, como um dos membros integrantes dos Vilões. Ela sempre pensara neles com pena, porque tinham um filho tão doente e agressivo que maltratava as mulheres... Agora ela entendia por que o Billy Bob tinha essas tendências violentas. Provavelmente tinha aprendido com os pais.

Leslie havia dito que os Vilões eram pessoas com muito dinheiro e com muita influência na sociedade; pessoas que, curiosamente, eram praticantes do sadomasoquismo de antigamente e que originaram a Old Guard. Por quê? Não sabiam, mas teriam que investigar. Talvez não houvesse uma razão. Talvez pessoas assim existiam e ponto final.

– Seu nome é Xavier D'Arthenay – Cleo anunciou em voz alta –, e a mulher deve ser Margaret D'Arthenay, sua esposa. Vocês não precisam usar máscaras. Daqui eu estou sentindo o cheiro de podridão.

– Puta. – Ele deu mais uma bofetada.

Cleo respirou fundo para se acalmar. Os cabelos vermelhos desgrenhados cobriam seu rosto, e ela olhou para os dois por entre as mechas, com os olhos verdes e claros como faróis.

– Vocês cometeram um crime ao oferecer garrafas do seu rum com ecstasy e *popper* – ela alfinetou. – Vocês não fazem exportações, a menos que tenham trazido o produto pra cá. E foi o que vocês fizeram… Como agente da lei que eu sou, tenho que comunicar a vocês. Como praticante do BDSM, digo que não gosto de ser drogada. Além de tudo, vocês são testemunhas de um homicídio. Se quiserem, eu posso ler os direitos de vocês. Vocês vão precisar. – Cleo precisava ganhar tempo. Pelos menos para adiar sua tortura.

Xavier olhou para a esposa e ela deu de ombros. Os dois começaram a rir.

– Você está de brincadeira? – a mulher perguntou. – Você sabe o que a gente vai fazer com você?

Margaret se aproximou do homem manco e desengonçado, também de máscara.

– Vamos nos encarregar de que o Billy Bob deixe vocês do mesmo jeito que vocês o deixaram. Não é, Lion? – Xavier perguntou se inclinando para ele. – O que você acha? Você vai chorar quando estiver vendo a Cleo ter o que merece? Vai continuar gostando dela? E depois o Billy vai te arrebentar por dentro e por fora, hein, machão? – Deu um tapa no rosto dele. – Que pena, o herdeiro da cadeia algodoeira mais importante dos Estados Unidos encontrado morto e esquartejado em uma gruta nas Ilhas Virgens – ele falou, imaginando a manchete.

Lion se mexeu como um touro e tentou atacá-lo com um grito.

"Não encostem nela, senão eu mato todos vocês", disse para si mesmo.

Cleo não queria olhar para o homem que estava diante dela, mas era inevitável. A mulher tirou a máscara dele com cuidado e apareceu o impressionante e desfigurado rosto de Billy Bob.

Cleo começou a chorar de impotência e de raiva. Nunca ia se livrar dele?

– Cleo, querida – a mulher sussurrou. – Vou dar meus pêsames à sua mãe por ter perdido as duas filhas, tão bonitas, em tão pouco tempo. Isso, depois do que você fez com o meu filho, não podia acabar de outra forma. Você não entende?

– Eu entendo que sei muita coisa sobre vocês. E entendo que o seu filho, que deveria estar hospitalizado para depois ir para prisão estatal, está aqui, livre. Vocês pagaram muito para soltá-lo?

Margaret pareceu levantar os ombros.

– O dinheiro nunca foi um problema. E o nosso filho merece a nossa atenção. Ele não sabe canalizar seus impulsos. Mas a gente vai ensinar.

– Vocês são uns sádicos. Criaram um monstro! Se bem que vocês também são monstros.

A risada suave de Margaret deixou Cleo arrepiada.

– Nós não somos monstros, querida. Nós fazemos o que fazemos porque podemos. E decidimos que o seu tempo acabou.

Iriam matá-la?

Entretanto, Cleo já não ouvia; limitava-se a prestar atenção em Billy Bob, que estava se preparando bem à sua frente.

Ele apresentava hematomas nas bochechas e uma cicatriz lhe cruzava a testa. Os dois olhos pareciam coagulados, inchados e vermelhos, e ele estava quase sem nenhum dente. Billy Bob, o Cara de Anjo, tinha se transformado em Billy Bob, o Monstrengo. Lion tinha sido o cirurgião, não havia dúvida.

— Você e o Lion vão ficar aqui com o Billy e a Mistress Pain — Margaret explicou com voz de professora. — Vou deixar que se vinguem do jeito que quiserem e, depois, se vocês ainda estiverem vivos, a gente vêm buscar para levá-los para a noite de Santa Valburga. — Bateu palmas duas vezes como uma criancinha e começou a rir. — Vocês vão adorar. Claudia?

— Sim, Maitress Margaret?

— A viagem foi muito dura para o Billy. Ele está usando isso aqui pra dor. — Ela mostrou um pequeno nécessaire preto com várias seringas. — Ele quis muito estar aqui e não perder o espetáculo, principalmente quando soube que estávamos com a Cleo. Mas o voo deixou-o exausto. Dá isso aqui pra ele caso ele se sinta mal, ok? — Ela lhe entregou um frasco de morfina. — Isso vai fazer ele não sentir dor e dar uma revigorada.

— Sim, Maitress — Claudia inclinou a cabeça em sinal de respeito.

— Aproveita o seu submisso, Sombra. Fiquei sabendo que você sempre gostou desse amo. Agora ele é seu. Dê pra ele o que ele merece.

— Pode deixar — a ama assegurou, lançando um olhar venenoso para Lion. — As traições não devem passar despercebidas.

— O potro e a cruz estão no interior da gruta — disse Xavier. — Também há correntes nas paredes da caverna. Use-as e depois recolha tudo, como sempre. Esperamos vocês em Ruathym à meia-noite, para começarmos nossa Santa Valburga. Quando vocês chegarem, deem o sinal: acendam a fogueira e as tochas. Quando virmos o fogo, apareceremos.

"Ruathym? Que parte das ilhas corresponde a Ruathym?", Lion se perguntou, lutando para se desfazer das cordas e torcendo para que não machucassem Cleo. Ele estava tomado pelo desespero. O jogo, as dificuldades do torneio e o medo de que Cleo fosse submetida não tinham nada a ver com o que ele estava sentindo naquele momento. Sua vida estava por um fio; porque se eles machucassem Cleo, estariam machucando a ele. Tinham que encontrar um jeito de sair dali.

Lá fora já havia amanhecido. A claridade do dia iluminava a espetacular gruta onde eles se encontravam. Em qual das Ilhas Virgens estariam presos?

A última rodada de Dragões e Masmorras DS começaria logo mais. O que o Nick faria quando visse que eles não estavam no quarto? E a equipe de monitoramento? Eles já deveriam saber o que estava acontecendo.

– Estaremos lá – Claudia respondeu às ordens de Xavier.

Margaret se aproximou do filho, que não parava de olhar para Cleo, e disse:

– Querido, a mamãe e o papai estão te esperando na ilha. Vingue-se de cada soco, meu amor. – Fez um carinho em sua bochecha enquanto lamentava o estado em que ele estava.

Depois dessas instruções, os membros de Tiamat deixaram Sombra e Billy Bob com Cleo e Lion, em uma gruta desconhecida.

Os dois guarda-costas levantaram Lion pelos ombros para mantê-lo em pé e arrastá-lo até o interior da caverna.

Billy Bob empurrou Cleo para que ela andasse diante dele.

O efeito do paralisante tinha durado muito pouco.

Lion olhou para ela por cima do ombro.

Cleo franziu a testa, assustada.

Ele desviou os olhos para as costas dela.

Ela olhou para suas mãos amarradas e se deu conta de que o Lion estava com uma pedra preta afiada entre os dedos e cortava a corda que o amarrava sem que ninguém percebesse. Quando ele tinha pego aquilo? Era do chão da gruta...

Será que teriam alguma chance antes de começar a tortura? Tomara que sim, porque Cleo tremia só de pensar no açoite do Billy Bob, ou coisas piores, tocando sua pele.

Meia hora depois, estavam no interior daquela caverna natural.

O potro, a cruz e as correntes estavam meio iluminadas pela claridade que entrava na gruta, o que dava àquelas coisas um aspecto mais desafiador e sinistro do que na verdade tinham.

Como um homem que havia levado uma surra monumental e ficado inconsciente podia estar na frente dela seis dias depois de tamanha sova? Ele estava ali, sim, mas com um aspecto deplorável, disforme e até gosmento. A boca inchada não parecia se fechar direito, e um fluido escorria dela. As cicatrizes e as linhas dos pontos saltavam, vermelhos e um pouco inflamados. Os olhos roxos e com vasinhos rompidos choravam. Ela estava convencida de que Billy Bob não estava enxergando direito, mas assim como um predador, sentia o cheiro do medo e dessa forma encontrava suas vítimas.

E Cleo estava com medo.

Os dois guarda-costas a colocaram na cruz e amarraram as correias das mãos dela, esticando seus braços por completo. Tiraram sua coleira de submissa e a jogaram no chão, substituindo-a por uma com um aparato interno.

– Solta descargas elétricas – disse um dos guarda-costas de roupas pretas. Eles se pareciam muito, mas um era loiro e o outro, moreno. Seriam irmãos? – Como as coleiras de cachorro que soltam uma pequena quantidade de algum produto amargo no rosto do bicho quando ele late, sabe? É a mesma coisa, mas com eletricidade.

Lion foi colocado na frente dela, de joelhos, para que visse todo o espetáculo.

De repente, Claudia se agachou na frente dele e tirou-lhe a mordaça com força. Depois o beijou nos lábios, mas o agente Romano virou o rosto.

– Então a Mistress Pain é o Sombra? – Lion perguntou com desdém. – Você era a espiã dos Vilões. Eles ficavam sabendo de todos os detalhes dos participantes graças a você. E com certeza era você quem escolhia os submissos e as submissas que eram levados pra eles, não é? Sem o consentimento deles! – ele grunhiu, zangado.

Claudia admirou a feição do Lion. Ele era tão bonito e estava sendo tão mal aproveitado...

– Por que você está tão nervoso, coração? Você não está bravo por eu fazer parte dos Vilões, está bravo por não ter percebido.

– Sim, não tenho dúvida disso. Mas você não vai ficar impune, Claudia.

– Claro. – Ela tirou um saquinho da sua calça de látex preta e mostrou a ele o pacote de guiches. As pontas de seu curto cabelo preto acariciavam-lhe o queixo. Depois, ela colocou um dos guiches entre os dentes e sorriu para ele, indo direto ao ponto. – A primeira coisa que eu vou fazer com você é colocar esse guiche entre seu ânus e suas bolas. Sempre quis fazer isso com você, mas eu sabia que você não ia deixar. Afinal, você é um amo e não aceita que ninguém te domine, certo? Mas agora você está sob meu poder e vai fazer tudo o que eu quiser.

– Você matou meu melhor amigo, sua puta – ele sussurrou entre os dentes. – Por acaso acha que eu vou te perdoar?

– Você vai ter que perdoar, querido. – Ela tirou o piercing dos dentes e ficou brincando com ele entre os dedos. – Você não pode entrar no céu com contas pendentes.

– Por que você fez isso?! Por que você faz isso?

Claudia pestanejou como se aquela pergunta fosse completamente inoportuna ou como se a resposta fosse muito mais óbvia do que ele achava.

– Porque eu posso, King. Porque eu posso.

– Porque você pode? Que tipo de resposta é essa, cadela?

– Bom... – Claudia se levantou. – É a única resposta válida, a única verdadeira. A sensação de ter o poder de decidir quem vive e quem morre, quem sofre mais e quem sofre menos. – Levantou a bota e deu um chute na cara dele. – Viu? Você está nas minhas mãos, e o que pode me deter de te matar ou não, de te fazer suplicar para que eu pare ou te fazer implorar para que eu acabe com você? Nada. Nada me impede, Lion. E, como eu posso, eu faço. É como ser um deus na Terra. Nós, os Vilões, somos como deuses.

– Não, Claudia – ele cuspiu sangue. – Vocês não são deuses. São doentes e assassinos. Isso é o que vocês são.

– Você pode achar o que quiser. E curtir a lição que o Billy vai dar na Cleo. Essa caverna vai ficar tingida de sangue... Vocês dois – ela ordenou aos guarda-costas –, vão para a entrada e não deixem ninguém passar!

Os dois homens se afastaram. Pareciam dois motoqueiros anjos do inferno.

Cleo apertou os punhos ao ver que o enorme agressor deformado pegou um *flogger* de nove tiras com espinhos nas pontas.

– Não faça isso, por favor! – Lion gritou pedindo misericórdia. – Faz comigo! Fui eu quem te bateu! – ele gritou para o Billy. – Não encosta nela... nela não.

Plau! A primeira chicotada o pegou pelas costas. Foi dada por Claudia, com um *flogger* exatamente igual ao do Billy.

Lion caiu para a frente, abalado e dolorido pelas pontas cortantes dos espinhos. Aquilo ia ser uma carnificina.

– Lion! – berrou Cleo, puxando as correias.

Quando ela gritou, a coleira de submissa soltou uma descarga elétrica, fazendo-a apertar os dentes com tanta força que ela mordeu a língua. Todavia, a eletricidade atenuou a dor da primeira chicotada do Billy. Ela não percebeu os espinhos arranhando suas costelas e o lado esquerdo do seu quadril, e mesmo sabendo que ela havia sido ferida, o fato de não ter sentido a dor a tranquilizou. Mas em breve sua carne ia acordar. Depois, quando seu corpo reagisse, talvez ela já estivesse morta. E ela agradeceria...

Lion usou toda sua coragem quando viu que Billy Bob estava dando a segunda chicotada na Cleo. A corda que mantinha suas mãos amarradas cedeu graças à pedra que ele estava segurando desde que tinham entrado nas profundezas daquele buraco, e mesmo com os gritos assustados da Claudia, que lhe aplicou uma chicotada para pará-lo, ele não se importou.

Para ele, só Cleo importava, e tudo o que ela estava sofrendo nas mãos daquele dejeto humano. A corda cedeu, e livre, Lion se jogou nas costas do Billy Bob, que caiu para frente, jogando o *flogger* pelos ares.

Ele dispunha unicamente de seus punhos e da sua fúria violenta. Billy tentou se virar, mas Lion era especialista em luta livre e não permitiu.

Cleo chorava. Lion não podia ver a sua leoa rugindo entre lágrimas de dor. Ele iria vingá-la, porque tinham machucado a mulher que ele amava, a dona do seu coração, e dessa vez ele não teria piedade do Billy.

– Rapazes, socorro! – Claudia chamou os guarda-costas que tinham saído há um momento.

Lion sentou nas costas do Billy, pegou a cabeça dele, puxando-a para trás com as duas mãos e, com um giro seco para a direita, quebrou o pescoço dele. Claudia deu outra chicotada nas costas do Lion, mas ele apenas a sentiu.

O corpo quebrado de Billy Bob desmoronou sem vida daí em diante.

Por que o havia matado? Porque ele sabia fazer aquilo? Porque ele podia? Porque aquele enviado de Satã merecia? As razões não importavam; só levava em consideração que Billy Bob nunca, jamais, poderia voltar a colocar suas mãos criminosas e sujas na Cleo.

– Ca…ralho… – Claudia exclamou, ameaçando Lion com a Taser – Você matou o cara…!

– Lion, cuidado! – Cleo gritou já meio zonza e fraca por causa da dor, tomando mais um choque no pescoço.

Lion se agachou e pegou Claudia pelas pernas, e esta, como uma fera, ficou se debatendo sobre ele, disposta a eletrocutá-lo. Ele a jogou para cima, como faria The Rock nos tempos de luta livre, e ela caiu de costas no chão duro e úmido, sem fôlego e sentindo uma pancada na cabeça.

Lion olhou-a de onde estava. Vestido só com uma cueca e com o arreio... Um metro e noventa de puro músculo e raiva selvagem.

Claudia lutava para recuperar o ar. Tinha os olhos pretos arregalados, e estava assustada porque achava que ia morrer.

Não era mais do que uma mulher com pretensões de divindade que vivia em uma realidade existente apenas na cabeça dela.

Ninguém era um deus. Mas todos podiam ser demônios.

Ou as pessoas tinham maldade ou não tinham. Era o que diferenciava umas das outras. Claudia tinha a maldade no sangue, assim como os Vilões, e a diferença entre eles e o resto do mundo era que os Vilões preferiam utilizá-la. Por quê? Porque podiam.

– Lion... – Cleo chorou. – Me tira daqui...

Lion ficou com o coração partido ao escutar o pranto e a lamentação da Cleo naquele momento. Ele a obedeceu de imediato. Libertou-a das correias, ajudando-a a ficar em pé.

Cleo colocou as mãos na coleira, e Lion a tirou rapidamente.

– Tira... Tira isso de mim...

– Pronto, pequena. Pronto... Chega dessa merda. – Ele jogou a coleira bem longe da vista da Cleo. Lion a pegou pelo rosto e juntou sua testa na dela. – Como você está, minha vida? Temos que sair daqui correndo, antes que aqueles gorilas voltem. Não temos muito tempo. Você consegue andar?

Ela não parava de chorar. Olhou para o cadáver de Billy com desprezo e, depois, se afastou um pouco do Lion para se dirigir lentamente ao corpo da Claudia, que continuava lutando para recuperar o oxigênio.

– Ela estava com uma Taser... – ela murmurou procurando a arma de choque no chão, até que a encontrou.

– Cleo, vamos... – Lion olhou para a entrada pela qual voltariam os dois vigias encapuzados.

– Não. Espera. – Com as mãos trêmulas, ela agarrou a Taser e olhou para a Claudia, que a olhava assustada e insegura, se arrastando no chão para se afastar. – Vem aqui. – Cleo se agachou e, dolorida como estava, agarrou o tornozelo da mulher e a arrastou para perto. – Agora você vai ver como é. – Ela colocou a arma entre as pernas da ama sádica e completou: – Você quer saber por que eu estou fazendo isso, cadela? Porque eu posso. – *Tzzrrrrrrr*! Ela foi eletrocutada até desmaiar e ficar inconsciente.

O instinto animal de Cleo, a lei da selva, varria seu corpo e sua mente, e clamava por vingança. Pedia para que ela a machucasse como eles queriam machucar ela e Lion. Olho por olho. Por isso ela não podia se tornar uma agente do FBI. Porque já não tinha mais compaixão pelos outros.

Lion entrelaçou os dedos dele com os dela e a puxou gentilmente.

– Vamos sair daqui, Tempestade.

Cleo sequer sorriu. Ela secou as lágrimas de sofrimento, angústia e raiva, e seguiu os passos do Lion.

O interior da gruta estava escuro, mas a luz que vinha de fora ajudava a encontrar claridades por onde caminhar.

Lion olhou para Cleo por cima do ombro, pedindo que ela fizesse o mínimo possível de barulho. Ela sabia que estavam tentando fugir e não cometeria o erro de chamar a atenção.

Eles ouviram os passos apressados dos dois gorilas, que tinham escutado o eco do pedido de socorro da Claudia. Eles corriam e faziam comentários entre eles.

Lion obrigou Cleo a se esconder atrás de uma pedra. Pegou a Taser das mãos da companheira e colocou o indicador na frente da boca para indicar silêncio.

Ela obedeceu.

O primeiro gorila passou direto, e o segundo, que estava segurando um rádio comunicador, se transformou na primeira presa do leão.

O agente saiu de seu esconderijo, colocou o braço ao redor do pescoço do gigante e a Taser debaixo do ouvido dele. O cara, ao sentir o choque, jogou o rádio no chão, fazendo o primeiro se virar para trás e sacar uma arma.

Ele deu dois tiros e as duas balas atingiram o corpo do colega, que Lion usou como escudo. Ele foi empurrado para trás com o impacto do metal na carne, e tanto ele como o agente do FBI caíram no chão.

O moreno que estava com a arma se aproximou de Lion, que tinha ficado completamente exposto, e mirou no peito.

– Não! – Cleo gritou, saindo de seu esconderijo.

O homem se virou para ela, sorriu e apertou o gatilho.

Boom!

Cleo fechou os olhos. Não queria nem olhar. Não acreditava que tudo tivesse acabado assim.

O homem continuava apontando a arma para Lion, que estava imóvel, com os braços estirados para a frente, se cobrindo.

Boom! Outro disparo.

Cleo não sabia de onde os tiros vinham, mas não estavam atingindo Lion. Tinham atingido o peito e o estômago do homem vestido de preto.

Um passo para trás. Dois. Três. E seu corpo cheio de músculos e anabolizantes desmoronou.

A poucos metros de Lion, apareceram Mitch e Jimmy, com lanternas e revólveres, avançando como um esquadrão de polícia perfeito, com um pé na frente do outro. Com o antebraço servindo de apoio, cobrindo metade do rosto.

– Lion?! – Jimmy gritou. – Você está bem?

Cleo saiu correndo para ajudar Lion, que ia levantando meio de lado. Ele abraçou a Cleo e apoiou o queixo na cabeça dela, tranquilizando-a.

– Lion... Me diz que você está bem.

– Sim, porra... – Ele respirou mais tranquilo. Tinha visto a própria vida passar diante dos olhos em décimos de segundos, e tinha se dado conta de tudo o que ainda queria fazer e falar. Ele ainda não podia morrer. Não enquanto ainda tivesse que lutar por tanta coisa. – Sim... E você, pequena?

– Estou com um pouco de dor... Mas acho que estou bem.

– Sim? – Levantou o queixo dela e secou suas lágrimas com os polegares. – Sim? Deixa eu ver... – Ele deu uma olhada nos cortes nos joelhos e nos rasgos e marcas de espinhos dos *floggers*. – Eu sei. Eu sei que dói...

– E você? – ela perguntou, passando as mãos pelo peito dele, maltratado e cortado. – Você está bem?

– Sim, também...

Mitch e Jimmy estavam vistoriando o local e avisando à central sobre o que havia acontecido. Precisavam de reforços para limpar a caverna.

– A coleira gravou tudo – Jimmy assegurou. – Ela nos deu a posição exata de onde vocês estavam, e viemos buscá-los. Nick ligou minutos depois do sequestro avisando que vocês não estavam no quarto.

Cleo sentou em uma pedra, ainda tremendo, e Lion agachou na frente dela.

– Obrigado, rapazes. Vocês salvaram nossas vidas – Lion respondeu.

– Temos muita sujeira aqui, senhor – Jimmy falou. – São a Sombra inconsciente e dois cadáveres. Um deles é o filho de dois membros de Tiamat, que são também os proprietários da destilaria mais importante do Estado da Luisiana. O que nós gravamos é ouro. Estamos quase com as mãos neles.

– Mas não é o suficiente. Eles esperam que Claudia e Billy apareçam em Ruathym. Marcaram lá à meia-noite.

– Ruathym é Savana Island, senhor. – Mitch destacou se aproximando para ver o estado da Cleo. – Como você está, agente Connelly?

– Estou bem – ela respondeu com dificuldade. – Só um pouco esgotada por tudo, mas vou me recuperar.

– Pode encerrar por aqui, Cleo – Lion sugeriu, colocando as duas mãos nas coxas dela. – Você já trabalhou bastante, agente Connelly.

– Nem pensar. Você também não está em condições. Está como eu... – Olhou para ele de cima a baixo. Os dois estavam acabados, mas iam continuar, porque eram teimosos e porque aquela era a missão deles. – Margaret deixou um estojo de injeções contra a dor para o filho. A gente podia usá-las agora.

Lion sorriu e negou com a cabeça. Cleo não ia se render, ainda mais agora, que achava que a irmã dela estava ali por sua culpa.

– Cleo.

– O quê? – ela perguntou, seca.

– Nada disso é por sua culpa – ele disse, tirando a franja vermelha da frente dos olhos preocupados dela. – Você foi fundamental para que a gente solucionasse o caso.

– Mas ainda não terminamos. Só vamos solucionar o caso quando desmascararmos o Vingador e todos os Vilões para os quais ele trabalha. Não são só aqueles, tem mais – ela expôs, desesperada. – Eu não sabia que o Billy Bob tinha algo a ver com isso, nem imaginei...

– É normal, pequena. Ninguém imaginava. Mas você está fazendo um trabalho impecável. E tem que seguir em frente, agente Connelly. Você continua comigo?

Cleo pestanejou confusa. Ele a estava deixando continuar? Ou melhor: ele estava pedindo para que ela continuasse com ele?

– Você não vai me obrigar a parar aqui?

Lion sorriu com sinceridade e negou com a cabeça.

– Não. Você é minha parceira. Vamos terminar isso juntos.

Lion ofereceu a mão com a palma para cima. Era uma palma madura, de homem adulto, forte, na qual ela podia se apoiar e que a protegia sempre. Cleo entregou-lhe, decidida, sua mão. Lion, por sua vez, ajudou sua pequena a se levantar.

– Mitch, por favor – ele disse, seguro da decisão. – Traz essas injeções e aplica na gente. Deem um jeito no que aconteceu aqui. Mas sem chamar a atenção, porque isso pode fazer os Vilões perceberem que nós ainda estamos vivos. Eles acham que ainda estamos nas mãos deles. Cleo e eu temos tempo o suficiente para chegar às ilhas e fazer uma surpresa.

– Sim, senhor – ele respondeu.

– Jimmy. – O azul-escuro dos olhos de Lion brilhou com atitude.

– Sim?

– Quero falar com o vice-diretor Montgomery.

16

Se não conquistou a minha alma, não tem o direito de me submeter.

SAVANA ISLAND, RUATHYM.
TERRITÓRIO DOS VILÕES. 23H30.

Cleo e Lion estavam escondidos na vegetação da pequena ilha localizada à sudeste de Saint Thomas. No torneio Dragões e Masmorras DS essa ilha era chamada de Ruathym.

Era uma ilha intacta, sem civilização. Uma floresta verde e densa no meio do oceano, cujo ponto mais alto estava 25 metros acima do nível do mar. O vento soprava com força, um resquício da tempestade tropical do dia anterior.

Cleo estava vestindo um traje sintético de corpo inteiro e levava consigo uma pistola automática nas costas. Lion estava vestido da mesma forma. Eles foram para lá com jet skis, do lado oposto de onde estava o iate preto, porque não queriam ser vistos.

Savana Island não oferecia muito espaço para construções; no entanto, tinha uma pequena praia em uma das baías, onde seria possível dar uma festa para umas duzentas pessoas. No meio da praia havia muita madeira amontoada, preparada para uma queimada ou para uma fogueira. "Quando vocês chegarem, deem o sinal e acendam a fogueira e as tochas", Xavier tinha dito.

Os Vilões queriam sua noite de Santa Valburga particular, e a teriam.

A noite de Santa Valburga também era conhecida como a noite das bruxas. A tradição tinha raízes no paganismo celta e, levando em conta que o tríscele era o símbolo do BDSM, os dois agentes perceberam que estava tudo relacionado.

A equipe do FBI tinha recolhido e escondido os corpos dos dois guarda-costas, assim como o do Billy Bob e o da Claudia, até a conclusão do caso.

Jimmy estava fazendo um tratamento nas gravações de voz e vídeo, deixando o material preparado para ser enviado diretamente para o Departamento Federal de Investigação, em Washington.

Nick tinha cumprido seu objetivo e chegado à final com a Thelma.

Montgomery havia entrado em contato com o vice-diretor da SVR, que, por sua vez, comunicou ao Markus sobre a necessidade de se encontrar com o agente encarregado do FBI.

E, agora, o casal de leões esperava pacientemente pela chegada do agente russo. Ele tinha sua localização e não demoraria a chegar.

Pelo celular da missão, Lion conseguia acompanhar os movimentos do iate anônimo.

– Mitch – Lion ordenou pelo rádio comunicador, segurando sua pistola –, fica de olho nesse navio e aproxima as câmeras via satélite. Eu quero fotos de tudo o que se mexa. Vamos ver quem está viajando nesse trambolho.

Cleo vigiava a zona ao redor da praia com binóculos de visão noturna. Ninguém tinha chegado ainda.

– Tudo sob controle? – a voz de Markus os assustou.

O moicano, que segurava um GPS mostrando onde estavam os agentes do FBI, se agachou do lado deles.

Cleo e Lion deram um pulo e apontaram as pistolas para ele, ao mesmo tempo.

– Você quer que a gente estoure a sua cabeça? – Cleo reclamou.

– Não, obrigado. Eu prefiro viver. Agente Romano. – Ele ofereceu a mão para o Lion.

– Agente Lébedev – Lion respondeu ofendido por não ter tido notícias dele até então.

Markus sorriu pela rebeldia dele e por Lion ter descoberto seu sobrenome.

– Também estou fazendo meu trabalho – Lion murmurou, olhando pelos binóculos, segurando alguns isqueiros.

– Belikhov está nesse iate – afirmou o russo, pegando os binóculos da mão da Cleo. – E a sua irmã também – sussurrou preocupado. – Eles juntaram todos os escravos e submissos lá, e a ideia é trazê-los todos para essa ilha.

Cleo apertou a mandíbula e negou com a cabeça.

– Tomara que não aconteça nada com a Les... Ela está sozinha lá.

– Não se preocupe, tem alguns submissos infiltrados da SVR. Eles vão cuidar dela. Era a Mistress Pain quem os preparava – ele explicou consternado. – Fiquei muito surpreso ao saber que ela era o Sombra.

– Você e todos – Lion assegurou com desgosto.

– Os submissos e submissas estão preparados para que Pain e os outros amos e amas os recebam aqui em Savana Island. O que temos que fazer agora?

– Temos que acender as tochas. – Cleo levantou meio desequilibrada. A injeção acabou com a dor, mas não com o choque. Ela ainda estava trêmula. – Os Vilões falaram que Claudia e Billy deviam acender tudo quando chegassem.

Os três saíram do esconderijo e, muito rapidamente, começaram a acender a fogueira e as tochas dos arredores, para voltar a se esconder segundos depois.

O sinal de fogo era o tiro de largada.

O cheiro de madeira queimada despertou a ansiedade da Cleo. Finalmente ela ia saber quem eram os membros da Old Guard e para quem os Vilões trabalhavam. Na verdade, o FBI já estava com as mãos neles. Mas ainda precisava saber o que aconteceria ali e qual era a motivação para aquilo.

Muitos dos indivíduos na embarcação deviam se considerar os reis do mundo. No entanto, ter dinheiro concedia a alguém o direito de brincar com as pessoas?

Com tudo aceso, o iate, um Baron 2005 todo preto, avaliado em mais de quatro milhões de dólares, ligou suas luzes, deu partida no motor e navegou até a ilha.

– Todos em suas posições – Lion ordenou. – Vamos esperar todo mundo desembarcar.

– Tenho oito homens armados em todo o penhasco – Markus falou.

– Nós temos uma pequena frota marinha a caminho de Saint Thomas – rebateu o agente do FBI.

– Bom. Boa sorte – Markus disse, correndo para se esconder e cobrir o rosto com uma máscara em tecido preto que cobria toda a extensão da cabeça.

– Lébedev. – Lion continuava olhando para a frente.

– Sim, Romano?

– Minha agente está sob sua responsabilidade. Espero que a Leslie não corra perigo, ou você vai ter problemas comigo.

Markus inclinou a cabeça para o lado e se afastou deles enquanto respondia:

– Leslie nunca esteve mais segura.

Cleo abriu a boca, assombrada com a familiaridade com que falavam de sua irmã. Sinal de que os laços pessoais e emocionais estavam fazendo sua parte.

Quando o russo desapareceu entre a mata e as árvores, Cleo ficou olhando para o perfil do Lion.

– Preparada para a ação, leoa? – ele perguntou, abaixando os binóculos e analisando o rosto de Cleo com seus olhos felinos.

– Preparada.

– Você fez um ótimo trabalho – ele assegurou com respeito e veneração. Cleo era, e seria, mais do que ele tinha sonhado. E ele se sentia um cara sortudo por estar com ela, e porque ela o aceitava do jeito que ele era.

– Obrigada, senhor.

– Os machucados estão doendo, linda?

– Não estou sentindo – ela explicou, mexendo as pernas e os braços. Não estava sentindo, mas não queria dizer que não estavam ali.

Lion a olhou de cima a baixo, se aproximou e deu-lhe um beijo nos lábios. Como se tivessem acabado de selar um pacto.

– Quando tudo isso acabar... – Ele deu uma tossidinha e voltou a olhar para frente. – Eu vou garantir que as suas feridas cicatrizem bem.

Cleo não soube como interpretar aquelas palavras, porque o iate atracou a quarenta metros da orla e os Vilões, convidados e submissos começaram a descer pela passarela.

Eis que surgiram as túnicas pretas caminhando pela água até chegar à terra firme. Parecia uma cena de filme, a chegada dos piratas fantasmas. Todos com máscaras com expressões grotescas.

Atrás deles, marchavam em fila indiana homens e mulheres acorrentados: submissos e submissas. Vestiam uma peça de roupa que só cobria os genitais, também usavam máscaras e carregavam sobre a cabeça caixas que eles iam deixando em ordem aos pés dos Vilões. Estes as abriam uma por uma e tiravam delas todo o tipo de instrumentos de tortura. Não tortura BDSM, mas de tortura antiga. Dessas usadas na Inquisição contra bruxas e feiticeiros: polias, mordaças, potros, peras anais, esmagadores de cabeças, colares de espinhos, rodas... Havia até objetos de escárnio como sambenitos e máscaras da vergonha.

Três escravos carregavam uma antiga cadeira de tortura com espinhos, como as que o papa Inocêncio IV permitiu serem usadas nos tribunais da Inquisição para arrancar confissões dos acusados.

Já havia um círculo de uns cinquenta homens e mulheres adorando aqueles objetos e, alguns, afiando os espinhos de metal de seus *floggers*. Dentro do círculo iam se ajoelhando todos os submissos e as submissas vestidos só com arreios de cavalo, cuecas de couro e indumentária de gladiador.

Os cinco membros de Tiamat ficaram no meio do círculo, bem perto da fogueira.

– Solicitamos a presença do Vingador – exigiu um dos cinco, que não era nem Xavier e nem Margaret – e do Sombra.

O círculo se abriu e, por essa abertura, apareceu o Vingador. Ele próprio, perfeitamente caracterizado, tal como se tinha visto no telão do dia anterior, vestido do mesmo jeito. Com seu traje de mergulhador preto e vermelho, um chifre na cabeça e as asas de morcego em suas costas. Estava segurando alguma coisa, coberta com um pano preto, e puxava a corrente de uma coleira de submisso.

Cleo sorriu, orgulhosa de saber que todas essas imagens estavam sendo gravadas de vários ângulos diferentes. Orgulhosa de saber que não poderiam consumar aquele ato sádico.

A expressão feliz da jovem desapareceu quando as tochas iluminaram o rosto do submisso e tanto ela quanto Lion se deram conta de que era Nick sendo puxado pelo Vingador.

– Aqui está o casal vencedor da segunda edição de Dragões e Masmorras DS! – ele exclamou olhando para a multidão com olhos sádicos. – Eles foram convidados para viver a nossa noite de Santa Valburga em primeira mão.

– Todos em suas posições e preparados – Lion sussurrou muito tenso no microcomunicador. – O que o Nick está fazendo ali?

Cleo não conseguia parar de olhar para aquele indivíduo. Ele era muito alto, mais do que os outros, e a maquiagem branca com os lábios pretos davam a ele um aspecto aterrorizante.

– Nós tivemos algumas discordâncias… Mas, no final das contas, acho que chegaremos a um acordo. – Deu de ombros. Olhou ao seu redor. – Onde está o Sombra?

– Mistress Pain? – Margaret perguntou com um tom de preocupação.

O silêncio só foi atrapalhado pelas ondas do mar e pelo estalar da lenha na fogueira.

Lion não estava entendendo nada, o que teria acontecido para que Nick estivesse daquela maneira com o Vingador?

Este olhou ao redor e começou a rir.

– Deve estar sodomizando algum submisso. Vocês sabem do que ela gosta…

Os membros de Santa Valburga começaram a rir. Os submissos permaneceram de cabeça baixa.

"Será que a Leslie está ali?", Cleo pensava.

– Hoje vamos limpar nossa alma. E para isso vamos oferecer ao deus do fogo, Beltane, esses sacrifícios. – Apontou para os escravos. – Mas, antes, vamos livrá-los dos pecados com bons castigos! – exclamou, puxando Nick pelo cabelo. – Vocês não devem chorar, não devem temer – o Vingador murmurou, beijando Nick nos lábios. – É uma honra para vocês servir à Old Guard. Finalmente serão tratados como merecem, finalmente vão se entregar ao verdadeiro significado da palavra submissão – ele falou, acariciando o queixo do submisso. – Submeter-se é entregar a vida pelos outros – garantiu, jogando o que tinha na outra mão no meio do círculo.

O ódio tomou Cleo completamente. Aquilo era uma cabeça loira? Uma cabeça de uma mulher loira? Era Thelma!

Cleo e Lion arregalaram os olhos quando se deram conta do que seria feito. Os Vilões foram até os escravos e começaram a chicotear a todos com aqueles *floggers* cheios de vidros e metais cortantes.

– Agora! – Lion gritou, estupefato.

Cleo e Lion saíram em disparada de seu esconderijo, impressionados com a veemência e a crueldade com que algumas pessoas podiam tratar as outras.

Tudo aconteceu muito rápido.

Alguém no iate começou a atirar.

Cleo e Lion correram para se proteger das balas, no meio de um fogo cruzado muito perigoso.

Os Vilões soltaram seus *floggers* e instrumentos de tortura, e fugiram da praia e da fogueira, voltando por onde tinham vindo, decididos a subir de novo no iate.

Duas lanchas da Guarda Costeira, lideradas por Mitch e Jimmy, cercaram a praia, e o iate foi cercado por outras três lanchas, enviadas pelo Departamento de Segurança Naval das Ilhas Virgens.

A equipe do Markus saiu da mata e deteve os Vilões que tentaram fugir.

Lion correu atrás do Vingador, que tinha entrado na densa mata da ilha.

Cleo correu para ajudar Nick, pois percebeu que ele estava muito ferido. Quando ela estava quase chegando a ele, Xavier o alcançou antes e o agarrou, apontando um objeto cortante para a garganta do policial.

— Solta ele, Xavier! — Cleo gritou apontando-lhe fixamente a semiautomática.

O líder já estava sem máscara. Era um homem atraente, tão bonito quanto seu filho tinha sido.

— Onde está o Billy? — ele gritou, nervoso. — Como você está viva?

— Seu filho passou dessa pra melhor, Xavier. Agora ele pode descansar. Tanta maldade não lhe fazia bem...

– Não! – Margaret gritou, caindo de joelhos e arrancando a máscara com raiva e desespero. – Náoooo! – Ela chorava com as mãos na cabeça. – Meu meninoooo!

Xavier não sabia como reagir, então encostou aquele espinho de metal no pescoço do Nick.

– Não se mexa, Xavier! – Cleo advertiu. – Senão eu atiro…

– Como você escapou? – ele perguntou, pálido.

– Eu acho que quando alguém realmente não quer se submeter à outra pessoa, sempre existe um jeito de escapar – ela respondeu, sem perder Margaret de vista, que estava com um bastão com espinhos na mão. – Solta isso, Margaret – ela ameaçou. – O jogo de vocês acabou. Já descobrimos tudo. Olhem ao redor… Acabou.

– Náoooo!

Margaret levantou e correu na direção da Cleo com o bastão de espinhos na mão. Ao mesmo tempo, Xavier cravou o espinho de metal no pescoço do Nick.

Cleo disparou. A bala atingiu o crânio do Xavier, bem no meio das sobrancelhas, e ele caiu na hora. A agente tentou se esquivar da martelada da Margaret, que acabou pegando de raspão em seu ombro.

– Puta que pariu! – Cleo gritou reclamando, se virando e dando uma joelhada no estômago da fera selvagem que tinha tomado conta do corpo daquela mulher.

Margaret ficou dobrada no meio, com as mãos na barriga, em posição fetal.

Cleo apontou a arma para a cabeça dela.

"Os impulsos dos seres humanos não são racionais quando dizem respeito àqueles que devemos proteger. Posso entender a ira", ela havia respondido em sua entrevista para o FBI. Sim, ela podia entender a ira. Podia entender a raiva e a impotência de saber que existiam pessoas como Margaret, Xavier, Claudia, Billy, o Vingador, Belikhov... que brincavam com as pessoas e as machucavam simplesmente porque... porque podiam. Eles tinham tanto poder e estavam tão por cima dos outros que a vida devia parecer tediosa. E a única coisa que realmente os excitava era o poder de dar ou de tirar a vida dos outros. Ser deuses.

Ela havia sentido o sadismo dos outros na própria pele. E sabia que Leslie, Nick, Lion, todas essas pessoas de quem ela gostava, também haviam padecido sob o poder deles. Agora, Cleo tinha nas mãos o poder de decidir se a psicopata da Margaret deveria continuar respirando.

Por quê? Que bem isso fazia?

E, no entanto, ao invés de matá-la, Cleo deu uma coronhada na nuca da assassina. Margaret caiu, inconsciente.

Cleo abaixou a semiautomática e ativou a trava. Stewart ficaria muito orgulhoso dela, e como ficaria feliz o padre que lhe deu a catequese! No fim das contas, diante da possibilidade de fazer justiça com as próprias mãos, ela decidiu preservar aquela vida. A agente tinha que ser beatificada.

Havia entendido que matar Margaret não acabaria com a maldade e nem com a raiva. Ela não era a origem. Para uma mulher da aristocracia de Nova Orleans, seria muito pior que todo mundo soubesse quem ela era. Que tipo de sádica e sociopata eles tinham convidado para eventos e festas. Aquilo seria pior do que a simples morte, que por outro lado, era o que Cleo realmente queria.

Ela ia apodrecer na cadeia. Torceria para que alguém abusasse dela nos chuveiros e nas celas. Com certeza ela ia gostar. Margaret tinha umas inclinações um pouco... turvas.

Cleo ergueu a cabeça e, orgulhosa da reação, correu para socorrer Nick.

Ao seu redor, ninguém estava prestando atenção à cena. Uns fugiam e outros perseguiam; os agentes disparavam tiros paralisantes, e os corpos dos Vilões iam caindo no mar, um por um, como enormes moscas abatidas por um inseticida invisível.

Nick estava perdendo muito sangue pelo pescoço. Cleo cobriu a ferida e apoiou a cabeça loira dele sobre seus joelhos.

– Cleo… – Nick falou tremendo.

– Estou aqui, Tigrão. – Ela acariciou o rosto dele. – Você não vai morrer, mas está com um ferimento bem feio no pescoço. Senhor… E acho que o seu braço está quebrado – ela murmurou, percebendo a fratura que se destacava no antebraço dele.

– Não importa. Sophie… Louise…

– Sophie? – Cleo franziu a testa. – Sophiestication? – ela perguntou sem entender.

– Sim… tira ela do barco.

– Mas você a eliminou! O que ela está fazendo lá?

– Eles pegaram ela e… – Nick engoliu saliva e reclamou. – Ela não saiu da ilha. Os Vilões queriam ela. Iam vendê-la… Você tem que tirar ela de lá… Por favor… Dentro do iate estão as submissas que foram postas à venda para compradores milionários. Eles deram um lance por ela… e eu me neguei. O Vingador mandou que eu me calasse e eu me neguei de novo… – Fechou os olhos cedendo à dor. – Ele me desafiou para um duelo de cavalheiros, e eu lutei com ele. Mas o filho da puta tinha objetos e eu não… Ele ganhou e decidiu que Thelma tinha que pagar pela minha intromissão, porque, na posição de ama, ela é que deveria ter me treinado melhor para obedecer às ordens. E... – Nick desviou o olhar para a cabeça da ama loira. – Caralho...

Cleo arregalou os olhos, surpresa.

– Não olha, Nick. – Ela não podia deixá-lo olhar para aquela cabeça decapitada. – Não foi sua culpa...

O homem chorava desconsolado.

– Nick... – Cleo colou a testa na dele. – Por que você protegeu a Sophiestication? Ela era só uma participante...

– Não. – Ele negou com a cabeça. – Ela não é só uma participante. É a Sophie. Minha ex-mulher.

Cleo abriu a boca e demorou vários segundos para reagir. O tetris cerebral da agente começou a funcionar.

– Nick... – Seria possível que tudo estivesse relacionado? – Sua mulher impôs um mandado de afastamento a você, não é? E se chama Sophie.

– Sim.

– Vocês se divorciaram porque...? – "Vamos ver como é que eu posso falar isso." – Porque ela se assustou quando você assumiu um papel mais dominante do que ela estava acostumada na cama?

Nick gemeu de dor e suas pálpebras se fecharam. Ele fez que sim, visivelmente debilitado.

– Vocês têm uma filha pequena que ela não deixou você ver...

– Como você sabe... disso? – ele questionou, incrédulo. – Lion te contou?

– Não. Lion nunca me falou nada sobre vocês.

Cleo olhou para o céu e negou com a cabeça. Sophie tinha pego o voo de Nova Orleans para Washington com ela, e estava decidida a recuperar o marido, a recuperar Nick entrando no Dragões e

Masmorras DS com ele. Ele descobriu-a quando formou um trio com ela e Thelma, e por isso ele a eliminou. Ele eliminou Miss Sophiestication do torneio porque era a ex-mulher dele.

— Tira ela de lá — Nick repetiu com uma ordem alta e clara. — Agora.

— Sim, Nick. — Ela olhou para o iate, que já estava sendo invadido pelos agentes do FBI e da SVR. Eles já haviam conseguido deter os atiradores. — Eles já estão lá dentro. Vamos tirar todo mundo de lá. O que aconteceu com o Prince, com a Sharon e com os outros?

— A última rodada foi contra os Homens Lagarto… Nós não precisamos jogar contra eles porque conseguimos a chave… Caralho… Eu nunca tinha visto tantos casais pronunciando a *codeword*. Aqueles caras davam medo de verdade. Logo em seguida, prepararam a gente, os finalistas, para o duelo contra os Vilões.

— Quais foram os casais finalistas?

— Brutus e Olivia, Cam e Lex, Thelma e eu… Todo mundo achou estranho que você e o Lion não estivessem lá. Sharon e Prince não ficaram muito convencidos com a exclusão de vocês e fizeram… Fizeram várias perguntas que os Vilões cortaram pela raiz. A Rainha e os monstros não ficaram satisfeitos, mas no final exerceram seus papéis de juízes na conclusão do torneio. E quando tudo acabou, todos foram para o hotel comemorar o final da competição.

Cleo olhou para o horizonte. A ilha de Saint Croix, onde tinha sido realizada a final, devia estar acordada e alerta diante de todos os movimentos de helicópteros, lanchas e sirenes que estavam rolando em Savana Island.

— Teve algum prêmio de consolação para os outros?

— Eles deram uma viagem para a Luisiana, para Nova Orleans. E também um cheque de dez mil dólares para cada um... – Nick sorriu e tossiu. A ferida em seu pescoço sangrou com mais abundância – Mas...

— Chega, Nick. Não fala mais nada – ela ordenou, preocupada com ele.

Ao longe, se ouviram dois tiros. Assustada, Cleo olhou para a floresta. O que tinha acontecido? Quem havia atirado? Lion?

— Lion! – ela gritou com todas as suas forças.

O agente corria pela selva, apanhando dos galhos e das raízes que surgiam aleatoriamente pelo caminho.

Estava com o Vingador ao alcance das mãos; o cara corria como uma gazela, mas a gazela não era páreo para o rei da selva.

Lion conseguiu chutar o tornozelo dele, derrubando ambos no chão. O mato e a areia úmida amorteceram a queda.

O fugitivo acertou um chute em seu rosto, e Lion o agarrou pelo tornozelo para que ele não fugisse. Subiu em cima dele, parecendo um macaco, e colocou as mãos nas costas do malfeitor, imobilizando-o.

— E aí, doente filho da puta – ele grunhiu pegando as algemas que estavam penduradas na parte de trás de seu traje. – Você vai ver quantas rolas e cassetetes tem na cadeia. Você vai adorar... Na prisão tem Amos do Calabouço de verdade.

— Eu vou sair. Vou sair de lá – ele murmurou sem preocupação, fazendo força para se livrar do agente. – Você não sabe quem eu sou...

– Sei sim. Sei muito bem quem você é… Você é o Vingador, o vilão do *Dungeons & Dragons* – Lion sussurrou no ouvido dele. – Mas esse papel só existe na sua cabeça. Na verdade, você é um covarde.

– Você está errado. Eu existo na mente de todos. Eu sou o mal. – Ele começou a rir de forma histérica.

– Você é anormal. Tem razão. Vamos andando. – Lion o levantou do chão de uma vez e o empurrou para que ele caminhasse na frente.

Quem seria esse cara e por que todas aquelas pessoas o seguiam? Não iam demorar para descobrir.

Lion e o Vingador caminhavam juntos, percorrendo de volta o trajeto da perseguição.

Eles tinham conseguido. Lion sorriu. Estavam com eles. Os agentes estavam com os malditos Vilões. Talvez não tivessem capturado todos os Vilões, mas com certeza eram Vilões os que foram capturados. Disso ele não tinha dúvida.

E a Cleo… Sua Cleo tinha estado sublime. Meu Deus… Ele já estava imaginando como eles iam comemorar a conclusão do caso.

O Vingador tropeçou e ficou meio agachado no chão, quase de joelhos.

– Levanta. Vamos – Lion ordenou, andando na direção dele para ajudá-lo a se levantar.

E então algo aconteceu.

Algo que Lion não entendeu até sentir uma dor bem dentro dele.

O Vingador se virou rapidamente e desferiu uma cabeçada no estômago de Lion, de maneira que o chifre que ele usava na têmpora atravessou o lado direito das costelas.

Lion abriu os olhos azuis e soltou ar quando o Vingador se levantou e puxou o chifre, mostrando o adorno ensanguentado sobre sua cabeça.

Consternado, mas não o suficiente para ver o movimento seguinte do Vingador, Lion levantou sua pistola e atirou nos dois joelhos dele. O Vilão gritou de dor, caindo sobre a raiz de uma árvore.

Lion colocou a mão na ferida. Com certeza, era a sensação de levar uma chifrada de touro. O cara tinha atravessado Lion com aquele chifre ridículo.

Lutando para respirar e pensando no quanto Cleo zombaria quando soubesse como ele havia caído, ele fechou os olhos e esperou que o frio o cobrisse e que a escuridão chegasse.

17

Às vezes, nas correntes da submissão se encontra a verdadeira liberdade.

Três dias depois
Hospital George Washington.

Cleo estava sentada na frente do vice-diretor do FBI, Elias Montgomery. Eles estavam revisando juntos o relatório que ela havia escrito. Ela estava acostumada a fazer relatórios em Nova Orleans, e não se importou de escrever ela mesma o do FBI.

....

DATA: 26/07/2012

FONTE: SVR/FBI

CLASSIFICAÇÃO: CONFIDENCIAL

CONFIDENTIAL WASHINGTON 000328

CASO: AMOS E MASMORRAS

LK PARA CLEO CONNELLY

KL PARA LION ROMANO

MP PARA LESLIE CONNELLY

E.O. 32561: DECL: /23/2012

CATEGORIAS: Tráfico de pessoas, sodomia, prostituição, escravidão, tráfico de drogas

ASSUNTO: TFH04: Abertura e conclusão do caso Amos e Masmorras

REF: WASHINGTON 939

Aprovado por: FBI, Elias Montgomery

....

No relatório, Cleo resumia os doze meses de treinamento dos agentes Nick Summers, Leslie Connelly, Lion Romano, Karen Robinson e Clint Myers no mundo da dominação e da submissão para investigar e solucionar os homicídios de Irina, Katia, Marru e Roxana, bem como o consumo de uma variação desconhecida de *popper* e ecstasy.

Ela falou da descoberta do fórum Dragões e Masmorras DS e da chegada da segunda edição do torneio que seria realizado naquele mesmo ano. Explicou como assumiram seus papéis e investigaram todos os monstros até tomarem conhecimento da existência dos Vilões, que eram os responsáveis por tudo.

Depois disso, e poucos dias antes do início do torneio, Leslie desapareceu e, infelizmente, encontrou-se o cadáver do Clint, morto por asfixia.

No relatório, foram detalhadas as quatro rodadas do torneio, assim como a descoberta da variação de *popper* com ecstasy, com Keon como químico, que melhorava a fórmula anterior e não provocava choques anafiláticos.

O contato direto com Markus Lébedev, agente secreto russo, e a aparição de Leslie Connelly deram origem à ação conjunta do FBI com a SVR, ele como amo e ela como submissa. Markus reconheceu Cleo em uma prova do torneio e a levou para Peter Bay, onde estavam muitas outras submissas levadas por Belikhov, um russo que agia como mediador entre os Vilões e os compradores, para serem treinadas. Assim, eles entenderam o que acontecia com as mulheres e os homens sequestrados, que eram preparados para serem escravos, mascotes e submissos de verdadeiros sádicos multimilionários. Alguns viveriam e seriam vendidos para outros amos, outros morreriam em Santa Valburga.

Ela revelou o esquema do rum e de como Lion suspeitou corretamente da Mistress Pain, uma ama riquinha do Upper East Side de Nova York, obcecada pelo agente Romano e responsável pela morte de Clint Myers, como ela mesma confessou posteriormente, além de outros submissos não identificados, encontrados com marcas de guiches no períneo. Sombra, como Claudia era conhecida entre os Vilões, sequestrou Cleo Connelly e Lion Romano, levando-os até o Tiamat, formado por cinco cabeças pensantes de muito poder, entre os quais se destacavam os D'Arthenay.

Os D'Arthenay eram um conhecido casal multimilionário de Nova Orleans, cujo filho tinha sido preso pela própria Cleo Connelly. O fato de os D'Arthenay terem reconhecido a Cleo e a Leslie como conterrâneas e responsáveis pela infelicidade de seu filho acelerou o andamento do caso. Os D'Arthenay buscavam uma vingança pessoal e queriam acabar com elas. Mas não conseguiram.

Lion e Cleo conseguiram fugir da gruta onde estavam a ponto de ser cruelmente executados, mas Billy Bob morreu.

Depois disso, a noite de Santa Valburga acabou não sendo realizada graças à excelente ação policial conjunta entre as equipes das Ilhas Virgens, do FBI e da SVR.

O Vingador era Yuri Vasíliev, herdeiro de uma dinastia da única indústria siderúrgica russa. Seu pai, Aldo Vasíliev, era um dos dez homens mais ricos do país. A SVR estava investigando a relação de Vasíliev com esquemas de prostituição e tráfico de pessoas em território russo.

Tiamat era formado pelos D'Arthenay, por um banqueiro americano, que tinha triplicado seu patrimônio comprando créditos baratos chamado Leonard Necho, e pelos gêmeos Taylor, proprietários de uma cadeia de hotéis fundada por seu pai, Jonathan Taylor.

Todas essas figuras faziam parte ou simpatizavam com a Old Guard. Tinham inclinações sádicas e uma grande propensão a sentir prazer ao controlar a dor, o sofrimento e a morte alheios. Eles não pretendiam nada com aquilo, não tinham nenhum objetivo.

O procedimento era o seguinte: Belikhov recebia pedidos por homens e mulheres, e tentava atendê-los por meio de seus contatos. Ele conseguia alguns pelo fórum do Dragões e Masmorras DS, como Irina, mas a maioria das pessoas era capturada pela rede de tráfico. Os Vilões encaminhavam as vítimas para serem disciplinadas pelos amos, que trabalhavam com eles por no máximo dois meses, com o objetivo de fazer os submissos aguentarem o máximo de dor possível. Eles queriam resistência, pessoas que não sucumbissem facilmente diante de um castigo, e por isso recorreram à ajuda de drogas como o *popper* e o ecstasy.

Depois da dominação, os submissos eram devolvidos para os Vilões. E, tal como tinham feito naquela noite, eram mostrados e vendidos, via internet, para um monte de milionários, que efetuavam as compras via webcam e PayPal. Aqueles que não fossem comprados eram levados para a fogueira, castigados e sacrificados, entregues como oferendas ao deus Beltane.

Por que faziam aquilo? Havia cinquenta pessoas presas a ponto de serem julgadas. Cinquenta homens e mulheres que queriam desfrutar de uma noite na qual torturariam, mutilariam e cremariam, por fim, todos aqueles submissos que estavam com eles, entregues e drogados até não poder mais. E o que esses cinquenta acusados diriam no tribunal? A mesma coisa que tinham respondido nas interrogações.

— Por que esse sadismo? Por que matar?

— Porque a vida é muito desinteressante. Porque não existe uma diversão ou uma sensação de poder maior do que saber que você tem nas mãos o último fio de oxigênio de uma pessoa. Esse é o prazer que nós encontramos: ver todo o nosso poder na confiança e na fragilidade dos outros.

Esse era o lema dos maus tratos: abusar da fragilidade e da confiança dos outros, de saber que eles se atreviam a estar em suas mãos, amarrados, submissos... esperando por aquilo que os faria voar, para então dar de cara com o outro lado da moeda: um abusador que iria agredir, cortar, violar e diminuir cada parte de suas almas.

E essa era a diferença entre os Vilões e o que Cleo tinha visto em Sharon, Prince, Brutus, Olivia, Lex, Cam, Nick, Louise Sophiestication (Sophie), Thelma, Markus, Leslie e todos os participantes que queriam disputar, sem maldade, o torneio Dragões e Masmorras DS; amos e submissos de verdade que enxergavam aquilo como um jogo, como uma prática sexual saudável, segura e consensual.

Os verdadeiros amos e amas alimentavam e reforçavam essa confiança, demonstrando que a dor era apenas um caminho para o prazer, e nunca para a dor extrema. A dominação e a submissão de Dragões e Masmorras DS não tinha nenhuma tendência sádica.

Os sádicos com problemas psicológicos, como todos os multimilionários entediados que constituíam os Vilões, destruíam e se centravam na dor e na submissão extremas, chegando ao ponto de tirar vidas.

Saber que esse tipo de gente existia, e que elas não estavam tão distantes quanto ela imaginava, a assustou. Mas Cleo tinha que seguir em frente.

Ela continuava viva, não?

– Agente Connelly, seu relatório está ótimo – parabenizou o vice-diretor.

– Obrigada, senhor – ela respondeu com o olhar fixo na sala de espera do hospital.

– Será uma honra oficializar o seu contrato com o FBI. Você já é uma de nós, com registro e tudo. – Ele ofereceu a mão com amabilidade.

Era um deles. Ela já era uma agente infiltrada do FBI.

Cleo analisou a mão que o vice-diretor estava oferecendo e pensou que, com certeza, ele nunca colocaria aquela mão no fogo por ela.

A única mão que fizera algo parecido fora a de Lion. E o resultado estava diante de seu nariz: Lion havia ficado gravemente ferido, e mesmo fora de perigo, Cleo jamais esqueceria as horas que ela passou com ele no helicóptero, estancando a ferida, torcendo para o sangue não encher seus pulmões.

Um rosto tão bonito como o de Lion, com aquela incrível covinha no queixo e aquelas feições tão perfeitas, nunca devia ficar tão triste como naquelas horas de agonia.

Meu Deus, ela estava tão apaixonada, tão louca de amor por ele… Tão ansiosa e viciada em suas palavras, seu toque, seus sorrisos, suas piadas… Fazia 24 horas que Lion estava consciente, e nas duas vezes que ela entrou no quarto para vê-lo, teve o azar de encontrá-lo dormindo.

Parecia que estava fazendo de propósito.

Porque ela não queria voltar a passar por aquilo, porque não poderia viver assim com ele, com essa angústia, com esse medo arrasador. Cleo apertou a mão que Montgomery ofereceu e disse:

– Vou recusar o trabalho, senhor.

– Como? – Montgomery franziu as sobrancelhas.

– Eu decidi que… não quero isso.

– Você está sob os efeitos do trauma, senhorita Connelly. É compreensível. – Ele a tranquilizou gentilmente. – Eu não pretendo aceitar seu não até que se passem pelo menos uns quinze dias.

Cleo pestanejou e franziu a testa.

– Senhor, eu tenho certeza de que…

– Claro que agora você tem certeza – ele falou, deixando a educação de lado. – Mas você tem esse algo a mais que te faz conseguir tudo o que você quer. E nós precisamos de pessoas como você e a sua irmã.

– Senhor…

– Não, Cleo. – Ele usou o nome dela. – Não vou aceitar. Vou te dar um tempo pra pensar. Analisa com calma. Volta pra casa, relaxa. Tire suas merecidas férias. Em duas semanas eu te ligo.

– Por enquanto o meu não é não. – Ela levantou a voz para que sua posição ficasse clara.

– Eu sei. – Montgomery sorriu, guardou na maleta o relatório que ia usar para fazer todas as interrogações pertinentes e ergueu a mão para se despedir. – Até logo, Connelly.

– Tchau.

Cleo ficou sozinha de novo.

O cheiro de hospital a deixava muito deprimida.

Ela ia visitar Lion outra vez.

Mesmo sabendo que ele estava cansado e que já tinha recebido Spur e Montgomery, ela estava morrendo de vontade de vê-lo, de que ele abrisse os olhos e os voltasse para ela.

Ela levantou, extenuada.

O choque emocional sempre a deixava aniquilada.

As feridas ainda estavam ardendo e ela teve até que levar alguns pontos, porque alguns cortes tinham sido profundos demais.

O elevador chegou e ela apertou o botão do quinto andar. Quando as portas estavam quase fechadas, uma mulher de lindos cabelos longos e castanhos, vestida com uma minissaia preta, blusa branca, uma jaqueta e de salto, entrou nele.

Cleo abriu os olhos e ela sorriu timidamente.

– Sophie – Cleo a cumprimentou. Elas não tinham mais se visto desde que Sophie fora eliminada por Nick.

– Oi, Cleo.

– Eu... – Ela não sabia o que dizer. Sophie tinha arriscado tudo por Nick, a ponto de entrar em um torneio no qual ela achava que seu marido tinha entrado por vontade própria e jogar com uma dominatrix um tanto quanto peculiar. Thelma estava morta... Ela lamentou. – Nossa, eu nem sei o que te dizer...

– Não diga nada – ela respondeu com uma voz calma e suave. Os óculos grandes com armação preta cobriam parte de um hematoma na bochecha. – Você não precisa falar nada. As palavras, nesses casos tão óbvios, são inúteis.

– Sim – Cleo contorceu as mãos e colocou uma mecha de seus cabelos vermelhos para trás da orelha. Caramba, ao lado da elegância da Sophie, e vendo como as duas estavam vestidas, ela se sentia um trapo. Cleo estava vestindo uma calça jeans rasgada, de cintura baixa, chinelos amarelos e uma blusinha branca de alcinhas. Estava com curativos e esparadrapos por todos os lados. Em contrapartida, e por sorte, não tinham feito quase nada com a Sophie, mesmo que a verdadeira ferida dela estivesse, provavelmente, por dentro. O medo e a sensação de descontrole não sumiriam nunca. – Você vai ver o...?

– O Nicholas? Sim – ela respondeu tossindo. – Isso se ele deixar, claro. Nas duas vezes que eu tentei, ele me expulsou do quarto – ela murmurou envergonhada.

– Que idiota – Cleo opinou. – Você foi muito corajosa ao fazer isso por ele, Sophie. Eu não sabia que você era a Louise Sophiestication. Meu Deus... Eu nunca teria imaginado.

Sophie deu de ombros.

– Eu estava sempre de máscara. Normal você não me reconhecer.

– Mas você deve ter me reconhecido.

– Ah, meu Deus... – Ela suspirou. – Sim. E quando eu vi que você era a ama do Nick eu não pude acreditar. Eu não entendia o que o Nick estava fazendo ali, como submisso... Fiquei perdida.

Cleo sorriu, compreensiva. Estava com vontade de dar um abraço naquela mulher corajosa.

– Eu nem posso imaginar o medo que você deve ter sentido quando percebeu que estava sendo colocada à venda...

Sophie apertou os dentes e olhou para o outro lado.

– Eles me mantiveram na ilha. Eu pensei que... Pensei que eles iam me matar... – Ela respirou fundo, como se não tivesse forças para continuar. – Eu não sabia o que estava acontecendo... Me drogaram, drogaram todas nós...

– Mas agora já passou. – Cleo colocou a mão no ombro dela, sabendo que aquela mulher nunca esqueceria a experiência traumática vivida. – Você sabia que o Nick parou de jogar como amo na missão depois do acontecido entre vocês?

– Bom, não acho estranho... Eu o traumatizei – ela disse, arrependida.

– Você foi tão valente... Eu te admirei muito quando o Nick me falou quem era você. Como você ousou se meter naquilo, em um torneio daqueles?

– Eu só queria recuperar o meu marido... Situações extremas exigem medidas extremas. Não é o que dizem?

– É.

– Também foi uma grande estupidez tudo o que eu fiz quando ele me assustou. E... ele não vai me perdoar nunca.

– Com o tempo...

– Com o tempo? – ela repetiu olhando de canto de olho. – Eu estava casada com ele havia sete anos. Nós temos uma filha maravilhosa, mas agora eu já nem sei com quem eu me casei. Nicholas é um agente do FBI, e não um agente comercial... Me sequestraram em um maldito torneio BDSM e por pouco não o mataram... Eu vi como... vi como o Vingador matou a Thelma. – Seus olhos se encheram de lágrimas. – E eu não tinha nem ideia – ela protestou levantando um pouco a voz. – Eu não sabia de nada, de... – ela sussurrou mordendo o lábio inferior.

Cleo entendia o desassossego da mulher. Mas, às vezes, ser um agente infiltrado exigia que a pessoa mentisse e ocultasse sua identidade, mesmo das pessoas mais próximas.

Às vezes, ser agente infiltrado era arriscar a vida daquela forma.

As duas saíram do elevador no quinto andar.

– Bom, eu vou tentar vê-lo de novo – falou aquela linda mulher enquanto secava os olhos umedecidos.

– Boa sorte – Cleo desejou, parando em frente à porta do quarto onde estava Lion. – Você pode entrar em contato comigo quando precisar, Sophie. O Nick... Nicholas tem o meu telefone.

– Obrigada – ela respondeu com cara de quem enfrentaria o diabo. – Não é má ideia. – Ela continuou andando até parar na frente do quarto do Nick. Bateu na porta e entrou.

Cleo torceu para que Nick desse uma chance para aquela mulher, que tanto tinha se arriscado por ele. Eles tinham que acertar algumas coisas e reconstruir outras, porém, se os dois quisessem, eles iam conseguir.

Ela olhou para o número do quarto de Lion: 513.

Cleo se aproximou do vidro da porta e finalmente viu que ele estava falando com Mitch e Jimmy, ou pelo menos tentando.

Vê-lo acordado encheu seu coração de luz.

Os olhos de leão se encontraram com os dela.

Cleo levantou a mão e acenou, com um sorriso de orelha à orelha.

– Oi – ela falou através do vidro, como uma garotinha feliz.

Ela ia esperar os dois agentes saírem. Depois entraria e, se o permitissem, deitaria com ele na cama e o abraçaria.

E choraria de felicidade por vê-lo bem e a salvo.

18

No fim das contas, é o submisso quem submete o amo,
com sua entrega e sua aceitação.

Nova Orleans, Rua Tchoupitoulas
Cinco dias depois

Rango brincava com o dedo indicador dela, como se fosse seu salva-vidas.

– Ei, Rango… Pra frente! Olha pra frente! – Cleo insistia, sentada em uma cadeira de balanço no alpendre, na frente da casa.

Lion não quis vê-la. Cinco dias antes, Cleo havia esperado pacientemente até que Jimmy e Mitch saíssem do quarto do leão.

Quando saíram, comunicaram:

– Lion falou que quer descansar, Cleo. Ele não quer receber mais visitas.

Aquelas palavras foram um balde de água fria. Mas ela tentou entender. O ferimento tinha sido complicado e aquele chifre poderia ter atravessado órgãos vitais. Apenas desculpas.

Ela voltou a aparecer no dia seguinte e de novo aconteceu a mesma coisa. Lion recebia todos, exceto ela. Saber disso dilacerou-a por dentro, ela não sabia o que havia feito de mal nem mesmo o que estava acontecendo. Será que ele não estava com vontade de falar com ela? Ele não queria abraçá-la? Pois Deus sabia que ela estava com os dedos até coçando de vontade de tocá-lo.

Onde tinham ficado as palavras da noite anterior ao sequestro? Onde? O vento tinha levado, estava óbvio.

"Nunca acredite nas coisas que um cara te diz enquanto está te comendo", dizia Marisa. Com razão.

Então, depois de mais dois dias de sala de espera, ela decidiu que tinha cansado de esperar. Tomou uma decisão e deixou Washington.

Foi para Nova Orleans, sua casa, onde independentemente de qualquer coisa, tudo seria igual, e ela até mesmo sentia vontade de ver a senhora Macyntire e seu cachorro garanhão. Aquele era o lugar dela, era se onde sentia segura.

Agora o clima estava agitado com a notícia do fechamento da destilaria de rum e da prisão dos D'Arthenay. Por isso, naquela mesma noite, as famílias mais endinheiradas da cidade tinham decidido organizar uma festa no parque Louis Armstrong. A fraternidade entre os cidadãos era fundamental para uma boa convivência. E o mais importante: uma boa festa sempre escondia as manchas.

Ela nunca tinha sido tão machucada. Aquelas duas semanas com Lion a marcaram a ferro e fogo, a jogaram-na para cima e depois ela caiu no chão, sentindo uma pancada seca e destrutiva. Como numa maldita montanha-russa.

Para cima e para baixo.

Céu e inferno.

Prazer e dor.

– Ei, C. – Leslie saiu no alpendre com uma jarra de chá gelado em uma das mãos e dois copos na outra. – A gente devia se preparar para...

Cleo levantou o olhar, com Rango na mão, e Leslie correu para o lado dela, deixando a jarra na mesa.

– Você está chorando de novo, querida – ela murmurou, abrigando a irmã entre os braços.

– Ah, é? – Fantástico, ela estava chorando e nem tinha percebido.

– Sim, tonta – Leslie murmurou sobre a cabeça dela, mexendo a cadeira para os três.

Menos mal que a irmã tinha ido passar uns dias com ela. Uma precisava da outra, para fazer companhia e para conversar. Conversar sobre tudo.

O FBI havia permitido que Leslie tirasse uns dias para recuperar as forças e depois retomar a missão da SVR com Markus. Ela havia tomado a decisão de passar esses dias com sua irmãzinha.

– Eu não sei o que aconteceu – Cleo sussurrou sobre o ombro da irmã mais velha, colocando Rango no peito.

Leslie acariciou seus cabelos e deu um beijo em sua testa.

– Eu também não, C., mas cedo ou tarde nós vamos descobrir. Lion não é muito extrovertido.

– Ele disse que me amava, que morreria se alguém fizesse algo comigo. – Soluçou descontrolada, respirando fundo pelo nariz. – Eu também falei que o amava.

– Os sentimentos são incontroláveis – Leslie murmurou olhando para o nada. – Nem todo mundo se sente confortável com eles. Acho que você é a única pessoa no mundo que adora expressar suas emoções.

— Eu não gosto — Cleo respondeu –, mas se eu não falo, fico a ponto de explodir, entende?

Leslie sorriu e pegou Rango.

— Você tem que ficar com o Pato — Leslie pediu. Pato era o camaleão dela, que estava dividindo o terrário e os dias com Rango. — Quando eu for embora, quero que você cuide dele até eu voltar. Não confio na mamãe.

— Claro… — Ela secou suas lágrimas com a camiseta. — O papai quase comeu o Rango pensando que era alface.

— Por isso — Leslie riu.

Leslie recebeu uma mensagem de WhatsApp no iPhone. Ela leu-a e voltou a bloquear a tela.

— Quem é que está te mandando tantas mensagens? — Cleo perguntou absorvendo as lágrimas.

— Markus — Leslie encheu os dois copos com chá e ofereceu um deles para a irmã. Depois passou um braço por trás dos ombros dela e bebeu, apoiada no encosto da cadeira.

— O que ele quer?

— Me ver.

Cleo ficou com uma postura mais ereta na cadeira e sorriu, ainda chorosa.

— O moicano quer te ver? O dos olhos ametista?

— Sim. Bom, não é nada de mais. Ele foi meu parceiro e provavelmente teremos que trabalhar juntos para resolver o caso da venda de escravas. Amos e Masmorras acabou, mas essa rede de tráfico é enorme.

Cleo analisou a pose fria de Leslie. Seus olhos verdes escrutinaram a irmã mais velha como se ela fosse um animal raro.

– Por quê ele está te mandando mensagens? – ela interrogou. Leslie se moveu incômoda.

– Você é pior do que a Inquisição.

– Sou. Conta.

– Bom… Você se lembra da noite no La Plancha del Mar?

– Como eu poderia esquecer… – Nunca ia contar para Leslie como Lion a havia castigado na praia deserta.

– Bom. Eu não tinha que fazer nada… Simplesmente ficar aos pés dele, como um bicho de estimação. Ele me bateria e pronto. Nossa relação era profissional, não passava disso, com um respeito mútuo absoluto, mas eu não sei o que aconteceu comigo… – ela murmurou ainda confusa. – Fiquei com raiva de alguma coisa… Talvez do fato de ele ter jogado com todas as outras, menos comigo.

– Você gosta dele.

– Gosto.

– Então essa reação se chama ataque de ciúmes.

– Não sei… É mesmo? – Ela bebeu um gole de chá.

– É, Leslie. – Cleo virou os olhos.

– A questão é que eu abri o zíper dele e comecei a fazer um boquete ali, na frente de todo o mundo. Os Vilões devem ter gostado do espetáculo.

– Até você teria gostado desse espetáculo… – Cleo adicionou.

– E ele adoraria – Leslie concluiu. – Não achei que tivesse algo de ruim em dar um pouco de veracidade ao meu papel. Eu fiz coisas realmente escandalosas como dominatrix. – Parecia que ela mesma estava se autoconvencendo. – E quando eu falo escandalosas, quero dizer escandalosas estilo "nãopossoacreditarquevocêfezisso".

– Um dia você vai me contar, não é?

– Não, você é muito nova.

Cleo deu uma gargalhada. O pior era que sua irmã estava falando sério. Ela estava com 27 anos, e a irmã com 30. E ela era muito nova?

– A questão é que – ela continuou arrependida – ele não interpretou muito bem o que eu fiz.

– Como assim não interpretou muito bem? Se ele gozou, não tem como ter se sentido mal.

– Ele disse que se sentiu violado! – exclamou, incrédula. – Você acredita nisso? Olha, eu que não estou interpretando isso muito bem. – Ela levou a mão ao peito.

Cleo franziu as sobrancelhas ruivas.

– E ele te falou isso a sério?

– Markus não brinca muito.

– Ele está te enchendo o saco, Leslie – Cleo rebateu. – E agora o que ele falou no WhatsApp?

Leslie mostrou a tela do iPhone.

E Cleo leu:

> De amo Markus:
> Estou em Nova Orleans. Quero te ver.

– O que você acha que ele quer dizer? – Leslie perguntou. Ela jogou os cabelos escuros para trás, e seus olhos cinzentos soltaram faíscas cheias de curiosidade.

Cleo abriu a boca assustada com a falta de experiência da irmã. Ela estava mesmo perguntando o que o Markus insinuava? Era óbvio!

– E você que é a irmã mais velha? – ela perguntou, horrorizada.

– O que ele está fazendo em Nova Orleans? A gente não deveria se ver daqui a uns quatro ou cinco dias? O que ele está fazendo aqui?

– Acho que ele está deixando bem claro que ele quer te ver, boba.

Leslie ergueu as sobrancelhas.

– Ele quer sexo – Cleo esclareceu.

Outra mensagem no WhatsApp.

> De amo Markus:
> Me fala onde você está, maldição.
> Quero te ver agora.
> Você nem me falou que ia partir.
> Isso não é jeito de tratar o seu amo.

– Você nem se despediu? – Cleo perguntou intrigada.

– *Nope* – Leslie terminou o copo de chá e o encheu de novo. – Ele está acostumado a ser o centro das atenções. Achei que ele não se importaria se eu dissesse que estava tirando uns dias pra esquecer um pouco de tudo. Além do mais, foi o FBI que me deu esses dias de descanso, não a SVR. – Ela sorriu com malícia.

– Por que eu estou com a sensação de que você sabe exatamente o que está fazendo?

– Ele não tem que se importar com o que eu faço, você não acha?

– Acho que ele se importa, já que está tão bravo. Olha, vamos ver. Leslie, concentre-se. – Ela estalou os dedos na frente dela. – Você e o moicano já dormiram juntos?

– Não.

– Nem tentativas?

– Não. O mais perto disso foi quando eu fiz o boquete. Bom, depois disso houve uma vez em que ele me deu tapas na bunda, até eu ficar no ponto.

Cleo começou a rir.

– Ele te deu uma lição por você desobedecer. Sabe o que eu acho? Que ele está te querendo desde então.

– Mas ele falou que não gostou! – Leslie protestou, indignada. – O cretino se atreveu a me dizer que... – Grunhiu entre os dentes.

– É mentira! Ele está mentindo!

Outro WhatsApp.

> De amo Markus:
> Agente Connelly, sua localização. Já.
> Temos muito o que conversar.
> Tenho muito pelo que te castigar.
> P.S.: Estou te devendo uma violação.

Cleo e Leslie arregalaram os olhos.

Leslie se levantou com o celular na mão e Cleo a deteve ao seu lado.

– Ai, caralho – Les sussurrou.

– Responde – Cleo animou a irmã, morrendo de rir. – Vou buscar os bolinhos.

Leslie se abaixou de novo ao lado do balanço, com os olhos cinzentos vidrados na tela do celular.

Ela mordeu o lábio e começou a rir.

> De submissa Leslie:
> Se você for me violar, espero que faça direito.
> Aqui está a localização.
> Hoje à noite estaremos no parque Louis Armstrong.

> De amo Markus:
> Perfeito.
> Se prepara.

Leslie sorriu e negou com a cabeça. Os homens eram tão fáceis...

Até partir o coração de alguma mulher, como fizeram para sua irmãzinha.

Por isso ela ia cuidar direitinho dele.

Brincar um pouco com o Markus.

Por que não?!

— Leslie! Leslie! Vem logo! Corre! — Cleo gritava da entrada da casa.

A morena apareceu a seu lado num piscar de olhos.

— O que foi? O que aconteceu? — ela perguntou com o camaleão pendurado na camiseta.

Cleo estava com os olhos verdes arregalados, fixos sobre um envelope que o carteiro havia acabado de entregar.

— O que foi? O que é isso?

— É um cheque. Do Nick.

— Do Nicky? — Ela pegou o envelope e leu em voz alta o pequeno cartão que tinha vindo com ele.

Para Lady Nala

Querida ama,

Como você sabe, Thelma e eu ganhamos o torneio Dragões e Masmorras DS. Eu recebi o prêmio, e não poderia me esquecer de vocês. Como eu acho que merecemos por tudo o que sacrificamos nessa missão, decidi dividir o prêmio em quatro partes. Quinhentos mil dólares pra cada um. Pra você, pro Lion, pra Leslie e pra mim. Faça bom proveito.

TIGRÃO

Cleo fechou o envelope e colocou-o perto de seu coração machucado. O dinheiro não trazia felicidade, mas era uma bela dose de alegria.

As duas irmãs se abraçaram, dando pulinhos na entrada da casa.

O Estado nunca ia remunerá-las pelo que tinham feito. Dragões e Masmorras DS, sim.

Parque Louis Armstrong

Cleo queria guerra. Havia vestido o lindo corpete de camaleão, uma calça preta *skinny* de lycra, bem apertada, e sapatos abertos com um belo salto para pisotear os egos masculinos.

Se Lion a tinha ignorado de forma tão cruel e se atrevido a menosprezar o que havia entre eles, ela ia tentar superar o golpe curtindo o máximo que pudesse…

A quem ela queria enganar? Estava acabada e queria dar seus últimos suspiros.

Leslie estava de violeta, usando um vestido de verão e sandálias plataforma. Tinha prendido os cabelos pretos. Logo percebeu a mudança de ânimo de Cleo e ajudou-a com seus carinhos.

– Olha, camaleão, nada de lágrimas por aqui, hein… Olha como o pessoal está aproveitando.

As pessoas dançavam no parque ao ritmo de "To Be With You". O próprio grupo Westlife tinha sido convidado para cantar ao vivo naquela festa patriótica de orgulho da cidade.

Diziam que o parque Louis Armstrong, antes chamado de Congo Square, tinha sido o berço do jazz. Ficava ao final da rua Nova Orleans e, antigamente, tinha sido um ponto de encontro de escravos africanos, que se reuniam para cantar e dançar com tambores e banjos. A partir daquele ritmo e daquelas melodias surgiu o jazz como se conhecia agora.

Mas, naquela noite, o emblemático parque havia se tornado uma verdadeira balada ao ar livre.

Cleo e Leslie iam beliscando seus tempurás de frango à la Coca-Cola, únicos de Nova Orleans. Bebiam cervejas de morango e se empanturravam de fritura. Dá-lhe óleo pra cima da depressão!

– As irmãs Connelly. – Magnus exclamou colocando a cabeça entre elas.

Cleo olhou para ele e sorriu.

O policial estava acompanhado de Tim, que olhava abobalhado para Leslie. O capitão apertou o nariz de Cleo e tirou-a para dançar.

– Tenente Cleo. – Ele fez uma reverência. – Você voltou de férias e continua curtindo. Que tal me acompanhar nessa música?

Leslie deu um gole na cerveja e levantou a mão para cumprimentar sua mãe e seu pai, que corriam na direção delas.

– Olha, C., o papai e a mamãe vieram nos perturbar – ela disse entre os dentes.

A simpática Darcy se aproximava com o braço entrelaçado ao de Anna. Enquanto isso, Charles e Michael caminhavam atrás delas, admirando o grupo de jovens que cantava com vozes muito harmônicas.

– Eles são gays? – um perguntava ao outro.

Darcy e Anna abraçaram as duas irmãs.

– Aqui está a minha maravilhosa filha mais velha, que foi capaz de passar quase duas semanas sem me ligar e nem dar notícias.

Leslie sorriu com educação e devolveu o abraço à Darcy.

– Desculpa, mamãe. Eu estava muito ocupada. – Ela piscou um olho para Anna, que começou a rir.

– E ainda insistem em deixar esses bichos verdes e míopes comigo, pra eu cuidar. Quando é que eu vou cuidar dos meus próprios netos? Eu quero bípedes.

Cleo e Leslie se olharam com cara de nada.

– Ela está falando com você, L.

– Não – Leslie respondeu –, ela está falando com você, C. Toda a atenção dela é pra você. Só pra você.

Darcy apertou a bochecha de Leslie e depois dedicou toda a atenção à sua filha ruiva. Colocou as mãos na cintura.

– Minha filha, olha como você está, querida – ela repreendeu.

– Culpa daquele hotel, daquela escada em estado péssimo – Cleo mentiu.

Como ela ainda estava com cortes e pontos, teve que inventar uma desculpa sobre a escada de uma das cabanas em que eles se hospedaram ter quebrado enquanto ela subia para o quarto. Agora estava virando até roteirista.

– Você vai dançar com esse rapaz? – Darcy perguntou dando sua bolsa para a Anna.

– Bom, eu ia, mas...

– Ah, então você perdeu a vez – respondeu sua mãe, puxando Magnus e colocando as mãos em seus ombros largos.

Cleo e Leslie começaram a rir. Mas então Anna, a mãe do Lion, sua ex-sogra, aproximou-se das duas irmãs com doçura e educação ímpar, dizendo:

– Vocês não se importam que eu dance com ele depois? Acho que eu tenho que aproveitar as maravilhas naturais de Nova Orleans.

Era o mesmo que dizer: "Como o meu marido não tem mais uma barriga de tanquinho e não é tão bronzeado quanto esse moreno de olhos verdes, temos que aproveitar esse produto jovem e crioulo e passar a mão nele, que não é pecado!".

Magnus teria sido o par ideal para ela, Cleo pensou enquanto o observava dançar e sorrir para sua mãe.

Os dois trabalhariam juntos, sem muitos contratempos. A mãe dela seria eternamente apaixonada por ele. Por que ela também não podia se apaixonar?

Realmente, eles se davam muito bem. Magnus era simpático e divertido, e nada dominador. Não como Lion.

Magnus dava o braço a torcer, o que para o Lion era difícil.

Magnus nunca a havia machucado. Lion tinha acabado com ela.

Sim, tudo teria sido mais simples com Magnus.

Mas o amor de verdade não era simples. O amor de verdade era uma flecha de duas pontas que nos atinge, impossível de arrancar e, mesmo conseguindo, os efeitos colaterais eram graves e sangrentos.

Ela nunca tinha acreditado nos contos de fadas. Agora, menos ainda.

As duas irmãs viraram-se para observar a multidão. Naquele dia, o Bairro Francês tinha acordado com manchetes impactantes nos jornais. Falando de Billy Bob e de sua morte trágica, do negócio do rum e das tendências sádicas dos D'Arthenay. Mas na verdade, ninguém saberia até que ponto todo aquele tema do sadismo e dos Vilões era sujo, cheio de sombras, sem um pingo de luz.

Será que elas ficariam com sequelas?

Sim. A pior de todas, além de ter perdido Clint e da morte de Thelma, era saber que ela havia perdido seu coração.

No parque Louis Armstrong havia um monumento de bronze em homenagem ao grande músico de jazz, assim como uma escultura dedicada à lembrança dos escravos negros. Era o que rodeava um pequeno e espaçoso jardim com um lago modesto, aos pés de uma passarela pela qual se podia caminhar.

E foi ali, na passarela, que Leslie pousou seu olhar prateado e não voltou a desviar.

— Meu Deus — Cleo murmurou. — Moicano logo ali.

— Eu já vi — Leslie assegurou. — Então ele me achou. — Ela sorriu e se virou, ignorando-o.

Markus negou com a cabeça e começou a rir.

— Pra onde você está indo, Les?

— Vou brincar de gato e rato — ela respondeu beijando a bochecha da irmã. — Você vai ficar bem?

– Vou – mentiu. Mas quando sua mãe e sua ex-sogra parassem de se aproveitar de Magnus, talvez ela pudesse dançar com ele e esquecer de tudo. – Você vai dormir em casa?

– Claro. – Ela franziu a testa.

– Você não vai. Já estou vendo ele a caminho.

– Ei, quem você acha que eu sou?

– Ok, quem é o gato e quem é o rato?

– Bom, eu sou a gata. – Piscou um olho. – Boa noite, ratona. – Ela se afastou da irmã ao ver que o russo estava se aproximando.

Cleo não sabia o que pensar. Leslie parecia muito confortável brincando com Markus. Era estranho vê-la assim, tão atrevida e segura de si. Bom, ela sempre tinha sido assim, mas a novidade era ver essa postura em relação a um homem, de quem ela gostava, aparentemente.

Ele passou ao lado de Cleo.

– *Khamaleona* – cumprimentou, com os olhos ametista fixos no vestido violeta que se perdia na multidão.

– Markus.

Quando Cleo perdeu os dois de vista, virou-se para andar até a pequena passarela e apreciar a festa dali, enquanto jogava pedacinhos de tempurá de frango para os patos que ficavam na água.

A banda Westlife saiu do palco e deu a vez para uma garota chamada Tata Young, que parecia ser asiática. Ela estava cantando "My Bloody Valentine".

Primeiro as teclas do um piano. Depois o ritmo grudento.

Cleo fechou os olhos e se deixou levar pela melodia.

Pessoas como ela eram tão musicais que suas emoções mudavam com os sons das notas corretas. Com as palavras sussurradas, cantadas...

Cleo começou a mexer os quadris levemente, mas duas mãos duras e exigentes detiveram o seu vai e vem.

Ela abriu os olhos e não se atreveu a olhar para trás.

Tinha o cheiro dele, do leão que tinha acabado com sua alma ao dispensá-la daquela forma no hospital.

— Me disseram que você não quer voltar para o FBI.

Silêncio.

— Cleo?

— E o que é que te interessa o que eu quero fazer?

— Leoa... — Lion murmurou, encostando seu corpo nas costas dela. — Eu ainda tenho algumas coisas pra te dizer, coisas que para alguém como eu não são fáceis de admitir.

— O que você está fazendo aqui? Já está melhor? – ela perguntou fugindo dele.

— Não. Eu não estou bem – ele respondeu com humildade.

— Se você ainda não está cem por cento, deveria ter ficado no hospital, onde ninguém pode te ver. Ou melhor, onde a única que não podia te ver era eu.

Lion fechou os olhos e afundou o nariz nos cabelos dela.

— Eu quero pedir desculpas. Não se afaste.

— Foi você quem me afastou – ela rebateu, apertando os dedos das mãos e cravando as unhas nas palmas.

— Não. Não é verdade.

— É sim. Eu fiquei quatro dias tentando te ver. E você não me deixou entrar nenhuma vez. Você não queria falar comigo. Depois de tudo o que nós passamos juntos, você me tratou mal. Você não tem a mínima ideia de como me tratar.

— Cleo… — ele sussurrou acariciando a nuca dela com seu nariz. — Deixa eu te falar o que eu ainda tenho pra falar, depois você pode decidir o que fazer comigo. Se você quiser, pode me jogar na água para que os patos comam meus olhos.

Cleo respirou fundo, irritada.

— O carismático e simpático Lion está de volta, hein? Pode me falar o que quiser. Eu já decidi como vai ser com você.

— Bom, você se importa se eu te disser dançando?

— Agora você quer dançar comigo?

— Por favor.

— Essa música é perfeita pra nós — ela confessou, sarcástica. — Por que não?!

Lion ficou de frente para ela e a acolheu entre os braços.

Meu Deus, estar ali era sublime. Eles se encaixavam tão bem… Ele começou a mexê-la e eles se mantiveram perfeitamente sincronizados. Ele tinha uma camiseta de manga curta azul-escura, como seus olhos. Estava muito moreno por causa do sol nas ilhas. Seu figurino também tinha uma calça jeans clara e tênis brancos esportivos Adidas, com as faixas azuis.

E ele estava com cheiro de perfume de homem…

Dava gosto ver Lion se mexendo. Ele era tão sexy dançando… Mas o que não era sexy nesse amo, pelo amor de Deus? Quando ele nasceu, ficou com todo o pecado carnal para ele.

— Você tem um cheiro tão bom…

— Não, Lion. Chega — ela suplicou. Ele ia voltar a seduzi-la, não podia ser. — Me diz o que você quer. O que você está fazendo aqui?

Ele respirou bem fundo pelo nariz e soltou o ar pela boca.

– Eu vim aqui porque na noite em que eu disse que te amava eu ainda deixei algumas coisas por falar. E não é justo que você não saiba. E porque a forma como eu te tratei no hospital tem uma explicação. – Ele passou a mão pelas costas da Cleo.

– Não me importa.

– Não diga isso. Eu menti pra você.

Ela ficou tensa entre os braços dele.

– Eu não gosto de você – disse Lion.

Cleo fez uma careta e lutou para se afastar, mas ele não deixou.

– Me deixa em paz! – Ele ia parar de machucá-la de uma vez por todas?

– Não vá embora. O que eu sinto por você é mais do que gostar, é mais do que amor, Cleo… – Suas palavras se derramaram como a água de um rio corrente. – Meu coração de homem e de amo é seu desde que eu tenho 8 anos. Acho que as almas afins se reconhecem quando se encontram, e que um amo de coração escolhe quem ele quer proteger e provocar. Eu te escolhi naquele dia, há 23 anos.

My Valentine running rings around me…
Hanging by a thread but were loosening, loosening…

Os olhos de Cleo se encheram de lágrimas e de incompreensão.

– Do que você está falando?

– Quando você achou que eu estava te afastando ou te tratando mal, era por causa do meu medo e da minha ansiedade em superproteger o que era mais importante para mim – Lion explicou, emocionado. – Sempre foi assim. E com você, mais ainda. Eu não queria que você se machucasse; não queria que fizesse as mesmas coisas que eu e Leslie fazíamos porque você era quatro anos mais nova e não era tão fácil pra você. Depois você cresceu e sempre me deixou tão nervoso... Nunca se importava comigo, sempre me respondia e me desafiava. Eu não sabia que nome dar para o que eu sentia por você. Meus amigos começaram a sair com meninas da mesma idade e eu era obcecado por uma menina de doze anos que parecia uma fada. – A cada palavra, Lion procurava mostrar um pouco mais do seu coração, mas com ela tão junto de seu corpo, ele perdia o controle. – Foi por você que eu me tornei um amo. Era em você que eu pensava cada vez que uma submissa solicitava os meus serviços, ou cada vez que alguém queria jogar comigo. Eu só pensava em você, Cleo. Meu desejo de me entregar a alguém, meu desejo de que você se entregasse a mim... Eu queria te ver, queria saber mais sobre você, mas eu não me atrevia a perguntar, porque não queria ficar sabendo que você estava com outra pessoa. Eu sabia dos seus flertes pela sua irmã, mas confiava na minha intuição de que eu e você nos pertencíamos e que eu viria atrás de você quando a missão Amos e Masmorras acabasse. Eu tinha que estar em condições de exigir tudo o que eu preciso de você. E ficou claro pra mim quando nos vimos no Smithsonian. Eu precisava te beijar, te provar um pouco... Você me deixou como uma locomotiva. – Ele sorriu melancólico.

– Por isso você me beijou? – ela sussurrou. – Pensei que você só queria me encher o saco.

– Eu queria me acalmar. Queria te provar, por isso te beijei. Eu pensei: um pouco de combustível ruivo para me deixar sereno por mais um tempo. – Ele a abraçou de um jeito possessivo. – Nesse dia eu jurei que você seria minha, que estava cansado de te querer sem vir atrás de você. E então, Leslie desapareceu e o FBI decidiu contar com você. Aquela foi a minha oportunidade, e não pensei duas vezes para aproveitar. Por isso, eu pedi para que eu fosse seu instrutor. Era o meu mundo, o mundo que queria que você conhecesse comigo. Meu mundo, minhas regras. E eu queria descobrir o quanto você podia ser apaixonada e obediente.

— E o que você achou de mim, Lion? — ela perguntou áspera, ainda evitando olhar para ele.

Lion sorriu e apoiou o queixo na cabeça dela.

— O que eu achei de você, leoa? Você roubou meu coração pra sempre.

Cleo deu um gemido e afundou o rosto do peito musculoso do agente Romano. Começou a chorar.

— Quando você era pequena eu te ofereci, sabia? Meu coração, digo… Um menino de 8 anos, que não sabia que tinha coração de amo, decidiu que só seria capaz de amar uma mulher. E era você. Mas agora… — Sua voz se quebrou. — Agora eu me sinto indefeso com você, Cleo. E eu não gosto disso. Quero cuidar de você, te proteger. No hospital eu estava tão debilitado… Eu não queria que você me visse daquele jeito. Não suportaria se me visse assim.

— Você foi ferido, Lion — ela o defendeu para ele mesmo. — Você não é invencível. Ninguém é.

— Pra mim tanto faz. Eu sou um homem muito protetor com o que eu considero meu, mas eu não te considero minha propriedade, eu te considero uma extensão da minha alma, Cleo. Me deu vergonha estar tão diminuído diante de você, prostrado.

— Você nunca esteve diminuído! Está doido?! — Ela o empurrou raivosa. — Você sabe o quanto eu chorei nesses dias, achando que você não me queria mais?! Eu fiquei louca! – Ela não se importava em dar um espetáculo em plena festa.

Lion dava um passo para trás a cada empurrão de Cleo. Mas a jovem tinha razão. Ele mesmo já tinha se repreendido por seu comportamento. Tinha sido um estúpido.

– Eu só queria que você soubesse que eu não gosto de parecer fraco na sua frente e nem na frente de ninguém. Mas já aceitei que, ao seu lado, eu sempre vou parecer frágil. – Ele lambeu os lábios, nervoso.

– Quer saber? Eu não gosto nem um pouco de que me machuquem ou brinquem comigo desse jeito, está ouvindo? – Ela voltou a empurrá-lo, com os olhos verdes cheios de lágrimas. – Porque agora eu não acredito mais em nada do que você me diz!

Lion ergueu a sobrancelha falhada. Essas palavras reativaram seu caráter dominante.

– Você não acreditaria que eu te amo loucamente, Cleo? – ele perguntou rodeando-a com os braços, imobilizando-a contra ele. – Você não acreditaria que eu te quero como homem e como amo, mas principalmente como seu servo? Pode acreditar, maldição. Está escrito na minha pele e na sua. Você está na minha pele, Cleo – ele garantiu, apaixonado. – Eu e você nos encaixamos como duas peças de um quebra-cabeça.

Cleo desviou os olhos para a tatuagem que ele tinha no pescoço e se deu conta de que havia outro *kanji* japonês. Outra letra.

– Você retocou sua tatuagem? – ela perguntou com dúvida, esperançosa e um pouco recomposta.

– Eu só a completei.

– Antes estava escrito: "Amo". E agora?

Lion levantou o queixo de Cleo e suplicou que ela olhasse para ele.

– Olha pra mim. Não desvia os olhos de mim, querida. – Quando ela olhou, ele disse: – Agora está escrito "Amo a Cleo".

Se ela pudesse parar o tempo, com certeza teria escolhido aquele exato momento. A declaração livre de máscaras e de mentiras, cheia de honestidade. A dominação e a submissão eram honestidade.

– Sério? – ela perguntou fazendo bico. – De verdade?

– Sim, leoa.

– Eu não quero continuar jogando… – ela soluçou.

– Eu nunca joguei com você. Tudo foi de verdade. Eu te amo, e nem sequer te amo. – Ele sorriu sem estar atrás de uma explicação. – Mas eu não conheço outra palavra que possa descrever o que eu sinto, nem que se aproxime da grandeza dos meus sentimentos. Eu te amo com todo o meu coração e com tudo o que eu sou. Eu quero que você fique comigo e que deixe eu ficar do seu lado para sempre. – Lion a levantou e a fez abraçar sua cintura com as pernas.

Cleo roçou em algo esponjoso e suave com os tornozelos.

– Sua ferida… – Cleo protestou.

– Tudo bem.

– O que é isso aí atrás?

Lion colocou a mão nas costas e, quando a mostrou, estava segurando o coelho com o qual Cleo o havia presenteado 23 anos atrás.

It's such a dirty mess…

Imperfect at its best…

But it's my love my, love my, Bloody Valentine.

Cleo não conseguia acreditar. Ela pestanejou para se livrar das lágrimas e pegou o bichinho de pelúcia com as mãos trêmulas.

Lion observou atento a reação dela, sem deixar de movê-la, ainda dançando ao ritmo da música.

O coelho estava com algo pendurado no pescoço. Um colar com duas alianças. Duas peças de quebra-cabeça douradas com um coração de diamante em uma das pontas. Como a tatuagem.

– Cleo – Lion a colocou no chão e juntou a testa na dela. Eles respiravam o mesmo ar. – Eu cometo erros, e sei que ainda vou cometer muitíssimos outros, mas também sei pedir perdão. Eu estou apaixonado por você desde que eu era um menino, mas não tive coragem para falar nada até me tornar um homem. Me aceita e me ama, e eu vou te dar tudo o que eu sou, tudo o que eu tenho, de bom e de ruim, para que você cuide de mim e me corrija. Eu me entrego por completo, pequena – ele murmurou, trêmulo. – Você me domina.

Cleo o abraçou com todas as suas forças e beijou-o nos lábios com ferocidade e voracidade. Misturando paixão e ternura. Dor e alegria. Libertação e submissão.

– Eu te amo, Lion Romano – ela sussurrou, acariciando-lhe a bochecha áspera. – Te amo desde que te vi chorar nas escadas da sua casa. Te adoro por não ter jogado o coelho na minha cara. Eu te amei e te desejei desde sempre.

– Você sabe quem eu sou, Cleo – ele disse com lágrimas enormes nos olhos azuis. – Eu não vou mudar. Gosto do que faço.

– Eu não quero que você mude, amor – ela sussurrou, beijando as lágrimas dele, que não simbolizavam fragilidade, mas força e maturidade. – Eu nunca tinha me sentido tão viva e tão segura como estando acorrentada a você, submissa aos seus castigos e carícias.

Me prende na masmorra do seu coração e não me deixa sair nunca mais. Nunca, nunca permita que eu escape. – Ela voltou a beijá-lo nos lábios e repetiu: – Você me domina.

– Caralho, não… – Ele sorriu, iluminando seu rosto masculino. – Eu nunca vou te deixar escapar, leoa. Você é a mulher com alma de dragão que eu estava esperando.

– Eu nunca vou deixar você ir embora, leão. Entrei na sua masmorra e quero seu coração de amo pra mim.

Amos e Masmorras acabou sendo uma espécie de dia dos namorados sangrento, onde o amor, a raiva, o sadismo, a dominação e a submissão tinham marcado todos os seus participantes.

Mas só nas caçadas mais selvagens afloravam os verdadeiros sentimentos daquelas pessoas, com honestidade suficiente para admitir que um áspero e soberano homem-leão tinha se apaixonado cegamente pela incrível mulher camaleão que estava entre seus braços.

O amor não era questão de tamanho e nem de tipo de pele.

Nem de gênero e nem de espécie.

O amor era um jogo de fantasia e realidade.

De lágrimas de dor e de prazer.

De dar e de receber.

O amor, o verdadeiro, significa deixar-se guiar pela pessoa amada com os olhos vendados e as mãos amarradas, tendo a capacidade de entregar o controle para o outro sem medo de errar.

Não havia ato maior de submissão do que se render ao verdadeiro amor.

E cedo ou tarde todos nos submetíamos, não?

E, assim, o leão foi domado pelo camaleão.

FIM?

DICIONÁRIO *Amos e Masmorras*

Segundo a Wikipédia:

24/7: Relação que se estabelece de forma permanente – às vezes em caráter irrevogável –, vinte e quatro horas por dia, sete dias por semana.

Açoite: Instrumento de jogo sexual utilizado no sadomasoquismo, mas também em outras subculturas do BDSM, como a disciplina inglesa e as relações DS.

Adult baby (inglês): Jogo no qual uma das partes assume o papel de um bebê, que deve ser mimado, vestido, limpo, educado...

Age play (inglês): Termo genérico para todos os jogos nos quais uma das partes assume o papel de criança ou de adolescente.

Algolagnia: É uma das acepções científicas da fantasia erótica relacionada com a dor. Pode ser ativa ou passiva, dependendo se a fantasia for proporcionar dor a outra pessoa ou recebê-la.

Amo(a): É uma das diversas acepções com que se designa a parte dominante em uma relação DS. Não é tão comum nas relações SM, mas também é utilizada. Nos jogos do gênero, especialmente na cena anglo-americana, se usa o termo *top*. Outras referências são: mestre, dono, senhor ou *master*.

Anel de O: Uma referência ao clássico da literatura BDSM contemporânea *A história de O*, de Pauline Réage (publicado em 1954). Trata-se dos anéis mostrados no filme (de 1974), usados pelas submissas que eram levadas ao clube por seus donos para o treinamento e/ou iniciação, como evidência da submissão aos rapazes "sócios" do referido clube. É um anel de prata, com um pequeno aro na parte da frente. Recentemente passou a ser usado também pelo dono da submissa, mas ele o usa na mão esquerda, enquanto a submissa o usa na direita. Na verdade, o anel mostrado no filme não correspondia às descrições do romance original de Pauline Réage, baseado em símbolos celtas e que não tinha esse aro frontal.

Animal de estimação: Termo empregado em jogos de dominação, nos quais a parte passiva adota o comportamento de um animal desse tipo. O adestrador é representado pela parte ativa.

Animal play (inglês): Vide "Animal de estimação".

Animal training (inglês): Adestramento de humanos "de estimação", no qual a parte passiva desempenha o papel de animal (cachorro, pônei etc.).

Arreio corporal: Um tipo de apetrecho muito utilizado e apreciado no meio do SM e DS. É formado por tiras de couro ou de metal que envolvem o tronco, com certas reminiscências da imagem que se tem dos gladiadores romanos e remete a um caráter "escravocrata". Tem como base as tiras de couro e as pequenas correntes de metal enlaçadas, e permitem que os seios fiquem à mostra. Os submissos homens também costumam utilizar, mas com algumas variações. A versão "gladiador romano" é muito famosa na cena SM homossexual masculina.

Arreio de *bondage*: Um apetrecho de *bondage*, que é acoplado ao corpo inteiro do submisso, incluindo áreas como seios, barriga, braços e pernas. No *bondage* japonês, chamado de *shibari*, recebe o nome de *karada*.

Arreio de pônei: Apetrecho de couro, metal ou ambos, que é colocado no submisso para que ele interprete seu papel de pônei. Pode ser de corpo, de cabeça, de cintura etc.

Autoasfixia: Prática erótica de alto risco que consiste em dificultar ou interromper a própria respiração até alcançar o êxtase sexual. Registra um elevado número de mortes acidentais e não é aconselhada por quase todas as organizações e personalidades do BDSM.

Autobondage: Amarração com corda (*bondage*), plásticos leves (mumificação) ou fita adesiva (*cinching*) executada por uma pessoa sobre o seu próprio corpo. Pode ter diversas motivações: como uma prática sensorialmente prazerosa em si mesma, como quem faz uma massagem nos próprios pés, por exemplo. É amplamente difundida nos Estados Unidos. Também é um recurso no caso de relações à distância, seguindo as instruções do dominador por telefone, chat, mensagens eletrônicas, correspondência etc. Da mesma forma, como recurso em períodos de ausência em relacionamentos estáveis, ou como um conhecimento do próprio corpo e de suas reações por parte de um submisso que deseja progredir em sua entrega e na compreensão do significado dela. Finalmente, é visto como atividade erótica, relacionada ou não, prévia ou não, a outras atividades autoeróticas. Devido às visto suas características especiais, deve ser conduzida com todos os cuidados necessários, pois será sempre uma prática arriscada.

Bastinado: Castigo com um bastão rígido, de preferência na planta dos pés.

BB (inglês): Abreviação para *breast bondage*, prática de amarrar os seios femininos.

B&D: Abreviação para *Bondage* e Disciplina, uma forma utilizada para se diferenciar do SM e que, paradoxalmente, deu a base para o conceito genérico de BDSM.

BDSM: Sigla que identifica um grupo de pessoas que pratica o sexo não convencional, um estilo de vida com intercâmbio de poder (EPE), dentre outros. Significa *Bondage* e Disciplina, Dominação e Submissão, Sadismo e Masoquismo.

Bizarro: Relativo ao sexo extremo ou práticas extremas do BDSM. Por extensão e em algumas partes do território anglo-saxônico, identifica tudo o que é relacionado à sexualidade não tradicional, inclusive o BDSM.

Berlinda: Objeto de madeira ou de ferro que imita os antigos instrumentos de punição da Idade Média; é usado nos jogos de restrição de movimento no BDSM.

Bondage (inglês): Prática de amarrar ou imobilizar, a partir do uso de cordas, tiras de couro, tecidos, correntes etc., com propósito estético ou para imobilizar o submisso durante uma sessão ou durante o ato sexual.

Bottom (inglês): Passivo; submisso(a).

Branding (inglês): Marcas e sinais corporais realizados por meio de fogo, de utensílios quentes etc.

Breath control (inglês): Controle da respiração.

Cane (inglês): Termo usado para designar varas de bambu ou de outros vegetais semelhantes às que eram usadas antigamente para aplicar castigos nas escolas vitorianas.

Caning (inglês): Espancamento praticado com varas de bambu ou de outros vegetais.

Castigo: No meio do DS, essa palavra tem diversos significados, nem sempre coincidentes. Em geral, é uma das palavras que em cada relação tem um significado diferente e, muitas vezes, contrário. Pode se referir à ação de um dominador sobre um submisso, como punição ou simplesmente para seu prazer, ou até provocada pelo submisso, na busca do seu próprio prazer. Também pode ser simplesmente um código ou uma senha para denominar o início de uma atividade sexual, associado à relação de dominação-submissão que os amos mantêm.

Cena: Pode se referir tanto à realidade da comunidade BDSM de um país ou de uma cidade quanto à parte formal, cênica, de uma sessão com práticas BDSM.

Cenários médicos: Jogos em um cenário "clínico", nos quais o dominador costuma interpretar o papel de médico ou enfermeiro, e o submisso, o papel de paciente. São complementados com objetos e móveis especiais, como mesa ginecológica, maca, instrumentos de observação e utensílios médicos, tudo para recriar um ambiente hospitalar. Pode incluir enemas, agulhas, massagens, inspeção vaginal ou anal etc.

Chicote: Vara flexível, longa e fina, que pode ter algum detalhe na parte superior, usado para equitação. O chicote normal de montaria é de couro com um pequeno pedaço de couro dobrado na ponta. Também pode ser feito de nylon com uma tira de cerca de 3 centímetros na ponta, e costuma medir uns 70 centímetros no total. Os chicotes de adestramento têm cerca de 1 metro. Seu uso é muito comum tanto no SM quando na DS, como instrumento de espancamento erótico e também ostentado pelo dominador por seu valor simbólico.

Cinching (inglês): Prática de envolver o corpo do submisso com fita de látex, *rubber*, fita americana etc. Vide "Mumificação".

Clinical (inglês), **"médico"**: Vide "Cenários médicos".

CNC: Abreviação do inglês *consensual non-consent*. Vide "Metaconsenso".

Codeword (inglês): Vide "Palavra de segurança".

Código: Conjunto de regras impostas em uma cena BDSM, relacionadas ao vestuário e ao comportamento.

Código de vestuário: O que é considerado necessário ou recomendável para se vestir em uma festa BDSM, seja ela particular ou pública. Costuma ter o preto como cor essencial, e inclui elementos fetichistas femininos (corpete, sapato de salto alto), assim como uma estética distintiva nos materiais (couro, látex, vinil, *rubber* etc.) e nos acessórios (coleiras de submissão, elementos simbólicos etc.).

Colar de pérolas (espanhola): Termo coloquial da gíria sexual. Refere-se a um ato sexual no qual o homem ejacula na região do pescoço, tórax ou nos peitos da outra pessoa.

Coleira: De couro ou de metal, simboliza a entrega. Pode ser tremendamente sofisticada, estilizada, rústica ou de "castigo", destinada ao uso em sessões íntimas ou para ser usada em público. Costuma ter um ou mais ganchos para acoplar uma tira, que o dominador pode manusear para imobilizar a submissa ou submisso.

Consenso, consensual: Toda atividade do BDSM deve ser, por definição, previamente combinada entre os participantes; ou seja, deve ser consensual.

Consensual non-consent (inglês): Vide "Metaconsenso".

Contrato de submissão: Uma prática conhecida em alguns setores minoritários do BDSM na qual o conteúdo, alcance, pactos, duração da relação e limites são estabelecidos por escrito em um contrato. Este documento tem um caráter meramente simbólico, pois carece de qualquer validade legal.

Controle da respiração: Prática considerada arriscada que consiste em controlar a respiração do submisso de diferentes formas. Sem levar em conta a intensidade do prazer sexual que ela pode causar, é uma prática não recomendada. Foi o tema do filme *O Império dos Sentidos*, sobre um caso real que acarretou morte.

Cruz de Santo André: Uma cruz de madeira em forma de "X", na qual são amarrados os tornozelos, pulsos e outras partes do corpo do submisso. O objetivo é deixá-lo exposto e indefeso, reforçando sua entrega. Pode ser combinada com outras atividades: *bondage*, prendedores, *spanking* etc.

Cruz (ou roda) de Wartenberg: Usada nas masmorras da Idade Média, possui o formato de uma roda construída em madeira e com um eixo móvel, é utilizada no BDSM nos jogos de dominação e/ou sadomasoquismo, e é geralmente montada em posição vertical. O submisso é fixado na roda pelos tornozelos, pulsos, antebraços, pernas e cintura, e a roda é girada a fim de exaltar a sensação de "impotência".

Devot: Submisso(a); denominação habitual nas áreas de língua alemã.

Disciplina: Imposição de regras de comportamento. São elementos muito comuns nos jogos EPE (intercâmbio erótico de poder) ou de dominação-submissão. Se as regras forem desobedecidas, surge a necessidade de castigar o submisso.

Disciplina inglesa: Costuma ser denominada assim a flagelação erótica, fazendo referência, por um lado, à prática do espancamento nas escolas inglesas da época vitoriana e, por outro, ao seu emprego atual como forma de "disciplina" nos jogos "educativos".

Dom: Abreviação de dominador.

Domina: Refere-se a uma mulher que exerce papel ativo ou dominante em uma relação BDSM.

Dominação[1]: Educação na arte da submissão, exercida sobre um(a) submisso(a) por parte de um(a) amo(a).

Dominação[2]: Relação específica na qual uma pessoa "toma as decisões" por outra, em tudo aquilo que foi combinado entre ambos (EPE). Há diversas variações: reservada exclusivamente ao âmbito sexual, total, com ou sem exceções, temporal (apenas durante os encontros), permanente (chamada de 24/7), exclusiva, excludente ou poligâmica, heterossexual ou homossexual, exercida pessoalmente ou à distância.

Dominação à distância: Exercida sem a presença física do dominador, usando algum meio de comunicação como telefone, internet, correio etc.

Dominação feminina: Jogos nos quais a figura feminina tem o papel dominante e a figura masculina é a submissa.

Dominante: Pessoa que exerce, de maneira natural ou por consenso, uma relação de poder sobre outra ou outras, incluindo – não necessariamente – no âmbito sexual.

Dominatrix: Vocábulo que costuma designar a profissional da chamada dominação feminina, variante da prostituição especializada. Geralmente não é usado como sinônimo de ama não profissional. Vide *"Domina"*.

D&S (DS, D/S): Sigla que representa as relações de dominação-submissão.

Edgeplay (inglês): Jogo no limite do aceitável; práticas extremas nas quais, sem abandonar a regra essencial do consenso prévio, são conduzidas situações de risco.

Entrega: A concessão do poder (de decisão) que a parte submissa faz perante seu dominador, assim como a sensação que o submisso experimenta e transmite.

EPE (inglês): Abreviação de *Erotic Power Exchange*.

EPEIC (inglês): Abreviação de *Erotic Power Exchange Information Center*.

Erotic Power Exchange (inglês): "Intercâmbio erótico de poder", relações nas quais o submisso abdica parcial ou totalmente de sua capacidade de decisão, de forma consensual, para o dominador. Em português, se usa muito mais a denominação "relações de dominação-submissão" ou, na forma abreviada, DS.

Escrava, escravo: Na comunidade BDSM, é uma das denominações consensuais para designar quem está na posição de passividade ou submissão.

Escrava goreana: Denominação da parte passiva na relação sexual inspirada nos romances da *Saga de Gor*, escritos por John Norman.

Espaço submisso: Refere-se a uma situação de êxtase, uma espécie de transposição corporal que às vezes se manifesta em um submisso durante uma sessão de BDSM quando ela alcança uma enorme intensidade sensorial.

Espancamento: Prática de bater com a mão ou com algum instrumento específico – chicote, *flogger*, açoite, palmatória etc. – ou de uso cotidiano – tênis, raquete de pingue-pongue, régua, bastão etc. – em uma parte do corpo da pessoa submissa, como castigo por uma conduta imprópria, como parte da relação dos dois ou como uma preparação sexual. Os praticantes mais tradicionais interpretam que o verdadeiro *spanking* é aquele realizado com a mão sobre as nádegas nuas da pessoa submissa, dando outros nomes para as demais variantes (*caning*, para espancamento com bambu ou outras varas vegetais, *flogging* para espancamento com *flogger* ou outros açoites mais leves etc.). O espancamento é usado indistintamente na DS e no SM, ainda que com diferentes motivações e rituais. Pode alcançar uma carga erótica muito alta, e é comum que o dominador tenha que regular o ritmo e a intensidade dos golpes para evitar um orgasmo inesperado por parte da pessoa submissa.

Estúdio: Denominação usual para as salas privadas, decoradas de forma adequada, para a prostituição especializada nos cenários BDSM. Em um ambiente não profissional podem ser usadas outras denominações como calabouço ou masmorra.

Femdom (inglês): Dominação feminina.

Feminização: Ato no qual ocorre a transformação de um homem submisso em mulher, com as roupas, gestos e atuações apropriadas. Costuma ser realizada por ordem de uma mulher dominadora.

Fita americana: Um tipo de fita adesiva larga de segurança, muito valorizada no BDSM por sua textura e praticidade para prender os pulsos ou tornozelos, ou para realizar mumificação parcial ou total.

Flagelação: Consiste em espancar, como parte de um jogo sexual, utilizando um chicote ou algo similar.

Flog, flogging (inglês): Espancar com um *flogger* como jogo sexual.

Flogger (inglês): Chicote com tiras para o *spanking*.

Flogger de nove tiras: Chicote que mede entre 40 e 150 centímetros, com várias tiras (é chamado assim porque os modelos utilizados pela marinha britânica para castigos tinham nove), diferente de um chicote comum, que dispõe de uma tira só. É muito usado na chamada flagelação erótica dentro do BDSM.

História de O, A: Romance da escritora francesa Pauline Réage (pseudônimo de Dominique Aury), publicado em 1954. É considerada uma das principais obras da literatura BDSM contemporânea.

Hogtied (inglês): Uma forma de imobilização muito praticada nos jogos de BDSM, que consiste em juntar, amarrados por cordas ou algo similar, os pulsos com os tornozelos da pessoa passiva, como prévia para outros jogos sexuais ou como atividade individual.

Infantilismo: Prática na qual o submisso se veste e atua como um bebê ou uma criança pequena.

Iniciação: Momento ritualizado no qual se "consagra" a entrega da pessoa submissa e a aceitação desta por parte do dominador. Os rituais variam de amo para amo, mas costumam ter uma espécie de apresentação formal a cada um dos aspectos da submissão, sempre sob a responsabilidade do dominador. O submisso, banhado em óleo e envolvido em uma cerimônia toda especial, desliza por uma série de quadros oníricos e de forte conteúdo sexual.

Intercâmbio de poder: Vide "EPE".

Jogo: Denominação usual para as atividades consensuais dentro do BDSM.

Jogos eróticos: Todos aqueles nos quais o dominador e o submisso adotam papéis consensuais e complementares, que podem ter conotação sexual, mas não necessariamente. Por exemplo, jogos de amo e submisso, senhor e escravo, professor e aluno, enfermeiro e paciente etc.

Kajira: Nome empregado na saga de ficção *Gor* para designar uma escrava. O termo é utilizado para identificar o submisso que segue, em sua relação, os rituais e as práticas descritos no referido livro.

Kinky (inglês): Palavra usada para designar qualquer tipo de atividade sexual não convencional, ou para denominar uma mentalidade aberta à exploração e à experimentação de novas práticas.

Lady: Termo empregado no BDSM, dentre outros, para designar uma mulher dominante.

Leather Pride (inglês): A bandeira do orgulho *leather* foi desenhada pelo ativista norte-americano Tony DeBlase em maio de 1988 e se popularizou como um símbolo da cultura BDSM.

Limites: Pacto estabelecido antes da sessão, se for algo pontual, ou antes da relação, se for algo mais amplo, que define tudo o que os envolvidos NÃO querem fazer. Os limites variam dependendo dos envolvidos e das situações.

Lord (inglês): Uma das denominações empregadas para designar um amo homem.

Marcação (*branding*): Inscrição de figuras ou letras no corpo que, se forem permanentes, são realizadas geralmente com algum ferro quente. As partes do corpo mais marcadas são: nádegas, barriga e genital. Se forem temporárias, são feitas com outros instrumentos, como tipos específicos de chicotes ou raquetes com protuberâncias pontudas.

Masmorra: Lugar apropriado para a prática do BDSM e especificamente do sadomasoquismo, dotado de móveis e acessórios que imitam os que eram encontrados nas antigas masmorras, mas projetados para realizar jogos de dominação sexual.

Maso: Forma coloquial para masoquista ou masoquismo.

Masoquismo: Define o prazer sexual relacionado com a dor recebida. O termo foi descrito pelo médico alemão Krafft-Ebing e deriva do nome do austríaco Leopold von Sacher-Masoch, que escreveu várias obras (*A Vênus das peles*, dentre outras), nas quais descrevia o prazer sexual associado à dor.

Master (inglês): Mestre, termo usual no meio BDSM para denominar o homem dominador.

Mestre: Aquele que controla um jogo sexual de dominação e submissão, que dirige um *bondage* ou que é um conhecido *expert* em alguma técnica BDSM. Também é empregado como sinônimo de tutor ou como prova de respeito com um dominador famoso e reconhecido.

Metaconsenso: Forma específica de consenso, comum no BDSM, no qual a parte submissa pede para que a parte dominadora defina a necessidade de interromper ou não uma sessão, quando solicitado pelo submisso. É um conceito controverso em certas esferas do BDSM, ainda que fosse de uso frequente na época pioneira da *Old Guard*.

Mordaça: Qualquer objeto que abafe o som vindo da boca. São usados como enfeite ou como complemento do jogo, acentuando a privação sensorial.

Mordaça com bola: Acessório que consiste em uma bola de silicone ou de material similar que é acoplado a uma tira elástica ou de couro. A bola é colocada na boca do submisso e a tira é amarrada em sua nuca, simulando um processo de privação sensorial.

Movimento *Leather*: Movimento iniciado na década de 1950 com alguns dos soldados que retornaram da Segunda Guerra Mundial, relacionado à estética homossexual do couro e das motocicletas, e que foi um precedente para a época da *Old Guard*, de meados dos anos 1970, como percursora do BDSM pansexual.

Mumificação: Envolvimento completo do corpo do submisso, usando fita adesiva, papel filme, trajes de látex, couro ou *rubber*, especialmente designados para este fim. É comumente considerado um subgênero de *bondage*.

Negociação: Processo de consenso prévio a um jogo, sessão ou relação BDSM, no qual são estabelecidas algumas regras, tais como a intensidade, os riscos, a palavra de segurança, os limites etc.

New Guard (inglês): No início dos anos 1990, desenvolveu-se o que se denomina a *New Guard*, caracterizada pela abertura para o mundo heterossexual e da homossexualidade feminina, a aceitação do fenômeno *switch*, a inclusão de elementos de sensibilidade interior (dominação psicológica, relações DS sem traços sadomasoquistas etc.), a aceitação daqueles que praticam "só o jogo" e a participação ativa da mulher heterossexual no mundo do BDSM.

Old Guard (inglês): É a época pioneira do BDSM, de meados dos anos 1970, e seu livro de cabeceira é o *Leatherman's Handbook*. Durante esse período, o movimento mantinha vínculo com o universo homossexual masculino, sem abertura para os espaços heterossexuais e rechaçando a aceitação do fenômeno *switch* (aqueles que se sentiam cômodos em ambos os papéis). Também recusavam terminantemente a admissão daqueles que consideravam as relações BD e SM "só um jogo". Os praticantes dessa época eram favoráveis às relações de metaconsenso e muito céticos em relação ao estabelecimento de limites.

Other World Kingdom: Surgiu em 1997, na região de Černá, a 150 quilômetros de Praga, na República Tcheca, e é um centro da chamada dominação feminina, estabelecido ao redor de antigas mansões de duques, no qual reinam as mulheres dominadoras (profissionais), sob o olhar da Rainha Patrícia I, e onde todos os homens são "escravos" que pagam fielmente seus "impostos".

Palavra de segurança: É usada pelos submissos para indicar rapidamente que o grau, as circunstâncias ou a atividade que está se desenvolvendo não está agradando e que eles desejam parar. A ética do BDSM define que a qualquer momento a parte dominante deve respeitar essa manifestação e interromper a sessão.

Papel de empregado: Interpretação do papel de empregado por parte do submisso, enfatizando atividades como limpar, servir comida ou bebida etc.

Papel de móvel: O submisso assume a posição de um móvel, geralmente de uma mesa, onde são colocados os pratos, copos, cinzeiro etc.

Papel de banheiro: A pessoa submetida se oferece para que o dominador utilize seu corpo e/ou suas cavidades como receptáculo de urina e/ou fezes.

Parafilia: Termo clínico empregado para designar o gosto intenso por uma determinada prática, geralmente relacionado com o prazer sexual por alguma atividade concreta: fetichismo, *bondage*, sadomasoquismo, voyeurismo etc.

Passivo(a): Designa a parte submetida ou submissa; o termo é usado especialmente nas relações sadomasoquistas, e é menos frequente nas do tipo DS.

Pet play (inglês): Jogo com interpretação de bichos de estimação no qual a parte submissa assume o papel de um bicho de estimação.

Poder, Intercâmbio de: Vide "EPE".

Pony play: O submisso (*ponygirl*, *ponyboy*) adota o papel de um equino de montaria, que pode contar com elementos enriquecedores da estética DS, tais como focinheira, arreios de cabeça, selas de montaria, chicotes de adestramento de cavalos etc. Mas a prática também pode adquirir uma forma lúdica, combinada com *spanking* e inclusive com outros jogos sexuais.

Potro: Similar ao equipamento usado em competições de ginástica artística, mas com ligeiras modificações de tamanho e altura, e com a adição de elementos de fixação. É usado para imobilizar, espancar e, com muita frequência, para atuar sexualmente com a pessoa submissa. É proveniente da iconografia medieval de salas de tortura.

Potro de Berkeley: Projetado em meados do século XIX por uma senhora inglesa que tinha esse nome, foi desenhado visando a flagelação profissional e era destinado a imobilizar as pessoas que queriam ser flageladas. Obteve enorme popularidade entre os praticantes da chamada disciplina inglesa.

Prendedores: Muito comuns nas relações DS e SM, são utilizados para apertar diferentes partes do corpo. Podem ser usados prendedores comuns domésticos, de madeira ou de plástico, prendedores especiais de metal etc. Geralmente são colocados nos mamilos ou partes adjacentes, lábios vaginais, clitóris, bolsa escrotal, testículos, pênis, braços etc.

Privação sensorial: Todo o jogo ou atividade na qual se priva, de forma consensual e por tempo determinado, a parte passiva de um ou vários sentidos: da fala, da capacidade de movimento, da visão etc., por meio de mordaças, cordas, lenços de seda ou similares. Seu objetivo no jogo é promover ou acentuar a sensação de impotência, como instrumento de excitação mútua ou como parte de uma relação DS.

Quagmyr: Promotor e desenhista do tríscele, símbolo mundial do BDSM, dentre outros.

Queda pós-sessão: Um estado similar à depressão que pode aparecer em um submisso após uma sessão, especialmente se forem alcançados altos níveis de sensibilidade durante a prática. É recomendado um período de repouso. Costuma desaparecer em pouco tempo e sem exigir maiores providências.

RACK: Abreviação para *risk-aware consensual kink*, o risco assumido e consensual para o sexo alternativo (ou não convencional).

Rebenque: Instrumento antigo de castigo das primeiras marinhas mercantes e de guerra, usado no BDSM espanhol e jogos sadomasoquistas.

Roissy: Mansão na qual se passa a maior parte da ação de uma das principais obras do BDSM, *A história de O*.

Rubber: Pode se referir ao látex ou ao PVC. Material sintético com aparência de borracha ou plástico preto e brilhante, usado, entre outras coisas, para a confecção de roupas de tendência fetichista. Está presente especialmente na subcultura homossexual do SM.

Sadismo, sádico(a): É a obtenção de prazer ao realizar atos de crueldade ou dominação. Esse prazer pode ser de natureza sexual e consensual, e nesse caso é considerada uma das parafilias que fazem parte do BDSM. Caso contrário, pode ser o indicativo de um transtorno psicológico ou o resultado de emoções como ódio, vingança e chega a incluir certas acepções de justiça. Estamos, portanto, diante de uma polissemia com matizes de significado bem diferentes.

Sadomaso: Coloquialmente, sadomasoquista ou sadomasoquismo.

Sadomasoquismo, sadomasoquista: São junções dos termos sadismo e masoquismo.

Safeword (inglês): Vide "Palavra de segurança".

Safe, sane and consensual (inglês): Seguro, saudável e consensual: lema criado pelo ativista David Stein, em 1983, e que para muitos membros do BDSM indica a maneira correta de praticá-lo.

SM: Abreviação de sadismo/masoquismo, ou mais habitualmente, sadomasoquismo.

Seguro, saudável e consensual: Vide *"Safe, sane and consensual"*.

Sessão: Período de tempo dedicado para atividades BDSM específicas, que podem incluir práticas sexuais. Sua duração pode variar de alguns minutos a horas ou até dias.

Shibari (japonês): Variedade tradicional do *bondage* japonês.

Sir (inglês): Termo usado para se dirigir a um homem dominador nas relações BDSM.

Spanking (inglês): Espancamento erótico realizado geralmente com a mão ou com algum objeto. Vide "Espancamento".

SSC: Abreviação de *safe, sane and consensual*. Vide "Seguro, saudável e consensual".

Sub (inglês): Submissa, submisso.

Subcultura BDSM: Grupo que se desenvolve no BDSM e entende ter uma identidade social própria e singular, linguagem interna ou jargões específicos e um desenvolvimento cultural autônomo.

Submeter, submissão, submisso(a): Todas as atividades mediante as quais um amo estabelece seu domínio sobre a pessoa submissa. Elas podem ser de caráter exclusivamente sexual ou abarcar todos e cada um dos aspectos da vida da pessoa dominada (24/7).

Submisso(a): Definição adotada para designar a parte passiva em todas as relações nas quais uma das partes detém o controle da ação, enquanto a outra – a passiva – cede o controle a seu companheiro. É típica na relação de dominação e submissão (DS), ainda que nem tanto nas relações sadomasoquistas (SM).

Submissão: O oposto da dominação; a pessoa que se submete a outra, que entrega determinadas parcelas de seu livre-arbítrio, sendo que ambas as partes concordaram.

Subspace (inglês): Aplica-se ao estado, que para alguns tem traços de um transe místico, que uma pessoa submissa pode atingir durante uma sessão, ao ultrapassar a barreira das sensações físicas e entrar no chamado "espaço submisso".

Suspensão: Ato de amarrar uma pessoa submissa e deixá-la sem contato com o solo (pendurada), processo este que pode ser efetuado de diversas formas: pendurar pelos pulsos, de cabeça para baixo, pelos tornozelos, pelos pulsos e pelos tornozelos, pela cintura, por arreios de suspensão etc.

Switch (inglês): Aquele que gosta de exercer ambos os papéis (de submisso e de dominador), dependendo da circunstância e do parceiro.

Top (inglês): Termo que designa o ativo, o dominador.

Tortura do pênis: Manipulação do pênis, da glande, do saco escrotal e dos testículos, de modo a conseguir um efeito maior ou menor de dor. Podem ser usadas as mãos, palmatórias, chicotes ou varas, cera, correntes, gelo, prendedores, agulhas, fixações etc.

Total Power Exchange (inglês): Troca ou Intercâmbio Total de Controle, são chamadas assim as relações de DS que não têm tempo estabelecido de sessão nem limites, a não ser os que a razão impõe. A parte dominante assume o controle total da ação durante todo o tempo. Outra versão do mesmo conceito é a de "relações 24/7". No entanto, podem haver relações TPE consensuais para uma única sessão, ainda que não seja habitual. Abarca, por sua vez, o conceito de metaconsenso, indispensável nas relações 24/7, TPE ou similares.

TPE: Vide *"Total Power Exchange"*.

Trampling: Consiste em pisar no submisso, seja com os pés descalços ou usando sapatos.

Treinamento: Ação pela qual um dominador (mentor, *master*, tutor etc.) condiciona de forma ativa a resposta que o submisso deve dar para determinados estímulos. O treinamento acaba desempenhando duas funções: por um lado, ele se justifica em si mesmo como um jogo consensual; por outro, há o desejo de "modelar", também de forma consensual, o comportamento do submisso.

Tríscele (*triskel*): No BDSM se usa o tríscele de origem celta como símbolo da comunidade. O desenhista que adaptou o desenho, Quagmyr, inspirou-se na leitura do romance de Pauline Réage, *A história de O*.

Tutor: Um tipo específico de *master* ou dominador que se encarrega do treinamento ou da preparação de um submisso, mas visando que este, em algum momento posterior, "recupere" sua liberdade e procure uma relação autônoma com outro dominador. Também pode acontecer que a pessoa submissa já tenha tal relação estabelecida, e com consentimento e ciência de todas as partes, se inicie um processo de "tutela" com um terceiro, no caso o tutor.

Vício inglês: Refere-se à flagelação. No século XVIII, os franceses denominavam assim os que gostavam de espancamento erótico em quaisquer de suas modalidades, por relacioná-lo diretamente ao emprego de espancamentos para disciplina sobre as nádegas nuas dos alunos e das alunas nas escolas vitorianas. Também é o título de um conhecido livro científico sobre a história da flagelação, escrito pelo hispanista de origem irlandesa Ian Gibson.[2]

Essas são algumas siglas e expressões do inglês usadas nos ambientes BDSM e nas discussões em fóruns da internet dedicados a essa temática:

BBW: *Big Beautiful Woman*; atração sexual por mulheres gordas.

BDSM: *Bondage*, Disciplina, Dominação, Submissão, Sadismo e Masoquismo; tudo junto.

BDSMLMNOP: BDSM "e qualquer coisa que a gente queira fazer" (práticas extremas).

CB, C+B ou **CBT**: Tortura de pênis e testículos.

CIS: Submissão completa e irreversível.

CNC: Consensual *no consent*.

CP: *Corporal punishment*; castigo corporal.

DS: Dominação/Submissão.

EPE: *Erotic Power Exchange*; a base ideológica do DS.

GS: *Golden Shower*; chuva dourada; ou seja, urinar sobre o parceiro.

---

2   GIBSON, Ian. *El Vicio Inglés*. Barcelona: Planeta, 1980 / *The English Vice*. Londres: Duckworth, 1978.

IMAO: *In My Arrogant Opinion*; na minha arrogante opinião.

IMHO: *In My Humble Opinion*; na minha humilde opinião.

LDR: *Long Distance Relationship*; relacionamento à distância.

MPD: *Multiple Personality Disorder*; transtorno dissociativo de identidade.

MUD: *Multi-user Dungeon*; calabouço para jogos eróticos on-line para vários usuários.

Munch Social gathering of local* BDSM-*people: encontros sociais de pessoas BDSM.

NC: não consensual.

NL: *New Leather*; os integrantes da "modernidade" do BDSM.

NLA: *National Leather Association*; grupo americano de apoio à comunidade SM.

OBBDSM: *Obligatory* BDSM; obrigatoriamente BDSM, refere-se à necessidade de se colocar algo sobre essa temática em uma mensagem para um grupo de notícias BDSM.

OG: *Old Guard Leather*; o BDSM "das antigas".

PEP: *People Exchanging Power*; grupo de apoio à comunidade BDSM.

PITA: *Punishment in the ass*; espancar as nádegas.

S: *Slave (sub);* escravo(a), submisso(a).

SAM: *Smart-Ass Masochist*; aquele que gosta de apanhar nas nádegas.

Sex Magick: Palavra inventada composta por *sex* (sexo), *magic* (magia) e *kick* (golpe, chute, empurrão).

SM ou **S&M**: Sadismo e masoquismo, sadomasoquismo.

SO: *Significant Other*; uma pessoa importante, geralmente se referindo a um parceiro de uma relação DS.

SSC: *Safe, sane and consensual*; seguro, saudável (ou sensato) e consensual.

SSS: *Society Sexuality Spanking*; sociedade para a difusão da sexualidade do *spanking*.

Sub/Submissive: Submisso(a), submetido(a).

TPE: *Total Power Exchange*; intercâmbio ou concessão total de poder.

WS: *Water Sports*; jogos aquáticos, chuva dourada.

YKINMK: *Your Kink Is Not My kink*; seu gosto sexual não é o mesmo que o meu.

YKINOK: *Your Kink Is Not Ok*; seu gosto sexual não é legal.

YKIOK, IJNMK: *Your Kink Is Ok, It's Just Not My Kink*; seu gosto sexual é legal, mas não é o mesmo que o meu.

YMMV: *Your Mileage May Vary*; nossas experiências podem ser diferentes. Uma maneira comum de expressar tolerância com práticas que não são as suas.

OBSERVAÇÃO: Este dicionário foi extraído integralmente da Wikipédia, um texto disponível sob a licença Creative Commons Atribuição 3.0. A autora desta obra não se proclama dona de nenhum dos direitos desse dicionário.

Referências Bibliográficas

DOMÈNECH, Bartomeu; MARTÍ, Sibil-la. *Diccionario multilingüe de BDSM*. Barcelona: Bellaterra Edicions, 2004.

HOFFMANN, Arne. *SM Lexikon*. Berlim: Schwarzkopf & Schwarzkopf Verlag, 2003.

WETZSTEIN, Thomas A. et al. *Sadomasochismus – Szenen und Rituale*. Hamburgo: Rowohlt Verlag, Reinbekbei, 1993.

TIPOGRAFIA	ITC New Baskerville e Adobe Garamond Pro
PAPEL DE CAPA	CARTÃO 250g/m²
IMPRESSÃO	IMPRENSA DA FÉ